LA SOUSTRACTION DES POSSIBLES

DU MÊME AUTEUR

ROMANS

Le Cul entre deux chaises. Delphine Montalant, 2002.
Nouvelle édition revue, BSN Press, 2014.
Banana Spleen. Delphine Montalant, 2006.
Nouvelle édition revue, BSN Press, 2018.
Remington. Fayard, 2008.
Lonely Betty. Finitude, 2010. (Grand Prix du roman noir français)
220 Volts. Fayard, 2011.
Trash Circus. Parigramme, 2012.
Misty. Baleine, 2013.
Aller simple pour Nomad Island. Seuil, 2014.
Derrière les panneaux, il y a des hommes. Finitude, 2015. (Grand Prix de littérature policière)
Permis C. BSN Press, 2016. (Prix du roman des Romands)
Chaleur. Finitude, 2017. (Prix du polar romand)

NOUVELLES

Dans le ciel des bars. Delphine Montalant, 2003.
Taxidermie. Finitude, 2005.
Les Poings. BSN Press, 2017.

Suite de la bibliographie en fin de volume

JOSEPH INCARDONA

LA SOUSTRACTION DES POSSIBLES

FINITUDE

La citation de Jean-Patrick Manchette de la page 261, tirée de *Fatale* (1977, © Éditions Gallimard), et la citation de Réjean Ducharme de la page 300, tirée de *L'Avalée des avalés* (1967, © Éditions Gallimard), sont reproduites avec l'aimable autorisation des éditions Gallimard.

L'auteur remercie Pro Helvetia, fondation suisse pour la culture, du soutien accordé à l'écriture de ce livre, et le Centre national du livre pour la bourse de création qui lui a été accordée.

© éditions Finitude, 2020
ISBN 978-2-36339-122-3

« *Les choses se transforment l'une dans l'autre selon la nécessité et se rendent justice selon l'ordre du temps.* »

Anaximandre

« *Comme tout est clair pourtant, quand on consent à se mettre en présence de la réalité.* »

Charles-Ferdinand Ramuz

Il y a :
La fortune.
Mais ce n'est pas une histoire d'argent.
Le crime.
Mais ce n'est pas une histoire de truands.
Le châtiment.
Mais ce n'est pas une histoire de bourreau.
L'amitié.
Mais ce n'est pas une histoire de copains.
L'érotisme.
Mais ce n'est pas une histoire de désir.
La ruse.
Mais ce n'est pas une histoire de trahison.
La vanité.
Mais ce n'est pas une histoire d'ambition.
Alors, quoi ?
Rien.
Ceci est une histoire d'amour.
La mienne.

I

Derrière l'histoire

OCTOBRE 1989

Lignes de fond

> *Quand je vois une Alfa Romeo,*
> *j'ôte mon chapeau.*
> Henry Ford

1

Cet homme, sur le court de tennis, c'est lui, Aldo Bianchi. Celui de l'histoire d'amour.
Un avantage de son métier est de pouvoir se placer derrière l'élève, saisir son poignet afin de lui montrer, lentement, le mouvement correct à effectuer. D'une voix douce, mais ferme, il accompagne le geste par la parole, la lui souffle à l'oreille, en quelque sorte. Les corps se touchent, c'est inévitable. L'été indien permet encore de porter short et jupette de tennis. Et Dieu seul sait combien — avec monsieur Sergio Tacchini —, combien les tissus de ces combinaisons sportives sont minces. Les corps maintiennent encore leur bronzage. Les corps sont les derniers à vouloir renoncer et céder à l'automne.
Aldo prend la main dans la sienne, se presse davantage contre le dos de son élève et achève le geste du coup droit lifté par une rapide torsion du poignet. L'élève sent la cuisse du professeur de tennis s'insinuer entre ses jambes. Elle a beau vouloir retenir son souffle, elle ne peut s'empêcher de respirer l'odeur de phéromones que dégage son torse en sueur.
L'élève n'a pas bien compris le geste de torsion du lift.
L'élève est troublée.
Généralement, l'élève est une femme entre 40 et 55 ans.

Mariée – le mari est souvent absent.
Mère – les enfants sont grands.
Riche – elle laisse ses bijoux au vestiaire.
Elle a encore quelques belles années devant elle, pressent le gâchis du temps perdu à attendre. La routine du luxe : villa, jardin, piscine, shopping, loisirs. L'entretien du domaine. Du corps. De l'esprit. D'une vie affective. Des relations. L'entretien du temps qui passe.
De l'ennui.
Aldo recule, se détache et l'élève se sent désorientée. La promesse de son corps aussitôt rétractée. Aldo lui sourit tout en lui disant de prendre le panier et de ramasser les balles. « Okay, Odile, prenez le panier et ramassez les balles ! » Et Odile exécute. Elle a une femme de ménage, une décoratrice d'intérieur, deux jardiniers et une *life coach*, mais elle obéit, elle qui ne fait même pas son lit. Se soumettre, c'est tout au fond d'elle-même, comme l'envie d'être prise par ce rital à peine lettré lui expliquant comment frapper dans une balle.
Sûr qu'il n'a pas lu Madame Bovary, ça non.
On n'imagine pas non plus Aldo tomber amoureux.
Il maîtrise le petit jeu de la parade nuptiale, s'essuie le visage avec une serviette en coton. Il dépasse le mètre quatre-vingt, ses cheveux châtains striés de mèches blondes évoquent la coupe d'André Agassi avant qu'il devienne chauve et porte une perruque sur le circuit. Les yeux bleus, rieurs, creusent des pattes-d'oie comme la bonne blague d'une vie à 180 sur l'autoroute. Un petit diamant brille au lobe de son oreille. Et, peut-être, la seule note discordante, le seul bémol, serait sa voix un peu nasillarde s'accordant mal à son physique de play-boy :
« Semaine prochaine, dernier cours, Odile ! »
Odile regarde autour d'elle. Les arbres devenus jaunes, le lac en contrebas qui s'étend derrière les losanges du grillage, juste après les pins sylvestres et les marronniers séculaires, le gazon

impeccable délimitant le parc... Il y a comme un flottement, une seconde de désarroi : le dernier cours signifie le passage à l'heure d'hiver, la nuit plus vite, la solitude plus tôt. Présage de l'autre hiver, plus vaste et dramatique : celui de la vieillesse et de la déchéance. Tout à l'heure, un dîner à la Coupole en compagnie de sa fille et de son fiancé, le retour sur la colline, le cabriolet au garage — villa au milieu des villas, système d'alarme à désactiver puis à enclencher une fois en sécurité à l'intérieur. L'époux en escale à Boston. Est-ce possible, Odile ? Tout ce que tu voulais, et maintenant cette excitation adolescente, cette métamorphose qui te fait perdre dix ans d'un seul coup ?

Les feuilles égarées sur le court en terre battue se désintègrent en craquant sous les semelles de ses tennis. Odile ramasse jusqu'à la dernière balle, qu'elle rapporte, docile, à son professeur. Aldo a refermé son sac de sport, emporte la raquette de son élève qu'il a pris soin de remettre dans la housse, et l'échange contre le panier lourd de Slazenger en feutre jaune.

Aldo sait, le moment est arrivé.

Sur l'échiquier, il attend qu'elle bouge sa pièce.

C'est le jeu. Il n'y a pas d'autre possibilité. Trop gâtée, trop écoutée, trop plainte, choyée, soutenue. La *coach*, la femme de ménage, la décoratrice, les copines. Trop de femmes autour d'elle, trop de condescendance partagée. Instinctivement — sans pouvoir poser dessus une réflexion liée au libéralisme, à l'uniformisation des marchés ou à son corollaire qui est l'atomisation de la société —, Aldo a compris que le monde devient femelle. Que maris et pères sont surchargés de travail, que leur taille s'épaissit, qu'ils deviennent myopes. Et s'il y a quelque chose à prendre dans ce monde où tout se confond, il l'obtiendra en restant mâle, en jouant sur le paradoxe de l'émancipation des femmes. Ce qu'elles gagnent, ce qu'elles perdent. Ses rivaux dans ce domaine sont les immigrés latinos bourrés de testostérone écumant la ville depuis le boum de la salsa, pêche miraculeuse à la femme blanche.

Mais Aldo joue dans une autre catégorie. Son biotope, ce sont les lignes d'un court de tennis, prélude aux chambres à coucher des madames Bovary.
Dans l'économie du dominant/dominé, la privation et l'humiliation sont le ressort.
Odile lève son visage vers son professeur. Il la regarde, amusé.
Elle ne rit pas.
Car tout ça se cassera la gueule malgré
la chirurgie esthétique,
l'entretien du corps,
la frustration des régimes.
Tu sais très bien comment tout ça va finir, Odile.
OK, mais je vais te dire un truc, ma belle : à quoi sert tout ça, si c'est pour ne pas en profiter ?
À quoi, bon sang ?
Le moment est venu de sacrifier sa reine.
Odile lève la tête, ses traits se crispent quand elle prend la main de son professeur et la pose sur son ventre :
« C'est là, dit-elle à Aldo. C'est là où je veux que tu sois. »

2

Pour Aldo Bianchi, l'aire de jeu est un court de tennis de 260,75 m^2. Les neuf lignes qui le délimitent contiennent un monde à sa portée. Savoir définir son aire de jeu est fondamental quand on veut réussir.
L'aire de jeu est le territoire.
Le territoire est le terrain de chasse.
Le terrain de chasse est le court de tennis.
CQFD.
Il a bien sûr d'abord souhaité devenir un champion : Björn Borg, Jimmy Connors, John McEnroe, Ilie Nastase...
Les étoiles de son adolescence, quand le rêve était intact.

National 2, tout de même. Son meilleur classement : 12e joueur suisse à l'âge de 17 ans.

Somme toute, le tennis a été bon pour lui : des trophées, une petite gloire nationale, une adolescence passée dans le cocon de Swiss Tennis, le plus souvent loin de l'école. Une mère dévouée à son fils unique. Un coach. Un physiothérapeute. Un préparateur physique. Tout ce joli monde au chevet d'un adolescent arrogant et capricieux.

Et beau.

Ce sont les filles qui lui ont fait perdre la foi dans le sport. L'esprit de sacrifice. L'abdication graduelle aux plaisirs intrusifs de la sexualité.

Il a compris très tôt l'impact que pouvait avoir son apparence quand, à quinze ans, il s'était fait dépuceler par la mère d'un camarade dans l'abri de jardin près de la piscine. Il y avait ce petit bouton sur lequel il suffisait d'appuyer et un monde s'offrait à lui. Entre toutes, les femmes proches de la quarantaine remportaient habituellement la mise, car plus téméraires et cyniques dans la recherche et l'assouvissement de leur plaisir.

Aldo a été à bonne école. On n'oublie pas ses premières fois. Aldo a appris ce qu'il faut donner dans un lit. D'un certain point de vue, ce n'est pas très éloigné du sport : technique, endurance, créativité.

Forger son propre style.

Mais surtout : monnayer la vigueur et la jeunesse comme un don de soi. Laisser croire à sa partenaire plus âgée que cette jeunesse se prolonge en elle, qu'elle dure même après l'amour. C'est l'inverse de la crainte du déclin : l'espoir de l'éternelle jouvence transmise par les fluides.

Oui, le tennis a été bon pour lui. Et comme il arrive souvent, on ignore ce dans quoi on excelle avant d'en avoir la révélation. Et la révélation ne se trouvait pas *dans*, mais *autour* du tennis.

Juste à côté. Tout près. Le tennis n'était pas le but, mais un moyen.
Délaisser les boyaux du cordage pour le préservatif. La raquette est devenue un prétexte. Pour Aldo, réussir, c'est avoir de l'argent. L'argent implique tout le reste : les femmes, les biens, le confort.
L'argent est la source. Dans le catéchisme d'Aldo, il est à l'origine de toute chose.
Il a un pied dedans. Il y travaille.
Le territoire :

3

Le parc des Eaux-Vives se situe sur la rive gauche de la rade de Genève, dans le prolongement à l'est du parc de la Grange. En pente douce en direction du lac, il est délimité par le quai Gustave-Ador (en bas) et le plateau de Frontenex (en haut). Le site est un vaste domaine constitué au XVIe siècle par une famille de magistrats, les Plonjon. Il est racheté en 1714 par le banquier Joseph Bouër qui y fait construire une maison de maître en 1750.
La famille Plonjon s'éteint avec le siècle, faute d'héritiers.
(Consanguinité de la noblesse. La fertilité s'épuise.)
La famille Bouër, banquiers du Roi de Sardaigne, est ruinée par la Révolution française.
(Les alliances aussi.)
La propriété passe dans les mains de diverses familles bourgeoises avant d'être achetée par Louis Favre en 1865.
L'époque est aux entrepreneurs. L'ère des machines annonce le progrès, artisan des richesses et de l'émancipation des hommes. Fils d'un maître charpentier, Louis Favre connaît la fortune avant de l'engloutir dans le percement du tunnel ferroviaire du Saint-Gothard. Le contrat inique et léonin qu'on lui

impose aura raison de lui. Lors d'une visite d'inspection de la galerie, au kilomètre 3, il a un malaise et meurt d'une rupture d'anévrisme le 19 juillet 1879 à l'âge de 53 ans. Ses derniers mots sont: «Tenez-moi ma lampe.» Sept mois plus tard, les ouvriers font passer de main en main, sur les quinze kilomètres de galerie, une boîte en fer blanc à son effigie. «Qui est plus digne de passer le premier que celui qui nous était patron, ami et père? *Viva il Gottardo!*»

L'ère des machines n'aime pas ceux qui s'élèvent seuls. D'abord, elle les fascine, puis elle les dévore.

Au temps pour la légende du patron, ami et père.

Le percement du Gothard, ce sont 307 ouvriers morts au travail: chaleur constante à 33°, accidents, atmosphère polluée par les poussières.

Le percement du Gothard, ce sont 900 victimes supplémentaires de maladie: silicose (poumons) et ankylostomose (intestins).

Le percement du Gothard, c'est une grève réprimée dans le sang.

Deux mille ouvriers, presque tous italiens (Piémontais et Lombards), sont occupés au percement du tunnel du côté de Göschenen, sur le territoire du canton d'Uri. Ils vivent entassés dans des baraquements exigus et privés de toute commodité. Les ouvriers sont payés entre 4 et 5 francs par jour, desquels il faut soustraire les frais de logement et de nourriture (2,50 francs) ainsi que l'achat du matériel et une retenue de 30 centimes par jour pour l'huile des lampes.

Ces mêmes ouvriers se mettent en grève le 27 juillet 1875. Ils demandent que les vingt-quatre heures de la journée soient réparties en quatre équipes au lieu de trois. Huit heures consécutives de travail dans le gouffre noir et brûlant du tunnel, au milieu d'une fumée aveuglante, est une tâche au-dessus de leurs forces. Les ouvriers demandent également qu'on les paie tous les quinze jours pour ne pas devoir demander d'acompte en

bons en papier que les aubergistes et marchands n'acceptent qu'en déduisant un escompte. Pour ne pas subir cette perte, les ouvriers sont obligés d'acheter leurs vivres et autres objets de consommation dans les magasins de l'entreprise. Enfin, ils réclament une augmentation de 50 centimes par jour.
50 centimes.

Louis Favre reçoit une délégation d'ouvriers, les écoute, puis sollicite l'aide militaire du gouvernement d'Uri qui envoie des policiers épaulés par une vingtaine de miliciens civils armés (auxquels l'entreprise Favre verse une indemnité de 3 000 francs). Après une charge à la baïonnette, accueillie à coups de pierres par les grévistes, la milice ouvre le feu. Bilan : quatre mineurs tués, une dizaine de blessés et treize prisonniers. Le 29 juillet, une partie des grévistes reprend le travail, les autres quittent la Suisse.

Ainsi, dans la nouvelle configuration de la modernité : les riches (nobles et aristocrates) n'aiment pas les nouveaux riches (bourgeois) qui n'aiment pas les pauvres (ouvriers).

Derrière chaque richesse se cache un crime, écrit Balzac.

Pendant ce temps, les oiseaux gazouillent dans les arbres aux essences rares au cœur des quatre-vingt-dix hectares (nonante) du parc des Eaux-Vives : séquoias géants, chênes pédonculés, cèdres du Liban, cyprès de Lawson...

Quoi qu'il en soit, Louis Favre meurt, sa famille est ruinée.

Façon de parler : dans les années 1910, sa fille Marie-Augustine, épouse de banquier, revend la propriété pour 600 000 francs suisses à la Société du Parc des Eaux-Vives.

L'équivalent de 657 ans de salaire pour un ouvrier payé deux francs cinquante nets par jour, à raison de huit heures quotidiennes, 7 jours sur 7 et 365 jours par an.

La demeure est louée pendant quelque temps au roi de Siam (actuelle Thaïlande), Sa Majesté Chulalongkorn alias Rama V qui, selon l'anecdote, aurait eu 77 enfants de 36 de ses 92 femmes.

(Pas de consanguinité et d'épuisement génétique, avantage du bouddhisme.)

Enfin, la commune des Eaux-Vives acquiert le parc en 1912 avant qu'il devienne propriété de la ville de Genève lors de la fusion des communes en 1931.

Dès 1898, le Tennis Club de Genève, fondé deux ans plus tôt, y avait pris ses quartiers. Le roi Chulalongkorn a vu plusieurs de ses femmes échanger maladroitement quelques balles sur ses courts, pouffant comme des gamines. Des épouses qui n'avaient aucune idée de comment on joue au tennis et qui auraient eu besoin d'un bon professeur. En 1928, le club ajoute aux installations sportives un club-house. En 1958, on y construit l'actuel central.

À partir de 1980, le Grand Prix ATP Tour de Genève accueille les meilleurs joueurs mondiaux sur terre battue. Après Borg, Wilander ou Leconte, c'est Marc Rosset qui remporte la dernière édition du tournoi. L'hôtel compte sept chambres, ce qui en fait le plus petit établissement 5 étoiles de Suisse. Son restaurant obtiendra sa première étoile Michelin avec Matt Legras en 1993. Ça, c'est pour l'avenir. En attendant, c'est le genre d'endroit où l'on peut manger un *homard bleu en vinaigrette de passion et avocat Haas et ses perles du Japon condimentées*, une *langoustine du Pays Bigouden à la plancha et son riz noir du Piémont, pastèque et concombre*, ou encore un *rouget de roche juste saisi à la flamme, artichauts macau et pisté de courgette, socca minute*.

Ça y est, on a fait le tour du propriétaire.

Le domaine et le parc sont toujours là.

Certains lieux attirent la richesse.

Celui-ci a été conçu pour.

Le territoire.

Aldo sort des vestiaires du club-house. Douché, parfumé. Gourmette et Tag Heuer aux poignets. Sac de sport sur l'épaule. Jean noir. Bottines en crocodile. Veste denim. Chemise blanche

ouverte au troisième bouton. Chaînette en or et croix chrétienne.
Cool, mec.
T'es beau, Aldo.
N'empêche : quand il rejoint son Alfa Spider de 1987, comparée aux Jaguar, Ferrari ou Porsche, sa voiture est la plus minable du parking.
Tu peux faire mieux, mec.
Y a du boulot, Aldo.
Grimper tout là-haut, devenir numéro 1.
Gagner au moins une fois, *the King*.
Les mouches sur le miel.
Certains lieux attirent la richesse.
La richesse et la tragédie.

4

Odile et Aldo ont fait l'amour, et Aldo n'en pense rien.
Odile est une vague et, lui, guette déjà la suivante, qui est une autre, une autre femme à spolier, à conquérir.
On devrait dire plutôt qu'ils ont baisé. Après des années de frustration, Odile s'est lâchée dans ce même lit ayant assisté à la mort prématurée de sa libido. La voilà ressuscitée dans les mots, avec son corps obéissant aux mots. Elle a répété des phrases cochonnes, des mantras comme une abdication de la bienséance, un bras d'honneur aux convenances. Aldo l'a encouragée, l'a faite se sentir suffisamment salope, suggérant le bon dosage d'avilissement afin que ce plaisir débouche sur des orgasmes répétés. Dans d'autres circonstances, avec des partenaires différents, on appelle ça l'intimité, quand deux personnes s'aiment, se respectent et se confient l'inavouable. Quand deux personnes sont amies et se révèlent dans la communion de leur amour. Vice et apaisement du vice.

Odile et Aldo ont baisé, mais on préfère « faire l'amour » pour des raisons évidentes. Aldo, en professionnel, ne prononcera jamais ce mot à froid. C'est son art, sa science. Celui de faire croire à l'amour. Ou, du moins, à une parenthèse qui s'en approcherait, sans jamais le nommer.

Odile a posé sa tête au creux de son épaule. Ses doigts sertis de bagues jouent à cache-cache sur son torse poilu, le caressent de façon lente et circulaire ; ça l'agace, mais il laisse faire.

« À quoi tu penses ? » lui demande-t-elle.

Voici le moment le plus délicat. Habituellement, pour toute réponse, Aldo se concentre et durcit pour que les sens reprennent le dessus, mais cet après-midi, il est crevé. Couché dans la chambre conjugale, il joue au petit mari avec un mobilier qui n'est pas le sien, des photos au mur qu'il n'a pas choisies, dans une maison qui ne lui appartient pas. Il n'a rien, sauf l'essentiel : l'épouse. Odile croit lui avoir déjà beaucoup donné, son corps en l'occurrence, or ces femmes-là lui ressemblent, elles sont le miroir inversé d'Aldo. Sous le vernis social, les apparences et les codes de l'éducation, Odile a obtenu l'essentiel de ce qu'elle possède grâce à sa peau, ses cheveux, sa langue. Du coup, elle se croit généreuse de donner tout ça gratuitement à son partenaire, par amour, tiens. Qui sait si la jouissance ne vient pas de là, d'une solitude froide, exactement là où le plaisir serait un acte de désespoir entre soi et soi-même ?

Le soir tombe derrière la fenêtre coulissante dominant le lac. Depuis le coteau du quartier résidentiel de Cologny, où se bousculent 38 % de multimillionnaires sur les 3,7 km^2 de la commune, le soleil est au couchant. Il vient de disparaître derrière les crêtes du Jura — trace sombre dans le bleu électrique d'un ciel immaculé — de l'autre côté du Léman. Ces derniers mois, on a vu les premiers expatriés fiscaux russes rejoindre les citoyens français, belges ou arabes peuplant ce paradis perdu des forfaitaires. Sportifs. Comédiens. Traders. Industriels. Princes. Rois. Héritiers. Oligarques.

À quand un gigolo ?

Tout ça — les arbres et la pelouse, les hectares de tranquillité absolue brouillée par le bruit d'une tondeuse à gazon ou le jet d'un arrosage automatique — a un prix.

Odile l'a payé.

Le paie encore.

Le *all inclusive* contient un Aldo.

Par la fenêtre entrouverte se faufile un vent froid qui se lève. Au loin, des nuages se rassemblent au nord, et le soir tombe plus vite. Le plaisir épuisé, l'agacement reprend le dessus.

Mais il faut y mettre la manière. Le jeu de dupes est important pour sauvegarder une dignité fragile, continuer à se tromper soi-même tout en conservant l'illusion d'une cohérence. En termes de psychologie sociale, Léon Festinger nomme cela la « dissonance cognitive ». On reprend :

« À quoi tu penses ? demande Odile.

— À rien. Je suis là. Je respire.

— Tu respires ?

— Ça fait des semaines que j'ai envie de toi.

— Menteur. »

(Odile se blottit contre Aldo, souriante.)

« Mes cigarettes sont dans mon jean, tu veux bien me les donner ? demande Aldo.

— Non, vas-y toi.

— Pourquoi ?

— Je ne veux pas que tu me voies nue.

— Je t'ai vue bien plus que nue, chérie.

— Pas comme ça. »

(Aldo repousse gentiment Odile, se lève, prend le briquet et le paquet de Marlboro dans la poche de son Levi's, au pied du lit.)

« Il y a un cendrier dans le tiroir de la commode. René va me reprocher d'avoir fumé dans la chambre.

— Ton mari, je l'emmerde. Il ne mérite pas une femme comme toi.

— Ne parlons pas de lui.
— C'est toi qui l'as nommé. »
(Aldo est debout devant Odile, nu. Elle ne peut s'empêcher de contempler la ceinture abdominale tendue et dure, l'attache parfaitement dessinée du tronc avec ses cuisses.)
Aldo fume. Odile lui demande :
« Tu seras là quand je reviendrai ce soir ?
— Je ne sais pas. Ça dépend.
— Ça dépend de quoi ?
— De mon envie.
— De ton envie de moi ?
— De mon envie en général, de ce que je voudrai à ce moment-là.
— S'il te plaît.
— Je fais ce que je veux.
— Je sais bien, je te le demande.
— Ce n'est pas moi qui suis marié.
— Reste ce soir, Aldo. Pour la suite, je m'arrangerai. Je t'emmènerai en week-end, on ira à Monte-Carlo. Nous y avons un appartement. »
Aldo sourit, lui dit :
« Viens ici, approche. »
La succession du temps entre parenthèses s'efface. Le désir revient, monte dans son ventre, une épouvante cyclique qui la rend esclave. Odile est comme happée par l'aimant de son bassin.
« Donne-toi de la peine, montre-moi combien tu veux que je reste », propose Aldo.
Odile le prend dans sa bouche. Au début, elle craint de ne pas y arriver, elle croit que c'est à cause d'elle qu'il reste mou. Aldo s'en amuse, la laisse douter, avant de lui céder.
Aldo a des ressources, c'est un professionnel.
Et puis, ce n'est pas vrai : Odile a une certaine expérience de la chose.

Aldo la regarde dans le miroir, empoigne sa chevelure de blonde. Une légère couche de cellulite enrobe le pourtour de ses cuisses. Les seins montrent quelques vergetures. Des grains de beauté noirs parsèment son dos. Certains, inesthétiques et protubérants apparus récemment, sont voués à une prochaine opération au laser. Aldo aime :
Le défaut.
L'achoppement.
Le début de la laideur.
L'instant précis où commencent la chute et l'affaissement.
Les femmes qu'il côtoie lui sont redevables de sa virilité alors que leurs maris se tournent vers de plus jeunes.
En réalité, c'est leur désarroi qui l'excite.
C'est son secret.
Le secret d'Aldo Bianchi, 38 ans, célibataire.

5

Odile est partie, laissant une odeur persistance de Chanel n°5, parfum qu'il associe aux femmes d'âge mûr. Même si Carole Bouquet est à peine plus jeune que lui, il se verrait bien dans la pub où elle susurre à l'homme, de sa voix un peu rauque : *Tu me détestes, n'est-ce pas ? Dis-le, dis-le que tu me détestes. C'est un sentiment troublant, très troublant. Parce que moi, je te hais. Je te hais tellement, je crois que je vais en mourir, mon amour...* Aldo répète ces mots face au miroir de la chambre à coucher, il se regarde les dire, il se scrute, s'imprègne de lui-même jusqu'à s'en lasser. Alors, il quitte la chambre et déambule pieds nus sur la moquette écrue, le peignoir en soie noire du mari sur le dos. Il ferme les yeux et se laisse guider par la sensation que lui procurent ses pieds s'enfonçant dans la laine filée, profonde comme du gazon. Masquée par l'effluve du Chanel, il porte sur lui l'odeur essentielle d'Odile, l'odeur de la femme en rut. L'odeur de son pouvoir. Il descend dans le living, allume toutes les lumières. Il voudrait qu'on le voie usurper ce territoire, que les voisins médisent et commèrent derrière les haies de thuyas aussi hautes qu'un premier étage. Mais à quoi bon ? Ici, tout le monde s'en fout, ici on blesse et on est blessé, on trompe et on est trompé. C'est devenu tellement confus, si courant, tellement banal qu'on s'isole par inertie, par privilège.

Le luxe, c'est l'espace.

Aldo soulève le couvercle du Bösendorfer, appuie sur les touches du clavier au hasard, des plus basses aux plus aiguës. Intrigué, il plaque une sorte d'accord avec ses cinq doigts, fait pareil avec l'autre main, provoquant un son cacophonique et dément. Il s'imagine s'asseoir et jouer, au lieu de ça, il recule, incompétent et humilié. Un tas de mondes lui échappent, autant de sous-ensembles souterrains et hors de portée de son champ visible, ce qui l'effraie, ce qui lui fait penser que le tennis et les femmes riches, ça peut encore durer valablement une quinzaine d'années, qu'il doit se dépêcher, car après il n'aura plus rien, ni la jeunesse ni le sport auxquels se raccrocher.

Il flâne encore, regarde le tableau accroché au mur, abstraction surréaliste qui ne lui évoque rien, si ce n'est un sentiment de vide et de perte. Il se raccroche aux photos, une série de piscines avec des femmes et des hommes autour, bronzés et souriants, des gens qui deviennent personnages. On sent l'unité du privilège et de la richesse, cela évoque des attitudes et des postures, un témoin des classes sociales supérieures s'effaçant derrière son objectif, et Aldo ne comprend pas pourquoi acheter des photos de ce que l'on est déjà, de ce que l'on représente.

Il quitte les images, monte les trois marches du salon en dénivelé. Prend une queue de billard accrochée au mur et sort une paire de billes d'une poche latérale. Tire, manque son coup. L'extrémité de la queue a laissé une fine trace de craie bleue sur le feutre vert, il ne prend pas la peine de remettre la queue en place. Ce n'est plus de la flânerie, ça devient de l'errance, la main glissant sur le mobilier lustré noir ou blanc, le reflet de sa propre silhouette se perdant dans les multiples facettes d'une sculpture en bronze. Aldo saisit un lourd flacon en cristal, le débouche, hume. Se verse une dose de cognac dans un des verres à disposition sur le meuble-bar. Il ouvre la boîte à cigares, en choisit un de taille raisonnable, le coupe, l'allume dans un nuage à peine gris. Il ne lui reste plus qu'à s'effondrer sur un des nombreux divans moelleux. Il ne lui reste plus qu'à attendre.

Il pourrait essayer
le jacuzzi,
la piscine extérieure encore chauffée,
les habits du mari dans l'armoire,
ses chaussures,
ses cravates,
le frigo américain fournissant la glace pilée,
la Jaguar dans le garage,
le pistolet caché quelque part pour se tirer une balle dans la bouche.

Aldo ferme les paupières, respire. Fume et exhale. Il essaie d'apprécier son cigare qu'il doit rallumer plusieurs fois, un goût de cendre dans la bouche.

Termine son cognac et, à la fin, il se lasse.

Là où rien ne lui appartient, le plaisir est gâché.

6

Odile regarde sa fille. On pourrait penser que c'est une vision déformée par le prisme de la flûte de champagne à moitié vide, mais non. Odile fait bien plus que de regarder sa fille, elle la voit à travers une lentille grossissante. Guillaume, son fiancé, s'accroche à elle comme il peut. Ses mains sont un désespoir d'attentions, de gestes menus et en alerte aux moindres sollicitations du corps sculptural de la blonde. Guillaume est sur le point de posséder ce qu'il n'aurait jamais pu s'offrir sans argent. Même dans ses rêves d'adolescent les plus fous, y compris quand il se masturbait en fantasmant sur sa professeure de géographie de vingt ans son aînée.

Guillaume Vasserot est bien né. Pour certains, la révocation de l'Édit de Nantes n'a pas eu que du mauvais : une famille d'origine huguenote ayant fait fortune à Genève dès le XVIIe siècle grâce aux toiles peintes dites «Indiennes». À cette époque, pour accéder à la bourgeoisie et devenir citoyen de Genève, il fallait acheter son statut. Outre la somme d'argent, il était d'usage de payer un seillot et une arme à feu, deux éléments tangibles traduisant la nouvelle allégeance. Les ancêtres n'étaient pas idiots : les seillots, seaux en bois destinés à porter l'eau lors des incendies, demeuraient accrochés aux murs près des fontaines dans les quartiers de la ville. L'arme à feu, quant à elle, équipait la milice protégeant la République de Genève de ses voisins.

Tout ça est très américain, au fond. Très WASP. Guillaume Vasserot, lieutenant dans l'armée suisse — milice constituée de civils encadrés par des professionnels — détient chez lui un fusil d'assaut et, en tant qu'officier, une arme de poing. On aurait tort de penser que l'on n'est pas ce que l'on mange.

Cela dit, Odile n'imagine pourtant pas Guillaume Vasserot, 28 ans, tenir dans sa main pâle et délicate, un Sig Sauer P220. En revanche, elle voit parfaitement ces mêmes mains se promener sur la peau douce de sa fille. Guillaume et Diane se marieront le printemps prochain. Et sûrement que cet incapable n'a pas attendu les épousailles pour lui fourrer un doigt dans le...

« Pourquoi tu souris, maman ? »

Le ton est sec. Diane n'aime pas ne pas savoir. Ce qui se

trame, ce qui se joue à son insu, habituée à occuper le centre de l'attention. Cette manifestation d'étourderie chez sa mère est en soi motif de vexation. Mais Odile connaît sa jument, elle a tôt fait de rétablir la focale sur sa fille :

« Je ne peux m'empêcher de me revoir à ton âge avec ton père. Le temps passe si vite... », ment-elle.

Diane acquiesce, Guillaume sourit. On en est à ce genre de banalités, sauf que dans l'assiette il y a un assortiment d'amuse-gueules au saumon de Norvège, foie gras du Gers et béluga d'Iran. Ce soir, on a opté pour un simple cocktail au bar de la Coupole. Moins engageant qu'un dîner où l'on s'éternise, mais tout aussi cher après que le sommelier a débouché une seconde bouteille de Ruinart rosé brut.

« Tu nous vois comment ? demande Diane. En mieux, j'espère ?

— Chérie, voyons, s'interpose Guillaume.

— Ne t'en mêle pas, mon *cœur*. »

Odile constate que sa fille n'a pas su résister à planter sa pique. Faut dire qu'elle vient de prêter connement le flanc, bien fait pour elle. Ça t'apprendra à boire trop vite, Odile, à poser une patine de recul entre toi et les banquettes en velours. La mère fait amende honorable, il est vrai que la devise de la Coupole prétend que *Votre satisfaction est notre principal objectif*, il n'y a pas de petites voies d'eau, mais que des naufrages. Ce qu'elle se prend à souhaiter pour sa propre fille, ce qui ne serait pas une si bonne idée, en fin de compte, car elle devrait encore la ramasser à la petite cuillère.

« Bien sûr, ma chérie, vous êtes le futur, vous êtes destinés à aller plus loin, plus haut...

— *Nous avons beaucoup, il nous faut davantage* », plaisante Guillaume citant Voltaire.

Et Diane le raille en lui demandant si ce ne serait pas un reste d'internat au Lycée Rodolphe Töpffer qui traînerait dans la bibliothèque ?

Odile sourit à l'allusion. On est entre soi. Le Lycée Töpffer, en internat, ce n'est pas moins de 40 000 francs suisses pour une année scolaire. Ça vaut bien une citation de François-Marie Arouet. Oui, Odile est sereine, elle ressent encore Aldo en elle. Elle a eu beau se doucher, passer un gant de toilette entre ses cuisses, sa présence continue à s'écouler d'elle. Cette humidité et le champagne l'émoustillent. La fille redoute ce regard voilé chez la mère. Elle y voit une menace, elle n'a pas tort. Dans le meilleur des cas, un excès de libido vous pousse à l'extravagance. Dans le pire, c'est la connerie magistrale assurée, l'héritage dilapidé.

Guillaume insiste avec Voltaire, mort à 83 ans. « Ce qui est extraordinaire pour un individu ayant vécu à cheval entre le XVIIe et XVIIIe siècle. À cette époque, l'espérance de vie se situait autour des vingt-six ans...

—Vingt-six ? » s'étonne Odile.

Diane soupire devant l'ignorance de sa mère. D'un autre côté, ce n'est pas plus mal que son gendre étale sa culture. Elle aurait tendance à le prendre de haut malgré l'excellent parti qu'il représente.

En réalité, Odile a répété pour gagner du temps. À nouveau ce dédoublement où elle se revoit jeune, mais sans René, lorsqu'elle était encore célibataire et simple secrétaire dans la fiduciaire de son futur mari. Sa fille est le modèle amélioré : plus grande, plus instruite, plus raffinée. Mieux faite et absolument cynique, donc incapable d'amour et de la moindre empathie pour son prochain.

Dans les grandes lignes, pourtant, on en reste là, en surface. Sans esclandre ni avanie, on navigue sur du feutré. On parlera encore de Mikhaïl Gorbatchev et de sa *Glasnost* (Cet homme est un visionnaire. Moi je vous le dis – Guillaume), du Prix Nobel de la paix décerné au Dalaï-lama (Cet homme dégage un tel sentiment de plénitude – Diane), des manifestations pro-Serbes en Croatie (Mais qui soutenaient les nazis, les

Croates ou les Serbes ? – Odile). Guillaume Vasserot insiste pour payer l'addition. Diane ne s'excuse même pas de quitter ainsi sa mère qui a décliné le gala de la Croix-Rouge, la laissant seule à sa table basse encombrée des restes du repas.

« Êtes-vous sûre de ne pas vouloir nous accompagner ? insiste Guillaume.

— Absolument, affirme Odile en laissant plus longuement que de coutume sa main dans celle de l'héritier Vasserot.

— Elle a sans doute mieux à faire », tranche Diane qui se demande parfois si Guillaume serait capable de.

Remarque qui, en soit, est vipérine : Odile a beaucoup montré son cul, en effet, mais ne l'a consenti que rarement. Et une de ces rares fois, ça s'est su. Diane a toujours été la fifille de son papa, et là, c'était définitivement plié pour ce qui était de l'alliance mère-fille.

« Il n'est jamais trop tard pour rattraper le temps perdu, chérie. »

Tout de même, Odile n'a pas pu s'empêcher. Diane ne relève pas l'allusion. Elle juge suffisamment vexant pour une femme de terminer seule son cocktail dînatoire.

Le Couple du Futur s'éloigne.

Odile allume une cigarette.

Odile n'est pas seule.

Son homme l'attend chez elle, emmitouflé dans le peignoir de René.

Odile prend le temps de terminer la bouteille. De goûter au regard des hommes qui l'entourent. De refuser l'invitation d'un (bel) homme seul à une table voisine pour prolonger l'apéritif.

Elle est là.

Pour l'instant, elle est là.

À 49 ans, elle est enfin capable de goûter l'instant présent.

Le Dalaï-lama peut lui cirer les pompes.

Gianni Versace, en l'occurrence.

7

Et puis le doute.

Le doute qui est une prémonition.

Odile se lève, traverse le bar sous les yeux des clients et des employés, hommes et femmes la jaugent, l'évaluent. Dans ce biotope, l'autre est un mètre étalon, un moyen de comparaison de ce que nous sommes. Et jamais personne n'est satisfait : il y a potentiellement toujours mieux que soi. Ce qui pousse à plus d'argent, à davantage de beauté, au cumul des richesses. À l'accumulation du capital.

Elle récupère son manteau au vestiaire, laisse un pourboire à la jeune fille s'ennuyant dans la pièce exiguë. Odile revient sur ses pas, lui achète des MaryLong Filtre. Le pack-prémonition comprend : cigarettes fumées à la chaîne, sentiment de perte, et temps de parcours record, poussant au-delà du raisonnable les 217 chevaux de sa Mercedes 450 SL. D'abord sur le quai Gustave-Ador, puis sur la rampe de Cologny. Avant d'atteindre le Golf Club, elle tourne à gauche et emprunte le chemin de Ruth. À l'approche du numéro 160, elle enclenche l'ouverture du portail automatique au moyen de la télécommande qu'elle a sortie du vide-poches. Il y a l'espoir des lumières éclairant la maison, château enchanté dans la nuit sombre, désirs de princesse exaucés, éclats ataviques aussitôt tronqués par le couperet de la réalité. Parce qu'on a baissé la garde et laissé entrer l'amour. Les battants se referment derrière elle, le coupé spider d'Aldo n'est plus là. La main de la princesse cherche à tâtons la poignée intérieure. Qu'est-ce qu'elle disait, déjà, Brigitte Bardot à Jack Palance dans *le Mépris* ? Que lui a-t-elle dit juste avant de mourir ?

Montez dans votre Alfa, Roméo. On verra ça après.

Odile Langlois sort de sa voiture, allume une cigarette. Le

moteur de la Mercedes tourne au point mort. Elle hésite à repartir, à le chercher. Le découragement plie sous le poids de l'orgueil. Elle refuse de pleurer, ou alors juste quelques larmes, par dépit. Des larmes de rage.

Elle comprend maintenant qu'il y aura de la souffrance. L'escroquerie des sentiments. Un territoire dont on ne connaît pas les frontières, un univers en expansion. La souffrance commence cette nuit, à 22 heures 30.

Odile l'ignore. Odile est un maillon de la chaîne de tout ce qui suivra, à la fois cause et conséquence de cette histoire.

Comédie et tragédie.

Le chat et la souris.

8

Aldo, lui, est loin de ces préoccupations. Il a garé son coupé à bonne distance des *dealers* écumant la zone du quartier de la Jonction — nommé ainsi, car la géographie veut qu'il se termine en presqu'île, là où l'Arve se jette dans le Rhône. Accoudé au zinc du Moulin à Danse, il boit une bière en regardant les premières filles s'agiter sur la piste. L'ambiance est montée d'un cran : Jean-Pierre François chante *Je te survivrai*. Dans le mémento personnel d'Aldo Bianchi, le MAD est un disco-bar où l'on pêche majoritairement de la trentenaire. Le jeudi soir est idéal pour ce genre de cible, un avant-goût du week-end où les filles migrent par petits groupes, l'éventuel copain, compagnon ou mari sortant de son côté avec ses congénères.

Ce que lui n'a jamais fait.

Aldo est un loup solitaire.

La chasse en meute se solde généralement par un échec.

Ça aussi, c'est dans le mémento.

À trente ans, les copines, compagnes ou épouses trompent

encore avec une certaine désinvolture : la plupart n'ont pas d'enfants, les attaches particulières sont encore modifiables. Mais bon, l'air de rien, il commence à se faire tard si on aspire à certains *projets de vie*. Il paraît alors tout à fait légitime d'émettre certains doutes sur le garçon avec lequel on est censée faire le chemin menant à la maturité, puis à la vieillesse. Pourquoi ne pas jeter un œil ailleurs, histoire de vérifier ? En même temps, il ne faut pas se leurrer, celles qui en valent la peine rechignent désormais au coup tiré vite fait dans la voiture. C'est là où les hommes comme Aldo révèlent leur duplicité, quand elles comprennent que ce type voulait prendre et non pas donner. Qu'elles n'auront rien de plus qu'elles ne possèdent déjà.

Aldo indique au barman de lui remette une bière. Il gratte la pierre de son Zippo, allume une cigarette. Dans ce lieu au décor simple de formica et de meubles raflés aux puces, il renoue avec la part populaire de lui-même, celle qu'il s'efforce de gommer par ses fréquentations de la jet-set. Il est ici comme un homme qui avouerait à lui-même ce qu'il est : un petit, un fils de parents modestes. Maman, trente-trois ans d'usinage chez Breitling à la Chaux-de-Fonds, papa plombier, avec leur accent du Frioul qui lui a toujours fait honte, malgré sa naturalisation. Cancer du côlon. Cancer des poumons. Paix à leurs âmes.

Aldo pivote sur son tabouret et fait face à la piste. Le *deejay* enchaîne sur le *Megamix* d'Imagination. Aldo sait qu'il a déjà capté des regards. Ça commence comme ça, on donne l'impression de ne pas vouloir y toucher, puis apparaît le premier sourire sur un visage. Il lui arrive de choisir une laide. La laide se donnera beaucoup de peine pour le satisfaire. Elle n'en reviendra pas de caresser ce torse musclé, ces jambes dures aux poils noirs et soyeux. Aldo peut lire la gratitude dans leur regard. Leur désarroi quand il les quittera pour ne plus jamais les revoir. Le chagrin fera maigrir les plus grosses et grossir les plus maigres. Il se dit qu'au moins, pour une fois, elles auront quelque chose à raconter. Elles auront goûté à un corps d'Apollon, sondé la profondeur du plaisir. Au regard des milliards de vies gâchées par la médiocrité et la stupeur, un corps d'Aldo, c'est déjà pas mal.

Une ombre passe avec le flux du stroboscope, le retour du réel perturbe ce moment de détente. Le sale temps est à la porte, les leçons de tennis suspendues sous les stratus jusqu'à la reprise au printemps. Ces derniers mois, ses penchants naturels se sont davantage exprimés par la flambe que par une attentive gestion des ressources. Au fond, Aldo est un chasseur-cueilleur dans l'âme, plus nomade que sédentaire, donc davantage inconséquent. Il pense à Odile, à sa chatte étonnamment étroite, cette partie de son corps sur lequel il va se focaliser durant les mois à venir, orfèvre attentif et patient. Ce petit bouton magique qu'il va polir et affûter, sésame d'un univers supérieur auquel il ne peut accéder sans le soutien de cette femme.

De songer à Odile, ça le requinque. Aldo remet discrètement en place ses testicules dans le jean. Il pourrait rejoindre le trio de danseuses qui pouffe chaque fois qu'il croise le regard de l'une d'elles. Lève-toi, Aldo. Et drague.

Finalement, il laisse tomber.

Aldo est fatigué.

Il agrippe sa bière glacée, boit une longue gorgée.

Le chat et la souris, ouais.

Carré de service

Rien n'est trop beau, rien n'est trop cher.
Ettore Bugatti

9

René Langlois récupère sa valise sur le tapis roulant du vol SR 1319 en provenance de Boston. L'horloge digitale au-dessus de sa tête indique 23 heures 47, il est harassé malgré son voyage en classe *business*. Il se demande si son bagage enregistré au départ de San Francisco a bien suivi les deux escales jusqu'à sa destination finale, Genève. Il s'imagine mal remplir de la paperasse dans le bureau des « litiges bagages » avec quatre whiskies et un Rohypnol dans le sang — dont les effets les plus durables sont une bouche pâteuse et un sentiment d'irritabilité qui rend son attente insupportable.

Courtier en céréales pour TransGrain SA — société dont il est lui-même cofondateur avec deux partenaires aujourd'hui hors jeu —, René Langlois revient d'un séjour d'une semaine en Californie du Sud où il a visité les laboratoires de G&T (*Genesis and Technologies*) et rencontré divers *seniors managers*. Grâce aux travaux menés par les docteurs Boyer et Cohen sur l'ADN « recombinant » et la découverte d'une technique permettant le transfert de gènes d'un organisme à un autre, G&T est en mesure de produire des protéines à grande échelle.

Le rapport avec la fondue vous demandez-vous ?

Au sein des biotechnologies, les Organismes Génétiquement Modifiés (OGM) constituent un domaine qui commence à faire l'objet de nombreux investissements, aussi bien au niveau de la recherche que du développement. Les financements publics dans le domaine poussent — on apprécie le jeu de mots — les investisseurs privés à se mettre au diapason. René Langlois pressent la juteuse affaire. Et il a bien l'intention de monter dans le train menant au cercle restreint des pluri-millionnaires.

Le futur est à :

Sélection. Hybridation. Xénobiologie. Biolistique.

Remodelage du vivant. Bouleversement de la biodiversité.

Maïs. Riz. Blé. Soja. Colza.

Au sens large : céréales.

Mais pas seulement : pomme de terre. Tomate. Coton.

La production agricole connaîtra sa méta révolution.

En 1980, François Jacob, Prix Nobel de physiologie, énonce : *D'ici à l'an 2000, il ne restera vraisemblablement que certaines nations pour contrôler l'ensemble des ressources génétiques et assurer leur valorisation et leur exploitation commerciale à travers un petit nombre de variétés améliorées.*

Ainsi, René Langlois comptera parmi les pionniers de l'industrie biotechnologique.

En attendant, il récupère sa Samsonite noire sur le tapis roulant et traverse le sas de sortie sous le regard impassible de deux douaniers. Dans ses bagages, une cartouche de cigarettes ainsi qu'une bouteille de whisky achetées en *duty free*. De quoi mettre un peu de pression supplémentaire dans ses artères entamées par le cholestérol et la nicotine.

Après les portes coulissantes, René Langlois — 51 ans, cent deux kilos pour un mètre quatre-vingt, front dégarni — s'arrête et allume une cigarette. Encore quelques mètres, et il rejoindra la station de taxis à l'extérieur.

Avant ça, il regarde autour de lui. Une attente ridicule, souvenir d'un temps moins amer.

Il regarde, oui.

Mais personne ne vient plus l'accueillir à l'aéroport depuis longtemps.

10

Le lendemain de son retour est un dimanche. Dans la cuisine, Odile est attablée devant un bol de thé vert qu'elle ne sucre pas. Une lumière laiteuse inonde le vernis laqué blanc recouvrant l'agencement intérieur Poggenpohl. L'ensemble reflète une lumière trop vive et l'oblige à plisser les yeux.

Elle a quitté le lit alors que René prenait sa douche après avoir joui en elle. Pendant qu'il s'activait en de brefs mouvements impatients et qu'elle s'efforçait de refermer ses bras sur ce torse large et gras, cherchant son plaisir dans la boue comme on chercherait de l'or, elle a pensé qu'elle ne reconnaissait plus le corps de son mari. Ce sentiment était déjà inscrit en filigrane dans son quotidien, atténué par la présence de leur fille. Mais depuis le départ de Diane, c'est devenu une évidence : qu'il soit à la maison ou en elle, Odile ressent la présence de René comme une intrusion.

Odile s'est donc levée. Jus d'orange, toasts. Il faut bien jouer le jeu. Jusqu'à hier, elle tenait le coup. Maintenant, il y a Aldo. Son absence rendue cruelle. Car non seulement René entre dans la cuisine — vêtu de son pull à col roulé rouge et de son pantalon ridicule à carreaux verts et blancs, il déplie le journal et lui demande un café —, mais le froid est arrivé avec lui, la température ayant chuté d'une dizaine de degrés au cours de la nuit. De l'été à l'automne, bien plus qu'une métaphore. Trois jours qu'Aldo ne répond plus au téléphone. Trois jours, depuis cet après-midi où l'été était encore présent, où son esprit ne faisait qu'un avec son corps. Où elle s'est sentie entière, complète. Mûre. Où elle s'est laissée apprivoiser.

Enfin.

« Merci, chérie. »

René s'efforce, René n'a pas renoncé au rituel des conventions sociales. Elles ont élaboré l'architecture solide et binaire de sa vie dont la structure repose sur l'existence de règles communes validées par leurs usagers.

Son pilier : le mariage.

René prend un toast, beurre le toast, badigeonne le toast de confiture. Mord dans le toast.

La bouche pleine :

« Lundi, j'ai rendez-vous avec Fitoussi. Je vais lui proposer de démarrer à sept pour cent. G&T propose un retour sur investissement au triple en vingt-quatre mois... »

Odile s'efforce de reprendre le fil d'hier soir où René lui était devenu transparent au fur et à mesure qu'il lui parlait de son séjour californien, une bulle de salive tenace coincée à la commissure des lèvres, bouche pâteuse, foie surchargé. Il avait sombré peu après, achevé par le décalage horaire et le whisky de trop. Les termes *génétiquement modifiés* lui étaient apparus comme porteurs d'un avenir funeste. Odile y avait vu des mères accoucher de bébés atteints de tares pires que les effets de la thalidomide. Une pluie de cendre perpétuelle. Des hommes hâves aux spermatozoïdes bicéphales.

Et ce matin, il reprenait là où il s'était interrompu la veille, ce côté opiniâtre et paysan, cette obstination de *coucou clock* (Mais tais-toi, je t'en prie, tais-toi !) :

RENÉ – Une pareille occasion, Fitoussi est d'accord à condition qu'un troisième partenaire s'associe à...

ODILE – Mais tu ne crois pas que... ?

RENÉ – Aucun souci, les chercheurs sont formels, ils...

ODILE – Et les effets sur la nature ne sont-ils pas... ?

RENÉ – C'est le futur, et le futur ne se construit pas sans...

La discussion déroule jusqu'à l'heure de son départ. Odile garde un œil sur l'horloge murale. (Le temps, mais que fait le temps, bon sang ? !)

René termine son café, essuie sa bouche avec la serviette en papier. Un baiser rapide sur la joue — la dernière chose qui reste, la seule marque d'affection encore visible comme un tampon sur un envoi en courrier prioritaire.

René enfile sa casquette en feutre, remonte la fermeture Éclair de sa veste molletonnée sans manches. Il soulève le caddie, fixe la bretelle sur l'épaule pour descendre l'escalier menant au garage.

Odile entend la Jaguar démarrer, le portail électrique se mettre en marche.

Heureusement, il y a le golf.

Le golf contribue à l'équilibre de nombreux couples.

Retarde leur chute.

Odile va à la fenêtre, elle veut en être sûre. Sûre qu'il parte. La Jaguar s'éloigne.

Elle aperçoit la carrosserie rouge de l'Alfa Romeo stationnée un peu plus bas : le golf lui donne Aldo en échange de René.

Les hommes, les voitures.

La vie donne, la vie reprend.

Aldo referme la portière d'un geste calme et inexorable. Il lève la tête, l'aperçoit, immobile, debout derrière la baie vitrée, et lui sourit. Elle se demande comment elle pourrait faire pour ne pas descendre lui ouvrir, pour se refuser.

Odile se précipite au rez-de-chaussée, voudrait ralentir, mais tous les freins ont lâché.

11

Maintenant, elle est à quatre pattes dans le salon et se fait prendre en levrette. Ça ne plaira pas aux pudibonds, et ils ont tort. Le sexe de l'homme gagne ainsi en profondeur. Le plaisir la subjugue. Elle a oublié de verrouiller la porte, René pourrait avoir oublié ses *tees*, un de ces objets insignifiants qui vous mènent au divorce sans pension alimentaire. Elle jouit comme une garce, se dit-elle, tout ce plaisir dans son corps, ce n'est pas possible. Il y a moins d'une heure, le sexe de son mari l'importunait, à présent celui de son amant se moule en elle comme une évidence. Dans son dos, Aldo s'amuse à l'humilier et cela l'excite d'autant plus : son absolue indifférence, son manque total d'amour et de tendresse, cette mécanique du plaisir qu'il a portée à un degré de perfection au point de la rendre prête à tout, pourvu qu'il reste en elle. Mais c'est justement ce qu'il lui refuse, le salaud. Il vient de se retirer, la domine, le bout de son gland comme une question irrésolue au bord de ses lèvres. Odile le cherche, recule. Aldo s'avance d'un coup, la pénètre et la blesse. La douleur se mêle au plaisir, elle ne sait plus ce qu'elle préfère, ses doigts agrippent la laine de la moquette, elle avait toujours pensé que crier était obscène.

Va-et-vient-va-et-vient-va-et-vient.

« Qu'est-ce que tu es, Odile ? »

(Elle ne comprend pas.)

Va-et-vient-va-et-vient-va-et-vient.

« Réponds ! Qu'est-ce que tu es ?! »

(Elle le sait, tout au fond d'elle-même, elle souhaite le dire depuis si longtemps.)

Va-et-vient-va-et-vient-va-et-vient.

« Une pute, je suis une sale pute ! »

Salope, garce, chienne. Elle acquiesce, elle avoue. Le plaisir la soulève, intenable, une crispation qui ne veut pas céder.

« Dis-le, dis-le Odile. »

Va-et-vient-va-et-vient-va-et-vient.

(De l'avouer, c'est déjà la moitié du chemin, il reste l'éternité dans la nuit froide.)

« Je t'aime. Aldo. Je t'aime.

— J'ai besoin d'argent. Ma queue a besoin de fric, Odile. »

Va-et-vient-va-et-vient-va-et-vient.

« Je t'en donnerai. Tout ce que tu voudras. Je vais jouir. Viens avec moi, viens...

—On demande poliment.

— S'il te plaît, je t'en supplie, Aldo ! »

Le fluide chaud se répand dans son ventre, elle ne prend pas de l'altitude, non, elle s'écroule, s'enfonce dans la terre, dans la boue qui devient sable mouvant et bientôt, elle ne pourra plus respirer.

Aldo, mon amour,

elle a ouvert les vannes, pour la première fois de sa vie elle est prête à croire, à suspendre l'incrédulité.

On ne fait pas de bonne baise sans un minimum de perversion.

12

D'après Euclide, une surface plane est également placée entre ses droites. À voir les ébats des amants sur la moquette du living, on se dit que tout ce qui est plat n'est pas forcément sans reliefs. L'homme étant ce qu'il est, en cherchant bien, on peut même trouver des aspérités sur du gazon anglais. En réalité, tout se joue simultanément. Ainsi, aux plis et renfoncements de la chair succède, d'un point de vue narratif, la platitude du *green*. Là où la légende cinématographique veut que se nouent les relations d'affaires et se décident les juteux contrats. On ne sait plus si la réalité inspire la fiction ou le contraire. On sait aussi que c'est une question purement rhétorique.

Légende du *green*.

Là où l'horizon est dégagé. Où les courbes sont tracées au cordeau. Où les géométries sont des équations résolues. Silencieux et efficaces, des jardiniers entassent les feuilles en marge des *fairways*, se penchent méticuleux sur l'infra mince : jeunes pousses de gazon traité au fenoxaprop-P-ethyl et au cloquintocet-mexyl. Une guerre de position, action constante menée contre les maladies fongiques, les mauvaises herbes, les mousses, les algues, les insectes. L'ennemi est partout, l'ordre sans cesse rétabli.

Cette lutte permanente contre l'entropie.

Pratiquer le golf est une activité hautement politique.

Des grappes d'hommes disséminées dans le matin humide et froid. En pantalons de tartan écossais, en gilets colorés et vestes molletonnées. Les voiturettes conduites par un caddie emmènent les plus paresseux d'un lieu à un autre. Leurs *putts*, leurs *free drop*, leurs *par*. Leur glossaire d'initié. Le montant de leur inscription au club préservé comme un secret bancaire.

Et parmi ces grappes d'hommes replets ou carrément en surpoids, des positions de pouvoir, des bastions de privilèges, des extensions en réseaux internationaux.

René Langlois et Max Vermillon. Deux amis de longue date, promotion 64 de Panthéon-Assas « Économie & Gestion ». Le premier est suisse d'origine française, notre courtier en grains. Le second est français tout court, d'un an son cadet, mais surtout avocat en droit des affaires. Ce qui l'oblige à certaines manœuvres pour que ses clients de l'Hexagone puissent continuer à échapper au fisc depuis que Mitterrand est au pouvoir. Dans le fond et après coup, on se dit qu'ils ont exagéré dans la crainte de ce président socialiste. Fondamentalement, la gauche une fois au pouvoir est faite pour décevoir ses électeurs.

Mais revenons à nos deux bonshommes, il faudrait un micro directionnel longue portée pour entendre leur discussion, nous avons ce privilège :

« Les choses sont simples, fait Vermillon. Tu as besoin de fonds et moi j'ai un nouveau client qui cherche, disons... à investir ses liquidités, leur donner un second souffle, si tu vois ce que je veux dire.

— Je vois, et ça me laisse perplexe.

— Tu as un trou à combler, je te donne de quoi le remplir. Je ne vois pas où est le problème. Je serai son intermédiaire, il reste dans l'ombre. »

René s'accroupit, place sa balle sur son support, le souffle court. Ce ventre proéminent entre les cuisses et le thorax rend sa respiration pénible. Il prend son temps, médite. Le golf est aussi fait pour ça, paraît-il.

« Je te mettrai en relation avec mon gestionnaire de patrimoine, fait René.

— C'est confidentiel ? Pas de risque de fuite ? Je veux dire, le gars a la carrure ?

— Les banquiers suisses ne sont pas réputés pour des performances de haute voltige. Ils avancent pépères. En revanche, ils ne vont pas chercher à puiser dans la cagnotte ni à faire les malins. Diversification des investissements, discrétion des démarches. Le secret bancaire est une institution. C'est du stable, du sur-mesure. Je suppose que ton client cherche ce genre de produit, non ?

— Le pauvre ! On le plaindrait presque. Il veut juste échapper à une législation inique. Quasiment cinquante pour cent d'impôt, nom de Dieu, et là on parle des gains déclarés. Le gouvernement envisage d'harmoniser la loi française avec la législation européenne, mais c'est pas gagné. Et pour quoi faire ? Pour payer la sécu et le chômage à des fainéants ou à des bougnoules ?

— Pourquoi, c'est pas la même chose ? »

Les deux hommes rient.

« Affaire conclue, alors ? » demande Max qui regarde son ami frapper dans la balle avant de prendre place à son tour. Leur progression est à l'unisson. Ils sont en *approche*, le jeune homme officiant comme caddie les rejoint et se dépêche de leur proposer un club adapté au trou numéro 16, *dog-leg* particulièrement difficile à négocier.

Ils cherchent la position idéale, jambes légèrement écartées et fléchies, bras tendus.

« Et ton investissement ? demande Max.

— Trente-trois virgule trois pour cent. Ton client, moi et Fitoussi.

— Ce truc de génétique, c'est du lourd ? Tu confirmes ?

Faudra que je lui vende la sauce, à mon bonhomme. Si ça foire, je peux foutre le camp au Burkina Faso.

— Merde, Max, t'es gagnant à tous les coups, aussi bien avec tes placements en Suisse qu'avec G&T. Dis-moi quand je t'ai mal conseillé? Dis-moi si une seule fois je t'ai fait perdre de l'argent?

— Le soir de mes vingt ans. Avec ta soi-disant martingale, plaisante Vermillon.

— Depuis, je suis du côté du casino.

— Dis-moi, ton Fitoussi... Il serait pas juif, par hasard?

— Brésilien séfarade.

— Ça existe, ça?

— Avec les Juifs, tout existe. Bon, t'y vas ou j'y vais?»

Max se redresse, tend légèrement ses fesses, retient sa respiration. Puis, se détend et frappe. Cheveux poivre et sel, le seul homme présent ce matin sur le *fairway* contrôlant sa ligne et entretenant un hâle même en hiver. Si on devait caractériser Max Vermillon par un adjectif qui le restituerait dans sa plénitude, ce serait «fourbe». Pour une raison que lui-même ne saurait expliquer, son ami René est la seule personne au monde qu'il n'a jamais trahie. On suppose la nécessité de la fameuse exception pour que la règle soit valable. Bref, Max Vermillon est une caricature:

«Tu sais quoi, René? J'ai décidé que ma seule patrie, le seul drapeau auquel faire allégeance est le pognon. Et quand il y a le pognon, on est tous copains, on n'est pas raciste ni rien. Il n'y a jamais de problèmes dans les hôtels cinq étoiles, jamais, t'as remarqué?»

13

Après le déjeuner au club où Max s'est lâché sur les prestations de la dernière *escort girl* avec laquelle il a passé la nuit du samedi, René est de retour chez lui. Le portail s'ouvre en silence et la Jaguar avance au pas jusqu'au garage. Dans son porte-monnaie, il a le bristol de la fille en question. « Une Bulgare qui ne fait pas que dans le yaourt ! » (Le rire de Vermillon résonne encore à ses oreilles.) Il freine juste à temps avant d'emboutir la Mercedes de sa femme. René fera disparaître rapidement la carte dans la corbeille à papier. Il n'est pas le genre d'homme à fréquenter les prostituées. Fondamentalement pas non plus à cautionner des blagues racistes, ce n'est même pas une question de morale, mais il vient de le faire pour chercher à plaire et par manque d'assurance. Le rapport trop direct lui fait perdre ses moyens, il est juste mal à l'aise dans la vie. Et, contrairement à son épouse, il n'est pas assez naïf pour vouloir croire à l'amour d'une femme plus belle et plus jeune que lui.

René a trop bu, le déjeuner a traîné en longueur. Le poids de son sac de golf manque de le faire trébucher. L'excitation du *green* est retombée, cette frénésie sécrétée par le corps après une vingtaine d'heures passées d'avions en aéroports. Le corps est fatigué, le décalage horaire lui tombe dessus. Combien d'années pourra-t-il encore tenir ? Ce genre de détail rend l'existence plus vaine et cet investissement avec G&T indispensable pour se mettre définitivement à l'abri financièrement. Quel est le seuil, d'ailleurs, comment le déterminer ? Il se méfie des magouilles de son ami, mais c'était la condition de sa participation au nom d'un client anonyme. Ses requêtes toujours à mots couverts, cette façon qu'il a d'avancer de biais, comme un crabe. Oui, plus lourd et plus con, René Langlois. Se mettre au vert avant les soixante ans. Nom d'un chien, comme elle fout le camp, l'existence. Jamais l'occasion de s'arrêter. Comme le requin blanc, en mouvement perpétuel pour ne pas mourir.

Sa montre indique 19 heures. René a envie d'un bain chaud et d'un film à la télé. Ou d'un épisode de ce feuilleton, *Dynastie* — quand la télévision devient le témoin historique du déclin de votre couple, 1981-1989. Plus lourd et larmoyant. Elle est là, René, Odile est encore là, voilà ce qui compte. Qui tiendra ta main sur ton lit d'hôpital, René Langlois?

René pose son sac dans le hall, il entend le piano dans le living, sourit. C'est vrai qu'il est toujours sur la brèche. On le juge d'après sa maison, ses voitures, sa richesse. Derrière tout ça il y a sans doute une part de mensonge et de manigance, mais il y a surtout l'homme et son usure. L'homme fatigué.

«Tu es là?» demande-t-il stupidement en pénétrant dans le salon.

Non, il l'affirme. Comme si le prodige se reproduisait, comme si de voir encore sa femme assise derrière ce piano après toutes ces années était un miracle. Et ça l'est. Odile lui rend son sourire bien qu'elle regarde ailleurs. Elle est en robe de chambre satinée, blonde et droite, exactement comme dans le feuilleton avec Krystle, comme si lui était Blake Carrington et que leur vie se déroulait sur l'écran d'une télévision. Les yeux d'Odile ne le voient pas, et lui pense que c'est à cause de Franz Liszt, du *Liebestraum* qu'elle interprète en balançant son torse, refusant de céder à l'inertie des jours, à la gravité qui l'attire vers la terre, toujours la terre où l'on finit par se coucher, horizontaux et silencieux. Ses épaules se soulèvent, des soubresauts d'orgueil lui redonnent une dignité, ses joues en feu, sa chevelure qu'elle agite et qui s'emmêle.

René se sent une pièce rapportée dans son propre salon. Les bras ballants, il regarde son épouse, ne sachant s'il doit lui sourire ou pleurer. L'art l'intimide, comme les prostituées. Pourtant, tout est censé lui appartenir, les objets comme la femme lui ayant juré fidélité. Oui, tout lui appartient: le Bösendorfer, les photographies encadrées de Slim Aarons, le tableau d'André Evard... Mais c'est comme si l'art lui était prêté avec condescendance, à jamais inaccessible. Comme un être qui vous serait attribué et ne demanderait qu'à fuir votre présence. Ils ont perdu l'émerveillement, sa femme et lui se sont fanés.

Odile semble enfin le voir et lui demande, par-dessus les notes frappées par ses doigts agiles :

« Sers-moi un whisky, *chéri*. »

« Chéri » s'exécute, se dirige vers le meuble-bar capitonné de cuir blanc, celui-là même usurpé il y a quelques heures, comme le corps de sa femme, par un professeur de tennis musculeux.

Il lève son bras, prend deux verres à whisky sur l'étagère, sent sa propre transpiration, âcre, musquée, sous les aisselles. Celle de l'anxiété persistante et dont il a honte. Il remplit les verres, revient, les pose sur le bois satiné du piano qu'il prend soin de protéger avec deux napperons en papier. Odile se saisit du sien, continue son arpège de la main gauche pour ne pas interrompre le flux romantique du *Rêve d'amour...*

« Cin-cin ! » dit-elle.

René lui fait écho. Il hésite. Attend la suite, qui arrive *arpeggiando* :

« Comment ça s'est passé avec Max ? »

(Douce et souriante et sensuelle, elle a reposé son verre, ses mains sont proches sur le clavier, presque à se toucher.)

« Il a un meilleur handicap, mais je l'ai eu au finish.

— Je ne parle par de golf, chéri. »

(Son buste ondule comme un cobra, les doigts sont des fourmis impatientes.)

René marque un temps : y aurait-il quelque chose d'obscène dans le fait de parler d'argent en écoutant une sonate de Liszt ? Ces harmonies ne finissent-elles pas par agir, tout de même, par rendre certains comportements futiles face à la beauté d'une telle succession de notes ?

Non.

René dit :

« Il monte dans le train comme associé, au tiers. Demain, j'appelle Riedle pour qu'il prenne contact et lui ouvre un compte.

— Tout va bien alors ? C'est réglé ? »

(Une mèche couvre son œil droit, ses poignets se croisent, les phalanges caressent *pianissimo* le clavier que René imagine être sa colonne vertébrale, ce qui l'érotise.)

« Il y a juste ce problème du cash. Son client, tu comprends ? C'est sa condition. Il nous faut quelqu'un pour transporter régulièrement les valises de Lyon à Genève. Quelqu'un de confiance. »

(Les doigts si légers, Odile contracte son diaphragme, parce que la musique, comme bon nombre de choses dans la vie, dit-on, vient du plexus, émerge du centre pour se propager en périphérie, et cet espèce de sourire séraphique ne quitte pas son visage.)

Elle dit.

Non, elle affirme. Son amour pour Aldo est à ce prix.

Elle affirme :

« Je sais qui peut s'en occuper. »

(Ce sont maintenant les dernières notes, celles en suspens, lentes, espacées, toute la mélancolie du romantisme allemand, le *Sturm und Drang* qui s'épuise, les souffrances du jeune Werther, l'affliction d'une réalité poinçonnant le cœur et prenant sa dîme dans la souffrance. Quand ton cœur saigne, arrache-le, écrit Tchekov.)

« Qui ça ? demande René. De qui veux-tu parler ? »

(*Staccato*, *pianissimo*, Odile le regarde droit dans les yeux, René, elle est sur le point de lui asséner une fausse vérité, René ne l'a jamais trompée en réalité, il lui a juste fait croire, sauver la face après cette liaison qu'elle avait eue avec son dentiste, son *dentiste*, putain.)

« Chacun sa vie, René. Tu as tes putes, je m'occupe de mon gigolo. »

Das Ende.

Diagonales

*Personne n'a fait la voiture de
mes rêves, alors j'ai dû la faire.*
Ferdinand Porsche

14

Une organisation à peine rodée, et qui déjà porte ses fruits. Les hommes, quand ils le peuvent, quand on leur donne les moyens de la liberté sans entraves — la liberté de faire fructifier le capital sans barrières administratives ni étatiques —, les hommes sont d'une efficience et d'une discipline exemplaires. Mus par l'esprit du lucre, ils deviennent des fourmis industrieuses capables de porter jusqu'à soixante fois leur poids en kilofrancs.

Ça se passe comme ça, dorénavant: Aldo Bianchi se rend deux fois par mois à Lyon en voiture. Il loge chaque fois dans un hôtel différent du centre-ville. Des établissements trois étoiles, coquets et confortables, mais sans ostentation, avec petits déjeuners servis en chambre. Hôtel des Artistes, des Célestins, Bayard Bellecour. Il flâne durant l'après-midi, fait un peu les boutiques, remonte le col de son blouson en cas de giboulée, s'ennuie comme un mois de novembre. Aldo n'aime pas Lyon, n'a jamais accroché avec cette ville qu'il considère comme un avatar de la capitale française. C'est Paris en moins glamour, ici les rues ne colportent pas cette magie, et Aldo est un peu fleur bleue, là-bas les noms des rues évoquent, aiguisent, suggèrent des existences parallèles, même si l'écho lui en est revenu seulement par ouï-dire, qu'il ne connaît quasiment rien de l'histoire de France et ignore Michelet. Il a entendu des anecdotes sur le Moulin de la Galette, la rue des Martyrs, le canal Saint-Martin. Paris, c'est autre chose, pense-t-il, les possibles sont plus vastes, les évocations inspirent des rêves autrement plus ambitieux. Et comme on sait, il considère que pour lui le moment est venu d'appuyer sur l'accélérateur du succès. Et si la quête passe par Lyon, il fera avec.

Et Aldo fait.

Le seul rituel qu'il s'autorise est le dîner au Sathonay où il échange quelques mots avec le patron et sa femme, Hélène et Michel. Il lit *L'Équipe*, grignote des cacahuètes et écluse une fillette de côtes-du-Rhône en attendant qu'on lui serve le menu du soir. Il mange seul et il aime ça, cow-boy, dos au mur, la salle comme un spectacle aux premières loges. Il y a les couples en devenir, ceux sur la fin, les consolidés ou les illégitimes. Il y a les tablées bruyantes en goguette, rarement mixtes, anniversaires d'une décade, joueurs de rugby ou hommes d'affaires tombant la cravate. Aldo Bianchi est l'un d'eux, un homme dans l'humanité du soir et de la nuit, parmi ces hommes, tous les hommes, peu importe qui ils sont, mais jubilant rien que d'y être, d'être lui-même en définitive. Libre. Seul. Grand. Attentif quand les autres se relâchent. Mieux physiquement que la plupart, qui se laissent aller à l'embonpoint, au cholestérol, à l'hypertension. Les tables sont bruyantes, il est silencieux. Observe. Ce sentiment d'appartenir à la race humaine avec un pied au dehors. Aldo Bianchi n'est pas tout à fait un perdant. Aldo Bianchi attend son heure.

Et l'heure sonne.

Quand il sort du restaurant, il a le choix entre la discothèque, le casino ou les prostituées. Rien de tout ça. Aldo retourne à son hôtel. S'il pleut, il coiffe son bonnet en laine et se dépêche de rentrer. Sinon, il prend son temps et en fume une dernière au comptoir, buvant un armagnac avant d'aller se coucher, l'estomac plein.

Grasse matinée où il se prélasse dans les draps propres en

buvant son café, mordant dans les croissants et lisant *Le Dauphiné Libéré* jusqu'à l'heure de quitter l'établissement.

Aldo Bianchi rencontre Max Vermillon dans ses bureaux de la rue Gentil, 1er arrondissement. Il s'assied dans un fauteuil Chesterfield vert anglais. Une secrétaire pneumatique et rose bonbon lui apporte café et verre d'eau. L'argent est là pour ça, pour se payer ce qu'on vante sur catalogue, la richesse s'établissant généralement dans le conformisme. Aldo apprécie le moelleux d'un siège qui ne soit pas minimaliste, mais corresponde à l'image qu'il se fait d'une certaine opulence : celle d'un cuir capitonné et profond, au relent de cigare cubain.

Lors de leur première rencontre, Max croit mettre à l'aise le Rital en tapant dans le mille : « Alors, comme ça, tu baises la femme de René ? » Aldo ne répond pas. Dans le doute, s'abstenir. Il y a toujours plus grand ou plus petit que soi.

« Détends-toi, Aldo. René a toujours été une chèvre avec les femmes. Chez les Langlois, c'est chacun pour soi et la paix du ménage. Tu devrais voir sa fille, mon Dieu ! »

Max n'insiste pas. Il pensait être tombé sur un queutard, mais le prof de tennis est plus raffiné que ne laisse supposer son apparence de vacher américain. Un bon point pour lui. Par interphone, l'avocat demande à Mathilde qu'on ne le dérange pas, déverrouille la porte du coffre-fort derrière le faux Magritte, *Le fils de l'homme*, celui avec le bonhomme dont le visage est caché par une pomme. Il en retire la mallette en cuir, couleur lie-de-vin, serrures codées en laiton. Max ne l'ouvre pas, la fait glisser sur le large bureau en chêne massif, et Aldo réceptionne.

« Questions ? » demande Vermillon. Aldo n'en a pas. Il sort tickets et factures froissés de la poche de son denim — essence, frais d'hôtel, de restaurant, péage, soda au distributeur de la station-service... Max sourit, ce grand gaillard consciencieux aime l'argent, il n'y a pas de petite dépense, et qui lui jetterait la pierre ? Il aime l'argent et en veut plus. Max est d'avis que le besoin fait les meilleurs soldats.

Aldo empoche les mille francs français donnés sans reçu pour ses frais, remercie, et Max acquiesce. Dès lors, par un accord tacite, un de plus, ce sera la somme convenue pour le défraiement du séjour. En revanche, Aldo ignore que pour sa première livraison, la mallette ne contient que du papier journal.

Savoir : Max est avocat d'affaires. Max est un malin. Max est un des nombreux bras armés du recyclage et du blanchiment. Max a l'air comme ça. En réalité, il brasse des sommes qui sentent bon l'air de la Méditerranée et la clémentine corse. On s'est trompé, aussi : Max joue avec la crédulité de René Langlois, on le découvre maintenant. Il joue avec la latitude de crapulerie naïve dont son ami de jeunesse est capable par faiblesse. Il y a une différence notable, soulignée juridiquement, entre l'évasion fiscale et le blanchiment d'argent. Comme il y a une différence entre l'évasion fiscale et la fraude fiscale. Un peu comme mentir par omission ou raconter sciemment un mensonge. La différence peut se comptabiliser en années de prison. René Langlois ne serait pas disposé à s'acoquiner avec des fraudeurs, et c'est exactement la ligne rouge que franchit Max Vermillon en recyclant pour le grand banditisme. Max croit au pouvoir qui, nécessairement pour s'étendre, englobe les parts obscures de l'âme humaine et de son industrie. René, lui, croit aux organismes génétiquement modifiés. Peu importe, au final, tant que cela ne se voit pas à l'œil nu.

Aldo, quant à lui, exécute. Suit les instructions à la lettre, dépose l'attaché-case dans le casier n°7 du Tennis Club des Eaux-Vives, referme à clé, et au revoir. En échange, il reçoit cinq mille francs suisses par livraison, pas de la roupie de sansonnet en CFA. C'est beaucoup pour un risque relativement limité, à part celui, peut-être, d'avoir mis un doigt dans l'engrenage. C'est beaucoup, oui, mais au fond, transporter l'argent des autres a quelque chose d'humiliant. On est d'accord que c'est toujours mieux que de convoyer des fonds en risquant sa peau pour un salaire minimum, mais tout de même, on se sent petit et vulnérable. Aldo suppose que la valise contient dix fois plus que ce qu'il touche. Non, il doit bien y avoir mieux, plus haut plus grand plus cher. Le grand coup qui lui permettrait de se mettre à l'abri pour le restant de ses jours, de jouer au golf comme le mari cocu d'Odile, tiens...

Au volant de son Alfa, compteur à 130 km/h, la mallette planquée sous la roue de secours, il y cogite, Aldo, à son plan de carrière, faut pas croire. Lui aussi a de l'ambition. Le problème, avec l'argent, c'est qu'on perd la mesure. C'est moins franc du collier que le tennis, par exemple, qui vous oblige à mettre en adéquation votre but avec vos moyens.

L'argent, ça incite à péter plus haut que son cul.

Ouais.

15

En dehors de ses trajets entre Genève et Lyon sur l'A41, l'automne est oisif pour Aldo. Il s'entraîne à la salle de sport, entretient un léger bronzage dans la cabine à U.V., se détend dans le jacuzzi du *New Sporting Club* de Genthod-Bellevue de l'autre côté du lac. Pas loin, se trouve le château de Serge Dassault et la résidence de Mobutu Sese Seko. On est loin de Borges ou d'Albert Cohen. Mais pour Aldo, la vie ce n'est pas non plus de la littérature.

Odile a tendance à vouloir occuper l'espace et le temps, forçant le passage du quotidien. Non contente de lui avoir fourni un job routinier à dix mille par mois, payé un abonnement dans un des clubs de sport les plus chers de la ville, elle lui a également offert une Breitling Premier (tu vois, maman, j'en ai une moi aussi maintenant) en remplacement de la Tag Heuer qui, pour faire écho à la littérature, n'est pas vraiment de la merde non plus. Odile devient ornement sur le corps de son amant, se clippe doucement sur son poignet d'homme de tennis.

Forcément, ces largesses prétendent à des contreparties et Aldo rechigne.

Ce soir, il la rejoint au restaurant *Les Cygnes* de l'hôtel du Grand Casino, baie vitrée en aplomb de la rade blessée par les assauts d'un orage aux allures d'ouragan. Avant de s'engouffrer dans le parking souterrain, de l'eau s'est infiltrée sous la capote de l'Alfa, mouillant son pull en cachemire. Il y a de quoi l'avoir mauvaise.

Aldo s'installe face à Odile, le serveur ajuste sa chaise derrière lui, demande ce qu'il désire boire. Odile est au blanc de Loire qui fraîchit dans un seau à glace, Aldo préfère un gin-tonic. Aldo n'a pas embrassé Odile, il a envie de lui faire mal, de l'écorcher comme cet orage qui souffle par rafales, arrachant les dernières feuilles des platanes alignés sur les quais. Odile porte un chemisier crème décolleté, un ruban de même couleur serti d'une perle autour du cou. Elle a coupé ses cheveux, le renflement de ses seins suggère la caresse d'une main amie. Bref, elle est «sexy», remplit les critères de la parade nuptiale. Des hommes la regardent, se verraient bien à la place de son gigolo, mais non, rien, elle se concentre sur le mâle qu'elle a en face d'elle. Aldo fait une moue d'enfant capricieux. On vient d'éteindre le Jet d'eau à cause du vent trop violent, souffle la bise noire, tout un symbole planant sur leurs âmes avariées.

Le gin-tonic arrive, Aldo en boit la moitié cul sec.

«Qu'est-ce qu'il y a?» demande Odile.

Aldo allume une cigarette, attend les premiers effets apaisants de l'alcool.

«Ça ne va pas, tu as un souci? insiste-t-elle.

— Je dois réparer ma capote. Ça va me coûter bonbon.

— Encore, Aldo?

— Ouais, encore.

— Il t'en faut combien, tu n'en as donc jamais assez?

— Facile à dire quand on est assise sur ses millions.»

Odile tente une main sur la sienne, pour rassurer ce grand

garçon. Aldo s'impatiente, récupère sa cigarette dans le cendrier en porcelaine à l'effigie de l'hôtel.

« Tu es sûr qu'il n'y a pas autre chose ?
— Je viens de te le dire.
— Ça s'est bien passé hier à Lyon ?
— Je vais, je prends, je reviens, je dépose. Ça s'est bien passé, oui. »

Aldo se souvient d'un séjour à Cancún, l'ambivalence des Mexicains vis-à-vis des touristes *ianquis*, cette rage réprimée, cette incitation à mordre la main qui vous nourrit, leur condescendance de nantis. Odile allume une MaryLong, s'adosse à son siège, regarde son grand garçon qui est un homme. Et plus il est distant, plus elle ressent le besoin de s'en approcher, c'est comme ça, la plupart des liaisons se construisent là-dessus. Une dépendance subtile au plaisir, à la jouissance. L'abstraction concrète de la peau, ce lieu qu'on voudrait posséder pour s'approprier l'autre, un talisman contre la chute.

Après le deuxième gin-tonic, Aldo s'adoucit. Odile est déjà enveloppée dans la ouate d'une demi-bouteille de Sancerre. Elle se dit qu'elle est un peu comme Sue Ellen Ewing dans la série *Dallas*, souvent ivre depuis quelque temps, le soutien de l'alcool comme antidote à l'humiliation, elle laisse échapper un rire idiot à cette pensée... Aldo, pas moins con, l'imite par mimétisme.

« Quoi ? » demande-t-il en gloussant.

Odile ajuste son décolleté, fait tinter ses bracelets contre la table en verre. Le serveur apparaît pour prendre les commandes. Aldo propose de continuer au champagne pour accompagner leur homard. À ce point, Odile accepterait même de signer un chèque en blanc, elle retrouve son Aldo, son sourire chaleureux, le monde est capitonné de mousse, son sourire en absorbe les bruits et les chocs. La vie redevient ce carrousel où les faux-semblants sont la métaphore d'un mensonge si confortable. La vérité par rapport à quoi ? Qui a dit que la vérité serait la norme ?

De fil en aiguille, ils réparent avec patience la micro déchirure, survolent avec désinvolture et superficialité l'actualité internationale et le lancement de la sonde Galileo vers Jupiter. Laquelle atteindra son but, obstinée et laborieuse, le 7 décembre 1995. Elle enregistrera des données sur la composition atmosphérique de Jupiter pendant 57,6 minutes avant de se désintégrer à cause de la pression vingt-deux fois plus élevée que celle de la Terre pour une température moyenne de 153° Celsius.

Tout cela est très lointain, le futur se mesure à échelle humaine : à cette date, Aldo et Odile seront déjà morts.

16

Jupiter est une planète géante gazeuse, la plus volumineuse et massive de notre système solaire. Visible à l'œil nu dans le ciel nocturne, Jupiter est habituellement le quatrième objet le plus brillant de la voûte céleste, après le Soleil, la Lune et Vénus.

Ni Aldo ni Odile ne sont en mesure de la voir alors même qu'ils sortent du restaurant, empruntent l'ascenseur panoramique pour se rendre au club *Chez Régine* situé au sous-sol du Grand Casino. Il y a ce bref moment où ils pourraient lever les yeux au ciel, mais les nuages lourds pissent des suppléments de flotte, empêchant toute élévation. On se recroqueville sur soi, on regarde par terre, on s'enfonce dans le sous-sol d'une discothèque. Dans le bruit éclatant d'une musique superficielle, le nuage stagnant de nicotine, les bulles du champagne finissant par peser, acides, au fond de l'estomac.

Aussi, ils s'en foutent de Jupiter, et ils ne sont pas les seuls. À mille kilomètres au sud, le ciel est dégagé et la nuit sereine. En suivant un index connaisseur, on la verrait facilement, la planète gazeuse. Mais voilà, la plupart du temps ce qui intéresse l'humain, c'est l'humain. Le biotope des coutumes et des mœurs, le montant des recettes, en affaires, en amours, en amitié, les écritures de tout ce qu'on donne, prend ou vole, mensonge et vérité, peu importe au final, cela s'inscrira dans la grande comptabilité cosmique que personne ne vérifiera.

Car derrière l'humain, il y a l'argent qui cache la forêt du désarroi ; ce désarroi qui n'est autre que de l'indifférence.

Dans l'arrière-salle du bar *La Tramontane*, donnant sur le vieux port de Bastia, Max Vermillon est attablé au whisky avec Emile Pattucci, dit « Milo-le-Bridé » en raison d'une enfance passée à Saigon, quand l'Union indochinoise n'était pas encore le Viêtnam. Une certaine idée de la France qui penche plutôt à droite. À l'image du décor : chaises de paille tressée, tables en bois, sciure au sol et des aquarelles de marines sur les murs blanchis à la chaux. Spartiate, carré, sans surprise, authentique. On sait qui on est, on connaît sa valeur, pas besoin de frimer sous les stucs et les néons de couleur.

Pattucci est petit, chauve, râblé. À 65 ans, il fait son âge, ce qui induit en erreur et fait sa force. Au bras de fer, il a brisé un jour le poignet de son adversaire. Pattucci est célibataire. Il porte le sens de la famille à un degré tel qu'il a refusé de créer une lignée propre, il a laissé ça à ses frères, tous deux morts aujourd'hui. Faudrait pas que le patriarche aille en taule et laisse le sale boulot à leurs femmes ou à leurs enfants. Le « Bridé » s'occupe de sa vieille mère et de sa nièce handicapée. On raconte aussi qu'en sa présence, certains ont raconté une fois de trop leur blague sur les trisomiques. Ne pas connaître la réputation du « Bridé », c'est le sous-estimer. Ces papis qu'on voit assis à l'entrée des bistrots, casquette sur le crâne, et qui roulent leur cigarette d'une seule main. On trouve les mêmes en Sicile et en Sardaigne.

Le niveau du Johnny Walker a baissé sous l'étiquette noire. Milo Pattucci a une bonne descente, Max le suit dignement. Les olives noires, les anchois, le fromage de brebis coupé en fines tranches épongent le foie et retardent l'ivresse.

Milo termine de rouler sa cigarette, allume son tabac noir. Max puise une nouvelle fois dans son paquet de Davidoff. Les deux hommes sont seuls dans la petite salle. Il a suffi d'un geste du vieux pour que les joueurs de *scopa* bougent dans la grande salle attenante et tirent le rideau derrière eux. Après avoir pris la température de son avocat, exploité les ragots qui lui sont utiles ou le divertissent, Pattucci attaque le vif du sujet :

« On a nécessité d'augmenter les livraisons.

— Pas de problème.

— Te presse pas. Je veux des réponses sûres. Des fois, la gnôle, ça fait parler trop vite. Tu peux suivre avec les investissements ?

— G&T est à hauteur de 33 %. Mon contact ne se doute de rien. Le reste de l'argent partira moitié à l'UBS, moitié dans une banque privée genevoise. Il y a un nouveau qui a les crocs, il te placera tout ça au Bahamas. On va diversifier sur plusieurs produits, faire voyager l'argent dans quelques succursales. S'il devait y avoir un soupçon d'enquête...

— Pas d'enquête, le coupe Pattucci. Je te paie pour ça.

— ...Il leur faudrait trois ans pour retracer le parcours de vingt-quatre heures.

— Pas d'enquête, j'ai dit. Ni de publicité. J'élève des chèvres, je produis du fromage. J'ai deux veuves, trois avec ma sœur, et sept petits-enfants à charge. Je suis rangé des voitures, compris ? »

Max hoche la tête, boit une gorgée et grimace malgré lui. Pattucci se déplace sur sa chaise, pose les coudes sur la table. Pas une once de graisse sous sa chemise à fleurs, sec comme un olivier.

« Ton truc, là, les salades artificielles, c'est du sûr ?

— Mon contact est formel. C'est le pognon de demain dans l'agroalimentaire. Un peu comme d'investir dans les nouvelles technologies.

— De quoi tu parles ?

— Communications, essentiellement. Téléphones portables,

câbles, réseaux informatiques, liaisons satellites. Les grandes fortunes se construiront là-dessus.

— J'ai soixante-cinq piges, mon avenir, je le vois pas au-delà de la fin du mois. Et ça, c'est quand je suis optimiste. Naviguer à vue, c'est mon principe de longévité. Je veux du concret.

— G&T, c'est 8 % dès l'an prochain, le double dans deux ans. De l'américain, pas de la gnognotte. Garanti sur facture. Pour le court terme, j'ai ce qu'il te faut avec ce banquier. Le gars n'a pas froid aux yeux. Pour lui, vous cherchez juste à frauder le fisc. Tant que l'origine suspecte n'a pas été prouvée, ils ne...

— Il n'y a pas d'origine suspecte.

— Hem, oui, bien sûr, c'était pour dire.

— Je préfère que tu dises pas. »

Un temps : une olive, un anchois. Milo reprend, la bouche pleine :

« Et ton gars, ton convoyeur ? Il peut augmenter la cadence ? Depuis qu'on a rouvert le cercle de jeu dans la capitale, les Niaquoués claquent leur fric comme des *baoulu* de touristes...

— Ça non plus, ça ne devrait pas poser de problème.

— Je préfère quand tu parles au présent.

— Pas de problème. Il fera ce qu'on lui dit.

— Et la fille ? Elle est sûre ?

— Celle qui réceptionne ? Elle est maquée à l'UBS. Fondée de pouvoir. La classe. C'est elle qui fait le tri et dispatche le liquide...

— De quoi ?

— Elle se charge de répartir l'argent vers les différentes sources de recyclage.

— J'aime pas ce mot. Je suis un entrepreneur.

— D'investissements.

— C'est mieux.

— Bien.

— Ton verre est vide, donne. »

Vermillon s'exécute. Avocat d'affaires demande certaines prédispositions hépatiques.

« Tu fais quoi plus tard ? demande Pattucci. Tu veux une table au Bora-Bora ? De la compagnie ? Qu'est-ce qui te ferait plaisir, bonhomme ?

— En fait, c'était un peu mon idée, oui. Des filles, ça me dirait bien.

— C'est drôle, j'aurais pensé que tu voudrais plutôt bouquiner. Ma sœur a une bibliothèque formidable, tu sais, avec des livres rares...

— Je préfère la vraie vie, sourit Vermillon.

— C'est ce qu'on dit, bon, tu veux quoi ?

— Des filles, n'importe lesquelles, pourvu qu'elles soient jolies, ça m'est égal.

— Blonde, brune, rousse. Des Noires et des Jaunes, aussi. On ne s'imagine pas toutes les beautés qui transitent dans le coin. L'accueil du touriste, ici, c'est une tradition. À ta santé, l'avocat. »

17

Odile a entamé une longue cavalcade. Elle y prend du plaisir, gère l'autre homme qui s'offre à elle avec sa bouche. Aldo n'est pas loin, prend son temps avec une fille plus jeune qui ferme les yeux et gémit doucement. Odile et Aldo s'échangent des regards, s'excitent mutuellement. D'autres corps se sont accouplés dans les alcôves. Des voyeurs se masturbent, d'autres se caressent l'air absent. Des serveurs proposent boissons et canapés. Certains convives prennent une pause dans le grand salon à l'éclairage tamisé, se restaurent, dénudés, au centre d'un décor en stuc vaguement oriental. Le tout se situe dans une demeure isolée sur les contreforts du Grand Bornand, Haute-Savoie, France.

À bien y réfléchir, le club libertin illustre un dernier sursaut de mutinerie bourgeoise. L'allégeance au pouvoir étant scellée, le sexe apparaît comme l'ultime revendication libertaire. Le dernier espace d'autonomie et de rébellion. Le prolétariat ne partouze pas, il se reproduit.

Et la dignité, Odile ?

Elle est aussi relative que la vérité. Par rapport à soi, en fonction des circonstances et des réflexes de survie. Par sincérité, tout est possible à nos propres yeux. Tant qu'on ne joue pas à se faire croire que. Pouvoir se justifier en cas de menace de lapidation. Tête haute, sans peur.

Odile s'inscrit dans cette ligne-là, son ultime baroud. Elle pressent jouer ses dernières cartes. Elle a connu cette même intensité, il y a une trentaine d'années, cet accélérateur de particules qu'est la passion. René n'était pas l'homme en question, mais un amour de vacances aux doigts fins et aux caresses subtiles ; René est venu après, son plus grand mensonge. L'arrogance de la jeunesse, sa beauté, lui laissaient croire qu'elle aurait l'essentiel : richesse, maternité, réussite sociale. Elle a simplement oublié l'amitié et l'amour, la connivence, l'éclat de complicité jubilatoire dans l'œil de l'autre, l'odeur de sa peau. Ces phéromones leviers de l'univers. Il y a l'épiderme auquel on s'efforce de s'habituer avec le temps, et puis l'autre, celui qu'on lèche comme une évidence dès la première fois, dont on s'enivre et qui nous brûle.

Odile a choisi, oubliant la peau. La langue sur la peau. Le goût de celui qu'on avale. Celui qu'on choisit dans son ventre.

Sauf que l'amour est revenu. Il a traversé les âges comme l'os lancé par le singe dans le film de Kubrick. Elle avait anticipé un adultère maîtrisé, s'offrir le professeur de tennis comme un nouveau tailleur, mais pas cette déferlante d'hormones ayant pénétré par effraction, s'insinuant et rampant, bouleversant les équilibres, renversant les barrières sociales et psychologiques.

Un amour meurtrier, annihilant tout obstacle sur son passage, inconvenant et constant.

Le voilà, elle peut le toucher.

Le grand chamboulement est entré dans sa vie.

Elle le regarde maintenant conduire sur l'autoroute Blanche, direction Genève. L'aube est retardée. La nuit encore présente. Odile pose la tête sur l'épaule de son homme, serre son bras avec ses deux mains. Ce bras droit plus fort que le gauche, son bras de joueur de tennis. Le bras par lequel tout a commencé. Non, elle n'a pas honte, il n'y a pas à en avoir. Ce soir, elle a donné son cul à d'autres, mais pour lui, seulement pour lui. Les habitués du libertinage savent que ce n'est pas un paradoxe. Sauf que le rapport est rarement égal. Le dominant en est sorti grandi et plus fort de son pouvoir. La dominée est tombée dans le piège du mâle partageant sa femelle pour marquer sa position de force. C'est par là qu'auraient dû commencer les idéologues du socialisme, par se rendre chez les prostituées et écouter ce qu'elles avaient à dire. Commencer par les rapports entre mâles et femelles.

Commencer par le début de l'Humanité.

Sauf que tu avais oublié que l'amour viscéral ne se partage pas, Odile. Il est jaloux, égoïste, avide. Il veut tout pour lui. Quitte à ne pas vouloir voir, à tolérer un certain degré de dissimulation, mais il ne peut pas s'exhiber aussi frontalement. C'est un jeu à somme nulle. Forcément l'un des deux en sortira perdant. On sait déjà qui.

Aldo lève son bras pour passer la troisième et ralentir en vue de la gare de péage de Nangy.

Les stops arrière s'illuminent, rouges.

Aldo jette les piécettes dans la corbeille métallique.

La machine calcule, la machine prend son dû.

Et la barrière se lève.

18

Max Vermillon récupère sa Porsche Carrera au parking de l'aéroport de Lyon-Bron. Après son escale à Bastia, le voyage par étapes est un moyen de rentabiliser son temps. Divers placements à gérer au nom de son récipiendaire corse, essentiellement avec ce jeune homme d'affaires venant de racheter une banque privée — La Banque du Patrimoine — au bord de la faillite, mais possédant des fonds propres importants, de beaux locaux, du personnel hautement qualifié, et une clientèle en lien avec des courtiers et des avocats porteurs d'affaires lucratives. Christophe Noir. Un nom prometteur. Au fond, depuis la Révocation de l'édit de Nantes, Genève et Lyon partagent un socle de solidarité commun qui a perduré au cours des siècles. Max Vermillon et Christophe Noir ne font que perpétuer une alliance historique et économique. D'ailleurs, Vermillon possède aussi un pied-à-terre genevois dans le quartier de Champel. Cent cinquante mètres carrés en duplex dans un bâtiment de haut standing, à une encablure de l'appartement d'Isabelle Adjani, qu'il croise parfois avec ses lunettes noires et son foulard sur la tête, à la boulangerie du coin. Elle ressemble à son personnage de *Mortelle Randonnée*.

Genève est son deuxième bureau, et ce soir, Max est invité pour une petite sauterie à Anières, chez le Christophe Noir en question : domaine au bord du lac Léman, éclairage aux flambeaux, buffet monumental, punch à gogo, Riva ancré dans le port privé. Dont il faudra sous peu prévoir la cale sèche, mais un sursaut estival est encore attendu avant de bâcher.

Max y a emmené Aldo. C'est que depuis les premiers voyages, les deux hommes commencent à copiner. Aldo a vu sa commission augmenter, on lui fait confiance, les trajets s'intensifient. Aldo songe à louer un second véhicule pour ne pas alerter les douaniers. Il prend sa mission au sérieux, change de cache dans la voiture, veut gagner ses galons à chaque voyage. Il emprunte différents itinéraires, varie les postes-frontières, il a retenu la consigne : pas d'ostentation ni de publicité. Non, le vrai problème serait si Max trouvait un autre moyen — et surtout quelqu'un d'autre — pour transporter le pognon. Aldo perdrait un job bien lucratif pour un sous-fifre, ambition fauchée en plein envol. Et aussi l'excellent contact qu'est Vermillon. Aldo voit en lui l'homme de la providence, celui qui lui fera prendre l'ascenseur menant à un niveau supérieur de malversation.

Aux confins de la légalité.

Qui, en général, sont la jurisprudence des voyous.

Nous y voilà, donc. Une sorte d'introduction officieuse. Max voit du potentiel chez cet homme pas encore fini, tant s'en faut. « Fini » dans le sens d'achevé, de construit. Le syndrome du pygmalion étant davantage une question d'ego révélé et de manifestation de puissance que de vocation amoureuse. Et puis, un homme de main malléable, disposé à la crapulerie soft, inconnu des services de police et présentant bien sous tout rapport, ça ne court pas les rues.

Aldo tâche de faire bonne figure. N'étant pas con, il se limite à écouter en déambulant, coupe de champagne à la main. Il est impressionné par la piscine intérieure bordée de carrelage en travertin, les cinq lithographies de Warhol représentant Mao Tse Tung — espiègles, ces banquiers suisses —, le fauteuil en cuir en forme de main dans lequel il se laisse *choir* (parce que dans ce genre de fauteuil on ne s'assied pas), bref, troublé par l'ensemble des éléments évoquant le potentiel sans limites de l'extrême richesse. Qui séduit, étourdit et fascine.

« Hé, le Rital, le secoue Vermillon une main sur l'épaule. T'as compris comment ça se passe ? Trouve-toi une affaire juteuse et je te couvre les fesses.

— Par où je commence, Max ?

— Par là où tu es. Regarde autour de toi. Ça prend du temps, accroche-toi, mais la réponse est ici. Où tout commence, le big-bang...

— Tu veux pas me présenter deux-trois gus ?
— Tout à l'heure, on va les laisser se chauffer un peu.
— Et Christophe Noir ?
— Il arrivera plus tard.
— On est chez lui et il n'est pas là ?
— C'est une façon d'afficher son pouvoir. Bon, t'es un grand garçon, explore par toi-même, fais-toi une idée des gens, du lieu... »

Max s'éloigne, il ne tient pas en place. Son nez le démange, il renifle. Le fait d'être sportif préserve tout de même Aldo d'une série de vices usant le cœur et le cerveau. Il n'oublie pas que son corps est son instrument de travail. Aldo n'aime pas perdre le contrôle. Hésitant, sans doute. Prudent, également. Il se préserve. Se préserve et écoute, c'est tout à son honneur. Alors, il regarde autour de lui, se détache des objets pour se concentrer sur les personnes.

Les hommes, d'abord. Son point faible. Il n'a jamais su lire les mâles, leurs attitudes, ni comprendre leur langage du corps. La plupart affichent un style décontracté, polo et pull-over noué sur les épaules. Tenue relax chic. Affichant ces couleurs Benetton qui lui ont toujours fait horreur, le style *Smartie's* qu'il associe à une défaillance de virilité. Mais bon, ce sont ces hommes-là qui ont pris le pouvoir. Le plus fort n'est plus celui qui a des muscles. Les plus habiles ont su créer un univers où la force physique a été reléguée au second plan. Le gras n'est plus un obstacle, la laideur non plus. On se reproduit par l'argent. Au fond, le message publicitaire de la marque italienne s'applique à toute catégorie qu'on se choisit : tous différents mais ayant un dénominateur commun. Ici, c'est le fric. Tellement de fric qu'il en devient abstrait et son concept contagieux. Avec trois coupes de champagne, vous devenez vous aussi un multimillionnaire. Peut-être que Max a raison, l'essentiel, c'est d'être là, c'est déjà d'être là, une première marche vers les hautes sphères de la richesse.

Les femmes, ensuite. Et comme on le sait, Aldo est nettement mieux préparé. La plupart sont belles. Et si elles le sont moins, c'est parce qu'elles ont vieilli. Il a déjà repéré quelques proies potentielles, mais pour l'heure, il reste sage. Il possède un bon filon avec Odile qu'il exploite avec patience, l'amenant exactement là où il veut, une sorte de rente sur les, disons, six prochains mois. Non, son problème, il le comprend maintenant, est de n'être que l'amant. Il a beau être l'étalon, aucune de ces femmes ne lâchera son mari, aucune ne renoncera à ses privilèges pour Aldo Bianchi. Alors, au final, qui est baisé dans cette histoire ? Qui utilise qui ? Dans un monde brut, un monde de force et de reproduction atavique, il aurait davantage eu sa part de privilèges, il aurait été un dominant, mais là il n'est qu'une conséquence alors qu'il souhaiterait être une cause.

Deux mains se posent sur ses yeux. Des mains de femme, fines, chargées de bijoux, le métal — or, argent, quoi d'autre ? — blesse ses paupières. Aldo renverse du champagne sur son pantalon de toile beige, se retient de bondir. Les mains se détachent, il se retourne et voit Odile. Il contient sa déception. Il aurait volontiers évité de la rencontrer ce soir, mais le milieu des nantis est une basse-cour, sa présence somme toute inévitable. « Et ton mari ? », voilà tout ce qu'il trouve à lui dire. « Là-bas », répond Odile désignant René, stéréotype de l'époux bedonnant et chauve en discussion bruyante avec deux hommes. Aldo masque une nouvelle déception. Aux traits mous, à l'aspect rubicond, au relâchement physique de René, il faut ajouter ses absences régulières et son narcissisme d'homme ambitieux. Aldo n'a aucun mérite de s'être approprié sa femme. Il n'y a, pour ainsi dire, pas eu match. Retour au vestiaire où l'on se sent floué malgré la victoire.

« Jolie robe », déclare Aldo posant son regard sur la tenue en lamé d'Odile.

Robe Armani, collier Gilbert Albert, maquillage Dior. Odile assure. La jouissance répétée lui donne des allures de conquérante.

« Et moi ? Comment tu me trouves ?
— Jolie femme dans une jolie robe.
— C'est tout ?
— Je ne m'attendais pas à te voir ici.
— Moi non plus.
— Tu ne m'as rien dit.
— On n'en a pas parlé.
— Vous êtes copains, toi et Max ?
— C'est l'ami de René. Une amitié d'étudiants, tu sais ce que c'est...
— Non. Je n'ai pas étudié.
— Excuse-moi.
— Je m'en fous.
— Surtout, méfie-toi, Aldo, je t'en prie.
— C'est toi qui me présentes Max, et tu dis de me méfier ?
— Chacun à sa place. Tu sais quelle est la tienne.
— J'en ai marre de jouer les porteurs d'eau.
— Mais pas de convoiter la femme du riche mari.
— Je ne te convoite pas, je t'ai déjà.
— Arrête, Aldo.
— J'aspire à plus grand. Max peut m'en donner la possibilité.
— Max t'utilise. Tu n'es rien qu'un moyen pour lui.
— Tu le connais si bien ?
— Suffisamment. Mais pas de la façon que tu crois.
— À propos, tu ne me présentes pas monsieur Langlois ?
— On va éviter ce genre de désagrément. Pas de visage sur un amant virtuel.
— Tu es devenue spécialiste de la chose ?
— C'est toi qui m'apprends. Et tu m'apprends bien. À cause de toi, je suis toute mouillée maintenant.
— Moi aussi », répond Aldo en faisant allusion à son pantalon.

Odile rit doucement, prend la coupe vide dans la main d'Aldo, l'échange avec une pleine sur le plateau d'un serveur se faufilant entre les convives.

« C'est comme ça que tu passes tes soirées sans moi ? demande Aldo.

— Parfois, oui. Rien de nouveau. On s'invite entre nous. Mais là, je dois dire que Christophe Noir marque des points. Tout ça va finir à poil dans la piscine.

— D'après Max, on n'est pas loin de ce qui se fait de mieux dans le périmètre.

— Laisse tomber ce connard. Occupe-toi de moi.

— Ça va être difficile, ce soir.

— Avec les yeux. Fais-moi sentir importante. »

Aldo pense : putain, toujours les mêmes conneries liées au regain d'estime de soi. Négligée pendant des années et, maintenant, ça voudrait qu'on lui dise l'essentiel avec les yeux, avec des poèmes et des fleurs. Et toi, qu'est-ce que tu me donnes en échange ?

« De l'argent, Aldo.

— Tu lis dans mes pensées ?

— Parfois, tu es comme un livre ouvert. »

L'arrivée de Christophe Noir agite soudain l'assemblée. Odile et Aldo lèvent la tête, font un pas vers le centre, attirés malgré eux par la gravité. Christophe Noir est de taille moyenne, cheveux châtains mi-longs, chemise blanche ouverte sur un torse bronzé et glabre, jean déchiré aux genoux, pieds nus. Aucune trace de bijou ni de montre. Une femme à chaque bras, immenses, une rousse et une blonde. Des gratte-ciels de femmes, des spécimens au crâne rasé, minces et élancées, des mannequins de vitrine auxquels ont aurait insufflé la vie. Lui, le banquier de tous les succès, le garçon doré de la Genève calviniste et austère, là où le capital sert à gagner sa place au paradis, surtout pas à être dépensé ici et maintenant, comme il le fait sans retenue, Christophe Noir, le jeune pirate des places boursières. Et Aldo le perçoit immédiatement — pour la seconde fois de sa vie après avoir vu jouer John McEnroe, enfant capricieux des courts, alors qu'il ramassait les balles à Roland-Garros —, il le ressent comme une évidence, il sait maintenant à qui il veut ressembler : s'approcher de l'expression détendue et magnanime que l'homme distribue à la ronde, les mains qu'il serre avec nonchalance, tapes sur l'épaule, sourire en coin, fossettes en creux. La ligne svelte, tout de même guettée par un léger embonpoint, celui qu'on peut se permettre, qu'on évacue en trois jours de diète au sirop d'érable et pamplemousse. Aucune inquiétude, il entame la trentaine comme s'il atterrissait en jet privé sur l'asphalte lisse et noir d'une île de carte postale. Pression sanguine sous contrôle, vaccins à jour, ensemble des examens et check-up négatifs. Dentition blanche et gencives en béton, prêtes à mordre, à déchiqueter. Si Aldo Bianchi avait un peu plus d'audace, si Christophe Noir était homosexuel, si Aldo Bianchi était suffisamment cynique pour dépasser l'aversion d'un corps semblable au sien, il se dirait qu'il voudrait l'avoir, voudrait être sa pute à lui, son amant de cavalcades, nus dans un champ de coquelicots ou dans des draps de soie noire.

« Trop cher pour toi », murmure Odile dans son dos. « Ta gueule », lui répond Aldo.

Odile sourit, deux plis d'amertume à la commissure des lèvres. Elle a beau présager la défaite, le temps qui lui est imparti s'écoule encore et, comme on le sait, chacun de nous s'accrochera jusqu'au bout, tout au bout, le dernier mètre encore possible, la dernière particule d'oxygène. Pour l'heure, on reprend le fil : Odile allume une cigarette et désigne le couple de sexagénaires que Christophe Noir salue avec chaleur et plus longtemps que les autres :

« Horst Riedle, annonce Odile. La tige desséchée à ses côtés est son épouse, Julia... »

(Petit, replet, cheveux roux ridiculement bouclés, jambes courtes sous un torse démesuré par rapport à sa taille.)

« Directeur des devises étrangères à l'UBS, ça compense bien des défauts. »

Aldo acquiesce, confirmation de sa théorie darwinienne frelatée par le fric. Et alors,

alors derrière le couple apparaît —

(C'est un moment crucial dans la vie d'Aldo, le moment fondamental qui lui fait aussitôt reléguer au second plan Christophe Noir à qui il voudrait ressembler ; et comme toute chose essentielle, comme toute chose cruciale, elle s'écrit entre parenthèses parce qu'elle s'insinue dans l'âme et le corps, on pourrait invoquer Démocrite et ses atomes crochus, et nous on sait, je vous le dis, on sait pour Aldo.)

alors derrière le couple apparaît cette jeune femme chuchotant quelque chose à l'oreille de Horst Riedle, lequel approuve d'un signe de la tête. Horst présente la jeune femme à Christophe. Elle ne possède rien de particulier à première vue, aucun de ces signes extérieurs usuels — l'exubérance des formes et des contours en guise d'appâts sexuels —, bien qu'il constate un corps élancé de sportive sous les vêtements, quelque chose de léger et de sobre, suggérant la silhouette —

(Aldo renifle une odeur familière, perçoit une attitude, un univers contenu qui pourrait s'étendre, et faire écho à ce qu'il est, créant du temps au fur et à mesure de son expansion, quelque chose qui irait loin.)

alors, Aldo pose la question à Odile, la pauvre Odile pour qui s'ouvre une vallée de larmes :

« Et elle ?

— La petite brune ? Son assistante. Peut-être sa maîtresse, aussi, qui sait ? Pourquoi, elle t'intéresse ? »

Aldo ne répond pas, Odile ne saisit pas tout ce qui se joue en ce moment. Aldo Bianchi prend la mesure du monde, donc sa propre mesure par rapport à plus grand que lui. À son insu, il est aussi sur le point de prendre une décision, une décision qui se transformera en actes, un choix qu'il ignore encore lui-même et qui l'emmènera vers ce qu'on peut appeler un destin.

Max les extirpe de ce flottement, la jalousie d'Odile, l'épiphanie d'Aldo. Max qui dit, en serrant l'épaule du professeur de tennis :

« Prêt pour les mondanités ? Le bal des débutants ? »

Odile se tourne vers l'avocat :

« Laisse-le moi encore un peu, tu veux bien, Max ? »

Le regard d'Aldo s'extirpe de la vision de cette femme, il faut bien lutter encore un peu, il se porte ailleurs, rester un électron libre.

« Tu vois bien comment c'est, Odile ? »

Elle voit très bien, elle voudrait se crever les yeux, mais quelqu'un l'a déjà fait avant elle. Il y a bien longtemps.

Une sainte. Une déesse grecque.

Elle a oublié qui.

Mais une femme l'a fait avant elle.

De ça, elle en est sûre.

19

Il y a ce jour de fin octobre 1989, mardi 24, précisément. En-dehors des drames individuels qui se jouent dans les interstices de la planète, l'actualité nationale en Suisse affiche un encéphalogramme plat. Alors que ça bouge davantage dans le monde. La lame de fond de la *Glasnost* est à son apogée, le Mur est sur le point de tomber, bientôt ce sera le tour du bloc soviétique de s'effondrer. Le communisme a enseigné qu'il n'y a de compensation ou d'ailleurs que dans le réel. Mais les promesses du réel ne sont pas arrivées. C'est que les gens veulent jouir maintenant.

Mardi 24 octobre, 11 heures 57 : Aldo Bianchi a fait le job. Déposé la mallette (elle-même contenue dans un sac de sport), dans le casier n°7 du hall du Tennis Club des Eaux-Vives.

Que se passe-t-il, alors? Habituellement, Aldo s'en va aussitôt, salue au passage les employés du bar-lounge qui le connaissent, et rejoint le parking.

Habituellement.

Car, aujourd'hui, il s'installe dans un fauteuil en osier, pose ses fesses sur la galette aux motifs d'ananas Laura Ashley, et commande un expresso et un jus d'orange pressée. Il allume une cigarette, aussi. Il est assis de façon à voir le hall incognito, une vitre teintée le masquant depuis l'entrée. Sans oublier les vases décoratifs ornés de plumes de paon jalonnant les abords de l'entrée comme des îlots de vanité.

Habituellement. Car. Alors. Il y a.

Aldo Bianchi écrase sa Parisienne dans le cendrier au moment où une silhouette se matérialise derrière les portes coulissantes. D'instinct, il lève la tête, voit la jeune femme se diriger en direction des casiers. Tailleur bleu marine, escarpins de même couleur, un sac de sport identique au sien qu'elle dépose dans le casier n° 7 après l'avoir ouvert avec sa propre clé, et qu'elle échange avec l'autre, plus lourd.

Lourd de billets, lourd de sens.

Aldo reconnaît la jeune femme brune, entrevue lors de la *party* chez Christophe Noir, l'assistant du directeur des devises étrangères à l'UBS, siège de Genève. Mais c'est bien plus que ça: elle lui apparaît, elle est, comme une évidence, ses gestes essentiels contenus dans une élégance naturelle, des gestes dont il pourrait prévoir les trajectoires et les intensités. Il ne la reconnaît pas, il la *connaît*: sous le maquillage de circonstance, ce sont des traits familiers parmi des milliards d'anonymes, le visage de l'autre qu'on attendait sans le savoir. Et maintenant qu'il est arrivé, on comprend que jusque là, on était seul.

Je vais vous dire ce qui se passe à l'intérieur d'Aldo, le bouleversement qui l'empêche de se lever de sa chaise en osier, la déflagration sourde qui le laisse avec sa main dans le cendrier, le mégot écrasé en forme de S :

C'est le soir, vous êtes perdu dans un pays étranger, vous êtes seul, affamé, errant en proie aux affres de l'indigence. On vous a tout pris : la force et l'espoir. À un certain moment, dans une ruelle vide, vous passez sous la fenêtre d'une maison et vous entendez soudain une musique que vous reconnaissez, c'est une musique de chez vous, qui vous rappelle d'où vous venez, dit qui vous êtes, elle parle votre langue, vous vous arrêtez, le temps que la musique s'écoule, vos yeux pleurent, mais c'est aussi votre premier sourire depuis des jours.

La jeune femme qui referme le casier et emporte le sac de sport, c'est elle, Svetlana Novák.

Celle de l'histoire d'amour.

NOVEMBRE 1989

Aérobie

C'est formidable d'être ce que vous êtes.
Jean-Paul Gaultier

20

Svetlana Novák a coupé les ponts.
Couper les ponts signifie, entre autres, vivre au 6 avenue des Amazones, dans le quartier résidentiel de la Gradelle, et accompagner sa fille à l'école du lundi au vendredi.
La petite Luana, 8 ans, décroche sa ceinture de sécurité, dégringole de son rehausseur et se précipite sur le trottoir. Elle rejoint en courant ses copines de classe déjà sous le préau. Svetlana jette un œil dans le rétroviseur extérieur, sort de la voiture et claque la portière à l'arrière que sa fille a oublié de refermer.
Pas un regard ni un petit signe de la main de part et d'autre. Elles se sont déjà donné un bisou avant de monter dans la voiture. Svetlana a expliqué à sa fille que, quand on quitte, il faut le faire rapidement, comme quand on arrache un sparadrap. Luana a compris, c'est une fillette intelligente, il a suffi d'une fois. Elle oublie juste de refermer la portière. Sa mère le lui répète en vain, son soupir dégage un halo de vapeur devant sa bouche. Il fait froid, les véhicules qui suivent reprochent à Svetlana Novák d'encombrer la voie. Les conductrices se manifestent à coups de klaxon insistants et agacés. Dans le cas des hommes, la vision de cette jeune femme svelte en tailleur bleu marine et hauts talons, transforme le reproche en sourire

courtois derrière le pare-brise. Cheveux châtains noués en queue de cheval, yeux marron à l'iris jaune, si on a la chance d'approcher son visage de suffisamment près. Parce que Svetlana Novák possède ce qu'on nomme le «charme». C'est souvent incompréhensible pour l'interlocuteur/trice qui se retrouve soudain comme happé par son aura. Une sorte d'attirance, la bille d'acier roule alors vers l'aimant. On aura l'occasion de revenir sur son aspect et la force de gravité émanant d'elle, ce potentiel de séduction dévastateur. Dans l'immédiat, il est urgent de dégager la route et de se ranger dans le flux du trafic. Svetlana met le clignotant, attend son moment, et la BMW 525i ajoute un anneau noir au serpent des carrosseries.

Elle regarde sa montre tandis que sa main gauche manœuvre le volant. Modèle de luxe et sportif, bracelet en inox où apparaît la célèbre petite couronne en relief. Elle passe les vitesses, rétrograde, freine. Couper les ponts, signifie élever une fille seule et à plein-temps. Mais avant ça, il y avait forcément un passé dont on ne peut pas faire l'économie, on va se dépêcher :

D'abord, déserter sa famille restée en Tchécoslovaquie, père, mère, sœur, tantes, oncles, cousins. Il a fallu patiemment détisser les liens, attendre les moments propices, les prétextes et les occasions (décès, mariages, déménagements...), mais surtout cette famille proche qui, d'une façon ou d'une autre, s'est privée pour qu'elle puisse mener ses études d'économie à l'université Charles de Prague. Cette famille qu'elle n'a eu aucune peine à renier tant elle lui rappelait la désolation d'existences sacrifiées, inutiles, vouées à l'attente et à la frustration.

En toute logique, donc, et sans le moindre remords : ce saut dans le train pour l'Italie ; mise à niveau en économie de gestion à l'université de Bologne — de sérieuses lacunes à combler quant à l'économie de marché dans son cursus en pays satellite de l'URSS. Opportunité qu'elle a saisie grâce à sa rencontre avec Mauro, en vacances avec deux copains rentrés en Italie sans lui, puisque le Mauro en question a filé le parfait amour trois jours supplémentaires à l'hôtel Alchymist, rue Sněmovni. Svetlana et son corps. Svetlana et son charme. L'Italie pour le plaisir des yeux et des sens, aussi — deux ans de vie indolente où la jeune Tchèque s'est découverte sensuelle comparée à ce qu'elle fût, corsetée par l'apathie suspicieuse régnant derrière le rideau de fer. L'Italie, enfin, pour le reproducteur transalpin, le susmentionné Mauro. Qu'elle quitte sans larmes, enceinte de deux mois et sans qu'il n'en sache rien, pour un travail de back-office au Crédit Suisse de Locarno, canton du Tessin, Suisse. Congé maternité expédié sans états d'âme particuliers, présence au travail assidue, les postes à responsabilités se succèdent. De fil en aiguille, elle obtient la charge de fondée de pouvoir à l'UBS Genève, où elle assiste le directeur responsable des devises étrangères. Cent cinquante mille francs par an, indépendance et sécurité financière assurées. Elle aurait pu aller ailleurs en Europe, Svetlana parle cinq langues, dont le russe (ici, on soulignera un des points forts du modèle scolaire soviétique), particulièrement utile vu l'afflux soudain de roubles dans les coffres-forts des banques helvètes. Mais quand on veut faire carrière dans la banque, la Suisse c'est un peu comme le Brésil pour le football.

Vous voyez, on a vite fait. D'ailleurs, à la radio, elle entend régulièrement cette chanson triste de Jean-Louis Aubert qui dit qu'il vaut mieux couper plutôt que déchirer. Elle pourrait lui préférer Blaise Cendrars, *quand tu aimes il faut partir*, mais Svetlana Novák, vous l'avez compris, n'est pas du genre à lire de la poésie.

Dans son coffre, il y a un sac garni d'une combinaison et de chaussures de sport (dont elle n'a même pas pris la peine d'ôter l'étiquette), à échanger contre un sac identique contenant une mallette en cuir pleine de francs français en coupures de cinq cents.

Il est huit heures. La chanson de l'ex-Téléphone est finie, les nouvelles du jour sont diffusées dans l'intérieur cuir. Ça bouge à l'Est. Tout ce qu'elle a fui semble se désintégrer depuis qu'on a asséné des coups de pioches au « Mur de la honte ». Et son pays, tiens, a entamé sa révolution de velours...

Mais la vie est une course de fond solitaire. Se faufiler dans la grande Histoire, tirer parti de ses méandres. Chercher la contrepartie, monnayer. L'effondrement du bloc communiste est une aubaine pour son département. Pétrole, gaz, armement. L'URSS est une mine d'or de capitaux en fuite et d'investissements à venir. Svetlana a trouvé son cadre, elle aussi, le terrain de jeu propice à son expansion. Cette inquiétude majeure qui les distingue, elle et son charme ravageur : vouloir plus. Pourquoi, elle l'ignore et n'a jamais cherché à comprendre. Cette volonté inscrite dans sa peau blanche veinée de bleu. Son sang si rouge à l'intérieur. Ces trois couleurs sur le drapeau de son propre pays. Svetlana Novák n'en a pas encore fini avec l'indépendance et la sécurité financière. Sous peu, elle aura l'occasion de penser en grand.

En très grand.

21

Récurrence du matin : Svetlana est la première « cadre » à arriver à son bureau, 21 rue du Rhône. Place attitrée au parking souterrain du Mont-Blanc, verrouillage des portières et ascenseur donnant sur la rue du même nom. Dix minutes à pieds, bol d'air d'une matinée froide, cristaux de glace sur les branches des arbres nus, emmitouflée dans son manteau noir au col de renard. Attentive à ne pas glisser sur les plaques de verglas disséminées sur le trottoir malgré le saupoudrage de sel par la voirie. Les vitrines des bijouteries lui renvoient son image qu'elle ignore. Svetlana sait qui elle est, la place exacte qu'elle occupe sur l'échiquier social, la prochaine étape à franchir. Elle marche sans hâte, mais avec constance, le torse porté vers l'avant. Il y a le froid, bien sûr, et cette main gantée de cuir doublé de cachemire sur le col de son manteau qu'elle maintient fermé pour se protéger de la bise. Mais il y a surtout son esprit qui la précède, en quelque sorte. Ce corps, cette vie animant ses cellules, son âme et sa chair, son être tendu vers ce qui rend libre, cette loi générale de l'Humanité selon l'économiste Heinrich Beta : l'accomplissement de soi par le travail.

Trois marches, porte monumentale en fer forgé qu'un système électrique accompagne lors de son ouverture. Vaste hall au plafond haut, une imposante peinture de Ferdinand Hodler — mercenaires suisses portant hampes, lances et drapeaux, corps musculeux —, occupe le mur derrière le *desk* du réceptionniste. Il faut aller dans les banques, les vieilles banques historiques, pour trouver un début de grandeur, d'ambition affirmée, cette vanité réprimée par le Calvinisme.

Daniel Campos aperçoit Svetlana, se lève et contourne le bureau où il passe la plupart de son temps à faire, discrètement, des mots croisés. Dans son costume trois-pièces, cher et impeccablement coupé, il se dirige vers elle, obséquieux comme à son habitude. Un costume qui a dû lui coûter un mois de salaire, amplement rentabilisé depuis deux ans qu'il travaille au siège central. Petit et mince, il a intérêt à ne pas grandir ni grossir s'il veut le porter jusqu'à la retraite. Campos affiche une cravate rouge, une pochette assortie, ses cheveux noirs sont peignés en arrière et luisent de gomina à l'odeur sucrée. L'homme a des airs de directeur général de lointaine filiale sous les tropiques ou de dictateur sud-américain, ce qu'il est en partie, puisque Chilien d'origine.

« Ah, madame Svetlana, comment allez-vous ce matin ? »

Il prend sa main dans les siennes, manucurées. La gourmette en or cliquète en s'échappant de la manche de la chemise bleu clair retenue par un bouton de manchette assorti. Sa poigne est molle, s'attarde dans sa paume. Une alliance visible, marié, deux enfants, dont l'un déjà adolescent, mais on sait ce que ça vaut face à une femme sortant de l'ordinaire. On devine la convoitise dans son regard, sa totale disponibilité pour la numéro 2 du département des monnaies étrangères. Ses lèvres sont humides, étonnamment rouges pour un homme.

Daniel Campos précède Svetlana, pénètre dans l'ascenseur réservé au personnel, appuie sur le bouton du 7e et dernier étage, ressort aussitôt de la cabine. Sa figure de loukoum disparaît derrière le double battant d'acier chromé se refermant. Svetlana tourne le dos au miroir, lève la tête sur les chiffres illuminés signalant son ascension. On se regarde une fois, le matin avant de sortir. Après, c'est comme les adieux, on n'y revient plus. Le « ding » feutré retentit, elle abandonne l'effluve écœurant de Drakkar Noir dans l'ascenseur. Elle se dépêche de rejoindre les toilettes, se précipite aux lavabos. Elle frotte ses mains sous le savon du distributeur. Elle s'y reprend à trois reprises. Svetlana Novák administre des portefeuilles de millionnaires, gère le stress considérable lié à son activité. Elle n'a pourtant pas encore trouvé le moyen d'éviter Daniel Campos et son Drakkar Noir qui se voudrait viril. Mais tout ça concourt au destin des hommes, un parfum aguicheur, un regard concupiscent comme un bonbon trop sucré.

Cet achoppement du matin, ce détail désagréable dans l'antichambre de son apogée, lui servira.

Tout est un, a énoncé Karl Popper.

Svetlana apprécie autrement l'accueil chaleureux de sa secrétaire, Mélanie Bordier. Blonde souriante et faussement évanescente. Vive, alerte, l'indispensable bras droit dans un métier qui exige sa part de schizophrénie. Ici, il faut peut-être évoquer le penchant trouble que Svetlana Novák éprouve vis-à-vis de la jeune femme en question. C'est un ragot, peu nous importe au fond, mais l'anecdote nous rapproche aussi du sel du récit. La faute aux hommes qu'elle a connus, sans doute.

Une série d'amants frustes au début de sa vie sexuelle. Mauro ensuite, beau et performant, mais dénué d'imagination et trop attentif à son propre reflet dans le miroir. Enfin, une série d'amants un peu mous parce que fatigués, ceux de l'âge mûr et des pilules pour le cœur, des restaurants chics les soirs où leurs épouses sont occupées ailleurs. Pas franchement saphique, Svetlana, mais avec le souhait, dicté par la curiosité, d'atteindre l'orgasme avec régularité. Tout ça est complexe, allez nous parler de sexualité, des éléments déclencheurs de passion et de tragédies. Il n'en restera rien, sinon une seule règle : qu'il n'y en a pas. C'est bien ce qui nous désole ou nous exalte, et c'est bien comme ça. À chacun de mériter sa libido.

Mélanie a commandé deux cafés par interphone. Debout derrière son bureau, elle mouille son index, choisit la page du jour et ouvre son grand agenda de Moleskine noir. Une voix fraîche et enjouée. À l'entendre, on pourrait penser que les marchés boursiers, l'ensemble de la mécanique financière et ses transactions, ne sont qu'un jeu, une sorte de Monopoly pour adolescents attardés, c'est fou ce qu'on s'amuse. Le monde serait une sucette au goût de fraise :

« Neuf heures trente : Monsieur Torrisi, de Procter & Gamble pour ses clients russes. Seize heures : Madame Saint-Clair pour sa fondation OpenAir, tour d'horizon des supports financiers qu'elle souhaite intégrer à...

— La baronne Saint-Clair ?

— Elle et son lifting, en chair et peau sur les os.

— Toujours pas de micros dans nos locaux ?

— Toujours pas. On peut médire sans entraves. Je vous ai laissé le meilleur pour la fin : Christophe Noir de la Banque du Patrimoine. Déjeuner à l'Amphitryon de l'hôtel Beau-Rivage, treize heures. Horst Riedle vous y attend à douze heures trente pour un rapide briefing. »

Svetlana lève son menton, joue avec la bague sur son majeur, pic d'adrénaline confluant avec l'arrivée du stagiaire qui demande où poser le plateau avec les cafés. Svetlana devance sa secrétaire, indique au jeune homme un coin de bureau, lui fait comprendre d'un claquement de doigts qu'il faut dégager sur-le-champ. La porte vitrée se referme derrière lui dans un bruit de succion.

« En sait-on un peu plus sur ses intentions ? demande Svetlana.

— Monsieur Riedle m'a dit qu'il vous en parlerait tout à l'heure.

— Bien, Mélanie. Préparez-moi les documents P&G.

— Ils sont déjà sur votre bureau. Elle ajoute : Je filtre les appels ? »

Les deux femmes se sourient, complices. Dans ces cas-là, la marge de manœuvre d'un homme souhaitant s'immiscer entre ces deux sourires serait extrêmement limitée.

Svetlana s'isole dans son bureau, pose attaché-case et sac à main sur la table en merisier. Moquette crème. Tapisserie vert pastel. Elle se rend à l'une des deux fenêtres donnant sur la rue, écarte le rideau transparent. Des écoliers marchent sur le trottoir en rang par deux, escortés par leur maître. Svetlana pourrait se demander où est passée l'enfance, mais qui se pose ce genre de question avant de réviser un dossier de retour sur investissements ? Non, Svetlana songe à Christophe Noir et à la proposition qu'elle a suggérée à son directeur quant au nouveau client de Max Vermillon. Elle en déduit que la soirée chez le jeune banquier a porté ses fruits. Pas de traces téléphoniques ni de mémos pour préparer son rendez-vous. La bonne vieille parole entre deux messieurs bien disposés. Au commencement était le Verbe. Et dans ces cas-là, une femme comme Svetlana a toute latitude.

22

Monsieur Torrisi de P&G ressort du bureau de madame Novák sans doute satisfait de son entretien, vu l'amabilité avec laquelle il prend congé de Mélanie. Quinze minutes plus tard, Svetlana sort à son tour, sac à main en bandoulière et manteau plié sur l'avant-bras. Mélanie ignore. Mélanie constate. Mélanie déduit que Svetlana voit un homme en secret, deux fois par semaine, les lundis et jeudis entre onze et treize heures. La récurrence. Les habitudes. Qui font leur chemin dans l'esprit vif d'une secrétaire célibataire dans la fleur de l'âge. Comment lui en vouloir d'envisager une réalité semblable au prisme de ses propres expériences ?

Svetlana devine les déductions de Mélanie. Garde son sérieux, lui laisse imaginer ce qu'elle veut, du moment qu'elle reste éloignée de la nature réelle de ses excursions.

Campos est en pause café, remplacé par le stagiaire pour l'accueil des clients. L'heure est charitable, elle évite émanations et salamalecs. Avec le temps, le jeune homme deviendra un Campos à son tour. L'argent restera du papier et puis, un jour, le soleil grossira avant de s'éteindre. La fin de l'Homme bien avant la fin de la Terre elle-même. Et personne ne saura plus rien ni de nous ni de nos histoires. Alors, retournons à ce qui se mesure à l'échelle humaine :

Le moment est important.

Svetlana a échangé le sac de sport dans le casier du Tennis Club des Eaux-Vives, emporté et verrouillé le précieux bagage dans son coffre, sous le plaid à motifs écossais. Elle s'apprête à s'asseoir au volant de sa voiture quand une voix se manifeste dans son dos.

« Mademoiselle... »

Elle se retourne brusquement, la peur lui vrille le ventre, elle pense à un agresseur. C'est un homme, oui, mais ses intentions sont pacifiques.

Et comme pour souligner l'instant, une brèche de lumière déchire la couche de nuages encore incertaine recouvrant le ciel. Le rayon de soleil éclaire le visage de l'homme, le diamant brille à son oreille, éclat fugace. Ses yeux bleus rieurs rencontrent la froideur d'un cristal de Bohême. Aldo Bianchi est suffisamment proche pour déceler le moiré jaune dans les yeux de Svetlana. Prise au piège, elle fait un pas de côté, regarde autour d'elle, le parking est rempli de voitures, mais désert de vies humaines. Parler est encore ce qu'elle a de mieux à faire :

« Que voulez-vous ?

— Mon sac de sport est identique au vôtre. »

Svetlana croit deviner, gagne du temps, joue la prudence :

« Je ne comprends pas. »

Aldo enfouit sa main droite dans la poche latérale de son blouson, il en ressort une clé : « On partage aussi le même casier, numéro 7. »

Svetlana regarde autour d'elle, mais pour une toute autre raison. D'abord, elle espérait qu'on puisse venir à son secours. Maintenant, elle souhaite que personne ne la voie en compagnie de cet homme. Elle parle à dents serrées, imagine un photographe caché dans les frondaisons jouxtant le parking.

« Allez-vous-en, je n'ai rien à vous dire. Je ne vous connais pas. Les consignes sont claires. »

Aldo Bianchi s'interpose alors qu'elle est déjà montée dans la voiture et cherche à refermer la portière.

« Attendez... »

Svetlana ne peut s'empêcher de le regarder tandis qu'il cherche quelque chose à l'intérieur de sa veste. Elle aperçoit le mordoré d'une chaînette en or autour de son cou bronzé, la croix chrétienne entre les poils de son sternum. Une sensation de force brute émane de son corps. En même temps, il dégage une fragilité adolescente, le genre d'homme auquel une femme pourrait avoir envie de donner le sein pour des raisons complexes, mère et putain, maelström hormonal.

Aldo saisit le poignet de Svetlana qui a un mouvement de recul, il serre davantage sa prise tandis qu'il écrit un numéro de téléphone avec un stylo, dans la paume de sa main.

Voilà.

Svetlana récupère sa main. Pas de parfum. Juste une légère odeur d'after-shave.

« Donnez-moi une raison de vous appeler ? demande-t-elle.
— Je vous ai vue chez Christophe Noir.
— Une seule raison, j'ai dit. »

Le regard d'Aldo s'attarde dans celui de Svetlana qui ne baisse pas les yeux. Par défi. Par principe, aussi. Ne pas reculer. Jamais.

Aldo parle, au même instant Svetlana allume le moteur et nous n'entendons pas ce qu'il dit.

La portière se referme. Aldo recule, s'appuie à la carrosserie d'une Maserati tandis que Svetlana fait marche arrière et quitte le parking.

Un lieu.

Un territoire.

L'histoire avance, les hommes à l'intérieur.

Svetlana Novák passe la première, sent encore la pression de ses doigts autour de son poignet.

Et, pour une raison qui lui échappe, elle voudrait que le temps recommence.

23

La matinée s'accélère, d'ailleurs elle s'apprête à basculer sur l'heure du déjeuner. Svetlana traverse le pont du Mont-Blanc au volant de sa voiture, remonte le quai du même nom. Arrivée devant l'hôtel Beau-Rivage, elle laisse la BMW au voiturier, lui donne son nom. Le portier en livrée la précède, fait pivoter la porte tambour. Ses hauts talons ne résonnent pas sur le tapis rouge couvrant ce bout de trottoir. Elle regarde sa montre, elle est en avance d'une demi-heure. Elle s'arrête, dit qu'elle revient tout à l'heure, le portier la regarde s'éloigner. Ce n'est pas seulement la matinée qui s'accélère, mais le temps en général. Cette impression vague que le destin se penche sur vous, qu'une somme de détails à l'œuvre depuis votre naissance fait masse, tout à coup. Pourtant, Svetlana ne croit pas au destin ni à une quelconque forme de prédestination. Les faits, les actions, il est là, le destin.

Croit-elle.

Elle marche le long du quai, s'autorise une première cigarette que, d'habitude, elle ne fume pas avant le soir. Plus bas, le lac a pris une couleur cendre, le ciel s'est définitivement obscurci. Elle s'arrête devant la plaque de cuivre signalant, au bord du trottoir l'endroit où Sissi, impératrice d'Autriche, s'est faite poignarder par l'anarchiste italien Luigi Luccheni. Cette convergence d'une lime triangulaire de neuf centimètres et demi de long avec le cœur d'une femme. Une perforation si délicate que c'est seulement sur le bateau *Genève* — après que Sissi eut perdu connaissance — qu'un médecin découvre l'infime point rouge au-dessus du sein gauche. Le cœur ayant été perforé, très peu de sang bleu aura coulé. Elle meurt peu après dans sa suite du Beau-Rivage, le 10 septembre 1898, dans ce même hôtel où, moins d'un siècle plus tard, Svetlana Novák s'apprête à rencontrer Christophe Noir et Horst Riedle.

Pas de bol, Élisabeth Amélie Eugénie de Wittelsbach.

Fallait pas naître duchesse.

Un anarchiste italien a transi ton cœur.

On a beau devenir impératrice, la vie de Sissi est une succession de malheurs. Son médecin l'avait d'ailleurs mise en garde contre une prédisposition au chagrin : dilatation cardiaque, phtisie, état de dénutrition permanent, aboulie...

Elle a su bien mourir, mourir en accord avec sa vie, dans une certaine harmonie, au diapason de ce qu'elle a été.

Avec panache.

Le cœur, c'est bien.

C'est noble.

Le cœur ayant ses raisons, n'est-ce pas? Et alors quoi, Svetlana? Depuis, tu as ouvert plusieurs fois la main, tu as recopié le numéro d'Aldo Bianchi dans ton agenda à la page du jour, lundi 13 novembre 1989. Ce numéro que tu connais déjà par cœur. Cet homme. Son aplomb, sa vigueur, ses doigts forts, les maillons de la chaînette sur son cou bronzé? Quoi, Svetlana, oui, quoi? Cette portière que tu as mollement refermée? Disponibilité? Curiosité? Attente? Porterait-elle un nom, cette chose indéfinissable? Prendrait-elle une forme, une couleur? Un visage, un corps? Il suffirait donc d'un regard, d'une attitude, de quelques mots échangés avec cet homme que même ton indifférence feinte n'a pas découragé?

Donnez-moi une bonne raison de vous appeler? demande-t-elle.

(*Bruit du moteur, ce qu'Aldo a dit, ce qu'elle a entendu et pas nous:*) *On se ressemble, vous et moi, nous sommes les mêmes.*

Est-ce bien cela? A-t-elle bien compris?

Moi je pense, Svetlana, qu'il vient te prendre parce que tu souhaites qu'on t'emmène. Et quand on vient vous chercher, quand on vient vraiment vous chercher, il est difficile de dire non. Parfois, la vie est un de ces vieux téléphones noirs et massifs sonnant au milieu de la nuit.

Quand la vie appelle, il faut répondre.

Pas le choix.

Svetlana Novák jette discrètement sa cigarette dans l'eau. Il est l'heure.

24

L'Amphitryon de l'hôtel Beau-Rivage est un lieu discret. Avec tapis persans, tentures pourpres, mobilier de bonbonnière. Discret et feutré. On y prend son brunch ou un repas léger constitué de clubs sandwichs et autres salades composées. L'impératrice Sissi a pu constater que c'est un endroit idéal pour mourir discrètement; dans le luxe, le calme et, ma foi, une forme de volupté nimbée de neurasthénie.

Pour l'heure, Svetlana en est au thé vert et Horst Riedle au jus de tomate décoré d'une branche de céleri. Sans vodka. Le directeur des monnaies étrangères, 63 ans au seuil de la retraite, ne doit son embonpoint ni à l'alcool ni à la nourriture, mais à une glande thyroïde défaillante. On ne dirait pas, comme ça, mais c'est le genre d'homme à avoir une hygiène de vie plutôt saine.

« J'envie votre taille de mannequin, Svetlana. Tous les matins, je cours cinq kilomètres sur mon tapis roulant et voyez où ça me mène... Croyez-moi, cinq kilomètres dans ma situation, ce n'est pas du gâteau.

— Vous êtes très bien comme ça, vous savez?

— Vous mentez avec sincérité, ma chère. La principale qualité dans notre métier. Mentir pour faire rentrer l'argent. Du moins, mentir par omission... »

Horst Riedle s'essuie la commissure des lèvres avec une serviette immense et blanche aux armoiries de l'hôtel. Le coton doux semble lui procurer une brève sensation de satisfaction, la serviette se tache d'un rose qui inspire à Svetlana une légère répulsion. Son supérieur est assis face à elle, dans un recoin. Et puisque l'on n'est pas à un conseil près:

« Dans la mesure du possible, placez-vous le dos au mur, pour voir de loin, voir ce qui vous arrive. Et évitez les fenêtres, moins on est vu, mieux c'est, la discrétion est primordiale.

— Je me demande, réplique Svetlana, je me demande parfois quel est mon métier. Quel est exactement mon métier...

— Sa nature, vous voulez dire? Je viens de vous l'expliquer: mentir et croire avec sincérité. La vie serait intolérable sans le mensonge. Notre système économique est construit là-dessus. La plupart des relations humaines également. Tout est fiction, tout est virtuel. L'argent, le cours de la monnaie, la bourse... Les sentiments aussi, d'une certaine façon... La religion, tenez, le plus gros mensonge qui soit... Tout repose sur la croyance et la confiance mutuelle. Vous me donnez cent francs et nous croyons, vous et moi, que ce billet vaut cent francs. Mais il ne vaut rien de plus que notre croyance.

— Notre métier serait-il un... leurre?

— Peu importe, du moment que ça nous permet d'avancer! C'est le paradigme que nous avons choisi. Notre habitat est la zone d'ombre, Svetlana. Notre système économique ne peut plus s'en passer. Vous avez de l'argent à recycler? J'ai besoin de liquidités. C'est une question de complémentarité et nous sommes là pour la favoriser, la fluidifier. Nous sommes, en quelque sorte, des "facilitateurs"...

« Et au final, voyez-vous beaucoup de gens malheureux autour de nous Svetlana? Ici, en Suisse, tout du moins? Non, n'est-ce pas? Ils possèdent leur voiture, touchent un salaire régulier, font des projets pour un appartement à la montagne ou, mieux, un chalet avec carnotset. Quant à vous, vous jouez dans la catégorie supérieure. Notre jeu contribue à leur bonheur, à leur stabilité.

— Et vous Horst, dans quelle catégorie vous situez-vous?

— Celle à laquelle vous accéderez tôt ou tard. Sur l'échelle des grandes richesses, je ne suis encore que du menu fretin. Mais du menu fretin à l'abri du besoin pour au moins le siècle à venir! Au regard de la planète et de sa désolation, je suis immensément riche. »

Horst boit une gorgée de jus de tomate. De nouveau cette trace rose sur la serviette. Svetlana avale son thé. Il attend qu'elle ait posé sa tasse pour prendre sa main dans la sienne, paternaliste. Une main légèrement moite qui la dégoûte, mais elle laisse faire. Elle n'a jamais perçu la moindre sollicitation de nature sexuelle chez son supérieur.

« Mais pourquoi ces questions ? Vous avez des états d'âme, ma chère ?

— Aucun état d'âme.

— Les mallettes arrivent régulièrement ?

— Comme un métronome.

— Quelque chose à relever à ce sujet ? Un problème ? »

Infime hésitation. La fausse note de l'anonymat trahi par Aldo Bianchi ce matin. Qu'elle passe sous silence. Elle-même ne sait pas pourquoi. Si, elle le sait, au fond d'elle-même, elle le sait. Ce n'est juste pas le moment d'en parler, ni maintenant ni jamais ni à quiconque.

« Tout va bien, Horst.

— Vous recevrez votre intéressement sur un compte numéroté aux Bahamas.

— Ce n'est pas ça.

— Alors ?

— Rien. Une simple mise au point.

— Oui. Je comprends. Parfois, c'est nécessaire. Vous êtes jeune. Dans mon cas, passé un certain âge, on ne peut plus revenir en arrière, alors on devient janséniste, vous voyez ?

— Je ne voudrais pas que vous pensiez que j'ai des scrupules, monsieur Riedle. »

Le directeur la jauge du regard, termine son jus et sourit. Un sourire rouge et carnassier.

« Je vous crois. C'est bien.

— Oui ?

— Parce qu'aujourd'hui, vous allez faire un pas de plus dans ce sens.

— Je suis prête.
— Je sais. C'est bien la raison pour laquelle vous êtes là. »
Horst Riedle regarde sa montre, reprend :
« Dans cinq minutes, vous déjeunez avec Christophe Noir. Vous écoutez attentivement ses arguments et vous prendrez ensuite, seule, la décision d'accepter ou non sa proposition. Je vous donne d'ores et déjà mon feu vert. Mais vous en porterez l'entière responsabilité. Bien entendu, votre prime sera proportionnelle à ce que vous ramènerez dans vos filets. »
Horst regarde une nouvelle fois sa montre : « Vous avez encore trois minutes pour renoncer. »
Svetlana, sans même regarder son modèle Lady DateJust : « Vous savez que le mouvement perpétuel gagne toujours quelques minutes au cours des semaines ? C'est le principal défaut des Rolex, mais aussi ce qui fait leur charme. »
Un temps.
« Pour moi, il est déjà treize heures, monsieur Riedle. »

25

On aura l'occasion de reparler de Christophe Noir. Mais la vie est ailleurs, son essence, son levier initial quand il s'agit de faire de l'argent avec l'argent.
La situation est la suivante :
Le clan Pattucci, représenté par Max Vermillon auprès des établissements bancaires suisses, évade fiscalement les sommes générées par les diverses sources légales de leurs activités (salles de jeux, restaurants, discothèques, hôtels), ceci par l'intermédiaire d'Aldo Bianchi. S'agissant de devises étrangères (francs français), la somme est récupérée et déposée dans les coffres de l'UBS par Svetlana Novák, en accord avec son directeur, Horst Riedle, lui-même en accord avec sa hiérarchie (et là, on entre dans les limbes d'un conseil d'administration, opaque, très

opaque). Une partie de cet argent est investi sur G&T par un homme de paille dénommé Köller, encore inconnu jusqu'ici (et peut-être qu'il le restera, on verra comment évolue notre histoire).

D'un point de vue juridique, l'évasion fiscale n'est pas considérée comme un délit par les autorités helvétiques (on devrait plutôt parler «d'invasion» fiscale). Tout au plus cela regarde-t-il le gouvernement français, ce n'est pas du ressort du droit suisse, encore moins de ses banques. Au fond, personne n'oblige ces messieurs-dames de l'Hexagone à déposer leur argent ici. En outre, la loi contre le blanchiment n'entrera en vigueur que le 10 octobre 1997, pour autant que l'on puisse prouver l'origine frauduleuse de l'argent parvenant dans les coffres suisses. On est encore très loin de l'Autorité fédérale de surveillance des marchés financiers (FINMA) qui entrera en vigueur seulement le 1er janvier 2009.

L'époque est donc propice aux petits arrangements entre amis. Certains la regretteront — les banquiers suisses beaucoup, et on peut comprendre ça. Bientôt, ils devront batailler contre les zones d'ombre au sein même de l'Union européenne (Luxembourg, Jersey, Monaco, Andorre...). Sans oublier les paradis fiscaux nord-américains (Delaware en tête) ou les diverses îles caraïbes spécialisées dans le blanchiment d'argent sale (Bahamas, Caïmans, Curaçao...).

Mais on n'y est pas encore, revenons à ces temps bénis où la marge de manœuvre était plus grande, et l'Humanité un peu plus naïve: jusque-là, l'orchestration du tourisme fiscal était, éventuellement, répréhensible d'un point de vue moral, mais parfaitement légale d'un point de vue juridique. En Suisse, tout du moins.

Quand Max Vermillon rencontre Milo-le-Bridé, il ne voit que la pointe de l'iceberg du clan Pattucci. Le «Bridé» en est le patriarche et c'est lui, l'éleveur de moutons qui a été investi par les différents membres du clan pour faire circuler leurs capitaux. Les Pattucci, ce sont trois frères et une sœur qui se lancent à partir des années 1970 dans la carrière du grand banditisme. Leur influence s'élargit au gré des mariages et des alliances avec d'autres familles qui feront allégeance, bien que Milo ait dû, par deux fois, mater une tentative de putsch. À leur belle époque, les Pattucci ont visité des établissements bancaires et des bijouteries comme d'autres prennent des photos du Colisée. De la fratrie, il ne reste plus que Milo et Mireille. Avec l'âge, et une certaine sagesse qui l'accompagne, on préfère désormais déléguer ce genre d'opérations de terrain. On recycle dans le monde de la nuit, là où le cash abonde, on soutient des causes politiques nationalistes. Mais il arrive aussi, comme c'est le cas dernièrement, qu'un soudain afflux de liquidités provenant d'un fourgon blindé vienne encombrer les planques. Et, comme on le sait, l'argent supporte mal l'humidité. Pire : il s'ennuie s'il n'est pas en vadrouille.

Les moutons de Milo sont là : dix millions de francs français, un peu plus de deux millions et demi de francs suisses, à introduire sur les marchés financiers. Le redoublement des transports d'Aldo, c'est ça. La raison du rendez-vous de Svetlana Novák et de Christophe Noir, c'est ça aussi. Les parties impliquées ignorent la provenance d'une telle somme. Ou la supposent. Ou font comme les trois petits singes qui n'entendent pas ne voient pas et ferment leur gueule. Ou plus simple encore : regardent ailleurs.

Christophe Noir a les crocs. Svetlana est une louve attentive au moindre frémissement de la forêt. On déjeune de clubs sandwichs. Dinde-mayonnaise, pour lui. Aubergine-féta, pour elle. Le Sancerre est dans le seau à glace, on badine même un peu, Marivaux est passé par là, cette façon que Christophe a de se sentir un peu Don Juan et Svetlana un peu courtisane. Ce qui la laisse absolument indifférente, elle pourrait coucher avec ce banquier au physique agréable. Certains hommes, la plupart des hommes — et Noir en fait partie — rangeraient son corps dans la vitrine à trophées. Certains hommes, la plupart des hommes n'ont rien compris.

Il y a tout de même les affaires, c'est bien pour ça qu'on est là, Pierre Carlet de Chamblain de Marivaux était écrivain, pas manieur d'argent :

CHRISTOPHE NOIR – Il s'agirait de faire voyager ces nouveaux arrivages.

SVETLANA NOVÁK – Pendant combien de temps ?

CHRISTOPHE NOIR – La somme à écouler est importante.

SVETLANA NOVÁK – Vous parlez comme un politicien. Pendant combien de temps ?

CHRISTOPHE NOIR – Les deux prochains mois.

SVETLANA NOVÁK – Quelle destination ?

CHRISTOPHE NOIR – Corpex. Une fiducie aux Bahamas.

SVETLANA NOVÁK – La destination est fiable ?

CHRISTOPHE NOIR – Fiable au point d'être sous mon influence.

SVETLANA NOVÁK – Ensuite ?

CHRISTOPHE NOIR – Je parle comme un politicien, mais vous questionnez comme un flic.

SVETLANA NOVÁK – C'est moi qui endosse la responsabilité.

CHRISTOPHE NOIR – Je comprends. Horst se débine. Encore du vin ?

SVETLANA NOVÁK – Volontiers.

CHRISTOPHE NOIR – La suite, c'est un retour différé dans mes coffres à Genève, puis dans une succursale aux îles Caïmans avant réinvestissement sur G&T et quelques valeurs sûres que vous allez me conseiller...

SVETLANA NOVÁK – Ça me paraît un cercle tout à fait vertueux.

CHRISTOPHE NOIR – Dans ce cas... À notre santé.

Un temps.

CHRISTOPHE NOIR – Que faites-vous, jeudi soir ?

SVETLANA NOVÁK – Vos deux bimbos ont congé ?

CHRISTOPHE NOIR – Disons, vers 21 heures...

SVETLANA NOVÁK – Je dîne avec vous, je parie ?

26

Il y a : la sortie de l'école — saluer les autres mamans, sourire, se montrer un minimum chaleureuse. Se forcer à. Alors qu'on n'a rien à leur dire. Que leurs préoccupations nous sont aussi éloignées qu'une guerre froide. Échanger sur : les nouveaux horaires du mercredi, l'enseignante peu disponible et jugée revêche, la cantine scolaire ne proposant pas de légumes suffisamment variés au menu. Éviter à tout prix : une rencontre parents/enseignants qui se tiendra la semaine prochaine sur le thème du harcèlement à l'école. Rester à distance sans se faire haïr ; même si on parlera dans son dos ; même si on évitera de l'inviter lors de soirées où les enfants sont en pyjama et les parents en couple, ce qui concourt à un déclin social plus vaste, celui où l'enfant devient le centre du monde et les époux se tiennent par la main (mais comment font-ils encore ?). Oui, on fera bloc contre Svetlana, avec condescendance, un bloc essentiellement féminin et protecteur vis-à-vis de ses conjoints qui, si on ne les surveille pas, se laissent facilement aller à la boisson (cette envie de s'oublier un peu). Car Svetlana serait l'électron libre dans une soirée où les couples, finalement, sont plus fatigués qu'on ne le pense, deux entités qui s'annulent et se réduisent, davantage au bord de la rupture que le laisse présager leurs doigts entortillés sur la nappe, leurs *mon cœur, mon trésor, mon chéri*. Mon cul aussi. On ne veut pas d'elle, de son indépendance. De ce qu'elle représente et qui leur fait baisser les yeux, pour certaines, un peu honteuses d'avoir renoncé. De son corps qui pourrait tenter, donner des idées, enflammer des libidos égarées. Redonner de la vigueur là où ça s'effondre, la fameuse jeunesse, encore. Tenir à distance. Tenir, Svetlana. Dis au revoir aux mamans, récupère ta fille, échappe-toi.

Il y a : le retour à la maison. L'appartement propre et rangé après le passage de la femme de ménage. Décoré avec soin, avec du mobilier contemporain, qui aurait besoin d'être compensé par un vieux parquet ou des fenêtres à clenche. Mais dans le quartier de la Gradelle, on est à mi-chemin du populaire et de la *gentrification*. C'est une sorte de purgatoire, avec encore quelques voisins grillant leur viande sur le balcon à l'arrivée des beaux jours. Pas le temps de chercher autre chose, peut-être l'été prochain, sacrifier les vacances et en profiter pour déménager dans un de ces petits villages alentour qui deviennent des îlots de prospérité affichée. D'ici l'été prochain, elle pourra envisager toutes sortes de projets allant dans ce sens. Ces petits comptes numérotés aux Bahamas font des merveilles.

Mais pour l'heure,

il y a : le goûter tardif de Luana après le parascolaire, cette voracité intermédiaire qu'elle a toujours de la peine à comprendre chez son enfant, alors qu'elle-même est censée préparer à manger sous peu. Ce repas du soir où elle accompagne sa fille en buvant un verre de vin tandis que la petite lui raconte les détails, tant de détails, de sa journée. Elle s'efforce de s'y intéresser, y parvient parfois. Elle souhaiterait pouvoir oublier son travail, faire le fameux «vide», ne pas se sentir sollicitée en permanence. Le problème est que tout cela lui plaît. Que le centre n'est pas sa fille. Le centre est l'afflux, la convergence, l'appât. L'action.

Il y a : le bain de Luana, le repas de Luana, l'histoire à lire à Luana avant de s'endormir. Il était une fois une petite fille à Prague qui voyait un ogre arriver dans sa chambre durant la nuit et s'enfiler sous ses draps, son corps d'ogre contre elle, si menue. Pas toutes les nuits, mais il suffit d'une fois et on craint pour la vie. Est-ce cela la cause ? De sa dureté, de son indifférence ? Les grandes mains de cet ogre sur son corps d'enfant ? L'histoire est longue, l'histoire est courte, parce qu'elle se répète et devient vortex. Svetlana éteint la lampe de chevet aux motifs de sirènes. Luana dort, le passé est une table rase.

Il y a : enfin. La solitude du soir, son accalmie. Les sushis du traiteur qu'elle sort du frigo avec la bouteille de vin blanc glacée. Quelques cigarettes fumées près de la fenêtre du living, emmitouflée dans un chandail la couvrant jusqu'aux genoux. Les mains froides, les lèvres un peu sèches et bleues.

À quoi pense une telle femme dans la nuit qui commence ? Depuis son attique surplombant le bruissement dans les arbres, l'éclairage doux comme de la ouate des réverbères. Quels sont ses désirs, ses rêves, ses espoirs ? Ses peurs intimes ? Que peut-elle vouloir absolument ? Quel sens à trouver ? Y a-t-il un ennui à combler ? Une forme de lassitude et de dépression larvées ?

On laisse les questions en suspens.

La réponse arrivera.

Peut-être que vous avez une idée.

On sait bien plus de choses qu'on ne l'imagine.

27

Christophe Noir se relève sur un coude. Le drap de soie (noir, lui aussi) tombe et découvre sa ceinture abdominale épaissie par une légère strate de graisse prouvant qu'il est aussi un jouisseur. Au pied du lit, les deux préservatifs utilisés enroulés dans un kleenex. Cette forme de tristesse caoutchouteuse que peut engendrer l'usage de la capote. Car le sida rôde, voilà huit ans que la maladie est officiellement déclarée épidémique. 1981 a marqué la fin définitive des Trente Glorieuses et d'une sexualité sans repentance. Soyez raisonnables pour ne pas mourir. L'odeur du plastique mêlée de lubrifiant du condom Ceylor Gold reste sur vos doigts longtemps après l'amour.

Vous n'avez plus le droit de vous oublier.

Cyril Collard, Hervé Guibert, Guillaume Dustan, Michel Foucault. Elle va suivre, l'hécatombe de la littérature.

Mais Christophe est un pragmatique, il regarde le radio-réveil au pied du lit futon de sa garçonnière en Vieille-ville — décor contemporain, mobilier essentiel et fonctionnel, on n'est pas là pour s'épancher —, place du Bourg-de-Four :
« Tu as la permission de minuit ? ironise-t-il.
— Je dois encore raccompagner la baby-sitter chez elle.
— Ah. Tu as un enfant ?
— À partir d'un certain âge, il y a toujours quelqu'un dans la vie d'une femme. Un enfant, un mari, un chien... »
Christophe Noir la voit contourner le lit et se rendre nue à la salle de bain attenante à la chambre à coucher. Il aime ce corps tendu, à la fois sec et courbe, sa souplesse, ces petites fesses se moulant dans ses mains, cette chair qu'il pétrit, ce cul ferme et tendre dans lequel il voudrait mordre, mais n'ose pas encore. Il a cru préférer les femmes girondes à la poitrine volumineuse, il comprend que son goût profond est autre. Et comme toute révélation, elle surprend, déroute et questionne. Son appétit des affaires, dans le sillage des théories capitalistiques du laisser-faire de Milton Friedman, est soudain contré par un corps aux proportions minimales. Où le moins est le plus. Un corps à l'opposé de l'expansion constante vers l'augmentation de capital. Un corps avec ses limites affichées, assumées, revendiquées. Et par un oblique et paradoxal jeu de miroirs, Christophe Noir est séduit par cette forme de décroissance. Voilà que son inextinguible appétit des affaires, son appétit sexuel d'homme riche et capricieux, voilà que là, soudain, son appétit sait se satisfaire.

Le banquier roule sur le lit, se lève, agile, pour rejoindre Svetlana où le grand miroir au-dessus du grand lavabo leur renvoie l'image d'eux-mêmes, elle déjà penchée en avant, se lavant les dents avec la brosse d'appoint destinée aux invités et qu'elle a déballée de la cellophane ; lui avec son corps bronzé même en décembre, sa musculature de fitness, ces beaux muscles qu'on expose et dont on ne sait pas vraiment que faire lorsqu'on les soumet aux efforts du quotidien. Il attend qu'elle relève son torse, recrache le dentifrice, pour l'enlacer par les épaules et effleurer ses petits seins. Lui murmurer à l'oreille tout en la regardant dans le miroir.

« Et moi, dans tout ça, je suis quoi ? »

Svetlana pourrait mentir ou, tout du moins, trouver une forme plus adéquate, moins sévère. Mais elle sait aussi que c'est comme ça que ça marche le mieux, cette âpreté les rend fous, son indifférence, cette seule chose qu'ils ne peuvent pas posséder : son amour.

« Réponds-moi, s'il te plaît.
— Un coup d'un soir ?
— Seulement ?
— Un bon coup d'un soir, c'est mieux ? »

Et là, elle ment à moitié : vigoureux, oui. Et plus ou moins attentif. Mais Svetlana est restée au seuil de la jouissance. Christophe Noir l'a emmenée à la périphérie du plaisir, qu'elle a feint, c'est dans l'ordre des choses, elle doit consentir à ce mensonge du corps qui s'oublie.

Et comme à chaque fois, elle commet là un hold-up sentimental.

« Je voudrais te revoir, dit-il.
— Bien sûr, désormais on a des affaires en commun.
— Je te parle d'autre chose, toi et moi, Sveta... (Il emploie le diminutif, elle laisse faire, comme ses doigts froissant à présent ses mamelons, ils sont irrités, elle voudrait qu'il cesse.) Nous deux... On démarre doucement, tu laisses quelques affaires ici... Tu n'as qu'à demander, j'ai les moyens pour tout ce qu'il te faut, tout, tu comprends... ? »

Svetlana sourit, sort une banalité sur le Renard qui doit se laisser apprivoiser par le Petit Prince, sur le temps qu'il lui faut à cause d'un passé douloureux qui la rend méfiante vis-à-vis des hommes... (Bla-bla-bla.) Christophe n'écoute plus, déjà ses lèvres se promènent sur le cou, la nuque de Svetlana qui soupire, ferme les yeux comme si le plaisir était de retour et la submergeait.

Svetlana se dégage doucement, revient dans la chambre, récupère ses vêtements et s'habille. Noir la regarde, une épaule appuyée contre l'encadrement de la porte. Elle prend son manteau, vérifie l'intérieur de son sac à main, clés, portefeuille, papiers.

Prête à partir.

Ce qu'elle fait. Noir commence à durcir et la prie de rester, complainte du pénis.

Le laisser dans sa frustration. Dans le désir de recommencer. Le sexe est l'éternel retour.

Il la guette encore depuis le pas de porte, vaincu, tandis qu'elle attend l'ascenseur. Sa queue tendue dans une quête inutile. Elle baisse la tête, s'engouffre dans la cabine. Les portes se referment, effacent cette image de ridicule et de désolation.

Quand il n'y a pas l'accomplissement.

Quand il n'y a que la mécanique.

Quand il n'y a pas l'amour.

Svetlana récupère sa voiture garée rue Terrasse Saint-Victor. Les prostituées tapinent au milieu des hôtels particuliers, des consulats honoraires et des diverses fondations. Une incongruité que ces marcheuses qui arpentent les trottoirs de cet élégant quartier dès le milieu de la nuit. Svetlana croise leurs regards, au fond serait-elle aussi putain qu'elles ? Ou est-ce plus vil, plus douloureux, plus intime ? Combien y a-t-il de façons de s'abandonner à un homme sans amour mais par intérêt ?

Elle n'a pas de baby-sitter à raccompagner : la jeune étudiante dort dans la chambre d'amis.

Elle n'a rien à raconter non plus au sujet de cette soirée. Je pourrais le faire, mais Svetlana n'a rien à dire et elle préfère que je ne m'attarde pas sur la banalité de son déroulement. Agréable, certes. Bons alcools, bonne nourriture, cadre luxueux.

Mais tout ça, au fond, on le sait bien, est dépendant d'une certaine énergie, du don de soi, de ce que l'autre vous donne, de l'alchimie qui est plus que soi, plus que l'autre. Les mêmes gestes, les mêmes lieux, mais pas les mêmes paroles ni le même désir. Alors, oui, Svetlana préfère ne pas.

Ce qu'elle souhaite, ce qu'elle s'apprête à faire, c'est rejoindre son club de fitness ouvert 24 heures sur 24.

Étrenner la tenue de sport encore neuve dans le coffre de sa voiture, le contenu du fameux sac à échanger. Arracher d'un coup d'incisives l'étiquette, chausser les Adidas. Cette tenue de sport censée ne jamais être portée, un leurre contre des billets de banque.

Depuis la rive gauche, au dernier étage du club, les baies vitrées donnent sur la rade qui scintille sous les lumières des réverbères. Sur les toits des bâtiments, les publicités de montres, d'assurances, de banques ou de bijoux se reflètent dans les eaux sombres du lac, vibrent comme une tension électrique accumulée dans de la gélatine, énergie trouvant son exutoire dans l'accomplissement d'une fonction qui n'est que façade et gaspillage.

Svetlana Novàk court sur le tapis roulant.

Elle aussi se galvaude.

Elle est seule dans la salle.

Elle court, elle fait du sur-place.

Elle voudrait pleurer d'impuissance.

De l'énergie, son énergie pure, qui au lieu d'éclairer, se consume et se gâche.

Métaphore de sa vie ?

Svetlana se dépense dans la nuit qui avance. Depuis une salle de sport anonyme surplombant la ville. Ses désirs, ses rêves, ses espoirs. Ses peurs profondes. Le sens à chercher. L'ennui à remplacer par de la joie. L'ennui et la dépression auxquels il faudrait substituer l'enthousiasme et l'exaltation. Elle a besoin de courir. Elle a besoin de se purifier.

C'est ça, Svetlana. Cette porte que tu laisses grande ouverte. La partie la plus intime de toi-même, de ta curiosité, l'attente insupportable. Tu sais maintenant qu'elle porte un nom, cette chose définie. Qu'elle a une forme, une couleur, un visage, un corps. Il a donc suffi d'un regard, d'une attitude, de quelques mots échangés avec cet homme pour qui ta froideur n'est pas un obstacle.

Parce qu'il le sait et que toi aussi, Svetlana Novák.

On se ressemble, vous et moi, on est les mêmes.

Tu penses que je cours sur place, Aldo Bianchi.

Mais ce n'est pas vrai.

Svetlana Novák rit.

Le premier vrai sourire qu'elle nous donne.

Je viens vers toi.

Je cours.

J'arrive.

Anaérobie

> *Marche comme s'il y avait*
> *trois hommes derrière toi.*
> Oscar de la Renta

28

Troisième trajet entre Genève et Lyon cette semaine. Fini les soirées à traînasser entre Rhône et Saône, plus de petits-déjeuners au lit. Même pour Aldo, ça fait beaucoup. Beaucoup de questions. Cet afflux soudain de liquidités titille sa curiosité, lui fait éplucher les quotidiens à la rubrique *Société*. Ça lui fait déduire qu'il est en périphérie des Grandes Actions Illégales.
La jambe est nerveuse.
Il a tendance à appuyer un peu trop sur l'accélérateur.
Ralentir, respirer.
Une station-service en vue, faire le plein, boire un café.
Aldo Bianchi ralentit à 90 puis 70 km/h, met son clignotant.
Se range.
On est vendredi, jouer des épaules au comptoir. Il se faufile, commande son double expresso à la serveuse, calot de papier et peau grasse, regarde autour de lui en permanence, on dirait un moineau. Mais il a surtout un œil collé sur la vitre, ne pas quitter l'Alfa des yeux. Certains jours, elle vaut bien plus cher. Avec ce monde grouillant autour, il ne risque pas grand-chose, pas sur une autoroute, en tout cas. Camionneurs, représentants de commerce, familles, touristes. Pourquoi y a-t-il tant de voyageurs ? Il se pose la question de façon rhétorique, lui-même en est un. Mieux vaut ne pas savoir. Des amants, des assassins,

des cocus, des arnaqueurs, des pervers, des fraudeurs, des bientôt accidentés.

Tous en sursis.

On ne sait pas qui se cache derrière une plaque minéralogique.

Aldo jette son gobelet en plastique dans une poubelle, récupère sa voiture, se dirige vers les pompes. Le plein de super. Qu'il va payer dans la guérite de la station Total.

Revient à son véhicule.

Tête baissée sur sa clé tandis qu'il déverrouille.

Un objet dur appuie contre ses reins, la douleur vrille le coccyx, remonte l'épine dorsale.

« Ferme ta gueule, bouffon, et va dans ta caisse. »

L'accent, la cadence, sont ceux de ces jeunes franco-maghrébins en survêtements qui commencent à faire du rap. Un autre basané, correspondant au stéréotype, ouvre la portière du côté passager et s'assied dans la voiture.

« T'obéis à mon cousin. Nous, on est derrière. On suit ta merde italienne avec la Mercos. »

Putain.

Ses mains tremblent, les mains d'Aldo, tandis qu'il s'installe au volant et voit le pistolet que le *cousin* pointe sur son ventre.

Aldo met le contact, démarre. Sort lentement de la station-service. Comble de l'ironie, une patrouille de la gendarmerie est stationnée près des bornes de gonflage. Mais la situation est complexe : d'abord cette arme dirigée contre lui. Ensuite, la mallette cachée sous la roue de secours. Aldo n'est pas tout blanc, il est gris, à la confluence de l'illégalité et de la mort violente. Des paramètres qui ne permettent pas de prendre une décision rapide, de celles qui peuvent changer votre vie ou, carrément, l'effacer. Comme disait l'autre, on ne peut peut-être pas acheter le bonheur, mais avec de l'argent, on peut le louer. Il n'est pas le seul à le penser, évidemment. Dans sa typologie des voyageurs sous couvert de plaque minéralogique, il y a oublié le plus probable, dans son cas : les braqueurs.

Aldo rejoint l'autoroute, se coule dans le trafic. Il ressent le besoin de parler :

« Où est-ce qu'on va ?

— D'après toi ? ricane le pirate. Tout droit, enculé. Accélère, monte à 130. »

Le jeune en survêtement Sergio Tacchini blanc immaculé (tout beau tout propre quand on monte au turbin) doit avoir à peine vingt ans. Aldo ne peut pas vraiment voir son visage, concentré qu'il est sur la conduite. Il constate simplement qu'il porte la même marque de vêtements de sport que lui, mais les chances que le gars joue au tennis sont à peu près nulles. Dans sa main fine, l'arme paraît trop grande, trop lourde. Il pourrait tenter... Rien du tout. À cette vitesse et avec ce trafic, l'accident est la seule certitude. Dans son rétroviseur, la Mercedes noire colle à son pare-chocs. Non, il est bel et bien dans la merde. C'est comme ça. Mais contrairement aux convoyeurs de fonds formés à cette éventualité, Aldo Bianchi pensait qu'il était au-dessus du lot, que ses commanditaires avaient limité les risques. Il est censé se méfier de la police et des douaniers, pas des braqueurs. D'ailleurs, il se demande, comment les types ont eu vent de ses transports, et...

« La prochaine, tu t'arrêtes là. »

L'aire des Rosiers, joli nom pour y mourir. Aldo sourit, c'est nerveux.

Le post-adolescent lui dit :

« T'as quoi à rigoler, enculé ? T'as une belle montre, donne-la-moi. »

Aldo hésite, le cadeau d'Odile. Il aurait presque envie de chialer, tout à coup, oui, c'est ça. Sans lâcher le volant, il défait son bracelet en métal, retire la montre de son poignet. Le jeune la range dans sa poche, remonte le zip de la fermeture Éclair.

« Ta gourmette de pédé, tu peux la garder. »

Il ricane, lui crache au visage. Aldo s'essuie avec sa manche.

L'aire des Rosiers, ça y est.
« Tu vas au fond du parking, après les chiottes. »
Crever dans l'odeur d'urine et de merde, c'est ça, Aldo ? Tout ça pour ça ?
« Vous faites pas les cons, hein ? risque Aldo.
— On fait ce qu'on veut, ferme-la enculé. »
Le gars lui donne un coup dans les côtes avec son canon, la voiture fait un écart, Aldo se ressaisit et s'arrête là où on lui a dit. Les jeunes cons qui prennent subitement le pouvoir, ça n'a jamais fait de bons négociateurs.
« Éteins le moteur, donne-moi les clés. Tu bouges pas. »
Le jeune donne la clé à un troisième complice par la vitre baissée. L'autre contourne la voiture, ouvre le coffre, cherche et trouve la mallette sous la roue de secours, referme le coffre et retourne à la Mercedes. Aldo se tient le flanc, retrouve peu à peu une respiration moins douloureuse.
« Sors, lui dit le jeune en ouvrant la portière de son côté.
— Vous voulez quoi encore ?
— Bouge ! »
Aldo obéit.
Les deux seuls véhicules présents sont à l'autre bout du parking. Un poids lourd stationné pour des heures de sommeil et un camping-car silencieux. Pas étonnant : une aire de repos proche d'une station-service, c'est de la redondance.
Un quatrième type les a rejoints. Il est obèse au point d'en avoir les yeux bridés. On a fait reculer Aldo derrière des buissons d'épineux. Il est face aux délinquants, définitivement seul avec lui-même et son destin. Celui qui était dans la voiture lève son pistolet et vise Aldo qui tressaille. Un bref jet d'urine mouille son slip.
« Faites pas les cons. Vous avez ce que vous voulez, laissez-moi, je ne dirai rien. »
Le type au flingue sourit, appuie sur la détente.
Clic.

Deux nouvelles saccades d'urine, brèves et chaudes comme une honte.

L'obèse sort un poing américain de son blouson et frappe Aldo dans le ventre. Aldo tombe à genoux. Déferlante de coups de pieds au visage, dans les côtes, les jambes, le dos. Aldo se recroqueville, attend que ça se termine. Les coups cessent, effectivement.

Il entend le sifflement d'un pneu crevé, l'affaissement de l'air qui s'échappe du caoutchouc. Un bruit de moteur qui s'éloigne.

T'es vivant, Aldo. Faut juste que tu arrives à cette cabine téléphonique.

Max s'occupera du reste.

Il n'est pas avocat pour rien.

29

« C'est quoi ce bordel, Max ?
— La lionne sort ses griffes ?
— La lionne t'emmerde. »

Max regarde autour de lui, Auberge de la Couronne, dans le village de Jussy, campagne genevoise. Intérieur bois avec des retraités jouant aux cartes et les trois alcooliques du matin carburant au blanc du pays. À l'extrémité nord-est du canton, près de la frontière française. Comme si ça changeait quoi que ce soit. En tout cas, un coin discret où personne ne les connaît. Avec l'avantage d'être à seulement quelques kilomètres de la villa d'Odile qui ne voudrait surtout pas qu'on la voie en compagnie de ce connard d'avocat.

« Calme-toi, Odile.
— C'est tout ce que t'as à me dire ?
— Moi-même, je ne comprends pas ce qui s'est passé.
— Tu m'as dit que c'était un boulot facile et sans risque.

— Personne n'a d'explication. Mais on saura, c'est juste une question de temps.

— Moi, ce que je sais, c'est qu'Aldo est au lit sous antalgiques. Il pourrait être paralysé à l'heure qu'il est. Sans compter les bobards aux urgences qui n'ont pas convaincu la police.

— Je sais. J'y étais, bon sang! Si ces cons de touristes n'avaient pas alerté les flics, on aurait pu éviter ça. On a maquillé comme on a pu. Je suis navré.

— Pas autant que moi. »

Max boit une gorgée de son Vittel-menthe, sort deux cigarettes de son paquet, en offre une à Odile Langlois.

« Tout va s'arranger, la rassure-t-il.

— Je te le souhaite.

— Des menaces?

— Si tu veux que René continue à placer tes investissements sur G&T, t'as intérêt à faire le beau.

— On a autant besoin l'un de l'autre, me fais pas chier, Odile.

— Des partenaires, ça se trouve ailleurs.

— T'as autant de pouvoir sur lui, c'est ça que tu es en train de me dire?

— Je l'aime, Max. Faut pas toucher à un seul de ses cheveux.

— Qui? René?

— Je te parle d'Aldo. »

Max prend son briquet, se décide à allumer leurs cigarettes. Il hésite à lui asséner une métaphore sur le manque de discernement quant à son *amour* pour un gigolo, juge préférable de s'abstenir et joue la conciliation :

« Mes amis ont du pouvoir. Ils vont arranger ça. Tout va continuer comme avant. Le boulot ne manque pas, des mallettes à transporter, il y en aura encore. La source ne va pas se tarir, braquage ou pas.

— Qu'est-ce qui va se passer maintenant?

— Je dois trouver quelqu'un pour remplacer ton Rital jusqu'à ce qu'il se remette sur pieds. »

Odile tire une bouffée sur sa cigarette, puis :
« Je vais le faire.
— Pardon ?
— Je vais le faire.
— Toi ?! Tu l'aimes à ce point ?
— Non seulement je vais le faire, mais tu vas lui payer une nouvelle montre. »
Davidoff pliée dans le cendrier, le mégot se brise et s'étouffe : Max Vermillon acquiesce.

30

Il est 12 heures 45. Svetlana repère une cabine téléphonique à la sortie du parc, face au port de plaisance des Eaux-Vives.

Piécettes dans la fente de l'appareil, tonalité, sons des touches composant un numéro, plus long parce qu'en France, préfixe international suivi du 472, ligne directe sans passer par la secrétaire :

« Allô ? fait Max.
— C'est moi, dit Svetlana. Le beurre n'est pas dans le frigo. »

C'est leur code, c'est un peu ridicule. Mais on ne s'imagine pas combien les adultes font des jeux d'enfants quand il s'agit d'argent. Avocat d'affaires, Vermillon peut être sujet à surveillance téléphonique.

« On a eu un souci. Le beurre a fondu au soleil », répond Max.
Un temps.
Svetlana imagine le pire, s'inquiète à propos de cet Aldo Bianchi. À peine vu et aussitôt disparu, cet homme qu'elle n'a même pas eu le temps de connaître. Elle laisse glisser le silence, pressent qu'elle doit garder cela pour elle, l'identité du passeur. Elle n'exprime donc rien, l'intuition lui dit de laisser parler l'avocat. D'ailleurs, il s'empresse d'ajouter :

« Tout reprend dans deux jours. Le beurre sera à sa place comme d'habitude. »

Elle pose tout de même une question légitime :

« Un problème avec le transporteur ?

— Ce genre de problème ne te concerne pas. Rien ne change. Occupe-toi de mettre le beurre au frais, je gère le reste. »

Merde.

Svetlana prend congé, raccroche.

Elle est toujours dans la cabine. Hésite. Sort son agenda où elle a recopié ses coordonnées : Aldo Bianchi, suivi d'un numéro de téléphone, mais pas d'adresse de domicile. Il suffit de demander au bon service. Le combiné suspendu dans sa main, la tonalité bipe à l'intérieur de la cabine. Un rappel sur le vide irrésolu. La tentation d'une explication, le besoin d'une réponse. Savoir si on fait une croix sur ce qu'on pensait être une épiphanie. Ou s'il faut reporter cette quête sur un autre homme, un autre jour, dans cette vie qui s'écoule et se révèle dans le détail.

Les jolis doigts peints de Svetlana Novák appuient sur les touches du numéro des renseignements.

C'est parti.

La jonction est proche.

31

Au fond, les voies carrossables seraient comme des cours d'eau : il y a les fleuves, les rivières, les torrents, les ruisseaux. Ou pareilles à la géographie humaine, cette plomberie de vaisseaux assurant le transport des fluides dans nos corps : artères, veines, capillaires. La nature propose des schémas repris par l'Homme dans sa domination sur les écosystèmes.

La route de Saint-Florent mène de l'arrière-pays bastiais à la mer. Des routes secondaires, affluents solides et immobiles, se ramifient le long du serpent de bitume, deviennent des chemins de terre battue et de cailloux que seuls des véhicules tout-terrain peuvent emprunter. Ou alors des ânes et des mules. Prolongement de la dorsale schisteuse du cap Corse, canyons creusés dans les collines et crêtes atteignant les mille mètres au-dessus de la mer.

La mer palpite au loin comme un mirage, l'écume blanche des vagues sous les rafales de la *tramuntana*. Journée limpide et fraîche, froide à cette altitude, bien que relativement à l'abri du vent. La mer que Milo Pattucci ne se lasse pas d'observer en clignant des yeux, assis devant sa bergerie. Plus bas, sur une sorte de plateau atténuant l'escarpement du maquis, Carlotta, sa nièce, surveille moutons et brebis. Le « papi » lui a tout montré du métier, tout appris, tout enseigné, avec patience, revenant sans ciller sur ce qui avait besoin d'être expliqué à nouveau. Malgré sa trisomie, Carlotta est une jeune fille relativement autonome. Son grand-père ne l'a jamais considérée comme déficiente, ses parents non plus. Sa sensibilité particulière lui vaut un rapport aux bêtes hors du commun. Carlotta est capable de discerner une maladie ou la présence d'un prédateur rôdant autour du troupeau avant quiconque. Elle est une des bergères les plus capables de la région. Milo Pattucci en est fier. Il n'a pas négligé le reste non plus, l'adolescente sait lire et écrire — bien mieux que lui, d'ailleurs.

Émile termine de rouler sa cigarette. Assise à côté de lui, Mireille « Mimi » Leone a chaussé ses Ray-Ban et regarde aussi, tantôt en direction de Carlotta, tantôt de la mer. Née Pattucci, Mimi est la sœur cadette de Milo. Carlotta est sa fille unique. Mimi a 53 ans. Veuve, c'est elle qui gère l'aspect « relationnel » de la famille élargie constituant le « clan Pattucci ». Diplômée d'HEC, ceinture noire de judo, elle a un physique sec et nerveux. Son mari Gabriel est mort dans une vendetta en 1981. Le problème a été résolu depuis : les Pattucci ont définitivement assis leur pouvoir sur l'île et s'exportent avec succès dans l'Hexagone. Gabriel est mort au combat, un héros, un soldat. L'entière famille Leone y a gagné en privilèges. Les deux belles-sœurs gèrent les boîtes de nuit de Bastia, Mimi chapeaute le tout. Un exemple de liens économiques se greffant sur la petite entreprise familiale.

« Carlotta veut passer une semaine au ski, cet hiver. »

La voix de Mimi est acide. Une voix sous tension, portée par des cordes vocales souvent irritées. Elle suce des bonbons au miel. Depuis huit ans qu'elle porte son veuvage, Mimi n'a plus que la peau sur les os. Et les muscles. Elle est en parfaite santé, justement, parce qu'elle est devenue une ascète. Ses menstruations ont cessé après la naissance de Carlotta. Plus aucun homme ne l'a pénétrée après Gabriel. Elle est, et restera, la femme d'un seul homme. Ça fait beaucoup de douleur pour une seule femme. Mais chez les Pattucci, le sens du devoir côtoie un stoïcisme couplé d'une hystérie froide et déterminée.

« Tu la gâtes trop, fait Milo. Ses repères sont ici.

— Une semaine dans les Alpes, ça lui fera du bien. D'ailleurs, tu devrais prendre des vacances, toi aussi.

— Pour quoi faire ?

— T'as jamais vu la neige.

— Détrompe-toi. En 54, il a neigé quinze centimètres à Barbaggio.

— Je te parle de vraie neige. Dans un chalet. De la neige à ne plus savoir qu'en faire. C'est beau, tu sais ?

— J'ai toute la beauté qu'il me faut ici. Me fais pas être ce que je ne suis pas. »

Mireille regarde son frère rouler sa cigarette, remue la tête en signe de désaccord. Elle voit son pantalon de velours côtelé usé jusqu'à la trame, ses godillots en cuir cabossés, sa veste de mouton sans manches nouée à la taille par une lanière. Son frère et sa canne en bois de chêne, assis sur une fortune qu'elle estime à près de 150 millions de francs (français).

« Je prends Carlotta avec moi, cet après-midi, dit-elle.

— Laisse-la ici.
— Elle a son cours chez l'orthophoniste.
— C'est des conneries. Moi, je comprends parfaitement ce qu'elle dit. Les bêtes aussi la comprennent. On ne lui apprend pas à siffler avec les doigts à ton cours de machin. Dieu l'a mise ici. C'est sa place. Elle y est heureuse.
— Tu fais chier.
— Pardonne-moi. Tu veux bien me laisser *a figliulina* aujourd'hui et demain ? Je vais lui montrer pour le fromage. »

Pattucci ferme les yeux. La cigarette s'éteint sur ses lèvres. Il a posé son fusil de chasse contre le mur, à portée de main. Mais sans doute qu'il mourra dans son sommeil, assis comme maintenant, face à la mer. La mort qu'on souhaiterait tous. La mort en accord avec ce que nous sommes, qui nous ressemble, ressemblerait à notre existence. Au lieu de ça, c'est généralement dans l'aseptisation de l'hôpital et sous morphine, pas tout à fait conscient, qu'on tire sa révérence.

« Bon, à part ça, j'ai des infos... »

Le « Bridé » maintient les paupières closes, iconique.

« Le Suisse s'est fait braquer par une bande d'Arabes sur la A42, au niveau d'Ambérieu, continue Mimi. Quatre hommes entre 18 et 25 ans. On l'a intercepté à une station-service, un des types l'a menacé avec un flingue, un autre a pris place dans la voiture. Sont repartis dans une Mercedes noire, vitres teintées, immatriculée à Lyon, plaques volées bien sûr. Mais les gars sont du coin, à n'en pas douter. »

Émile ouvre la bouche, les mots arrivent ensuite :

« Tu me dis quoi sur le Suisse ?
— Il a morflé. Du gratuit, ils avaient déjà la mallette.
— Et toi, t'en penses quoi ?
— Les mômes ont voulu pisser un peu plus loin pour marquer leur territoire.
— Pour l'oseille, on peut même se faire couper un bras.
— Je vois pas Bianchi en cheville avec ces Arabes des cités.

Il n'est pas du genre à traîner avec ces guignols. Et puis, entre nous, c'est pas un dur. Il a pas les couilles.

— Tu l'exclues ?

— À mon avis, faut chercher ailleurs.

— Et l'avocat ?

— Pas logique qu'il se mouille pour une valise à cent briques. »

Plus bas, Lupo, le berger des Pyrénées est couché aux pieds de Carlotta qui taille un bâton avec son Opinel. Les bêtes paissent rassemblées en troupeau, leur fourrure s'ébouriffe sous les brèves rafales de vent.

« T'es sûre qu'elle est assez chaudement vêtue, ma Carlotta ?

— T'inquiète, c'est une Pattucci.

— Une Leone.

— Une Pattucci, crois-moi. »

Mimi sourit. Ce n'est pas fréquent, on a de la chance. Son visage ridé craquèle comme de la boue séchée.

« Que dit " radio-prison " ? insiste Émile.

— J'ai mis nos hommes dessus. Maisons d'arrêt, centrales, tout. On attend.

— Bien.

— Je ne comprends pas comment ces *teste di cazzu* ont su pour le transport, reprend Mimi.

— Penche-toi sur le détail.

— Quel détail ?

— Les habitudes du Suisse : où est-ce qu'il loge quand il descend à Lyon, s'il fréquente un lieu particulier, s'il voit une fille, ce genre de choses. Tu passes tout en revue.

— C'est déjà fait.

— Ah.

— Chaque fois un hôtel différent, aucun contact, pas de carte de crédit ni rien. C'est pas un dur, mais c'est pas un con non plus. Il fait le boulot. Fiable et consciencieux, le genre qui honore la réputation de son pays...

— Mais ?

— Mais j'ai peut-être quelque chose, oui. Un restaurant, toujours le même, le Sathonay.

— Alors, pas besoin de te dire ce qu'il te reste à faire.

— Pas besoin, *fratellu*. »

Le ciel est une cuve métallique d'un bleu pétrole. À l'abri du vent, la peau du visage brunit gentiment. Mireille Leone se lève, remonte la ceinture de son jean.

« Au revoir, Milo.

— Faut te remplumer *surella*. »

Sur le point de partir :

« Tu sais, je me demande... Pourquoi on ne s'arrête pas pour de bon ?

— Tu poses la question, toi ?

— Parfois, oui. On est riches, on devrait prendre notre retraite.

— Et après ? Tu les passes comment tes journées ? Pour faire quoi d'autre ? On s'occupe, Mimi. »

Mimi est perplexe, se mord la lèvre.

« Range ton fusil, d'accord ? Je veux pas que Carlotta voie ça. »

Milo acquiesce. Il lève son bras, la main est sûre, aucun tremblement, il désigne l'étendue devant lui.

« On s'occupe et on protège tout ça, nos valeurs et notre territoire. C'est pas autre chose, Mimi, pas autre chose. »

32

Les agglomérations françaises autour de Genève foutent le bourdon. Du néant transformé en quotidien. Les pendulaires savoyards n'y font que dormir et travailler de l'autre côté de la frontière. Les municipalités ont beau planter des arbres et placer des bacs à fleurs dans les rues piétonnes, ça ne change rien à la laideur de ces villes dortoirs : kebabs, Speedy et boulangeries industrielles. À la campagne, c'est différent. Les villas poussent autour des communes étiquetées « villages fleuris ». Échange de bons procédés franco-suisses : de l'emploi contre de l'espace.

L'adresse indique un immeuble résidentiel de dix étages situé trois cents mètres après la douane de Thônex : suivre la route de Genève, entrer dans Gaillard, bifurquer sur la gauche, emprunter la rue de Genève. C'est le dernier numéro du bâtiment, le 11. Ces zones limitrophes où l'on ne sait plus vraiment quelles parcelles de terrain dépendent de la République française ou de la Confédération helvétique. Il y a une petite rivière pour s'y retrouver, le Foron. Les bonnes vieilles nomenclatures des ancêtres.

Svetlana gare sa BMW sur une place réservée aux visiteurs. Il est 18 heures 30, la nuit est tombée. Elle hésite encore, et elle a raison. Une femme blonde, la cinquantaine, sort du bâtiment, élégante et inquiète. Son visage lui est connu. La focale n'est pas nette, elle ne parvient pas à le replacer dans sa mémoire. C'est égal, l'important est ne pas l'avoir croisée dans le hall. Instinctivement, elle sait que cela aurait posé problème. La blonde monte dans sa Mercedes SL et quitte le parking.

Svetlana se décide à y aller lorsqu'un monsieur âgé grimpe lentement les marches menant à l'entrée du bâtiment. Elle se dépêche de prendre son sac à main, le bouquet de tulipes rouges, et de verrouiller la voiture. Afficher un grand sourire, tenir la porte au vieil homme qui a terminé de composer son digicode. Svetlana refuse l'ascenseur, dit qu'elle en a seulement pour un étage, le monsieur au chien disparaît dans la cabine tout en recoiffant sa casquette qu'il a ôtée par politesse. Svetlana revient dans le hall, cherche le nom sur les boîtes aux lettres. Troisième étage. Ce sera par l'escalier quand même.

Sols en marbre, murs en crépi blancs et propres, éclairage tamisé, une odeur de frais. Ses préjugés sont atténués par l'évidence d'un certain standing. On peut se permettre ici, juste après la frontière, ce qu'on paierait trois fois plus cher en Suisse. Imposition à la source en tant que frontalier, plaques 74, sécurité sociale française... Rien de bien original, le format classique des zoniers ayant le cul entre deux chaises. D'un point de vue administratif, nous sommes d'une affligeante banalité. Svetlana Novák le sait, ne renonce pas pour autant. Inspire une goulée d'oxygène tiède, évacue l'air de ses poumons afin de rétablir son rythme cardiaque une fois parvenue au troisième étage.

Appuie sur la sonnette où est inscrit son nom.

Deux coups brefs.

Derrière l'aspect officiel de nos identités, les chiffres et les lettres qui nous représentent, il y a la chair.

Des yeux.

Une âme.

Un corps.

Une odeur.

Tout ce qui nous constitue, cette confrontation au réel. Comme pour moi d'écrire leur histoire.

Aldo Bianchi ouvre la porte.

Et il n'est pas beau à voir.

Son œil gauche est complètement fermé, dans le prolongement de la mâchoire tuméfiée, son nez est gonflé. Gris, jaune, violet. On dirait un visage colorié par un enfant négligent. Son bras gauche est soutenu par une écharpe médicale, une chance, si on peut dire, il est droitier. Il se recule, bancal, boite à reculons. Aldo Bianchi n'est peut-être pas un dur, mais il a pris une belle leçon sur la vacherie humaine, ça lui servira, sans doute. Pourtant, il a ouvert sans méfiance. Tout à l'heure, Odile a encore insisté pour lui fournir une arme. Ce à quoi il rétorque que s'ils avaient voulu le tuer, ce serait déjà fait.

Mais ce n'est plus Odile qui se tient devant lui. Il y a le présent. Il y a le futur. Elle est venue. Elle est là.

Des cailloux dans la bouche, il dit :

« Pour un premier rendez-vous, vous n'êtes pas tombée sur mon meilleur jour... »

Svetlana hésite, fait un pas en avant : « Tenez... » Aldo prend le bouquet, fait un pas de côté pour la laisser entrer. On dirait que la lumière entre avec elle. « C'est la première fois qu'on m'offre des fleurs », dit Aldo en refermant la porte. Il se dépêche de la précéder en traînant la jambe droite, quitte le petit hall pour l'inviter dans le living. Ce qu'il ignore, c'est l'attirance soudaine qu'éprouve Svetlana en le voyant si démuni. Il a un peu honte de son intérieur qu'elle pourrait associer à une vie somme toute assez minable.

Un appartement de type F2, cinquante mètres carrés à tout casser. Le salon est quasiment vide. Un sofa, une télévision au sol, une série d'étagères avec des trophées de tennis, des photos de lui plus jeune sur le court et quelques livres sur le sport. Reproduction de Miró accrochée au mur. Une table basse sur laquelle traînent deux barquettes d'aluminium à peine entamées provenant d'un traiteur asiatique, une cannette de Coca. Ça lui revient, maintenant, la blonde du parking : Odile Langlois, l'épouse de René, celui par lequel arrivent les investissements G&T sur lesquels elle-même a placé quelques billes. Elle fait le lien. Odile-René-Max-Horst.

Et les mallettes remplies de cash.

« Vous voulez boire quelque chose ? demande Aldo.

— Heu, oui, volontiers. Un café, vous arrivez à faire ça ? »

Elle le suit dans la cuisine. Là aussi, c'est propre et désolé. Elle lui ôte la cafetière italienne des mains, dit qu'elle s'en charge, prend le café dans le frigo et remplit la partie basse sous le robinet.

Aldo s'assied sur une des deux chaises. Svetlana pose la cafetière sur une plaque et s'installe face à lui. La table n'est pas très grande, il suffirait de peu pour se toucher.

« Ils vous ont bien amoché quand même.

— Vous devriez voir les autres, dans quel état ils sont...

(Aldo sourit.) C'est comme ça qu'on dit dans les films, non ? »

Svetlana a l'impression d'avoir douze ans, quand elle allait chez une copine malade pour lui apporter ses devoirs.

« Dès que je vais mieux, je reprends les livraisons.
— C'est si important ? »

Aldo ne sait plus. Ah, l'argent, oui.

« Que dit le médecin ?
— Je suis un sportif, ça aide, je récupère vite. »

Oui, la table n'est pas très grande, et ils se font face. Il suffirait de peu pour se toucher. Ce qu'elle fait. Svetlana prend la main d'Aldo dans la sienne. Elle est chaude comme quand il lui avait saisi le poignet pour saisir sa main. Alors, Svetlana fait cette chose incroyable, spontanément, sans comprendre ce qui la pousse. Elle le fait, c'est tout, elle se penche et pose ses lèvres sur le dos de sa main. Et c'est bien comme ça.

Elle se redresse.

« Que se passe-t-il, Svetlana ? Je tremble, regardez...
— Je n'en sais rien. On ne vous a peut-être jamais offert de fleurs, mais moi, personne ne m'a jamais écrit son numéro sur ma ligne de vie. » Aldo sourit. Son beau sourire. « Je ne savais pas lesquelles choisir, la fleuriste m'a dit que la tulipe symbolise une promesse... »

Aldo serre délicatement les doigts fins de Svetlana dans les siens. Il aurait envie de pleurer, c'est un peu con, c'est la fatigue ou alors c'est qu'il comprend qu'il vieillit.

« On va prendre le temps, Aldo. On va laisser grandir tout ça, lui laisser la place que ça mérite. Et si on est les mêmes comme vous dites, alors on saura que c'est arrivé. »

Aldo acquiesce, sourit encore, même si ça lui fait mal. Et son visage n'est plus bleuté ni jauni, son visage est sans bosses ni sillons creusés par l'inquiétude. Son visage est celui d'un gamin, celui qu'il a été un moment, avant de dégringoler dans les abysses scélérats de l'âge adulte, le compromis, l'hypocrisie, la frustration.

Aldo dit : « Pour la première fois, je vais prendre le temps, Svetlana. Tout le temps qu'il faudra. »

Aucun baiser.

Rien de glamour.

Dans un néant. Dans la cuisine d'un F2. Dans le *no man's land* d'une banlieue laide et anonyme.

C'est à l'intérieur.

À l'intérieur que ça se passe.

Récupération

> *Une femme sans parfum est*
> *une femme sans avenir.*
> Coco Chanel

33

Les feuilles mortes se ramassent à la pelle.
Et c'est aussi un peu elle qui tombe,
Odile.
J'ai entendu dire, une fois, par un écrivain très imbu de sa personne, que cet incipit était *horrible*, que ce mot de « pelle » lui évoquait une sorte de laideur intrinsèque et littéraire, qu'il l'associait aux tractopelles, bref, les égarements habituels quand la vanité vous gangrène le cerveau et que vous devez absolument exprimer quelque chose alors que vous n'avez rien à dire.
Les feuilles mortes sont lourdes de pluie et de boue, de brins d'herbes et de scories. Comme nous qui, chaque jour, perdons des morceaux de nous-mêmes, des bouts de peau, des évaporations, des sécrétions : les illusions, la jeunesse et l'éternité.
Odile est sortie à l'arrière de sa villa, s'avance sur la terrasse de plain-pied dominant la partie ouest du terrain en légère déclivité. Les deux jardiniers péruviens s'affairent en silence. Coupent, taillent, élaguent. L'un d'eux est descendu dans la piscine vide et, muni d'une pelle, ramasse effectivement les feuilles mortes entassées sur le fond qu'il déverse dans des sacs-poubelle. À la radio, on annonce le plan de la réunification de l'Allemagne présenté par Helmut Kohl, et ce mardi de

novembre est terne et ennuyeux comme le discours du chancelier allemand.

Odile allume une cigarette, serre ses épaules sous un châle écru en laine mohair. L'humidité accentue la sensation de froid. Elle s'ennuie. Elle n'a rien pour s'occuper en-dehors de son Aldo. De ce qui est en rapport avec lui. Elle a fait plusieurs voyages à Lyon, s'est dépêchée de rentrer chez elle le jour même. Bonne élève, elle a déposé la mallette là où il faut, comme il faut. René n'est au courant de rien. Un secret entre Max et elle. D'ailleurs, elle connaît des choses sur le bonhomme qui lui font fermer sa gueule. Son homosexualité, par exemple, qu'il occulte en s'affichant avec des prostituées de luxe. On se tient par la barbichette avec nos secrets de polichinelle. Ce besoin de respectabilité, cet impératif catégorique à l'usage des médiocres et des veules : ne pas prêter le flanc, ne pas montrer qui on est.

Odile termine sa cigarette, l'écrase dans le cendrier sur pied près de la porte vitrée, retourne à sa moquette et à son piano. Elle est seule, René est au bureau. Elle se dit que, depuis toutes ces années, elle ne connaît pas vraiment la nature exacte du travail de son mari. Rassure-toi, Odile, la plupart des gens travaillant dans ce secteur ne le savent pas vraiment eux-mêmes.

L'argent rentre. Ça, on le sait. C'est ce qu'on voit.

Mais cet ennui, bon sang.

Cet après-midi, elle rejoindra Lydie et Chantal au Spa du Beau-Rivage Palace d'Ouchy, à Lausanne, pour une soirée anniversaire « Champagne & Bien-être ». Mais cet ennui.

Elle a planifié les deux jours de travail avec les jardiniers, discuté avec eux de la marche à suivre et des tarifs.

Mais cet ennui.

Elle a eu une longue conversation avec Diane qui hésite sur la date de son mariage, mai ou juin de l'année prochaine.

Mais cet ennui.

Elle a repris le nocturne n°2 de Chopin. Sa technique s'est

améliorée depuis qu'elle est amoureuse. Non, depuis qu'elle souffre. On sait bien que cela vous élève, que cela vous porte, la sensibilité à fleur de peau et tout le reste. On approche ainsi le centre, la nature exacte de qui nous sommes, la souffrance comme révélateur. Faudra aussi qu'elle (re)lise *Anna Karénine. Jane Eyre. Belle du Seigneur. Orgueil et Préjugés. Le Rouge et le Noir*... Jusqu'où peut aller la passion, quelles limites repousse-t-elle ? Tu t'obstines sur ce piano et tu as bien raison, il faut évacuer ce poison de la possession de l'autre, cette incapacité à se suffire à soi-même. Tout ça, tu le sais, Odile. Je t'aime bien, je pense que tu es une femme intelligente. Que tu as juste commis cette erreur initiale du choix de la sécurité, qui te rend esclave et prisonnière d'un monde qui ne te satisfait plus. Ce monde que tu n'as jamais voulu peut-être, qui sait ? Ce que tu désires, maintenant, c'est demander pardon, pardon, pardon, pardon à l'existence de l'avoir trahie pour gérer le calendrier des pousses d'un jardin, d'une soirée dans un bain à bulles, d'un mariage perpétuant le même désastre. De n'avoir pas su donner à ta fille une possibilité d'évasion d'elle-même, mais d'être complice de l'édification de sa cage dorée. À un moment, tu aurais pu élargir le champ des possibles, Odile. Entre nous, c'est cela que je te reproche. De ne pas avoir eu le courage au moins d'essayer. Tu as contribué à creuser une tanière profonde pour ta progéniture. Tes petites-filles suivront le modèle. Il faut espérer dans le sursaut d'une âme vieille dans le corps d'une jeune fille, celui d'une femme qui aura le courage de se soustraire à l'emprise des hommes, de ne pas se laisser acheter ni corrompre au nom de la sécurité. Du confort.

Le confort qui devient notre propre prison. Nous sécurise et nous enferme.

Mais cet ennui.

Faire semblant avec les autres est facile. Et avec soi-même ?

D'un point de vue politique, le piège libéral t'a fourvoyée, Odile. Maintenant que tu as compris la force du dépouillement et l'essentiel de ce qu'est un corps, son odeur, son pouvoir de jouissance, l'intimité féroce de sa proximité, la totalité qu'il constitue. Pour le corps d'Aldo tu es prête à ce dépouillement, mais il arrive trop tard. C'est que l'amour exige du courage, il vous donne des rendez-vous précis. Parfois, il vous juge digne et vous exauce. Parfois, il vous donne juste la douleur qui vous dit tout ce que vous avez manqué, tout ce à côté de quoi vous êtes passé. Voilà qu'il est trop tard, Odile. C'est ce qui te perdra. D'une certaine façon, c'est dommage, encore quelques années et tu serais arrivée à ce point d'excellence qu'est la femme de cinquante ans. C'est beau une femme de cinquante ans. Elle a fini d'espérer au-delà de ses moyens, ses choix sont affirmés, elle a établi ses compromis, les enfants sont grands, la frustration s'apaise, les hormones sont moins virulentes, mais le corps est encore présent, au seuil de la vieillesse et dans sa maturité pleine et généreuse, prêt à jouir de ce qu'il a, à prendre sans exiger plus de ce qu'il peut espérer.

Mais cet ennui.

Odile égrène les notes, plaque les accords, s'envenime et se dénoue, pleure et rit. Il faut fuir. Une petite fuite de rien du tout. Tenir jusqu'à la semaine suivante, jusqu'au mois suivant.

Retenir ce qu'elle peut, l'échafaudage d'une réalité soumise à falsification.

Karl Popper, encore : *Toute théorie est valable tant qu'elle n'a pas été falsifiée.*

Odile s'interrompt, se lève.

Que fait-on dans ces cas-là ?

On appelle son agence de voyages pour fuir plus loin.

34

Parfois, c'est une histoire de femmes.

Au restaurant du Sathonay, à Lyon, Mimi Leone est assise

là où s'asseyait habituellement Aldo Bianchi les soirs de « livraison ».

Sur la banquette en cuir rouge usé, dos au mur, Mimi attend la suite de son dîner — langue de bœuf persillée, pommes allumettes — après avoir avalé six escargots de Bourgogne et bu la moitié d'une fillette de côtes-du-Rhône. Physique d'ascète, la Mireille, mais il ne faut pas croire qu'elle se prive. C'est son tempérament, l'anxiété qui la gouverne, la tension qui l'anime : elle brûle ses calories comme une locomotive à charbon. Cela en déprime certaines, certaines de ses amies. D'autres femmes. Mais pas Hélène, la patronne, tout l'inverse, bonne pâte à grande gueule, hanches larges et poitrine en rapport. Cela dit, une sympathie immédiate se manifeste entre les deux femmes Mots échangés allant au-delà du strict rapport au commensal.

Au moment de servir le plat fumant, Hélène fait un commentaire sur le bouquin que Mimi pose à l'envers sur la table :
« D'habitude, ce sont les hommes qui lisent seuls comme vous faites. Mais eux, c'est plutôt l'Equipe.
— Deux bons points pour moi, alors ? »
Les deux femmes rient.
« Quand je suis seule, j'écoute la radio. Bon, c'est pas souvent, hein, parce que l'autre là, mon mari, il peut pas rester plus de dix minutes sans me voir ! Hélène par-ci, Hélène par-là... » Pattes-d'oie au bord des yeux, mine affichée de sincère bonne humeur. « Sinon, tout va bien ? N'hésitez pas à m'appeler, hein ? » conclut la patronne en posant une main affectueuse sur l'avant-bras de Mimi.

Hélène va accueillir de nouveaux clients. La soirée est calme, il reste des tables libres. On est mercredi.

Mimi saisit les couverts, attaque sa langue de bœuf. Ses deux mains sont occupées, elle laisse Charles Ferdinand Ramuz de côté, *La Grande peur dans la montagne*. Elle ne s'est jamais intéressée à la littérature suisse, elle découvre. Elle se dit que, ma foi, c'est la moindre des politesses que d'élargir son champ culturel vis-à-vis du pays qui accueille et gère vos millions. Elle ne va pas nous faire l'apologie de Ramuz, mais si elle en avait le temps, elle ne tarirait pas d'éloges sur l'écrivain vaudois, ses répétitions comme autant de jalons le long d'un sentier de montagne, cette apparente naïveté du langage, ses distorsions, ses étirements, cette façon de descendre en soi pour nous restituer l'essence d'un mot, la révélation d'une phrase encore jamais entendue, car le contexte et l'agencement sont gage de profondeur, elle pense à un morceau de lard sec dont on découvrirait la chair parfumée et tendre à l'intérieur au fur et à mesure de sa découpe, son goût salé sur la langue, une pointe poivrée, la déclinaison du sensible sous la rudesse d'une paume craquelée et dure... Oui, Ramuz... D'ailleurs, Mimi aura l'occasion dans quelques années, de faire fructifier les billets de deux cents francs suisses, ceux qui seront à l'effigie de cet homme qui aura manqué d'argent pour l'essentiel. On peut appeler ça l'ironie du sort. C'est souvent, dans la vie.

Mimi fait traîner son repas, dessert, café, pousse-café. L'heure est propice aux confidences. Elle s'en veut un peu, d'ailleurs, de trahir la spontanéité d'Hélène au nom d'un principe supérieur, celui du clan et de la famille. Elle se rassure en songeant qu'Hélène n'en saura rien et que, de toute façon, elle aura cru rendre service. Ce qui est le cas, finalement. Un immense service.

« Je peux vous offrir un verre ? » demande Mimi.

La patronne regarde autour d'elle, il ne reste plus qu'une table occupée au fond de la salle, cinq gaillards un peu bruyants et rigolards.

Hélène va chercher la bouteille d'un alcool maison, revient avec deux petits verres et un cendrier. Mimi redoute ces gnôles concoctées avec fantaisie et généralement imbuvables. Elle remercie, il y a tout de même un prix à payer, et il est minime. Hélène allume un cigarillo. À la question posée par Mimi Leone à propos d'Aldo Bianchi, Hélène répond :

« Vous voulez parler du "Suisse"? Mais oui, régulièrement assis à la même place que vous, tiens. Mais ça fait bien deux ou trois semaines qu'on l'a pas vu, 'pas Michel? »

Michel, le patron, passe par là pour débarrasser une table. Confirme :

« Il a bien dû casse-croûter la carte entière, celui-là. Il est comme vous, il a de l'appétit ! »

Michel s'éloigne. Hélène se penche vers Mimi, dans ses yeux un pétillement de curiosité :

« Vous le cherchez ?

— En quelque sorte.

— Vous êtes flic ? Je demande ça comme ça, vous savez. Je me dis que vous avez le profil. Votre forme physique et tout. Notez, ça me pose aucun problème.

— Non. Je ne suis pas flic. Il m'a juste brisé le cœur.

— Ah, mince. Ça c'est pas chic.

— Je crois qu'il venait ici avec sa maîtresse...

— Écoutez, heu...

— Chantal, ment Mireille.

— Écoutez Chantal, contre les chagrins d'amour, il n'y a pas grand-chose à faire sauf de laisser passer le temps. Mais bon, si ça peut vous soulager, sachez qu'il est toujours venu seul ici.

— Jamais personne. Aucune femme ? Même pas un ami ?

— Jamais, rien. Toujours seul. Ça nous faisait dire, à Michel et à moi, qu'un si bel homme jamais accompagné, c'était rare. Bon, même si son aspect de cow-boy le rendait un peu fantaisiste, mais ce ne sont que des fringues, 'pas ? Ça se change, les fringues... Quelques femmes se sont risquées à faire passer une carte de visite, mais lui n'a rien voulu savoir. On a même dû les jeter après coup, il les a laissées sur la table... »

Mimi soupire comme si elle était soulagée d'un poids. Sauf que ça ne l'arrange pas, cette confession. Si on cherche la cause, on a besoin d'un levier. Hélène vient de remplir un deuxième verre de son alcool maison, Mimi sait qu'elle a perdu son temps.

Mais voilà qu'Hélène continue :
« On en a même causé en cuisine, avec Michel on s'est dit que peut-être, il était... Enfin, vous comprenez, sans vouloir vous vexer... Il n'en avait pas l'apparence, mais allez savoir de nos jours et...

— Dans la cuisine, vous dites ?

— Ben oui, on en cause de nos clients, surtout les réguliers, on dit : "Tiens, le Suisse est de retour ce soir", ce genre de choses et... Vous allez bien, Chantal ?

— Ne vous inquiétez pas. Ça fait plus d'un mois que je n'ai plus de ses nouvelles. Le temps, comme vous dites, il n'y a que ça pour guérir... Dites-moi, où sont les toilettes ?

— Au fond à gauche, après la cuisine. Bon, c'est pas tout, j'ai encore du travail... Vous êtes sûre que ça va aller ?

— Ne vous inquiétez pas. Juste me passer un peu d'eau sur le visage et puis je vais y aller. Préparez-moi l'addition, s'il vous plaît. »

Elle prend son temps, Mimi Leone, lorsqu'elle arrive près de la cuisine, elle jette un œil attentif à travers le passe-plat : habituels fourneaux et ustensiles, tout est nickel et propre. Il y a même un commis de cuisine, jeune, noiraud et à la peau basanée.

Mimi « Mireille » Leone pousse la porte des « Dames », souriante.

Elle a peut-être trouvé son levier.

35

On reste avec Mimi. Ça s'enchaîne, même si, on le sait, d'autres flux, d'autres infimes tranches d'existences concernant notre histoire, se déroulent en parallèle, se nourrissent, tissent la trame et convergent. Mais on ne peut pas être partout à la fois, ni dans l'écriture ni dans la vie. Et on ne fait pas toujours ce qu'on veut non plus. On a dû attendre avec Mimi Leone un nouveau chapitre, car le commis de cuisine a quitté tard le restaurant, seul, tandis que les propriétaires éteignaient les lumières dans la salle.

C'est du temps. Celui qui ne passe pas lorsqu'on attend, du temps laxe, du non-temps comme il existe des non-lieux. Mimi est assise derrière le volant de sa Fiat Uno de location. Ce matin, à l'aéroport, elle a demandé au guichet de chez Hertz une modeste cylindrée de couleur sombre. Le client étant roi, l'employé lui a trouvé ce qu'elle voulait. Heureusement, Mireille a son Ramuz ouvert sur ses genoux : Victorine, voulant rejoindre Joseph sur le pâturage maudit, est tombée dans la rivière et s'est noyée. Le village apprendra la nouvelle le lendemain. Joseph ne le saura qu'une semaine plus tard, lorsqu'il découvrira Victorine sur son lit de mort. Celui qui l'aimait le plus l'apprend en dernier, ajoutant une sorte de mépris du sort à sa douleur.

Les romans de la tragédie qui sont les romans de l'Homme, Mimi connaît. Ce ne sont plus tant les histoires qui l'intéressent que la manière dont on les raconte, la forme devenant par elle-même le récit. Le travail sur la matière qui l'émeut. Tellement captive de sa lecture, qu'elle en oublie de lever la tête. Juste à temps pour voir filer le jeune commis sur son scooter. D'ailleurs, il porte un nom : Rachid. Ponctuel et honnête. Un bosseur, d'après Hélène et Michel. Ce qu'ils n'ont pas appris à Mireille puisqu'ils n'en ont pas parlé. Mais nous, on le sait, et c'est cela qui compte.

Voici donc Mireille qui suit une intuition : il a beau être honnête et travailleur, Rachid appartient à un milieu social, et le milieu social prend son dû. Mimi conforte sa prémonition lorsque le jeune homme emprunte le cours Emile Zola — de tous ses romans, c'est *Nana* qu'elle préfère —, et puis le pont de l'avenue Gabriel Péri (Mimi honnit les communistes) en direction de Vaulx-en-Velin.

Un écrivain et un résistant d'origine corse. Où se niche le hasard ?

Rachid est courbé sur son guidon, il a froid, ça se voit lorsqu'à chaque feu rouge il frappe ses mains dans ses gants de plastique fourrés au pétrole. Il trace sa route, le pauvre, dans ces rues, dans ces avenues, dans ce désespoir de ciment, échec et mat des cités satellites où l'utopie a vite cédé la place aux investisseurs fonciers. L'utopie à peine saluée d'un geste de la main, comme le pape à ses fidèles, avant de foutre le camp de Calcutta.

De croisements en carrefours, à bonne distance de l'adolescent bientôt un homme, c'est l'avenue Maurice Thorez, ces noms d'écrivains, de sportifs ou d'anciens membres du PCF, comme si cela suffisait, n'est-ce pas ? Vous la vouliez votre égalité, la voilà. Certes pas celle de l'abondance et du plein-emploi. L'égalité par le bas, celle de la chute, lot commun de l'humanité sans valeur.

Mimi se gare entre deux voitures abimées sur un parking autrefois pourvu d'éclairage. Elle regarde Rachid saluer un groupe de jeunes assis sur les marches de son immeuble, les sentinelles, l'échelon du bas. Elle se souvient aussi de la première émeute qui a surgi exactement ici, dans ce quartier, en 1979. Rachid est né quelques années avant le début de la débâcle, on fait des gosses par désœuvrement ou par hasard, Dieu y pourvoira, même le Dieu des musulmans, *God is my airbag*.

Mimi met fin à ses pensées par un sourire qui est une grimace. Elle enregistre, calcule, évalue. Les bandes ici ne sont pas faciles à cerner, leurs gangs sont liés par des amitiés de longue date, on est tous « cousins », on partage des pétards, on deale à la vie à la mort, on lâche l'école pour mater des pornos en VHS. Mimi pense à ceux qu'elle a mis sur le coup, songe à ses relais à la maison d'arrêt de Lyon-Corbas. Les jeunes ayant Al Pacino et *Scarface* comme référence finissent par causer, ne peuvent s'empêcher de se vanter d'un gros coup. C'est plus fort qu'eux, au fond, comme nous tous, ils ont besoin de reconnaissance.

Mimi voit Rachid disparaître dans le bâtiment et elle échafaude la mécanique des événements, le tribut à payer au nom d'une appartenance sociale, ce que l'adolescent voit et entend au restaurant à rapporter au grand frère : ce « Suisse » régulièrement à Lyon, ça laisse supposer des choses liées au pognon, on le prend en filature, on confirme la bonne « pécho » du touriste en Alfa Roméo. On complique, mais c'est souvent très con, la vie.

Mimi, pourtant, commet une erreur : celle de réfléchir à ce qu'il adviendra, oubliant où elle se trouve, l'attention que les natifs du béton portent aux présences insolites dans leurs murs. Sa Fiat s'affaisse du côté droit, deux adolescents se redressent et l'observent derrière la vitre, tandis que, à main gauche, on brise la vitre côté passager avec une barre à mine.

Bruit, éclats de verre partout sur ses cuisses.

Ma foi, t'es dans la merde, Mimi.

Va falloir brûler tes calories, la langue de bœuf, le clafoutis, le Gigondas bien capiteux.

Saisir le pistolet de poche coincé dans ton dos, sous la veste en cuir. Déverrouiller la sécurité, viser et tirer sur le type et sa barre à mine. Le gras de la jambe, l'affaissement incrédule d'un visage qui regarde son corps tomber, le métal lâché rebondissant en tintamarre sur le sol. La fuite des deux autres gamins paniqués. Une meuf, putain, ils se sentent floués, ils vont revenir, nombreux et plus méchants.

Mimi tourne la clé, démarre, roule sur les jantes, sa Uno comme un bateau ivre lacérant le caoutchouc, étincelles sur le macadam. Elle prend quelques centaines de mètres d'avance, les devine déjà rameuter les plus grands, les caïds. Quand vous n'avez rien d'autre à foutre à une heure du matin.

Dans le rétroviseur, elle ne voit rien. Pour l'instant.

Mimi fait travailler ses neurones, repère un square désert où les moignons de métal d'une aire de jeu vandalisée évoquent ce que fut l'enfance: amputée.

Mimi y abandonne sa voiture. Tire dans le réservoir. Le feu. Les pompiers. Les flics, une récurrence.

Elle prend la direction la plus sombre. Au pas de course. Karaté et cinquante kilomètres de jogging par semaine. Tirs au stand, celui de Milo: canettes de bière posées sur des cailloux dans le maquis corse.

Mimi disparaît. Elle lui manque, son île.

Toujours, dès qu'elle s'en éloigne.

Ça l'embête un peu, aussi, parce qu'elle a perdu son livre.

Mais bon, elle a trouvé son levier.

36

La commune de Vandœuvres, située sur la rive gauche de la campagne genevoise, regorge de maisons de maître. Horst et Julia Riedle habitent une de ces vastes propriétés protégées des regards derrière des haies de thuyas et une végétation dense composée de frênes, de mélèzes et de chênes centenaires. Les plus anciennes, comme celle-ci, sont protégées par un portail en fer forgé derrière lequel un chemin rectiligne bordé de bouleaux conduit à une maison aux allures de manoir.

La nuit est tombée. Urbanisée et domestiquée, la campagne dégage des nappes de brouillard ne se formant plus que par îlots éphémères. Les lumières de l'éclairage extérieur, savamment disposées, donnent au domaine des allures de conte de fée. Les feuilles tombant sur les gravillons de l'esplanade centrale forment comme un mince tapis de couleur en cette saison morne et humide. Posées dessus, carrosseries rutilantes traitées au polish et à la peau de chamois, une Jaguar, une Porsche, deux Mercedes, dont un coupé et une limousine de couleur sombre, une plus modeste BMW 525i, et encore plus modeste Golf GTI. Je vous laisserai le soin de déterminer quel modèle appartient à chaque convive. Note incongrue, mais discrète : sur la coursive extérieure, trois malabars vêtus de parkas, une oreillette nichée dans le creux de l'oreille, font discrètement le guet autour de la maison.

À l'intérieur, maintenant : dans la salle à manger, une table dressée avec nappe et serviettes blanches, chandeliers et couverts en argent, vaisselle de porcelaine, verres en Baccarat et autres coquetteries comme les porte-couteaux dorés ou les chemins de table brodés à la main. Le plaisir des yeux, le sentiment de confort et d'apparat qui en résulte, est à la fois cause et conséquence.

En dehors du maître d'hôtel et de la gouvernante, ils sont six : Horst et Julia Riedle, René Langlois, Christophe Noir, Svetlana Novák ainsi que Dimitri Nabaïev. On en profite pour faire la connaissance de Julia Riedle, 59 ans, déjà présentée en termes peu élogieux par Odile Langlois lors du cocktail organisé par Christophe Noir : cheveux gris coupés courts, physique sec et longiligne, peau tannée aux ultraviolets et autres séjours intempestifs au soleil, parcheminée, à force. Des yeux bleus, des lèvres piquées au collagène. Grande. Plus grande que son époux rondouillard d'apparence joviale, dont Svetlana est devenue la créature professionnelle, une sorte de prolongement tentaculaire. D'où sa présence dans le beau monde.

Car.

En réalité, la personne pour laquelle ce dîner a été organisé est Dimitri Nabaïev. La cinquantaine sportive et avenante, yeux bleus, cheveux coupés en brosse, musculature solide suggérant la pratique constante d'un art martial. Il est le représentant de la mission soviétique auprès des Nations Unies. Plus concrètement, une courroie de transmission possible entre des oligarques russes et les établissements bancaires que sont l'UBS et la Banque du Patrimoine.

Au moment de prendre place à table, Julia Riedle se fend d'un petit laïus à propos de la traditionnelle amitié russo-genevoise datant du milieu du XIXᵉ siècle. Elle rappelle l'édification de l'église orthodoxe dans les beaux quartiers jouxtant la Vieille-ville, l'accueil sans concessions fait à l'aristocratie des Russes blancs fuyant la révolution de 1917.

« Genève a toujours été une terre d'asile pour nos amis russes, termine Julia. Et je dis bien *russes*, et non pas soviétiques. Monsieur Nabaïev, je lève mon verre aux affaires qui sont les nôtres, les affaires qui demeurent, toujours, au-delà des remous politiques et sociaux de l'Histoire... »

On applaudit avec élégance, on sourit, on s'installe autour de la table. Svetlana est placée à la gauche de Nabaïev, de temps à autre, les deux quittent la conversation générale en anglais pour un aparté en russe. Il faut savoir que ce qui est dit ici, ce soir, n'a pas réellement d'importance. Le repas est une sorte de préliminaire à une ambition plus grande, liée aux affaires justement, et dont nous apprendrons plus tard la teneur exacte.

Le repas déroule un menu raffiné. Un chef cuisinier est expressément venu ce soir, accompagné de deux assistants, pour préparer huit plats à base de produits de la mer. Tout au long du dîner, le champagne millésimé semble une valeur refuge au sein d'une époque instable où tout fout le camp, même le Communisme.

On en rit.

Les pieds frottent et grincent sur le parquet marqueté. Sous la table, certains sont plus nerveux que d'autres, les jambes s'agitent, le pied de Christophe cherche celui de Svetlana. Au-dessus de la table, l'alcool et les mets subtils détendent les esprits, réchauffent les moelles. Julia déplore l'absence d'Odile Langlois, en voyage, c'est ça ? René esquive, change de sujet, tout sauf ce qui concerne sa femme, s'il vous plaît. Encore une fois : les conversations ne valent pas la peine d'être rapportées ici, car l'essentiel se joue ailleurs.

Un lien se tisse, un lien est tissé entre le banquier privé, le banquier institutionnel, l'homme d'affaires, l'avocat d'affaires et le représentant politique.

Les femmes paraissent un peu en retrait. Mais à bien y regarder, Julia Riedle tire les ficelles, porte le pantalon, bref chapeaute subrepticement les agissements de son mari. Ou, tout du moins, on la sent très au fait de ses intérêts. Disons qu'on observe un couple parfaitement synchrone et équilibré dans les arguments avancés et les temps de parole respectifs. Quant à Svetlana Novák, on peut associer ce dîner à une sorte d'intronisation officieuse, un basculement dans la cour des grands. Elle aura son rôle à jouer. Elle attend.

Car enfin, tout de même, voyons, Svetlana ouvre grand ses beaux yeux de panthère, évalue, soupèse, calcule, et ses cogitations lui font comprendre qu'un salaire de directeur des monnaies étrangères, aussi confortable soit-il, ne suffit pas pour l'opulence qui les entoure, le Cuno Amiet, le Soutine et le Picabia accrochés aux murs, le mobile de Calder suspendu dans le hall, la richesse du domaine et du mobilier. L'inconnue serait-elle encore Julia — une (très) riche héritière ? — ou pencherait-elle plutôt du côté des placements en paradis fiscal ?

Dont on n'abordera nullement la question. Pas plus que tout ce qui pourrait nuire au bon déroulement de la soirée, des thèmes comme celui de l'argent, par exemple, qui ne ferait que ternir les rapports de bonne intelligence entretenus par les convives.

On les quitte donc, on s'éloigne, on sort de la pièce par l'une des portes-fenêtres à croisillons.

Mais d'abord, il nous faut relever un fait qui se déroulera d'ici moins de deux heures, une fois que les hôtes auront rejoint le salon pour fumer et boire un dernier verre. Le voici :

Christophe Noir suit Svetlana Novák aux lavabos des toilettes. Elle est en train d'ajouter une touche de rouge sur ses lèvres, Noir se colle dans son dos, se penche sur son cou, lui dit qu'il veut la voir tout à l'heure, qu'il la veut pour toute la nuit :

« Je veux te voir tout à l'heure, je te veux pour toute la nuit...

— Mais qu'est-ce que tu fais ? Tu oublies où on est, n'importe qui pourrait nous voir !

— Je m'en fous, je te veux Svet... »

Svetlana se dégage doucement, range son rouge à lèvres dans la pochette.

« Non, Christophe.

— Je t'emmène dans ma villa, on va se baigner nus dans ma piscine...

— J'ai dit non. Ni ce soir, ni un autre soir. »

Christophe saisit ses épaules, la retourne brusquement pour lui faire face :

« C'est quoi, alors ? Tu vas te taper ce Russe de merde, cet ancien du KGB ? C'est ça ton plan ?!

— Svetlana ? Vous allez bien ? » intervient Julia dans leur dos.

Christophe se ressaisit, recompose un visage avenant et disparaît dans les toilettes pour homme. Julia pose une main rassurante sur le bras de Svetlana : « Vous êtes sûre que tout va bien, ma chère ?

— C'est gentil, Julia. Ne vous inquiétez pas pour moi. Ne vous inquiétez pas. »

[Retour]

On les quitte donc, on s'éloigne, on sort de la pièce par l'une des portes-fenêtres à croisillons.

Bien. Nous sommes à l'extérieur de la maison, dans la nuit et le froid, parmi les branches des arbres nus qui bruissent et les troncs qui grincent. On s'éloigne encore, les lumières aux fenêtres évoquent un refuge pour le voyageur égaré, un lieu d'accueil pour l'orphelin des nations en déroute. Le monde plie, le monde se casse comme les branches gelées. Que peut-on faire ? L'inertie nous submerge, l'ensemble est désormais supérieur aux parties qui le composent. Sauf qu'il n'y a ni

voyageur fourbu ni orphelin en proie à la solitude. On s'éloigne, on quitte. La terre est dure, la température est descendue sous zéro.
Un renard se faufile dans le sous-bois, renifle et cherche.
Le grand froid nous attend.
Un froid perpétuel.

37

Svetlana ôte ses chaussures à talon sur le seuil de sa porte, le paillasson pique la plante de ses pieds sous les collants. Elle trouve cela agréable, un chatouillement inattendu, retour de l'enfance qui se niche dans la surprise. Cette enfance qui ressurgit lorsqu'on est seuls, que personne ne nous voit. Cet être neuf et spontané que l'on ne cesse d'être si on veut bien y croire encore. C'est difficile à distinguer tant on s'égare la plupart du temps. Une espérance de vie de 77,42 ans en Suisse pour l'année 1989, hommes et femmes confondus. Depuis, cela a encore augmenté, mais pas le désarroi de la solitude lorsqu'on est orphelin de soi-même.

Luana et la baby-sitter dorment profondément. L'aube est l'heure vraie des cambrioleurs. Le ciel plombé au fusain où des trouées de ciel bleu seraient comme autant de point de fuite dans le jour sombre.

Svetlana économise ses gestes, se brosse rapidement les dents et se lave les mains dans la salle de bain, elle se douchera plus tard, elle ne veut réveiller personne. Elle enfile un survêtement qui lui permettra de dormir quelques heures et en même temps d'être disponible pour sa fille dès son réveil. Le survêtement n'est pas le pyjama, il est un moyen terme.

Elle se déplace sans bruit, se sent comme une intruse dans son propre appartement, elle y trouve un certain plaisir, s'épier soi-même dans le silence rassurant d'un chez soi. Elle songe à Christophe Noir, à sa froideur au moment des au revoir, au fait qu'il ait envisagé l'hypothèse qu'elle puisse coucher avec ce Russe. Comme si elle était une putain, comme si coucher avec lui signifiait quelque chose et avec un autre homme une chose différente encore. Comme si maintenant il la possédait alors qu'elle n'a rien donné à Christophe, rien d'important.

Doucement, elle saisit le combiné du téléphone et appuie sur la touche du répondeur automatique. La nuit devient pâle derrière les rideaux transparents. Doucement, comme si elle devait quitter un amant endormi pour ne plus le revoir, elle écoute, sans bouger. Mais elle ne quitte pas, elle accueille, et la voix arrive et dit :

« *Svetlana, c'est moi... Aldo...* (bruit de vagues en fond)... *Je pense à toi... C'est à toi que je pense... Peut-être que je ne devrais pas, que c'est con, que je me trompe... Mais je pense à toi...* »

Clic.

On dit que l'amour rend idiot.

Moi, je dis que, dans le meilleur des cas, il nous rend plus attentifs.

Svetlana sourit.

Un sourire immense dans l'aube grise, les lambeaux de ciel bleu évoqués plus haut, rien à foutre.

Svetlana sourit.

Deux fois en moins de quinze jours.

Deux fois pour la même raison.

Et ce sourire-là n'est pas un sourire idiot.

38

Hotel Privilege, Varadero, Cuba.

D'où le bruit des vagues sur le message écouté par Svetlana.

Hotel, écrit sans accent circonflexe, Privilege sans accent grave.

L'absence de ponctuation. Le manque tout court.
All inclusive.
Aldo Bianchi a reposé le combiné depuis un moment, déjà. Et il se demande. Il se demande ce qu'il fout là, s'il ne ferait pas mieux de céder sa place à ceux qui voudraient y être. Il fume sur la terrasse d'une maisonnette mitoyenne, colonnades et fioritures de style gréco-romain, *open spaces*, saladiers remplis de fruits exotiques, grand lit à baldaquin avec moustiquaire.

(Il voudrait l'appeler encore.)

Aldo regarde le gazon impeccablement tondu, l'arête précise de sa découpe autour de la piscine en forme de lagon. La bande de sable en continu, plus loin, et l'eau turquoise et calme du détroit de Floride. À moins de 150 kilomètres, c'est Key West et les États-Unis.

(Pourquoi n'a-t-elle pas répondu ?)

Aldo fume et s'ennuie. Ses bosses se sont résorbées. Le soleil des Caraïbes a recouvert d'un bronzage doré et uniforme les drôles de couleurs causées par les coups.

(Avec le décalage horaire, il est maintenant 7 heures du matin à Genève, elle doit être levée, sa fille se lève toujours tôt, lui a-t-elle dit.)

Le cendrier déborde de mégots. Odile est au bord de la piscine, allongée sur un banc de massage en train de se faire pétrir par un métis au corps sculptural. Il a le blues, Aldo, pour différentes raisons : le lit à baldaquin entouré d'une moustiquaire lui rappelle les prestations sexuelles défaillantes de ces premiers jours de vacances. Incapable de bander correctement, comme une lassitude qu'il compense avec son savoir-faire, mains, bouche et langue, mais bon, Odile n'est pas dupe de ce manque de vigueur. Du coup, elle est frustrée et la frustration augmente son appétit, et il se demande si le masseur va se la faire ou non, si Odile aura le courage de lui infliger ça. D'un côté, c'est parti d'un bon sentiment de sa part, cette semaine à Cuba. Une façon de lui faire oublier la mésaventure de l'autoroute en s'imbibant dans des jacuzzis ou la mer bleue, et en buvant des jus de mangue. Mais voilà. Au lieu de se requinquer, Aldo s'enfonce davantage dans une introspection qu'on ne lui connaît pas. Il y a eu la peur et le trauma d'un passage à tabac, d'accord, mais il semblerait qu'autre chose affleure en lui. Un sentiment d'inutilité, de temps perdu. Il se perçoit comme un hamster pédalant dans sa cage. Peut-être ne bandera-t-il plus jamais ? Et alors ?

(Oui, mais son corps, le corps de Svetlana, comment est-il, son odeur, la texture de sa peau, comment est sa voix dans le plaisir ?)

Et puis.

Peut-être que, finalement, tout vient de là.

Rectification : tout vient de là.

Le levier, l'impulsion initiale, le déséquilibre.

Le début de l'histoire :

Svetlana Novák.

Il arrive, parfois, qu'une femme efface toutes les autres, les relègue au rang de comparses, comme si leurs présences n'étaient destinées qu'à préparer la rencontre précise avec cette femme-là, exactement.

Une confluence.

Aldo éprouve le manque d'une femme qu'il connaît à peine. Il ne comprend pas, ne parvient pas à sonder ce gouffre s'ouvrant au milieu de sa poitrine. Cette portion de lui-même, qui est la moitié de lui-même, et qui se déchire, le quitte, l'éloigne. Il voudrait revenir à Genève par le premier avion. Rien à foutre du soleil, des plages de cocotiers, des eaux turquoise. Il pourrait s'envoyer en l'air avec des filles magnifiques, pas farouches, le peso cubain en chute libre avec toutes ces conneries d'URSS qui s'effondre, ces filles évoquant ce qu'elles sont par des périphrases et les cadeaux qu'elles reçoivent, cachant ainsi le nom de leur principale fonction : devenir les putains du touriste occidental. La saison de la chasse à l'Homme Blanc est ouverte.

Aldo sursaute, il a perdu Odile du regard, ne l'a pas vue

s'approcher, Odile, ses mains malaxant ses deltoïdes enflammés par la tension nerveuse.

« C'est moi, Aldo. C'est seulement moi. »

Son corps dégage une senteur d'huile d'amande. Odile est bronzée et luisante, son corps est un beau corps de femme épanouie. Il y a là tout ce qu'un homme peut désirer. Hier soir, elle a même organisé un repas en tête-à-tête avec un trio de violon, guitare et contrebasse, un boléro à faire pleurer un contrôleur fiscal. De la bière, du rhum. Tout était au rendez-vous pour que ça foire dans les grandes largeurs.

« Qu'est-ce qui se passe, mon amour ? »

Aldo allume une nouvelle cigarette.

« Est-ce que tu ne fumes pas trop ?

— Tu demandes ou tu affirmes ?

— Je ne sais pas si...

— Il faut te décider, Odile. Inutile de vouloir me prendre avec douceur. Et tu sais quoi ? Je pense que tu devrais le faire, je pense que tu devrais t'en foutre de moi.

— De quoi tu parles ?

— Du masseur. Tu devrais baiser avec lui, apaiser cette envie qui te démange. Te prouver à toi-même que tu peux avoir des hommes jeunes et beaux, que tu n'es pas vieille.

— Arrête, Aldo.

— C'est la vérité, ta peur de vieillir.

— C'est toi que j'aime, c'est toi que je veux. Tu ne comprends donc pas ?

— Tu te trompes, Odile.

— Non, je n'ai jamais été aussi sûre de moi, de ce que je veux dans la vie : toi. »

Aldo se lève, Odile reste avec ses mains en suspens, ne sait plus quoi en faire, il n'y a plus cette parcelle de corps entre ses doigts, cette densité de peau et de muscles. Aldo se retourne, s'appuie sur le muret blanc à colonnades. Regarde Odile, indifférent, fatigué.

Elle demande : « Je suis de trop, c'est ça ? » Aldo lui sourit par dépit. « Tu ne m'aimes pas, Aldo ?
— Pas comme tu voudrais, non. Je suis désolé, bon sang, qu'est-ce qui m'arrive ? »
Aldo se cache le visage avec les mains. Odile s'avance, cherche à le prendre dans ses bras, Aldo s'esquive. Odile alors s'écroule, tombe à genoux, enveloppe ses cuisses dans ses bras.
« N'ajoute pas l'humiliation, Odile.
— Je m'en fous, mon amour. Je m'en fous de tout. C'est toi, je n'y peux rien, c'est toi. »
Voilà qu'elle se met à pleurer, à présent :
« Je vais y arriver, Aldo. Je vais y arriver à te faire m'aimer, laisse-moi du temps, tu verras... »
Odile frotte son visage contre le short de son homme. Son odeur la rend folle. C'est ainsi, les triangles, les trajectoires, les amours réciproques et les amours égoïstes, les amours rendus et non partagés. Je t'aime et tu en aimes un/e autre qui t'aime toi. D'un geste brusque, elle abaisse le maillot de bain, dégage son pénis qu'elle prend dans sa bouche. Elle s'applique, l'enveloppe de ses lèvres, mouille son membre de salive sucrée. Aldo ferme les yeux, s'appuie au mur, cède et se laisse aller au plaisir. Il pense à Svetlana, il se demande comment ce serait avec elle, comment elle s'y prendrait, si ce serait tellement différent. Il oublie où il est, il oublie Odile qui le sort de sa bouche, se retourne, se cambre et demande :
« Prends-moi, maintenant, je t'en supplie, Aldo. Je ne veux pas de bite noire, je veux la tienne, rien que la tienne, prends-moi, merde ! »
Alors, Aldo prend.

39

À propos de l'Homme Blanc.
René Langlois a fait escale à Sao Paulo, Brasilia et Rio de Janeiro. Vu des chefs d'entreprise, des consorts, des collègues.
René est en voyage d'affaires au Brésil. Le Brésil est un pays en plein essor, d'après les dernières recommandations des analystes financiers : une inflation galopante, une économie aux abois sur laquelle il s'agit d'investir pour récolter plus tard. Là où on te dit d'aller et là où tu vas.
Maintenant, il goûte à deux jours de repos à Salvador de Bahia. De toute façon, à quoi bon rentrer plus tôt ?
Le couple Langlois s'ouvre à l'exotisme.
Chacun de son côté.
Sauf que là. René.
À force de voir passer ces jeunes femmes de toutes les couleurs, ces filles souriantes et affables, René se demande pourquoi il ne prendrait pas son dû, lui aussi. Pourquoi, au fond, s'obstiner avec une épouse exigeante et devenue indifférente ? Pourquoi persévérer dans une relation hostile et non partagée ? Bientôt la vieillesse, les dernières cartouches dans la besace. La richesse est aussi un argument. Il ne voudrait pas généraliser, mais il lui semble que la recherche de la sécurité financière est un argument pour bon nombre de femmes. Il ne peut offrir ni la jeunesse, ni la passion, ni la fantaisie. Mais l'argent, il peut. Et l'argent compte beaucoup, partout, mais surtout dans un pays « émergeant ».
L'amour s'achète aussi, et ce n'est pas nouveau.
Assis à la terrasse du *Chupito Bar*, René Langlois voit donc défiler ces corps, ces jambes, ces fesses, ces seins de toutes les couleurs. Cette chair s'affirmant sous les tenues en lycra minimalistes, qui pourrait se donner, tout ça avec une sorte de

jovialité spontanée. Il croise même des regards. Son visage a bruni, il a perdu quelques kilos, il pourrait encore le faire, faire des promesses, de celles qu'il pourrait tenir : emmener l'une d'elles en Suisse et lui offrir une vie de reine.

Recommencer à zéro. Peut-être même, devenir père une seconde fois. Diane et Odile. Remplacer ses chères fille et épouse (qui lui ont quand même bien pourri la vie) par l'exubérance d'une fille du *bárrio*.

Ouaip.

René termine son *mojito*, fait signe à la serveuse en short ultra-court, lui en commande un autre.

Il allume une cigarette. Soupire et se laisse aller sur sa chaise. L'ivresse le gagne, il se détend. Il se détend, bordel !

Il pourrait le faire, oui.

40

Les week-ends, Horst et Julia Riedle se font servir leur petit-déjeuner en chambre. La gouvernante frappe à leur porte à neuf heures, salue en exhibant un sourire qui fait plaisir à voir, pose le plateau sur la table d'appoint, leur souhaite une bonne journée et s'en va.

Julia grimpe alors sur son Nounours, le chevauche cinq bonnes minutes à un rythme soutenu, le couple jouit à l'unisson. Julia passe ensuite dans la salle de bain, prend une douche rapide tandis que Horst pose le plateau sur pieds en équilibre sur le gros duvet, ouvre le *Journal de Genève*, et parcourt les titres de la première page. Julia revient, fraîche et ragaillardie. Elle estime que deux fois par semaine constitue une bonne hygiène sexuelle.

(La sexualité est une *hygiène*, la vie, une succession de *projets*.)

Julia détache le cahier culturel du journal de son mari, mélange son café au lait avec les céréales. Horst préfère mordre dans son croissant, on le comprend.

Voilà. Ils sont bien installés. Au chaud, sexuellement repus, leur appétit bientôt rassasié. Mais pas toujours l'appétit qu'on croit, certains, d'autres sortes, sont insatiables. Vous ne savez pas exactement de quoi je parle, mais c'est voulu. Chaque chose en son temps.

Julia :

« Alors, qu'est-ce que tu en penses ? »

Horst pose le journal sur ses genoux, tourne la tête.

« Du dîner d'hier soir ?

— Oui. L'architecture générale. L'ensemble. Le puzzle

— Tu fais allusion à… ?

— Je ne fais pas allusion, je demande clairement.

— Ça m'a l'air de bien s'engager, oui.

— Alors, on peut le faire, tu crois ? »

Horst regarde son épouse dans les yeux. Les deux sont mal assortis, mais ils s'aiment, c'est ainsi.

« Bien sûr, mon cœur. »

Julia pince la graisse du ventre de son mari, lui fait un sourire grand comme ça.

Tous les deux reprennent la lecture de leur journal.

Dehors, il pleut.

La journée va être longue. Peut-être qu'ils vont le faire une deuxième fois tout à l'heure, ça fera trois cette semaine.

Julia prendra une nouvelle douche.

Ainsi va la vie, et c'est bien comme ça.

41

Les avions décollent et atterrissent. On ne s'imagine pas tout ce qui vole au-dessus de nos têtes. La densité du trafic aérien, la superposition des carlingues, du plus gros au plus petit, entre zéro et trente mille pieds. Épandage de kérosène, incrémentation des cas de leucémie dans les zones aéroportuaires. La contrepartie, ce sont de jolies photos-souvenirs de nos vacances. Les avions emportent et déposent. Des corps, essentiellement. Des corps et leurs bagages.

Les cabines libèrent les voyageurs. Les bouches sont pâteuses, les humeurs maussades, les yeux hagards. Après avoir été débarqués, Aldo et Odile remontent les couloirs vers les carrousels à bagages afin de récupérer leurs valises. Ils suivent et sont suivis par d'autres passagers vomis par le DC10 de Swissair, flanqués par une haie de publicités lumineuses : banques, fiduciaires en gestion du patrimoine, assurances-vie, montres de prestige, agences immobilières haut de gamme, bijoux. Vous n'avez pas envie de lire ça, des slogans promettant des biens se léguant de génération en génération, mais Aldo ne peut s'en empêcher. Des photos de femmes belles et riches, d'hommes beaux et riches, d'enfants de couples beaux et riches. Aldo n'a pas envie de voir ça, mais il ne peut s'empêcher de tout lire, de tout voir. Dans le silence, les passagers se suivent, un peu cons, immobiles sur les tapis roulants qui les font ressembler à des produits fabriqués à la chaîne. Bientôt, ils seront catalogués comme touristes, ou hommes/femmes d'affaires. Loisirs ou travail. Ce qu'on coche sur les questionnaires douaniers. Il n'y a pas vraiment d'autre alternative. Travailler ou s'amuser. Travailler sur quoi ? S'amuser de quoi ? Les résidents sont d'anciens touristes ou voyageurs d'affaires. Avant le nouveau départ, la nouvelle fuite, le contrat à venir. Demain, ce sera au tour de René Langlois d'atterrir.

Routine, répétition.

Comment faire autrement ?

Odile et Aldo. Ils ont trois lettres en commun, entendu, mais quoi d'autre ? Qu'est-ce qui les lie en dehors des circonstances ? Ils prendront un taxi qui les déposera chacun chez soi. Odile paiera la note. Ils vont se manquer, Aldo fera semblant, il est disposé à faire des efforts. En réalité, il n'a qu'une envie, celle de se précipiter sur le téléphone pour l'appeler.

Elle.
Car.
La routine, la répétition.
Sont en surface.
Dessous, sous la peau, quelque chose bouge. À notre insu tout change, se mêle, se bouleverse. Et meurt.
Jusqu'à ce que les trajectoires confluent ou se télescopent.

42

Aldo est dans sa cuisine. Il a préparé un moka, le café gargouille sur la cuisinière. Depuis sa chaise, il n'a qu'à tendre le bras pour éteindre le bouton et déplacer la cafetière.
Il attend.
Il devrait se lever, prendre une tasse, le sucrier et boire son café.
Non, il attend.
Il pense au jour où elle lui a préparé un café. Il se dit qu'au fond, ils ne se sont encore jamais embrassés.
Devant lui, la boîte de biscuits où il range son argent, celui du transport de valises, celui qu'il ne peut mettre dans aucune banque sans risquer d'éveiller les soupçons du fisc. Les Petits-Beurre ont été mangés depuis longtemps.
Dans le hall d'entrée, sa valise est encore intacte depuis son retour de Cuba, douze heures ont passé.
Il lui a laissé trois messages. Il ne sait pas quoi faire. Se désespérer ou avoir confiance en ce qu'il ressent, en ce qu'il a perçu chez elle. Sans comprendre, les rouleaux de billets de mille enroulés par des élastiques lui foutent le bourdon. Il devine que l'argent seul ne suffit pas. Qu'il n'y a pas assez d'argent. Que le manque à combler est ailleurs.
Aldo est bronzé dans ses chaussettes, des grains de sable entre ses orteils. Il a dormi sur le divan avec son jean et son polo. Il

ne s'est pas encore douché, il a mangé le dernier paquet de crackers, bu les bières qui restaient dans le frigo. Il a terminé ses cigarettes, a répondu à Odile croyant que c'était elle qui appelait, elle qui est une autre. Il lui a dit : « Je veux rester seul, je suis fatigué, je te rappelle demain », il lui a dit.

Ouvrir ou fermer les rideaux c'est pareil : dehors, le ciel gris, l'air humide et pesant. Il y a six semaines, Odile lui prenait la main et la posait sur son ventre. L'air était doux, la promesse intacte. L'hiver était une supposition, mais voilà, l'hiver finit par arriver. Les ellipses de la Terre, les rapprochements et les éloignements. Nous sommes prisonniers. La prison est vaste. Mais nous sommes prisonniers quand même.

Alors, quoi ?

La libération vient d'une porte dérobée. L'espoir vient de la possibilité d'un bouleversement. Nous sommes tout à fait capables de vivre l'expérience du temps et de l'espace réunis. De penser, de vouloir très fort que cette chose arrive, de nous mobiliser tout entier pour que cela advienne.

Tout entier, voilà la condition.

La seule condition, elle est non négociable.

Renoncer totalement, vouloir totalement.

Aldo ferme les yeux, désire plus que tout.

Il attend.

43

Réunion de travail.

Max Vermillon. René Langlois. Ainsi que deux personnages secondaires, quasi des figurants. Mais on sait bien combien sont importantes ces courroies de transmission dans la machine huilée de la finance : Albert Fitoussi, le troisième larron des investisseurs de G&T, et Pierre Köller, gérant de fortune en lien direct avec Svetlana Novák, son bras armé en quelque sorte. Officieusement. Celui qui s'occupe de faire fructifier, à proprement parler, le capital. Un vrai maraîcher.

Réunion de travail qui prendra une heure, grand maximum : vérification comptable, progression estimée des taux, approvisionnement garanti, *Conference call* avec les *chairmen* en Californie.

On passe là-dessus. Les affaires, c'est un peu comme le bonheur : ça n'intéresse que ceux que ça concerne.

Après la réunion, plateau de fruits de mer chez Lipp, déjeuner qui s'éternise en récompense du devoir accompli. On pourra voir ce genre d'hommes boire des cocktails dès l'*happy hour* dans les endroits chics de la ville, *Le Baroque* ou *Le Griffin's Café*, nœuds de cravate desserrés, visages rubiconds à l'aube du week-end.

On suit le courant des fantastiques années '80, Thatcher, Reagan, ce second souffle de l'ultralibéralisme lève définitivement le voile sur nos démocraties, l'idéal politique entamé par l'idéal économique et financier. La dite « Fin de l'Histoire », c'est peut-être ça : chacun pour soi et le dollar pour tous.

L'argent coule sous forme de codes et de chiffrements. Il est un peu comme le monstre du Loch Ness, personne ne le voit jamais, sauf quand il se matérialise en objets : maisons, voitures, propriétés, bijoux, œuvres d'art...

La cour des grands ou, soyons plus modestes, des moyens. Les très grands sont inatteignables, on les laisse où ils sont et on tire notre épingle du jeu.

Facile, la vie.

44

Et le week-end arrive, effectivement.
La cour des petits où, pour l'heure, l'inquiétude est ailleurs.
Aldo a bien fait de vouloir totalement, de vouloir absolument.

Car, ce matin, le téléphone sonne. Aldo a à peine bougé depuis 24 heures. Il s'est reclus en lui-même, il ne se reconnaît plus.

Il décroche, Svetlana dit :

« Dans trente minutes en bas de ton immeuble. Et si ce que tu vois ne te plaît pas, tu pourras remonter chez toi, je saurai, je comprendrai. »

Aldo respire comme il peut, il répond

oui.

Svetlana ajoute, en plaisantant :

« Habille-toi chaudement, on n'est plus à Cuba. Où je t'emmène, il fait froid. »

Lorsqu'Aldo sort de chez lui, la BMW l'attend sur le parking, le moteur tourne au point mort.

Sur le siège arrière, assise sur son rehausseur, il voit une enfant, et Aldo comprend ce qu'il y a à prendre avec cette femme, ce qu'elle lui demande, le flanc qu'elle prête, sa fragilité dans l'univers des célibataires qui veulent jouir. Pour beaucoup d'entre eux, c'est un fardeau, un lien qui les encombrerait. L'enfant oblige à l'altruisme, entrave certains désirs qui ne sont plus des priorités.

Alors, qui parie sur Aldo ?

Moi.

Il s'avance avec ses *boots*, sa veste de ski. Sac à dos sur une épaule, toujours un peu cow-boy. Ses cheveux, encore humides après une douche rapide, fument dans l'air figé par le froid.

Il s'avance, sourit, regarde Svetlana derrière le pare-brise qui le regarde et sourit à son tour.

Tout est calme.

Presque doux.

Aldo se dirige vers la portière arrière, frappe à la vitre avec son doigt replié. Luana reste sérieuse tout en lui jetant un regard furtif. Elle a déjà connu d'autres amis de sa mère, elle s'en méfie.

Aldo monte dans la voiture, s'installe à l'avant sur le siège passager.

« Ça prendra un peu de temps, fait Svetlana.

— Ne t'inquiète pas. Emmène-moi, maintenant. »

Une suspension.

Deux êtres aux marges de la morale, répréhensibles sur de nombreux points. En proie à l'appât du gain, notamment. Mais personne ne naît avec le gène de la tentation monétaire. Le contexte, l'éducation, le marchandage avec soi-même et sa conscience. Laissons tout cela de côté. La BMW s'élance sur ce tronçon d'autoroute qu'Aldo connaît par cœur. Mais au lieu de bifurquer pour Lyon, Svetlana continue tout droit en direction de Chamonix.

On parle peu. Ce sont des remarques isolées ou une pensée futile exprimée à voix haute qui n'appelle pas de réponse. Les deux adultes à l'avant ne peuvent pas parler tant que l'essentiel n'a pas été dit. L'enfant à l'arrière comprend d'instinct qu'il faut se taire et entame son goûter.

Parfois, Aldo pose la main sur celle de Svetlana qui tient le pommeau du levier de vitesse. Parmi les chansons qui passent à la radio, entre deux séries de publicités, on peut écouter *I drove all night* (Cindy Lauper), *Casser la voix* (Patrick Bruel) ou *I Only wanna be with you* (Samantha Fox).

Le paysage défile, plutôt triste et désolé. On se demande comment font les habitants de ces vallées industrielles pour ne pas fuir vers les cimes, chercher le soleil et l'essence de ce qui fait la montagne. Le trio traverse, ne fait que passer. Souvent, c'est comme ça, les vallées, elles servent à ça, et c'est un peu douloureux pour ceux qui y vivent et s'en font une raison, souvent économique. Svetlana roule. Elle sait ce qu'il faut faire, où ils doivent aller.

(Il leur faut un écrin.)

Ils arrivent, on ne dit pas où tout de suite, c'est d'abord un parking à ciel ouvert, la plupart des places sont occupées par des autocars et des voitures immatriculées ailleurs. Aldo est surpris, il s'étonne, ne comprend pas, devine peut-être. Luana garde le silence, elle sait, mais elle a promis de ne rien dire. Ils descendent de la voiture. Prennent leurs vestes, leurs gants, tout ce qui peut tenir chaud.

(Il leur faut un témoin, aussi.)

Svetlana revient avec les billets, Aldo et la petite la suivent en direction de la station, en marge du groupe de touristes japonais qui s'apprête à monter dans la cabine du téléphérique.

On s'y engouffre.

Aucun ne porte de skis ni de bâtons. On se rend là-haut seulement pour contempler.

Les portes se referment. La cabine démarre, on sent la puissance de la traction des câbles, l'arrachement de la montée immédiate, le creux soudainement ressenti dans l'estomac.

2 739 mètres de dénivelé en 20 minutes.

La chape de stratus se déchire.

Apparaît le grand soleil, celui qui blesse les yeux, obligeant à chausser des lunettes pour voir : le massif du Mont-Blanc comme une vague gigantesque et figée dans la collision des plaques tectoniques, la main bleue et pâle du glacier des Bossons sortie de son gant de névé. Plus loin, plus haut, la mer de glace, cette eau immobile comme un dernier témoin de ce qui fut avant l'homme et mourra avec lui, dérisoire et émouvante.

(Une sorte de mariage païen.)

Premier arrêt au plan de l'Aiguille, des passagers descendent, d'autres montent. Svetlana enduit le visage de sa fille de crème solaire. Aldo la regarde faire. Ses gestes sont sûrs, efficaces et affectueux, avoir un enfant, c'est apprendre à toucher différemment.

La cabine repart, à nouveau cette aspiration de l'air dans l'estomac, cette montée coupant le souffle.

(Une célébration, une affirmation.)

À 3777 mètres la cabine stoppe au piton nord de l'Aiguille du Midi. L'oxygène se fait plus rare, la tête tourne légèrement, le cœur cherche à s'adapter. Une vieille japonaise fait un malaise, son entourage panique et demande à l'un des employés de la compagnie qu'on la ramène immédiatement en bas. Un secouriste intervient. Les touristes, qui sont des fourmis abouliques et souriantes, contournent la scène. On est perdu, confusion, perte de lucidité.

Svetlana s'accroupit et murmure à l'oreille de sa fille qui acquiesce et obéit en entamant le tour du tube, la galerie d'acier encerclant le piton.

Svetlana se dépêche, elle me prend de court, j'essaie de la suivre, des paroles hachées, qu'elle prononce les lèvres froides, «viens», «suis-moi», «vite», il y a urgence, elle saisit la main d'Aldo et l'emmène par l'escalier métallique qui résonne sous leurs pas, plus haut encore, à ciel ouvert, 65 mètres plus haut, sur la terrasse panoramique, dans la brillance d'une fin de matinée où l'air manque, où le bleu est l'azur panaché de réacteurs d'avions.

3842 mètres au-dessus du niveau de la mer.

Ici, en Europe, on ne peut pas plus haut, à moins d'être alpiniste.

Svetlana emmène Aldo au bord du précipice, à l'extrême limite du vide. Sa peau est froide, ses lèvres bleues comme l'eau du glacier. Elle prend son visage entre ses mains, ses mains froides parce qu'elle a ôté ses gants, parce que la peau doit toucher la peau, les joues hérissées de poils piquent ses paumes. Elle a l'impression de sentir encore la trace du stylo, ce jour où il a écrit dans sa main.

Voici l'écrin.

Le mariage païen.

Alors, elle demande:

«Est-ce que tu le veux, toi aussi?»

Aldo acquiesce.

« Alors, dis-le. Dis-le, je t'en prie.
— Je le veux », dit Aldo.
Svetlana ouvre ses lèvres :
« Embrasse-moi. »
Leurs langues se mêlent, leurs salives. Aldo sent la nuque fragile dans sa grosse main, la main de Svetlana s'emmêle dans les cheveux d'Aldo, elle sent son crâne, l'os, la vie.
Luana arrive et les voit.
Voici le témoin.
Leur premier baiser.
Une sorte de perfection.
Je vous avais prévenus que c'est une histoire d'amour.

II

L'histoire

DÉCEMBRE 1989

Annonciation

> *On peut obtenir beaucoup plus avec un mot gentil et un revolver, qu'avec un mot gentil tout seul.*
> Al Capone

45

D'abord, à l'origine, le nom n'est pas français, on dit *Schweizerische Bankgeselleschaft*. Il y a tout de suite comme l'évocation d'un sérieux, d'une austérité qui en impose. On se rassure, on pense: oui, c'est là que je vais mettre mon argent, j'ai confiance, c'est une forteresse. Du teuton, du fiable.

L'Union de Banques Suisses (son appellation francophone et anglophone est officiellement adoptée en 1966) naît d'une fusion en 1912 de la *Bank in Winterthour* (1812, spécialisée dans le financement industriel) et de la *Toggenburger Bank*, basée à Saint-Gall (1863, caisse d'épargne). La première a constitué l'essentiel de son capital grâce aux connexions avec l'industrie ferroviaire suisse en plein essor (on se souvient de Louis Favre, du percement du Gothard, des ouvriers italiens sacrifiés). Mais, surtout, elle a tiré ses bénéfices de la hausse spectaculaire du prix du coton due à la guerre civile américaine (1861-1865). À la fin du conflit, son capital avait doublé.

C'est peut-être cela que voulait dire l'ami Balzac, quand il écrit que derrière chaque richesse se cache un crime.

Celui de la complicité.

Le crime, au sens large et par procuration.

Fusion, donc. Entre l'industrie et le petit épargnant. Et ça, chapeau, il faut reconnaître aux membres fondateurs leur degré d'expertise au service du pragmatisme. Résultat des courses : 202 millions de francs suisses en capital et un total de 46 millions en part d'actions. Il ne reste plus qu'à parachever l'intronisation dans la cour des grands en quittant l'épicentre des deux petites agglomérations agraires pour s'installer à Zürich en 1917, dans le bâtiment à peine terminé de la Bahnhofstrasse 45. L'histoire est en marche comme le prétendent, parfois, certains politiciens. C'est ce que fait, en général, le temps qui passe.

Le reste est essaimage, fusions, rachats. Le poisson glouton dévorant plus petit que lui. Si on se penche sur l'historique par le schéma, on s'aperçoit que l'évolution de l'entreprise ressemble à un arbre généalogique. À la différence que la ligne du temps ne se déploie pas par fécondation et multiplication cellulaire, mais par phagocytage et cannibalisme.

De fil en aiguille, et en ce qui nous concerne pour l'année 1989, la fortune de l'UBS se calcule en dizaines de milliards de francs suisses. Elle est au seuil de sa fusion ultime avec la Société de Banques Suisses. Et peut-être que, comme pour le football et la Coupe du monde en Italie, l'année 1990 marquera la fin d'une ère, d'un certain fonctionnement, d'un système de jeu bancaire, peut-être même d'une certaine éthique, allez savoir. Le paradigme du village global s'immisce dans les esprits, modifie le cours de la pensée, la finance prend le pas sur l'économie elle-même, se dopant à la monnaie scripturale. Les anciens employés peuvent en témoigner, on observe, depuis, un basculement certain, l'UBS suit le flux de la mondialisation et du Bitcoin. Depuis 1990, la *Schweizerische Bankgesellschaft* est devenue une banque d'importance systémique mondiale :

Conséquences ?

On y va ? J'y vais ?

Allez, même si ce sera pour le futur :

Comptes en déshérence (1995)
Krach boursier en Inde (2004)
Déforestation en Malaisie et blanchiment d'argent (2006/7)
Financement occulte des partis politiques suisses (2008)
Crise des subprimes (2008)
Affaire du «crédit lombard» (2008)
Aide à l'évasion fiscale (USA, Allemagne, France, Belgique, Grande-Bretagne 2009/14)
Implication dans le scandale Madoff et rôle de Luxalpha (2010)
Procédure juridique contre les anciens dirigeants (2010)
Fraude d'un trader (2011)
Scandale du Libor (2012)
Scandale de la manipulation du marché des changes ou Forex (1991/2015)
Scandale des fonds de Porto Rico (2015)
Panama Papers (2016)
Condamnation de UBS France pour blanchiment aggravé de fraude fiscale et démarchage bancaire illégal (2019)

Voilà, maintenant, vous savez pour qui vous travaillez. Sinon. Cette responsabilité globale dont nous sommes partie prenante. Sinon, alors. Cette phrase de Voltaire, encore : dans une avalanche, aucun flocon ne se sent responsable.

Les trois clés du logotype de l'UBS : sécurité, confiance, discrétion s'inversent dans l'opinion publique au profit de risque, doute, insolence. Et tous ces efforts pour redorer le blason, la bienveillance, cette volonté de s'inscrire de façon positive et durable dans la société : mécénat culturel (musique classique, ballet, opéra, art contemporain), sponsoring sportif (formule 1, golf, voile, course à pied), parrainage (institutions, festivals de cinéma et de musique, expositions), œuvres de charité (virus Ebola, énergies renouvelables). Ouvrir ses coffres comme on ouvrirait son cœur. Leur chance est notre mémoire courte. Leur chance est notre peur de perdre. Leur chance est un gouvernement pris en otage par le système libéral.

Mais avant ça. Cette hypothèse qui vaut ce qu'elle vaut : le seuil de 1990, s'en souvenir.

Mai 1990 : Tim Berners-Lee, un informaticien anglais travaillant au CERN de Genève invente le *World Wide Web* ; il travaille sur un ordinateur américain nommé NEXT produit par une entreprise fondée par un certain Steve Jobs.

Le système est rendu public, c'est cadeau pour l'Humanité ; voici que le monde change.

Nous franchissons l'étape de l'hypertexte : URL, HTTP, HTML.

Nous doublons notre réalité par l'hyperréalité.

Le passage du temps dans une clepsydre.

Un basculement, et plus rien ne sera comme avant.

Voilà que se mesure l'Histoire.

Le feu. La roue. Le web.

Le monde à venir, d'une certaine façon, encore inconnu de nos protagonistes. Le monde ancien, où la marge d'action de l'individu est plus grande, où l'erreur est plus humaine. Où le jeu s'ouvre encore au possible, à une forme de poésie, Maradona marquant de la main le but de la victoire contre l'Angleterre. Cette possibilité du coup innovant décrit par Wittgenstein, le coup dépassant les règles tout en respectant les règles, la possibilité du génie et de son expression. Cette part d'aventure et d'inconnu dont on rêve en secret, encore accessible.

Où la réalité déploie ses grandes ailes permettant à la fiction de prendre son envol.

Le coup innovant est désormais l'hyperréalité.

Réalité et fiction réunies.

Une fusion comme une autre.

Il n'y pas de raison.

Je vais me gêner, tiens.

UBS über alles.

46

Il y a 300 ans, le mathématicien bâlois Daniel Bernoulli (1700-1782) avait constaté que les avantages d'une quantité supplémentaire d'argent décroissent à mesure que l'on s'enrichit. C'est ce qu'il nomme *l'utilité marginale du franc*.

Aldo Bianchi n'en est pas encore là.

Il a repris ses transports de valises.

Il ne dîne plus au Sathonay, ne dort plus dans un hôtel cosy avec petit-déjeuner servi en chambre. Max l'a averti : quelqu'un a dû le repérer par ses habitudes. Fini les flâneries dans le quartier historique du Vieux Lyon et le verre de cognac avant d'aller faire dodo. Aldo a compris que le jeu s'est durci. Que ça n'a jamais été un jeu, il s'est trompé sur toute la ligne. Tout ce que touche l'argent, le gros argent, devient potentiellement mortel. Dis-moi, Bashung, c'est le temps ou l'argent qui pourrit tout ?

À la station-service, Aldo regarde autour de lui, il se méfie, il ne fait plus le plein, juste un café et c'est tout. Au-delà de la douleur, ce qui est humiliant dans le fait de subir une agression, c'est d'avoir éprouvé la terreur mêlée à l'effarement. Cette éventualité concrète de la mort violente à laquelle on a échappé et qui donne la nausée rien que d'y penser. D'avoir été à la merci de quatre couillons, de n'avoir pu se défendre. Il comprend, Aldo, ce que signifie être un soldat, un sous-fifre, un porte-valises. Un rien du tout. Un petit. Peut-être ne devrait-il pas vouloir davantage, ne pas chercher à s'élever. Rester à sa place, donner ses cours de tennis, prendre des vitamines et continuer à faire ce qu'il sait faire dans un lit. Il peut compter sur le soutien d'Odile, il n'y a pas de raisons que ça prenne fin. Il pourrait rouler peinard, mettre le pactole de côté tant que ça dure, prévoir sa retraite au soleil. Un pays pas trop farouche pour ce qui est du niveau de vie, tu en trouves tant que tu veux.

Mais il y a Svetlana.

Elle est le barrage au cours de ses pensées. Structure et cadre. La rivière prend forme et s'installe dans son flux coulant vers la mer. Lointaine, certes, mais elle s'insinue, devient la destination, le but.

Aldo passe la frontière de Vallard, sourit au douanier, prend soin de baisser sa vitre et d'ôter ses lunettes de soleil : prêt au dialogue, la main sur le cœur. Il passe, il glisse, il est chez lui en Suisse.

Il se gare au parking du club des Eaux-Vives. Il retrouve une certaine routine, ce lieu connu et rassurant. Il pose le sac de sport dans le casier habituel. Autour de lui, rien n'a bougé, le chaos a difficilement prise sur le luxe feutré. Mais au lieu de se rendre au bar et de se faire presser un jus frais, il se dirige vers la cabine téléphonique. L'intérieur sent la fumée froide, il referme la porte à hublot, enfile une pièce de deux francs dans l'appareil. Il appuie sur les touches du numéro de l'UBS, au siège de la rue du Rhône. Une standardiste l'oriente sur la personne souhaitée. Nouvelle standardiste, on reconnaît la voix de Mélanie, qui demande à son interlocuteur de patienter. Personne ne peut savoir ce que pense la secrétaire de cette voix légèrement nasale, sauf nous, et Mélanie se dit qu'elle correspond sûrement à l'homme que sa supérieure voit en secret : les deux femmes échangent les formules d'usage à propos de ce monsieur Bianchi souhaitant lui parler. Svetlana prend la communication, sourit intérieurement, même si, en réalité, elle devra codifier les intrusions d'Aldo sur son lieu de travail.

Elle répond « Allô ? ». Il n'y a pas quinze façons d'exprimer la fonction phatique.

« C'est moi. Je voudrais te voir.
— Quand ?
— Maintenant.
— Où ?
— Je suis là où sont les "bonbons". Les verts, ceux à la menthe.

— T'es un rigolo.
— Je trouve que le "beurre", ça fait vulgaire. Alors ?
— Que se passe-t-il ? Tu vas bien ?
— Je dois te parler.
— Tu m'inquiètes.
— Ça n'a rien à voir avec le reste. C'est de moi qu'il s'agit.
— C'est urgent, alors ?
— Dis-moi où et j'y serai. Le plus tôt possible. »

Svetlana réfléchit, lui dit et raccroche. Elle baisse la tête, inspire profondément. Serait-il possible qu'il revienne sur sa promesse ? Svetlana prend son sac, ses clés.

Mélanie voit sortir sa cheffe qui lui annonce s'absenter du bureau et ne revenir qu'après la pause-déjeuner. Mélanie s'occupera de faire patienter si nécessaire. Svetlana prend son manteau sur la patère, quitte le bureau.

Mélanie la regarde se diriger vers l'ascenseur, suçote son stylo bille et se confirme à elle-même la thèse de l'amant dont la voix lui évoque un homme petit et replet, donc un homme de pouvoir.

Elle a raison pour l'homme vu en cachette, elle se trompe pour le reste.

Mais surtout : dans ce cas précis, l'homme n'est pas forcément un amant, mais simplement un homme.

On va voir pourquoi et comment.

Svetlana Novák récupère sa voiture au parking et roule.

Elle tient son inquiétude à distance tandis qu'Aldo arrive déjà sur le lieu de leur rendez-vous, coupe le moteur et descend de son Alfa. La mi-journée est claire, le soleil brille et on veut croire que la température est moins froide qu'il n'y paraît. Aldo remonte le col de sa veste en jean molletonnée, il s'autorise une cigarette, l'hiver il peut s'encrasser plus volontiers les poumons, il en fait moins usage que durant la période estivale.

Dans la campagne genevoise, à la bifurcation de la route de

Chevrens et du chemin des Belossières, dans la commune d'Hermance, se dresse une monumentale croix en bois.

Sans Christ, juste une croix de plus de trois mètres de haut.

Aldo, finalement, s'assoit sur le banc au pied du symbole, mais il semblerait qu'il n'y ait plus de voyageurs fatigués comme autrefois. Il sourit, il se dit que Svetlana a le sens de la mise en scène. Moi, je vais plus loin et je dis qu'il lui faut des allégories, qu'elles sont nécessaires pour se construire dans un souci de grandeur et d'augmentation de soi. Au moment des bifurcations, des croisements et des choix de vie. Svetlana a peur de se tromper. Se tromper de direction, faire le mauvais choix. Il y a les résistances, la somme des résistances qui nous habitent, alors, la voilà, toute simple et sans autre apparat, la symbolique évoquée par la croix de carrefour : ce besoin de protection pour les voyageurs que nous sommes, cette façon de tenir à distance les puissances maléfiques, l'inconnu néfaste, les mauvaises rencontres, la mort. Aldo est assis, il est un voyageur de l'existence et il attend Svetlana qui arrive, qui le voit, qui ralentit et se gare derrière la voiture rouge de cet homme qu'elle ne connaît pas, au fond, et puis ils n'ont encore jamais fait l'amour. Elle voudrait des garanties, elle souhaiterait des preuves, elle ne veut pas se tromper. Elle a besoin d'une structure, d'un cadre elle aussi, on se construit en miroir, parfois.

Mais elle doit prendre un risque.

Svetlana referme la portière, regarde Aldo en attente qui fume et ôte ses lunettes de soleil pour mieux la voir, elle, dans sa vraie couleur. Elle sourit, elle ne trouve pas ridicule cette coupe mulet striée de mèches, elle ne trouve pas ringard cet aspect de cow-boy, sa croix en pendentif sous la chemise déboutonnée la rassure. Svetlana a beau avoir vécu le communisme, elle est restée profondément superstitieuse et catholique. Sa fille Luana est baptisée. On peut se demander d'où vient ce besoin d'inscrire une enfant encore inconsciente de sa propre vie dans un choix d'adulte. Y aurait-il encore la peur de l'enfer, malgré tout, et celle des limbes pour le nouveau-né ? Cette peur du chaos, encore et toujours, cette peur du rien, cette peur des bifurcations, l'homme serait-il si faible pour ne pas se fier à son instinct ? Est-ce si terrifiant de naître nus et vulnérables ?

Aldo ne se pose aucune de ces questions métaphysiques. Aldo regarde cette femme approcher. Il est prêt à prendre ce qu'elle est dans sa totalité parce que, peut-être que, par-dessus tout, ce qu'il éprouve pour elle est le sens, l'unique sens probable que prend sa vie. Svetlana le voit écraser le mégot entre son talon et le bitume. Il y aurait comme un blasphème dans ce geste anodin, mais Aldo ne penserait pas à s'incliner devant un dieu quelconque, une croix orne son cou parce qu'il trouve ça joli, le problème ne se pose pas ou plus, ni de lire Nietzsche ni rien d'autre d'ailleurs.

Les deux s'enlacent. L'homme et la femme. Ils ne disent rien, pas encore. D'ailleurs, c'est Aldo qui devra parler, lui livrer le secret qui lui pèse. Mais l'étreinte en dit long sur ce qu'ils ressentent, l'urgence, l'intensité, l'espoir d'être simplement des êtres humains, perdus, égarés, craintifs quand il s'agit d'affronter l'immense désarroi qui nous submerge, on s'accroche l'un à l'autre, et c'est bien comme ça, c'est tout ce qu'on peut déjà espérer.

Car dans l'idée de l'amant, Mélanie, il y a celle sous-tendue d'un rôle. Or, Aldo ne joue aucun rôle si ce n'est être lui-même. Un homme amoureux. « Amant » est réducteur dans son cas.

Ils empruntent un chemin de terre, marchent côte à côte. Il serait l'heure de manger, mais aucun des deux n'a faim. Ils ne se prennent pas la main, ils sont encore des individus, des entités bien distinctes l'une de l'autre, ils n'ont pas encore fusionné.

« Je dois te parler », commence Aldo.

Svetlana ne dit rien, regarde la campagne autour d'eux qui se dénude avec l'automne finissant. La lumière l'empêche d'être triste, aujourd'hui, elle crée du contraste. Si on observe bien, il y a encore du vert qui s'accroche, des zones d'ombre.

« Je dois te parler, et je ne sais pas par où commencer. Je ne sais pas ce qui m'arrive ni d'où ça vient, tu es la première, je suis un peu perdu, Svetlana... »

Il faudrait peut-être l'aider, le mettre en confiance, mais elle préfère le laisser venir par les mots qu'il cherche, on comprend bien que ce n'est pas un homme de mots. De parole, oui, mais pas de mots.

« J'ai une relation. Elle s'appelle Odile Langlois. Elle est mariée. Elle m'aime, moi pas. Je suis avec elle pour l'argent. Et pour la première fois de ma vie, j'ai honte. Je suis une pute à l'envers, Svetlana. Tu me vois en prof de tennis ou en porteur de valises, ce que tu veux, mais ma vraie nature c'est ça, c'est de soutirer de l'argent à des femmes riches. Je leur donne ce qu'elles veulent, j'obtiens ce dont j'ai besoin. Jusqu'à présent, je vivais ça avec plus ou moins de frustrations, plus ou moins en accord avec moi-même. Maintenant... maintenant tu es là, et ce n'est plus pareil... Voilà, je voulais que tu saches. Pour une fois dans ma vie, j'ai envie d'être franc, de ne pas jouer un jeu quelconque, j'ai envie d'être là, tu comprends? Simplement, d'être là... »

Svetlana a écouté.

D'une voix blanche, détachée comme elle peut l'être, ce détachement qui, parfois, effrayera, fera croire à Aldo qu'elle n'est que froideur et indifférence, mais ce n'est pas vrai, elle dit :

« Odile Langlois, épouse de René Langlois. Membre du CA de TransGrain, a récemment investi dans G&T et les organismes génétiquement modifiés...

— Tu... ?

— Oui, je. C'est un petit monde, qu'est-ce que tu crois? Je sais pourquoi c'est toi qui transportes les valises. J'aurais dû le savoir dès la première fois, quand je t'ai vu discuter avec elle, chez Christophe Noir. Mais on ne peut pas être attentif tout le temps...

— C'est sa façon de me posséder. Un job facile pour un mec facile.

— Je suppose que tu fais comme tu peux, Aldo. Peu d'instruction dans un pays riche, ça donne envie d'y arriver par d'autres moyens. »

Et comme pour marquer la phrase à venir, Aldo s'arrête, se tourne face à Svetlana. Il constate que deux nouvelles rides se sont dessinées sur son front, elle a les cheveux fins, sa peau est comme tendue sur les os, sa bouche crispée, les lèvres froides sont à peine gercées.

« Je veux tout arrêter, dit Aldo, j'en ai marre. »

Svetlana le fixe droit dans les yeux.

« Tu ne vas rien arrêter du tout, surtout pas. Au contraire, tu continues.

— C'est ça, ta réponse? Alors que j'ai envie de me reconstruire, de tout reprendre à zéro avec toi?

— À nos âges, on ne recommence rien, on continue, on prend de nouveaux chemins, mais on continue notre route.

— On n'est pas vieux, merde!

— Dans nos situations, si tu préfères. »

Aldo shoote dans une motte de terre qui éclate et s'éparpille en morceaux sur le chemin.

« Calme-toi et réfléchis, reprend Svetlana. C'est toi qui apportes les valises au club, c'est moi qui vais les chercher. Tu ne vois donc pas? Ce n'est pas assez clair? Il y a cette grande pyramide, et nous on se situe juste dans la moyenne inférieure, on nous garde gentiment au seuil, on nous fait miroiter l'accès dans la cour des grands, mais c'est un leurre. Tu ne seras jamais le mari d'Odile, j'attends encore de devenir la directrice de mon département.

— Je ne vois pas le rapport avec nous, on pourrait...

— On s'est rencontrés, voilà ce qui est important, voilà ce qu'on nous a donné. Pour le reste, on peut continuer de faire semblant, jusqu'à ce que l'opportunité se présente...

— Quelle opportunité ? Je ne vois pas de quoi tu parles.

— Quelque chose se dessine, j'ignore la forme que ça prendra, mais ça se dessine. Je m'en fiche de cette Odile, elle ne compte pas, ce n'est pas là que tu es, Aldo. Tu es ailleurs en moi, mais pas là, je m'en fous... D'ailleurs, Christophe Noir...

— Tu couches avec lui ?! Putain, Svetlana, et moi qui croyais...

— J'ai couché, mais c'est fini. Parce que c'est là que tu es, Aldo, justement. Tu es ailleurs, parce que tu es partout. Et qu'il n'y a plus de place pour un autre homme... »

Aldo est déboussolé. Svetlana lui prend le bras, le retient. Elle aussi joue le tout pour le tout, elle aussi risque gros, de voir partir celui qu'elle attendait depuis toutes ces années.

« Souviens-toi, tu l'as dit, Aldo : on est pareils, toi et moi.

— Je pensais à nos origines, au fait qu'on vient de familles modestes dans un monde de riches...

— Justement.

— Quoi ?

— Nous, c'est l'amour, c'est autre chose.

— Tu me prends pour un con ?

— Comment pourrais-je, Aldo ?

— Comment ? Et de quel amour s'agit-il ? Quelle sorte d'amour ?

— Viens..., répond Svetlana en l'attirant vers le bois jouxtant le chemin. Viens, Aldo, je vais te montrer... »

Ils font quelques mètres au milieu des branchages, elle l'attire à lui, ils s'écroulent sur le sol dur, ils sont dans l'ombre, bien qu'un promeneur pourrait les voir, mais personne ne passera par-là, il y a comme une aura dans ces moments désirés, des bulles au milieu du monde qui vous laissent tranquilles, en dehors du flux des autres, de l'humanité. Svetlana remonte sa jupe, Aldo écarte sa culotte, sort son sexe qu'il plante brusquement en elle, ça glisse, c'est fluide. Il ne pense pas aux préliminaires, aux techniques de séduction, à l'aspect méthodique du sexe, c'est ici pour la première fois comme à l'adolescence avec ses expériences incertaines, il retrouve ce mouvement du présent, la disponibilité complète au présent, il redevient puceau, il redevient maladroit. Et Svetlana l'accueille, s'ouvre, vient le chercher avec son bassin, le col de l'utérus se décroche vient à la rencontre du pénis d'Aldo, c'est un peu médical, les termes sont ce qu'ils sont, soit vulgaires, soit didactiques, le sexe est difficile à pratiquer et à écrire, son approche, sa complétude, ses connexions. Mais quand il se fait bien, quand Aldo Bianchi et Svetlana Novák se regardent dans les yeux tandis que leurs corps s'agitent, se cherchent et se trouvent, quand ils écarquillent leurs yeux comme s'ils voyaient le monde pour la première fois, comme s'ils voyaient enfin le miroir inversé d'eux-mêmes dans la différence de l'autre, et qu'ils viennent, jouissent ensemble comme on irait au bout du monde, Aldo comme purifié d'avoir trahi l'extase pour le caprice, Svetlana atteignant enfin, enfin, ce lieu secret dissimulé en elle-même, ce point de gravité et d'ancrage, lorsqu'un homme et une femme fécondent la Terre et que leurs gémissements traversent la campagne, les champs, la vie,

alors, oui, le sexe est beau,

le sexe est très beau.

« On va y arriver, dit-elle dans un souffle tandis qu'Aldo s'est écroulé sur elle, leurs poitrines en apnée, ses doigts accrochant sa nuque humide de sueur. On va y arriver, mon amour. »

47

Prison de Saint-Paul, Lyon Perrache.

Surnommée « La marmite du diable ».

Une maison d'arrêt destinée aux courtes peines et aux détenus en attente de jugement. Mais comme les prisons pour taulards chevronnés sont saturées, il est fréquent de voir un jeune dealer partager la cellule d'un condamné à perpétuité.

La prison accueillant trois fois plus de détenus que la normale, trois réclusionnaires partagent, en moyenne, une cellule de 9 m². Un simple drap, souvent maculé d'excréments, sépare la cuvette des w.c. sans couvercle du reste de la cellule, notamment du petit coin-repas où les relents d'urine et de merde se mêlent aux odeurs d'oignon et de plats réchauffés. Le plafond décrépit tombe dans votre gamelle quand on saute de sa couche à l'étage supérieur. L'été, c'est l'étuve. L'hiver, sans chauffage, la température tombe à 10° en cellule. L'air est humide, la lumière naturelle quasi absente. Poumons mités, yeux de myopes. On allume sa cigarette, ou son pétard — la drogue circule librement, l'administration pénitentiaire la tolère, on considère que le H ou la marijuana lénifient le comportement des détenus, et je pense au guignol arrêté pour trafic de stupéfiants fumant chaque jour son joint dans le lieu même où il est censé payer pour le crime qu'il a commis —, on allume donc son pétard ou sa cigarette directement sur les câbles des prises électriques à nu, et tant pis si on risque l'électrocution à cause des lèvres humides.

Saint-Paul a été inaugurée en 1827 selon les plans du Panoptique de Jérémy Bentham. Un édifice en étoile où les gardiens sont au centre des six ailes de la prison. Ils peuvent ainsi surveiller chaque couloir depuis un seul et même endroit. Une sorte de centre de gravité. Mais surtout: les prisonniers ignorent si on les surveille. Potentiellement, ils peuvent l'être à tout moment. C'est ça le contrôle, l'idée absolue du contrôle. On observe plein de petites choses comme ça, dans notre quotidien, radars et caméras de vidéosurveillance...

Ce qu'on n'imagine pas sur un plan architectural, c'est le bruit. Comme ces photos d'un dépliant de voyage dont on a banni mouches et moustiques. Les portes, les coursives, les garde-fous, les escaliers, tout ce qui n'est pas en pierre est en métal. Et le métal est porteur de bruit. Les voix, les cris, les hurlements résonnent. Le mouvement des trousseaux de clés dans les serrures, les appels incessants des détenus qui, n'ayant pas de sonnette à disposition, se manifestent en tapant inlassablement sur leurs verrous, les gardiens ne savent plus où donner de la tête. Eux-mêmes, pour faire passer des messages écrits, utilisent des seaux au bout de cordelettes pour les transmettre aux coursives des étages inférieurs. Ces mêmes étages où sont tendus des filets pour éviter que des prisonniers se suicident ou en profitent pour régler leurs différends. On parle de « marmite du diable », mais quand on est soumis au bruit de Saint-Paul, on pense à un chaudron.

Dans lequel les prisonniers mijotent 23 heures sur 24.

L'heure de sortie, la promenade, s'effectue dans une cour rectangulaire, chaque cour étant séparée des autres par un mur haut de cinq mètres, panoptique oblige. Il faut s'imaginer une tarte divisée en parts égales. Une tarte avec de gros murs bien épais séparant les tranches. Au-dessus, des grillages chargés de saloperies, de déchets en tout genre. On se croirait à la pêche miraculeuse, celle des abysses où le seul miracle est de rester en vie jour après jour. On y trouve même des sacs plastique remplis de merde. Oui, tout est possible en enfer. Ça fuit de partout, tuyaux qui transpirent, plomberie véhiculant le saturnisme, cerveaux qui suintent, peaux exhalant la sueur. Détenus et surveillants sont logés à la même enseigne. Le paquebot sombre.

Depuis 162 ans, la prison de Saint-Paul se dégrade. Sans doute les autorités faisaient-elles référence à Saint-Paul de Tarse, celui condamnant le péché de chair sur lequel s'est développé un christianisme sexuellement rigoureux, l'intégriste justifiant la libido dans le seul but de l'enfantement, le fou de Dieu priant pour l'avènement de l'Apocalypse, que le monde s'éteigne avec sa propre impuissance sexuelle. Mais le monde a perduré, des enfants ont continué à naître, hors mariage aussi, et surtout chez les pauvres qui s'engrossent à tout va. Et le monde, le monde merveilleux, deux mille ans plus tard, offre à Saint-Paul l'opportunité du viol des plus jeunes par les plus aguerris sur des paillasses où prolifèrent les puces, la possibilité de la sodomie deux fois par semaine dans les douches communes qui ne sont plus nettoyées depuis des années, le tuyau d'arrosage étant trop court ou la prise d'eau trop éloignée, c'est selon. Les cafards sont légion, parfois de petits rats se faufilent entre les grilles du tout-à-l'égout...

Les plus jeunes, donc, les 13 à 19 ans sont ceux qui souffrent le plus. Des adolescents envoyés au carnage. On tente de les cantonner au bloc K, mais la place manque là aussi. Et puis, il y a les ghettos, maghrébins, noirs, européens. Chacun souhaite la proximité de ses congénères. Forcément, tout ça complique. On a vu un jeune de 16 ans tenter de se suicider trois fois en moins de 36 heures. Garrot autour du cou, veines tailladées. Chaque fois, les soins et puis le retour en cellule. Et puis, cette idée qu'il faut vraiment être désespéré, qu'il faut réellement le vouloir pour se planter une fourchette dans la carotide avant d'y insérer des bouts de verre brisé. Il faut vraiment vouloir mourir, crever avec les moyens du bord. Partir, s'évader comme on peut avec du verre pilé circulant dans le corps. Mais partir quand même, une fois le cœur atteint.

Dire que les automutilations sont fréquentes est un euphémisme.

Ainsi, Jeremy Bentham, dans son traité du Panoptique, en 1780 :

La morale réformée, la santé préservée, l'industrie revigorée, l'instruction diffusée, les charges publiques allégées, l'économie fortifiée — le nœud gordien des lois sur les pauvres non pas tranché, mais dénoué — tout cela par une simple idée architecturale.

Formidable.

En 1989, le PIB français est de 1 001,9 milliards (d'euros). La France compte parmi les sept pays les plus riches du monde.

Et puisqu'on en n'est pas à une citation près, quelques mois avant d'être assassiné Robert Kennedy confiait, *out of the record* : « Le PIB mesure tout, sauf ce qui vaut la peine d'être vécu. »

Maintenant, on en revient à nos moutons, hallal, en l'occurrence : Ibrahim Basri, 18 ans, suffisamment endurci pour tenir tant bien que mal le coup dans l'aile C, celle des détenus adultes, section Maghreb.

Mais voilà que sur le coup de 23 heures, alors que les arrivants placés sous mandat de dépôt sont répartis dans la prison après leur transfert depuis le palais de Justice, Ibrahim est évacué de sa cellule sans explications. La porte claque derrière lui, il fait de la résistance, il ne comprend pas, et le joint qu'il a fumé n'arrange rien à la confusion dans sa tête. Les matons l'emmènent de force, sans répondre à ses questions, en profitent pour le matraquer dans le dos et le faire marcher droit. Ibrahim finit par fermer sa gueule, il s'exécute et suit le mouvement, tête basse.

Sauf qu'Ibrahim se rend compte que la direction prise par la promenade n'est pas la *Playa del sol*, mais le pavillon des « Européens », des « Gaulois », la cellule 413 pourrait évoquer la mer, d'une certaine façon, le charme des îles, et pour ce qui est de l'eau turquoise et de la beauté des paysages, la Corse n'a rien à envier aux Baléares.

« Je fous quoi, là ? Je fous quoi ?! » crie Ibrahim en se cabrant.

Il cherche à s'enfuir, tentative ridicule, il ne va nulle part. Menotté dans le dos, il tente le coup de boule au gardien qui esquive et lui fait un croche-pied, l'autre le frappe tandis que le troisième ouvre la cellule. On le traîne à l'intérieur où, exception faite pour la soirée, le comité d'accueil compte cinq prisonniers. On a pris soin, au préalable, de repousser la table, les deux chaises, bref, de faire un maximum de place afin de pouvoir recevoir décemment. L'hospitalité corse n'est pas une légende. Le dénommé Paolu, le chef, remercie d'un hochement de tête son compatriote en tenue de gardien, celui-ci lui répond par un clin d'œil entendu. On referme derrière eux.

Les surveillants s'en vont.
Dans leur dos, les premiers coups et les premiers hurlements se font entendre.
Le reste du bâtiment est silencieux.
Les gardiens sourient, un joli bonus de fin d'année versé par Milo-le-Bridé, on ne crache pas dessus.
En contrepartie, de minuit quinze à cinq heures trente du matin :
Des claques, des coups : de pieds, de poings.
Des torsions, des cassures, des déchirements : os, tendons, muscles.
Des humiliations : avaler des abats de porc, se faire raser le crâne, la tête qu'on enfonce dans les chiottes, et puis le grand final : un concombre dans le cul.
Ibrahim Basri passera trois semaines à l'hôpital. À la famille, aux proches, aux amis, on prétextera la cellule d'isolement. L'administration carcérale, bien graissée, sait faire. Saint-Paul est un labyrinthe, le droit s'y égare. On sait pertinemment que la sécurité des détenus est une bonne blague.
La loi de la jungle.
La loi du silence.
Les deux seules lois respectées ici.
À sa sortie « d'isolement » Ibrahim fera carpette et fermera sa bouche. Il a encore seize mois à tirer. C'est long. Dans des circonstances particulières, ça peut durer une éternité.
Le souci majeur d'Ibrahim : avoir fait partie du gang de petits caïds ayant braqué Aldo. Depuis quelques semaines, il reçoit des cadeaux de ses potes à l'extérieur, des cartouches de cigarettes, de l'herbe, un nouveau survêtement, un discman, même une pute pour une turlute au parloir. Les jeunes, ça ne sait pas se tenir, ça cause, ça fuite, ça ne peut pas s'en empêcher.
Solidaires, ils ont voulu partager.
Alors, Ibrahim a un gros souci.
D'autant plus qu'il sait une chose.

Une chose que Milo Pattucci veut savoir.
On a beau avoir sa fierté, dans ces moments-là, y a plus d'homme.
Et je vais vous dire une chose, entre nous, il s'en sort bien.
À l'heure qu'il est, Ibrahim est encore en vie

48

Faire semblant.
Aldo fait semblant avec Odile qui fait semblant avec René.
Horst fait semblant avec Svetlana qui fait semblant avec Christophe.
Les gens font semblant. Observez autour de vous. Combien vont-ils au bout d'eux-mêmes ?
Très peu.
Après coup, c'est eux qu'on admire. Après coup.
L'Humanité est lâche. L'Humanité a peur. L'Humanité est triste.
Aller vers ce qui nous constitue, vers ce que nous voulons. Le problème, c'est que, souvent, on veut tout. Et tout vouloir, c'est ne rien vouloir du tout.
Et voilà qu'apparaissent les contradictions. Les frustrations.
Qu'apparaissent les faux-semblants.
Et tout se complique.
Comment composer avec la loyauté vis-à-vis de soi-même ? Comment allier la loyauté avec la peur ? La peur de perdre ce qu'on possède ? Ou la nécessité d'obtenir ce qu'on souhaite ?
Certains ne se posent pas ces questions, ils sont faits d'un seul bloc.
Ainsi, Mireille annonçant à son frère : « J'ai l'info. »
Interrupteur : le visage de Milo-le-Bridé s'illumine.
« *Benissimu, surella, benissimu.*
— J'ai besoin de soutien logistique.
— Tout ce que tu voudras.

— D'hommes et de liquidités. En l'occurrence de femmes. Plus précisément de belles femmes. Elles vont coûter cher. Des petites coupures, c'est ce que demande Berisha.
— Tu veux travailler avec les Albanais ?
— Tu dois me faire confiance.
— J'aime pas ces enculés.
— Le plan demande les Albanais. Mon plan. Je peux pas faire sans eux. Pas pour les profils que je cherche. Ils contrôlent le business.
— Tu fais chier, *surella*.
— Si tu préfères, je te laisse régler le problème, *fratellu*. »
Un temps.
Émile Pattucci regarde au loin, vers la mer.
« Je veux être là, dit-il enfin.
— Tu y seras.
— Et je veux pas voir ces enculés de Balkaniques, aucun d'eux.
— Je peux faire ça aussi.
— Bien. Tu vois le Bosco pour tes besoins en matériel. T'as faim ?
— J'ai toujours faim. »
Milo sourit, la chaise grince. Il va chercher le fromage, le pain et le vin à l'intérieur de la bergerie.

Mimi lève la tête, regarde, puis ferme les yeux en soupirant. Le ciel se découvre, l'air est doux. On aurait envie de déplier une couverture sur l'herbe et de s'endormir en respirant la mer. De mourir aussi, peut-être. Une belle journée pour mourir sans regrets. Au milieu des éléments qui sont ce qu'ils sont, et rien d'autre.

Eux, ils ne font pas semblant.
Mireille. Émile.
Vis-à-vis du monde extérieur, oui, bien sûr, ils jouent leur rôle. Mais sinon, ils savent qui ils sont. Où ils sont.
Faut leur laisser ça.

Gestation

*Parfois, je me sens comme Dieu.
Quand je commande de tuer
quelqu'un, il meurt le jour même.*
Pablo Escobar

49

C'est un souvenir confus, des bouts, en morceaux : la soirée se passe dans un grand appartement du plateau de Frontenex, à Genève. L'immeuble est de haut standing, le mobilier cossu, lumières tamisées, partout de la moquette blanche évoquant la douceur d'une crème fouettée. Nous sommes une quarantaine de jeunes de 20 ans comme dans une pub pour un gel douche. On danse, on boit, on fume sur une terrasse donnant sur le lac qui s'étend au-delà du parc des Eaux-Vives. On passe du chaud au froid et on s'en fout. Les filles sont belles, les garçons aussi, à cet âge, on est tous beaux et cons, je passe du temps avec l'une d'entre elles dans une pièce sombre, on est allongés au milieu d'un amas de vestes, de manteaux, d'écharpes. On s'est construit un fossé, un creux, un nid, on fait l'amour sans savoir vraiment qui est l'autre. Cette nuit-là, je ferai l'amour avec deux filles différentes, si vous étiez plein de sève, si vous restiez humble, si vous aviez faim, ces choses-là pouvaient arriver dans un mouvement fluide et naturel. C'est une ligne de vie, un appétit à garder et à chérir, il n'y a pas à s'en vanter ni à en rougir, c'est simplement la vie pleine, la vie qui se déroule, et il ne faut pas rester triste. J'ai terminé mon service militaire la veille, je me suis libéré de leur discipline, la posture humiliante du garde-à-vous. Je n'en pouvais plus de voir des hommes, leurs quéquettes sous la douche, leurs muscles, leurs plaisanteries, leurs concours de rots, je m'ennuie vite en leur compagnie, le foot, la bière, les fusils. C'est une caricature, mais la caricature devient archétype, qui devient conformité du quotidien, les clichés sont la norme, je regarde autour de moi, les clichés sont des bouteilles de bière vides abandonnées au pied des bancs publics. Mais j'ai fui les mâles, j'ai délaissé la graisse des fusils et la virilité à la con. Maintenant, je suis sur la peau d'une femme. De la lumière filtre sous la porte verrouillée, régulièrement, on essaie de l'ouvrir avant de renoncer. J'ai cette chanson de Sade Adu qui tourne en boucle dans ma tête, bien après le corps des filles, au matin froid et lumineux, la dernière cigarette que je sors du paquet, et je me demande comment je faisais pour fumer autant, *Is it a crime*, elle tourne la chanson, dans ma tête, *That I still want you*, je l'écoute encore, parfois, alors que j'ai oublié le nom de ces filles, leurs visages, leur corps, des corps comme des présages de ce qu'on ne retient pas, je les ai oubliés, *And I want you to want me too*, seules mes mains s'en souviennent, mes mains n'oublient pas la douceur, leur peau, les textures, j'ai honte, leurs prénoms, leurs visages, mais non, rien, impossible, une simple collusion des corps. Et voilà, je marche hébété dans le matin forcément triste après la nuit d'hiver, malgré le soleil blanc de décembre, l'ivresse où tout est possible, la vie ailleurs, autrement alors que je viens de quitter l'armée, que je n'ai pas de travail et une nausée phénoménale, une gueule de bois d'enfer. Voilà où j'en suis, maintenant je marche, je longe le stade de l'Urania Genève Sport. Je m'arrête un instant, les doigts accrochés au grillage. Mes doigts froids, j'ai égaré mes gants au milieu des vestes et des écharpes, j'ai sauvé mon bonnet du désastre, trop fatigué pour les chercher, je regarde les juniors courir sur le terrain, sans doute leur dernier match avant la pause hivernale, je pense aux années où on me prédisait un avenir de footballeur, il n'y a encore pas si longtemps, avant que j'envoie tout péter. Pour aller où ? Là où je suis aujourd'hui, en train d'écrire : mes doigts lâchent le grillage, je tourne le dos à mon passé, je m'éloigne, je me vois m'éloigner, ma veste en cuir, mon jean, mes bottes, je m'éloigne, ignorant l'histoire qui se trame autour de moi, dans ces mêmes lieux, ces lignes de vie, ces sillages qu'on abandonne comme des traces de chaleur de nous-mêmes, à notre insu, je m'éloigne d'une histoire parmi des milliards, l'une d'entre elles choisie et maintenant racontée, je m'éloigne, oui,

mais nous,

nous on reste, on pousse le tourniquet, on entre dans ce stade d'une époque déjà lointaine, désuet avec sa vieille tribune qui ressemble à celle d'un film muet. Depuis, on y a inventé la couleur, les maillots violets de l'UGS affrontant les maillots jaunes d'on ne sait qui, on s'en fout, les maillots sont moches. Il y a aussi une esthétique des maillots, on peut aimer une équipe rien que pour ça.

On continue, moi je ne suis plus là, déjà loin, même plus une silhouette, on peut me chercher, je suis ailleurs, dans mes histoires qui rencontreront celle-ci des années plus tard, on traverse le vélodrome entourant le terrain, on grimpe dans les tribunes, on s'assied à côté d'un homme de petite taille, cheveux noirs peignés et chargés de gomina. Il n'est pas en complet veston comme à son habitude, mais tout de même habillé élégamment, col roulé en cachemire bordeaux, pantalon de flanelle à pinces, duffle-coat, cet argent qu'il consacre aux vêtements, cette volonté du paraître. Son parfum, en revanche, il n'en change pas, convaincu qu'il plaît aux femmes,

on l'a reconnu :

on s'assied à côté de Daniel Campos.

Lui-même assis un peu à l'écart des autres spectateurs, parents des joueurs pour la plupart. On le comprend à la manière qu'ils ont d'encourager leur progéniture, la façon un peu gauche et bon enfant de hurler une consigne ou de souligner une belle passe, un geste technique.

Sauf Campos qui ne dit rien, impassible. En apparence. À côté de lui, un type costaud à la mine patibulaire, vêtu d'un blouson de cuir noir, bonnet et gants, remue à peine les lèvres. Le type en question parle encore mal le français, il est Kosovar, il rappelle à Campos les soucis dans lesquels celui-ci vient de se fourrer, il parle peu et mal, mais sait se faire comprendre, posant une main lourde sur l'épaule du Chilien, qu'il serre fort au point d'en froisser le muscle. Campos grimace comme si c'était un sourire, il retient la douleur dans sa gorge. Le Kosovar s'assure qu'il a bien compris le message, avant de lâcher son épaule et de quitter les tribunes.

La jambe droite de Daniel Campos s'agite d'un tic nerveux. Plusieurs mégots de cigarettes sont écrasés à ses pieds. Double coup de sifflet de l'arbitre, la 1re mi-temps s'achève. Sur le panneau d'affichage, les juniors d'UGC sont menés 0 à 1. L'équipe des visiteurs, on l'apprend, est celle du Meyrin FC. Le club d'une banlieue genevoise dont l'urbanisme est constitué essentiellement de barres d'immeubles et la population composée, pour la plupart, d'immigrés du sud de l'Europe. Campos entend les accents portugais, espagnols et italiens. Il sort une boîte de bonbons à la menthe, en met un dans sa bouche et quitte la tribune alors que les équipes gagnent les vestiaires.

Campos boit un café à la buvette, serre quelques mains de manière détachée, ce qui lui vaut une sorte de méfiance de la part des autres parents. Il regarde sa montre, une Oméga qui lui a coûté la peau des fesses. Daniel Campos, sa femme Christine et ses deux fils habitent Onex. Un quartier de banlieue similaire à celui de Meyrin, avec une population modeste émaillée d'une communauté sud-américaine toujours plus nombreuse. Le club de foot y est réputé pour sa formation, mais Campos préfère que son fils traverse la ville pour jouer dans un club plus huppé. En attendant qu'il puisse entrer au Servette de Genève. Daniel Campos est chilien. D'abord accueilli comme réfugié politique après le coup d'État d'Augusto Pinochet en 1973, il est désormais bénéficiaire d'un permis C — carte de séjour lui donnant quasiment les mêmes droits et devoirs qu'un Suisse, sauf ceux de voter ou de servir son pays sous les armes. Daniel Campos a fait une demande de naturalisation, il cherche une assise, un socle. Sa femme est suisse, ses enfants le sont devenus, c'est un vrai plus dans son dossier. Après avoir rempli les dix conditions liées à l'intégration au pays, fourni les treize pièces justificatives, réussi les tests de langue, de validation des connaissances en histoire, géographie et institutions suisses et genevoises, après avoir réglé les émoluments dus au canton et à la Confédération, son dossier est sur le point d'aboutir. Une question de semaines, son cadeau pour la nouvelle année imminente. Daniel Campos gardera son ancien passeport chilien comme une relique. Un jour de nostalgie, peut-être, il verra défiler quelques souvenirs de jeunesse, mais c'est très peu probable. Campos va de l'avant.

Bien qu'il ait cette angoisse pécuniaire. Qu'il résoudra, ce n'est pas la première fois qu'il est confronté à ce genre de grand écart.

Il termine son café, sa chevalière bien visible sur son auriculaire se détachant des autres doigts, il voit sortir son fils des vestiaires, à la suite de ses coéquipiers, tête basse, les chaussettes sales de terre recouvrant à moitié ses protège-tibias en mousse et plastique. Son père lui a répété de remonter ses faux bas jusqu'au mollets, ce n'est pas esthétique. Le maillot dans le short, aussi, bordel, il faut de la tenue. Campos jette le gobelet dans la poubelle, s'approche de son fils, le retient par le coude pour l'attirer à l'écart de ses coéquipiers. Julian sursaute.

« Quoi, papa ? »

Il n'y a aucune trace d'accent espagnol dans sa voix, contrairement à celle de son père qui s'efforce de parler dans un français correct, paraissant ainsi précieux dans sa manière de

s'exprimer. Mais, dans le cas présent, son exaspération appellerait la langue maternelle :
« *Quoi* ? Tu me demandes *quoi* ? ! C'est ton attaquant qui a marqué le but. Il te fait tourner en bourrique. Quand est-ce que tu mets ce *putain* de pied, Julian ? ! Tu dois marquer ce numéro 9 à la culotte, *hombre* !
— Mais papa, j'ai déjà sauvé...
— T'es pas une tapette, d'accord ? Tu mets ce pied, tu lui fais comprendre qui est le chef, à qui il a affaire, c'est compris ?
— Mais l'entraîneur a dit...
— C'est compris ? ! »
Julian a 14 ans. Julian craint les colères de son père, son intransigeance pour ce qui touche à l'honneur et à l'orgueil. Pour l'école, c'est pareil, aucune note en dessous de cinq, six étant l'excellence dans les institutions helvétiques.
« Alors ?
— Oui, papa. »
Les équipes se positionnent sur le terrain, le responsable de l'accueil-clients de l'UBS reprend sa place dans la tribune. Daniel Campos entretient un rapport ambigu avec la banlieue et son milieu social. Toute la journée, il côtoie un environnement où l'argent est le motif, la raison d'être et le but, où le miroitement d'un futur aisé scintille comme une promesse d'oasis. Il aime la perspective encourageante du succès, celle de la réussite à venir. Il y travaille avec acharnement. Alors, bien sûr, rentrer le soir dans un appartement de quatre pièces dans un quartier de prolétaires le déprime, lui fait sentir la vacuité de ses efforts constants pour sortir de la nasse. Lui aussi est une victime de l'illusion libérale, l'arnaque autorisée et consentie du loto où seuls de rares chanceux tireront le numéro gagnant. Campos, lorsqu'il votera en Suisse, le fera pour les partis de droite alors que la logique voudrait qu'il défende sa classe sociale. Mais comme pour beaucoup, la logique n'a rien à voir là-dedans. Il votera pour ce qu'il souhaite devenir, pour

ceux à qui il souhaite ressembler, et non pas pour ce qu'il est. Être déjà ailleurs, être un autre, plus riche. Campos refuse de se complaire avec les couillons du prolétariat. Difficile de se considérer prolétaire lorsqu'on porte un costume. Même si on est un sous-fifre de l'accueil et de la sécurité. Il a des ambitions pour ses fils, sa femme et pour lui-même, chaque jour il fait allégeance pour y parvenir. Comme d'autres encore, Daniel Campos est un ancien militant d'extrême gauche converti subrepticement au libéralisme. Il a eu quarante-trois ans cette année, il a vieilli, il vieillit.

Et avec le temps, on s'aperçoit qu'il est plus difficile de tenir l'idéal de gauche que celui de droite. Le corps s'affaiblit, on se fatigue, on a besoin de confort. La peur s'installe. Sans doute que la gauche s'accommode mieux de la jeunesse et de l'indigence, quand on n'a rien d'autre que soi-même, qu'on n'a rien à perdre. On en a vu des gens de gauche dériver vers la compromission du fameux confort, il est plus difficile d'aller vers l'idéal que vers une solution à l'amiable. Ou alors, l'idéal est-il une forme d'extrémisme? Comment savoir où s'arrêter?

Daniel Campos a changé. Ce n'est pas un mystère : il y a plusieurs vies dans une seule, on se superpose, on est des couches ; on est des êtres différents, parfois.

Garder la ligne.

La pureté de la ligne de ce qui nous constitue, de ce que nous devenons.

Difficile. Compliqué. Complexe.

On se heurte à nous-mêmes, à nos mécanismes, nos fragilités.

Le déni nous vient en aide. Le déni est un allié.

Daniel Campos se lève : son fils a taclé le numéro 9 par-derrière, à l'intérieur des seize mètres. L'arbitre siffle le penalty. Carton rouge pour Julian. Campos entend les quolibets du public adverse, les entraîneurs désamorcent un début d'altercation entre les joueurs. Campos a serré ses poings. Il est prêt à descendre sur la pelouse. Il est prêt à les prendre tous un par un. Il est petit, mais nerveux. Il a des souvenirs du combat de rue.

Au travail, il est affable, donne le change, courbe l'échine.

Il voudrait une femme comme Svetlana — elle habite à moins de 800 mètres d'ici, le sait-il? —, il voudrait un travail gratifiant. Un fils en équipe nationale suisse junior.

Il voudrait de la reconnaissance.

Ses poings sont deux cailloux. Et puis, il y a ce putain de Kosovar de merde et l'argent qu'il lui doit.

Quand arrivera son Grand Soir?

Plus bas, depuis la pelouse, Julian cherche son père du regard, mais celui-ci a quitté la tribune.

En réalité, Daniel Campos est une somme de frustrations.

Tout ça est propice à.

Oui.

50

La jalousie.

Ah!

Souffrance à l'état pur.

La souffrance est un excellent levier pour un tas de choses, l'art et le commerce, notamment. Et le crime.

Vous savez de quoi je parle. Et si ce n'est pas le cas, je vous la conseille, la souffrance liée à la jalousie, juste une fois, histoire de faire un tour en enfer. Ne plus se suffire, ne plus exister. Équation insoluble de l'amour et de la folie. Supposition de trahison, paranoïa avec des caméras et des micros partout. C'est une dépersonnalisation, la voie ouverte à l'humiliation, à la mésestime de soi, à la dissolution de son identité.

Vous êtes une torche qui brûle. Vous êtes une bille de plomb qui coule. Vous êtes une merde qu'on écrase.

Bref.

La jalousie est le principal fonds de commerce de Matt Mauser, détective privé. 64 ans, flic à la retraite, 120 kilos, trois pontages cardiaques. Moustache de *biker*, lunettes de soleil Ray Ban pilote sur le nez, même par mauvais temps.

La jalousie, ainsi que les arnaques à l'assurance, tous types d'assurances.

Un boulot qui, contrairement à ce que laisse croire la littérature américaine, n'a rien de glamour : passer la plupart du temps au volant d'une Toyota Corolla, couleur marron et sièges en tissu beige. Les deux objets fétiches de Matt Mauser sont un Nikon Df ainsi qu'une bouteille vide de Banga (contenance 2 litres), dans laquelle il pisse pour ne pas avoir à quitter sa voiture lorsqu'il est en filature. Ce qui constitue 80 % de son métier. Il mange trop de nourriture préemballée, boit trop de café soluble. Matt Mauser est physiquement au bout du rouleau, mais il est divorcé depuis vingt ans et doit payer l'hospice pour sa fille atteinte du syndrome de Rett. On peut dire que la vie n'a pas été tendre avec lui, alors foutre le bordel dans celle des autres par des photos compromettantes et des rapports circonstanciés, disons que ça le laisse absolument indifférent. Le soir, il boit ses deux cannettes de bière au bistrot avant de rentrer chez lui et de s'abrutir devant la télévision. Son appartement est un foutoir qu'une femme de ménage portugaise et héroïque tente, une fois par semaine, de préserver de l'entropie. Et comme pour se prémunir de la débâcle totale, Matt continue de s'entraîner au stand de tir, ses scores sont honorables, mais il ne porte plus d'arme sur lui depuis qu'il a failli tuer un adolescent se trouvant par hasard dans le périmètre d'un braquage. L'adolescent a perdu l'usage de son bras. Bien que le procès l'ait blanchi, Matt Mauser a préféré rendre son badge de policier et prendre des photos de couples illégitimes dans le privé. Ça ne le fait pas rigoler, ça non, même pas un sourire, il trouve plutôt désolant cette part d'humanité à la recherche permanente de son âme sœur. L'ensemble de ces corps qui ne s'emboîtent pas avec les bons, ces caractères qui ne sont qu'égoïsme et confrontations, débouchant sur des passions qui s'épanouissent ailleurs que dans la légitimité. Il leur suffirait d'un peu de courage, pense-t-il, rien qu'un peu de courage et il se retrouverait au chômage. Et parce que sous ses airs bourrus Matt Mauser a un bon fond, il serait même prêt à lâcher son métier pour un peu de bonheur collectif supplémentaire. La société s'en porterait mieux, merci.

Si on pouvait fouiller sous sa graisse, s'il ôtait ses lunettes et se laissait regarder dans les yeux, voilà, le fond de sa pensée.

Quand Matt Mauser a rencontré Odile Langlois dans le Café du Centre, place du Molard, il l'a trouvé immédiatement belle. Il a aussi deviné d'entrée de jeu ce qu'elle lui demanderait. La beauté fatiguée peut être un corollaire à la jalousie. Sauf que, dans son cas, il aurait été disposé à perdre trente kilos pour qu'une telle femme s'éprenne de lui. Le monde est ainsi fait d'amours en forme de poupées russes. Mauser a acquiescé, donné son tarif, lui a assuré un travail discret et mené dans les règles du secret professionnel. Surtout pour ce qui est des valises importées de France par Aldo. Et puis, de toute façon, c'est Max Vermillon qui a conseillé Mauser à Odile. Max l'emploie pour le « passé enfoui », le troisième pilier du commerce du détective privé, le passé de témoins appelés à la barre et, comme chacun sait, on a tous notre petit secret inavouable...

Quand tout est réglé, modalités administratives et financières, les annexes et les rapports, Odile sort son portefeuille, demande si monsieur Mauser veut encore boire quelque chose, hèle le serveur qui vient encaisser l'addition. Alors qu'elle se lève, Matt Mauser se permet un geste incongru, la retient de sa grosse main boudinée enserrant son avant-bras aux attaches fines, à la peau douce. S'il l'avait pu, Matt Mauser aurait fermé les yeux quelques secondes afin de savourer ce contact, cette douceur qui l'a quitté depuis qu'il n'a plus touché une femme qui ne soit pas une prostituée, ces années d'abstinence réelle, de la tendresse plus que de la sexualité, alors, Matt Mauser lui a demandé :

« Êtes-vous sûre de vouloir savoir ? »

Odile cherche à récupérer son bras, mais la poigne est ferme. Une grosse main solide et forte, pas du tout moite comme on penserait habituellement chez un gros.

« Je ne comprends pas, dit-elle.

— Je vous demande si vous voulez vraiment savoir, si c'est utile, si c'est indispensable que vous sachiez ? Si vous ne pouvez pas vous accommoder de la réalité telle qu'elle vous apparaît ?

— Vous me faites mal, qu'est-ce qui vous prend ?!

— Parce que, quand on veut savoir la vérité, il faut être en mesure de pouvoir l'entendre. La vérité est un vortex, madame Langlois. »

Matt relâche sa prise. Odile frictionne son poignet.

« Faites ce que je vous demande, le reste me regarde. »

Odile Langlois s'en va et Matt Mauser est triste. Il devine l'effondrement à venir. On le laisse seul dans ce café avec les autres solitaires du matin. Le Café du Centre a beau être chic, on a beau y manger des fruits de mer et des huîtres, il y a toujours ces types qui boivent leurs décis de vin blanc dès neuf heures du matin.

Matt Mauser prend la *Tribune de Genève*, et se met à lire la rubrique locale.

La vie reprend son court.

On est bien obligé.

51

Aldo pose la boîte de biscuits sur la table de la cuisine, l'ouvre. Les rouleaux de billets sont retenus par des élastiques, rien n'a changé depuis la dernière fois, sauf qu'ils sont plus épais. Svetlana retire les lanières de caoutchouc, les déplie, range les petites liasses dans une enveloppe kraft qu'elle humidifie avec la langue.

«Trente-cinq mille, fait Aldo.

— En tant que prof de tennis, combien de temps pour économiser une telle somme?

— Beaucoup. J'imagine. C'est la première fois que j'ai du fric de côté.

— Et là, en même pas deux mois... Ce serait quand même con de vouloir tout arrêter, non?

— Je pense à nous.

— Exactement. Un compte numéroté aux îles Caïmans, succursale de la Banque du Patrimoine. Auquel tu peux accéder à tout moment. Et en même temps, tu n'existes pas, ton anonymat est assuré.

— Mais Christophe Noir existe, lui.

— Odile aussi, et on s'en fout. Il faut sortir de la médiocrité, Aldo. Tu le sais aussi bien que moi. Il y a deux choses que la vieillesse ne supporte pas: la solitude et la pauvreté.

— Il faut t'éloigner de ce type, il est néfaste.

— Je croyais que tu voulais lui ressembler?

— Plus maintenant.»

Svetlana éparpille les documents en éventail sur la table:

«Tu signes, ici, ici, et là.»

Aldo signe, lui rend son Montblanc, Svetlana lui dit:

«C'est notre réalité, il faut qu'elle se déroule, qu'on l'épuise jusqu'au bout. Après, on sera libres.

— Je ne comprends pas.

— Une mue se fait lentement. Elle se fait lentement parce qu'elle est définitive. Tu as lu Paul Watzlawick?

— Qui?

— C'est un théoricien de la systémique...»

Svetlana range ses documents, se lève, remonte sa jupe.

«De quoi tu parles?» demande Aldo.

Elle s'assied sur la table, pose un escarpin sur une chaise, puis sur l'autre.

« Il prétend que les grandes révolutions sont inefficaces... »
Elle déboutonne son chemisier.

« D'après lui, seuls les micro-changements peuvent modifier la réalité... »
Elle écarte les jambes, on voit sa petite culotte noire.

« Viens, maintenant... Mais je veux d'abord ta bouche... »
Aldo s'agenouille, ouvre ses lèvres et commence à la lécher.

« J'ai laissé Christophe Noir me baiser, oui... »
Lentement. Sa langue lui ouvre la voie. Il ignore lui-même ce qui se passe, il abdique, il a abdiqué. Il s'en remet au sexe de Svetlana.

« Mais c'est toi qui me fais jouir. Mon Dieu, oui... oui... Comme ça, Aldo... Comme ça... »
Là où se cache le mystère.

« Parce que c'est toi que j'aime... C'est toi. »
L'origine du monde.

L'origine des emmerdes, aussi.

Possible.

Mais bon, quel équivalent ? Quel meilleur endroit pour mourir ?

Quoi d'autre qui en vaille autant la peine ?

52

Clic.

PHOTO NUMÉRO 1 : *Svetlana sortant de chez Aldo Bianchi, sac en bandoulière, imperméable ouvert, légèrement décoiffée. Belle et farouche.*

Mercredi après-midi, plaine de Plainpalais, Genève. Cirque de Noël. Sous la tente chauffée, au 5e rang : Svetlana, Luana, Aldo. Luana, captivée par le numéro de chevaux de la famille

Knie, 7ᵉ génération. Le poney blanc se cabre, une petite fille en selle, cinq ans, sourit au public tout en manœuvrant l'animal. Luana en oublie de manger son pop-corn. Svetlana a un bras posé autour des épaules de sa fille.

Clic.

PHOTO NUMÉRO 2 : *Aldo tient la main de Svetlana, assise à sa droite.*

Soir, rue de la Confédération, Genève. Aldo et Svetlana se tiennent bras dessus bras dessous et rient. Ils marchent à l'unisson d'un pas égal, ils s'arrêtent devant la vitrine d'un magasin de fourrures.

Clic.
Clic.
Clic.

PHOTO NUMÉRO 3 : *Aldo et Svetlana s'embrassent.*

Maintenant, Matt Mauser est dans la seule pièce impeccablement rangée de son appartement de la rue des Sources, davantage un cagibi qu'une pièce, mais où tout a sa place. Là où il développe ses photos. Lumière rouge sur son visage, sur ses mains, les avant-bras épais sur lesquels il a enroulé les manches de sa chemise. Matt Mauser aux gestes étonnamment doux et mesurés, il pourrait prendre un scalpel et ouvrir un cœur, un cœur ouvert. Ligaturer le o et le e. Recoudre et faire comme si tout allait bien. Comme si le cœur n'avait pas souffert et s'était arrêté.

Maintenant, Matt Mauser pourrait falsifier la vérité, mais à quoi bon ? Et puis après ? Il pourrait montrer Aldo seul dans son quotidien au ralenti, un quotidien constitué essentiellement de solitude, d'entretien physique, de trajets sur autoroute et retours. Et au-delà, ou autour de cette solitude, il y aurait un temps pour Odile et un temps pour Svetlana. Un temps pour le mensonge et un temps pour la sincérité.

Oui, il pourrait, le détective. Chacun son tour, à chacun son moment, on est Dieu, parfois, ce pouvoir nous est prêté sur la vie des autres, un pouvoir précaire sur des êtres, des éléments. C'est une lourde responsabilité. Personne d'intelligent ne souhaiterait être Dieu. Révélateur, fixateur, bain d'arrêt — développer une photo, révéler, fixer, arrêter la vie. Je me souviens de cette femme, grand reporter, rencontrée au Mexique, le jour où elle a compris que son Nikon était une arme, le jour où elle a tout arrêté parce que son objectif devenait aussi dévastateur qu'une Kalachnikov. Matt Mauser ne va pas si loin, il est une sorte de sous-fifre du désarroi des hommes, il obéit à sa conscience professionnelle au lieu d'obéir à sa conscience tout court. Il fouine et moucharde.

Matt Mauser accroche la dernière photo sur la trame au-dessus de sa tête. Il éteint la lumière de la lampe inactinique. Quitte son atelier. Referme la porte.

La vie, suspendue à un fil.

On le sait, on l'a dit :

quand on fait appel à Matt Mauser, c'est qu'on n'est pas heureux.

53

Odile le constate : depuis son retour du Brésil, René a changé. Ou change. Ou est en train de changer. Il subit une sorte de métamorphose, délaisse le golf pour le squash, ses T-shirts en polyamide empuantissent le tambour de la machine à laver le linge. Comme une mue, une transpiration âcre. Des bouts de lui abandonnés, allégement des fluides. Il perd du poids, se soigne davantage. Parfois, elle le surprend alors qu'il l'observe, lui donnant l'impression d'être à la fois attentif et lointain.

« À quoi tu penses ? » lui demande Odile.

(La fameuse question, on s'en souvient, mais dans d'autres circonstances.)

À rien, bien sûr.

(En réalité, ce rien est un tout, la totalité d'une situation au seuil des grands bouleversements.)

René l'observe, oui. Il voit la jeune femme d'autrefois. Il voit l'épouse. Il voit la mère. Il voit la femme d'aujourd'hui. Qui se refuse. Qui lui reproche. Qui l'empoisonne. Qu'il indiffère. Qu'il exaspère. Qu'il ne possédera jamais. L'amour de cette femme. L'amour de sa femme. Il ne voit pas l'amie. Il ne voit plus la compagne de vie. Il lui reste peu de temps. Il s'est trompé, il a quémandé de la compassion, il ne veut plus s'humilier. Odile constate cette reprise en main, cette autonomie soudaine qui l'interpelle et la questionne. Elle pressent la menace, hume le danger. Un regain d'intérêt, c'est bizarre, l'amour, ce jeu du «je t'aime moi non plus», ce perpétuel ajustement des rapports de force. Un cahier avec des additions et des soustractions, un de ces grands cahiers aux lignes comptables, on éprouve chaque fois comme une nausée à la seule idée de l'ouvrir pour y inscrire nos pertes et profits.

Un regain de curiosité, et elle s'approche, Odile-câline. Contourne le plan de travail, celui des cafés du matin dans la cuisine, tartines beurrées pour lui, fruits frais et thé vert pour elle. Elle faufile une main entre les boutons de sa veste de pyjama, la poitrine glabre qu'elle connaît, les pectoraux mous, il y a encore du boulot, mon vieux.

René baisse les paupières, souffle. Il voudrait se laisser aller, tout de même, le plaisir se fait rare, le plaisir se fait cher, on ne boude pas le plaisir de son épouse quand il se présente...

René prend la main, la droite de son épouse, celle où il n'y a pas d'alliance, mais cette bague fine sertie d'un diamant aussi transparent qu'une goutte de pluie.

René prend la main, délicatement, et la repose sur la table. Il préfère ne pas. Lui non plus. René se lève du tabouret, regarde Odile : le regard de René sur Odile est celui d'un homme sur le point de quitter.

De partir.

54

Mireille Leone, née Pattucci, ne sait pas si elle doit son impression de vertige à l'alcool ou au léger roulis du yacht. Ça tangue imperceptiblement, mais, sur l'eau, la question de l'équilibre est toute personnelle, donc relative. À Malte, dans le *Grand Harbour Marina* de La Valette, il se traduit par un clapotis ondulant comme un tapis rouge, l'achat d'une place d'amarrage avoisinant le demi-million de dollars. Ça fait cher la coupe de champagne, et Mimi a peut-être commis l'erreur d'en boire une de trop. Elle ne voudrait pas manquer à sa réputation et avoir l'air d'une idiote face à Adrian Berisha.

Mimi inspire un grand coup, s'excuse un instant: le temps de se rendre aux toilettes précédée par un domestique, de passer son visage sous l'eau froide et de remettre de l'ordre dans sa coiffure et ses idées, avant de revenir s'asseoir dans l'opulent salon décoré façon loukoum du Tollycraft 48. Le problème, avec les Albanais, ce sont les salamalecs, la périphrase, toute cette courtoisie de miel et de façade en préambule aux affaires. Du coup, on s'égare et on boit la coupe de trop. Merde, Mimi, tu le sais pourtant.

Mais on y vient.

On vient toujours au noyau dur des affaires: *money*.

Par chance, Berisha parle un français correct, sa langue maternelle contient tous nos phonèmes, et Mimi ne doit pas s'imposer un effort de concentration supplémentaire. Elle se débrouille en anglais, mais elle juge que parler corse est déjà suffisant comme langue première.

Et puis, il y a une troisième interlocutrice, «Madama Ivana». Une sorte de «Madame Claude» pompidolienne, la soixantaine blonde et liftée comme un revers de Björn Borg.

On s'approche du centre; d'abord, ce que veut Mimi:

«Cinq filles. Jeunes et belles, les plus belles que vous ayez.

— Madame Ivana ici présente, fait Berisha (petit, râblé, yeux noirs, calvitie prononcée, chaînette en or et croix chrétienne sertie de rubis autour du cou), s'occupera de trouver vos filles.

— Je veux les meilleures, dit Mimi.

— Vous aurez plus que ça, des professionnelles choisies par mes soins, répond Berisha.

— Sans états d'âme ni hystérie, efficaces et professionnelles.

— Elles sont dressées pour ça, intervient Madame Ivana dans un français sans accent. Si l'une d'entre elles manque à sa mission, je lui tranche personnellement la gorge.

— C'est suffisamment clair ? demande Berisha.

— C'est ce que j'attends de vous », répond Mimi.

On arrive au noyau dur ; ce que veut Berisha :

«Cinq mille dollars par fille. Ce qui nous fait vingt-cinq mille, ainsi que dix mille pour Madame Ivana. Moi, Adrian Berisha, je prends trente-cinq mille. Ça nous fait soixante-dix mille, moitié d'avance, le reste après le contrat. J'aime les chiffres ronds, et en dollars.»

Mimi réfléchit. On interprète son silence comme une faiblesse, à tort :

«C'est à prendre ou à laisser», ajoute Madame Ivana.

Mimi, sans même la regarder, à Berisha :

«Cent mille, et mon frère sera présent. Je préfère les chiffres ronds avec cinq zéros.»

Adrian Berisha hoche la tête en souriant. Il lève son verre :

«À notre accord.»

Madame Ivana ne bouge pas, Mimi appelle Luigi, un des trois nervis qui l'accompagne. Luigi, fouillé-palpé à l'entrée du bateau, en chemise, sans veston ni arme à feu, dépose une mallette sur la table basse au milieu des convives, fait jouer la double serrure, les ressorts claquent, il l'ouvre avant de s'en retourner sur le pont.

«Cent mille dollars, dit Mireille Leone. Il n'y a pas d'avant ni d'après. Il y a toute la somme. Vous avez maintenant un contrat à honorer. »

Berisha acquiesce, affable, il prendrait bien cette conne par les cheveux, mais elle est Mimi Leone, née Pattucci, et les affaires sont les affaires.

« D'habitude on termine le travail nous-mêmes, dit-il, mais si votre frère est présent, on lui laissera volontiers la dernière main. »

Il sèche son verre, fait claquer sa langue sur son palais imbibé de champagne comme le nouveau riche qu'il est.

« Bien, maintenant que tout est clair, vous êtes notre invitée, Mireille. Un souhait, il sera exaucé.

— Une coupe de champagne pour mes hommes à l'extérieur.

— Vous n'êtes pas gourmande, c'est à votre honneur. J'ai tout de même quelque chose à vous offrir. »

Adrian frappe dans ses mains, deux garçons arrivent dans le salon calfeutré de moquette épaisse à motifs de coquillages.

« Ils sont à votre disposition pour le reste de la nuit, Mireille. La cabine à la poupe vous est réservée. Ils sont choisis, disons, pour un aspect bien particulier de leur anatomie... »

Et il sourit, le con, il sourit en disant ça, comme s'il avait tout compris, mais tu ne connais rien aux femmes, *imbicilli*...

Mireille Leone regarde les deux garçons d'une vingtaine d'années. Ils sont de la chair destinée au plaisir, de la prostitution corvéable, ils ne sont rien de plus que ce qu'ils sont, elle leur doit au moins cette attention-là, celle d'un regard et d'un sourire triste : cheveux noirs bouclés, peau de miel, hanches étroites, profils de statues grecques, Alexandre le Grand était macédonien. On les imagine faire le tapin un soir d'été sur le front de mer d'Ostia, près de Rome, on les imagine monter dans l'Alfa 2000 GTV de Pasolini, sa dernière nuit avant de mourir à l'aube, écrasé sous sa propre voiture.

Mimi Pattucci les regarde. Constate la beauté. Douloureuse. Elle voudrait pleurer. Elle le ferait dans d'autres circonstances.

Dans d'autres circonstances, oui, bien sûr.

« Depuis la mort de mon mari, dit Mimi, les hommes n'existent plus pour moi. »

Se tournant alors vers la maquerelle : « En revanche, je veux bien une de vos filles, madame Ivana. Une fille douce, patiente et attentive. »

« Mais ne croyez pas, Adrian, ne croyez surtout pas, que je sois lesbienne. »

Nativite

Si tu vis dans l'ombre, tu n'approcheras jamais le soleil.

Jacques Mesrine

55

11:45, convocation dans le bureau de Horst Riedle. Sur le moment, elle l'évacue, mais après coup, Svetlana s'interroge sur le malaise diffus qu'elle éprouve à chaque fois qu'elle se trouve seule en présence de son supérieur. Il n'est pas un prédateur, plutôt une sorte de nounours dont l'embonpoint aurait tendance à rassurer. Un visage rond, un sourire malicieux.
Pourtant, non.
Ses petits yeux noirs ne rient pas avec le reste de sa personne. Le fond d'une âme en lien avec le scalpel et le métal. Tranchant et dur. Un regard détaché de son enveloppe charnelle. Horst Riedle est avec vous et ailleurs en même temps. Vous pensez partager une même réalité, mais l'homme a le don d'ubiquité. Le genre de bonhomme inoffensif que vous allez sous-estimer et qui, en réalité, possède un temps d'avance sur vous.
«Asseyez-vous Svetlana.»
Sa voix, aussi. Feutrée, un peu collante, barbe à papa s'enroulant autour de la tige en bois.
Vous êtes la tige en bois.
Depuis l'interphone sur son bureau, Horst commande un café crème pour lui et un espresso noir et serré pour son assistante. Il y aura également les petits chocolats et les biscuits de Noël que Svetlana ne touchera pas.

Habile à la dissimulation, on l'a vu, elle a appris à cacher son malaise sous un air de disponibilité cordiale. D'ailleurs, il n'y aurait pas matière à s'inquiéter de quoi que ce soit : depuis qu'elle occupe ce poste, son directeur ne lui a jamais adressé la moindre remontrance ni aucun reproche. Seulement des compliments et des encouragements, surtout dans les moments délicats.

On jette un œil sur le calendrier du mois en cours : vendredi 22 décembre, 11:51. Les cafés sont arrivés, Horst Riedle croque son deuxième petit chocolat au kirsch. Dans le vaste bureau donnant sur la Petite Rade, près de baie vitrée, trône un sapin de Noël décoré de guirlandes rouges et de boules blanches (de la Suisse dans les idées, ah! ah!). Des petits cadeaux s'entassent au pied de l'arbre, et Horst Riedle dit :

« Il y en a un pour vous, allez-y, ma chère, à vous de le trouver... »

Svetlana hésite.

« Ne soyez pas timide, voyons. »

Elle prend un des paquets au hasard, constate qu'ils sont nominatifs, le repose et cherche le sien. Horst a reculé son fauteuil derrière sa table de travail, il s'y est enfoncé, les doigts croisés sur sa bedaine, veston ouvert, les roulettes ne font aucun bruit sur la moquette. On aperçoit les bretelles Howard's en soie. À partir d'un certain degré d'obésité, la ceinture n'est plus de mise. Il affiche un léger sourire, s'amuse de voir sa collaboratrice ainsi accroupie, mal à l'aise avec sa jupe remontant sur ses cuisses, prenant et reposant les petites boîtes jusqu'à, enfin, trouver la sienne.

Svetlana se relève, lisse la jupe de son tailleur, revient vers le bureau.

« Ouvrez-le donc! Ne me faites pas languir! plaisante Horst. En réalité, on ne sait jamais qui prend le plus de plaisir, celui qui offre ou celui qui reçoit... »

Svetlana Novák ne sait pas non plus. Elle défait le ruban,

déchire minutieusement l'emballage avec son ongle peint. Elle est sur pilotage automatique, ne sait pas quoi penser de la situation. Bon, il y a manifestement d'autres cadeaux pour d'autres collègues, non? Seulement, c'est la première fois que son supérieur joue au Père Noël. Une petite boîte de la joaillerie Gilbert Albert et, enfouies dans la ouate rose, une paire de boucles d'oreilles en améthyste. Svetlana saisit une des boucles violettes et l'examine dans sa paume. Cela peut paraître surprenant, mais jamais aucun homme ne lui a offert un tel bijou. Est-ce là un cadeau que l'on peut considérer comme intime? Davantage qu'un bracelet? Moins qu'une bague? Où se situe la bonne distance?

« Je ne comprends pas... »

C'est tout ce qu'elle trouve à dire, ajoute un « merci » timide sans oser s'éterniser dans le regard de son directeur.

Horst Riedle perçoit son trouble, semble compatir. Il s'en est peut-être amusé, mais à présent, son ton exprime comme une émotion sincère.

« Svetlana, regardez-moi. Vous me croirez peut-être, mais je n'ai eu qu'une seule femme dans ma vie, et c'est mon épouse. Mon épouse que vous connaissez. N'allez rien imaginer d'autre que ce que vous avez reçu...

— Non, excusez-moi, c'est que je...

— Laissez-moi continuer, jeune fille. Je comprends votre surprise et votre embarras. Mais oui, vous l'avez constaté, il y a aussi des cadeaux pour vos confrères et consœurs. La raison en est simple, la raison est très simple : je quitte mes fonctions au 31 mars de l'année prochaine. Mais votre cadeau, Svetlana, est le plus joli, celui que j'ai choisi avec le plus de soin, au nom de l'estime que je vous porte... »

Svetlana le regarde avec stupeur. Cette fois, elle n'a aucune raison de ne pas fixer son directeur avec une note de brillance dans les yeux, cette lueur proche de la surprise mêlée d'exaltation.

« En réalité, continue-t-il, mon cadeau, le vrai cadeau que j'ai l'intention de vous faire, est celui de vous recommander en premier choix pour ma succession. Je plaiderai votre cause, je m'y engage comme je le ferais pour un ami, vous comprenez ? »

Svetlana est absolument déroutée. Il y a soudain comme une mer qui s'ouvre devant elle, une remise en question totale d'elle-même, de ses préjugés. Ce qu'elle est enfin sur le point d'atteindre, elle n'avait jamais pensé pouvoir l'obtenir : une position privilégiée, un statut social de haut rang, la reconnaissance.

Toute une vie. Une jeune vie de 35 ans, mais une vie quand même.

Franchir cette frontière qui vous fait passer enfin de l'autre côté du miroir.

Le bon côté, évidemment.

Celui où votre salaire se mesure en kilofrancs.

Suisses.

Alors, sa réaction, un peu idiote, est celle des larmes qu'elle s'efforce de contenir et qui l'empêchent de parler. Elle oublie momentanément son combat. Elle oublie qu'elle ne devrait pas. Elle oublie qu'elle est une femme en lutte, qu'elle ne devrait pas laisser libre cours au stéréotype, au cliché de l'hystérie, de l'utérus, toutes ces conneries sur le féminin, la lune, la matrice, la sensiblerie...

Elle oublie et elle écoute. Et Horst Riedle joue au mâle, bombe le torse, protecteur jusqu'au bout. Il explique — aussi par délicatesse, pour laisser le temps à sa subalterne de se reprendre —, il explique que l'améthyste est une pierre naturelle symbolisant la sagesse, l'humilité, la sincérité et la force. Elle purifie l'aura et rééquilibre les énergies du corps physique, mental, émotionnel et spirituel en agissant sur les chakras. Pas mal pour un simple caillou. Même votre conjoint n'en fait pas autant pour vous.

« Vous en aurez besoin, poursuit le directeur. C'est un poste à responsabilités, vous serez sur la sellette. Vous prendrez des décisions qui engageront votre carrière, vous serez en première ligne. C'est bien ce que vous souhaitez, Svetlana ? »
Oui.
« Je ne vous entends pas.
— Oui !
— À la bonne heure. Et votre merveilleux sourire revient, et je m'en réjouis.
— Merci Horst. Merci infiniment...
— Rien n'est encore fait, mais ce sera une formalité, je vous l'assure. Vous mettez les bouchées doubles ces prochains mois et tout se passera pour le mieux.
— Vous pouvez compter sur moi. Comme toujours.
— Je sais, jeune fille. Et si je m'en sors avec les honneurs à deux ans de la retraite, je le dois aussi à votre précieuse collaboration.
— Et vous, que ferez-vous ?
— Ah, voilà qu'on s'inquiète, à présent ! Pré-retraite au soleil : direction la succursale des Bahamas.
— Mais vous auriez pu... ?
— J'en ai fait la demande expresse. J'en ai assez des stratus et de l'hiver. Il faut savoir se retirer au bon moment. Et puis, travailler là-bas, ça demande un certain tact, un sens de la négociation, une habile gestion des clients... Une sorte d'ambassadeur lointain qui portera haut les couleurs de notre institution, de notre pays et du... secret bancaire.
— Je n'en doute pas.
— Moi non plus. Au fait, comment trouvez-vous ces boucles d'oreilles ?
— Elles sont magnifiques. Vu le contexte, je dirais que c'est le plus beau cadeau que j'aie jamais reçu.
— Vous êtes gentille, mais n'exagérez rien. Ce n'est pas votre genre. Restez comme vous êtes Svetlana. Dure à la tâche et

ambitieuse. Et si vous n'avez rien de prévu pour la Saint-Sylvestre, je vous propose de nous rejoindre, ma femme et moi, à Megève. Nous organisons une grande fête. Une occasion de porter vos boucles d'oreilles, cela fera plaisir à Julia, c'est elle qui les a choisies... »

Encore quelques politesses, des phrases réconfortantes et/ou amusantes — mais toujours, toujours, cet aspect dur, cet aspect métallique dans sa personnalité, le minerai enfoui, un socle sur lequel butte la gravité —, et puis Horst Riedle met un terme à leur entretien, et Svetlana est soulagée de quitter ce bureau devenu oppressant, elle se dépêche de remonter le couloir, de se diriger aux toilettes où, par chance, elle se retrouve seule aux lavabos sans devoir composer avec une secrétaire retouchant son maquillage. Elle peut laisser libre cours au sourire déformant son visage, laisser sortir ces saloperies de larmes de joie traçant un sillon de rimmel sur ses joues.

La cour des grands, ma belle.

Enfin. Bientôt.

Elle passe son visage sous l'eau froide. S'essuie avec une serviette en papier. Elle pense à Aldo, ils pourraient le faire, alors ? Cette vie rêvée construite sur des bases inamovibles, et puis qu'est-ce qui l'empêcherait d'aller encore plus haut ? 35 ans, bordel, c'est rien, c'est peu, c'est jeune, oui, c'est jeune. Il faudra qu'elle trouve le moment de le lui dire, organiser quelque chose, le meilleur moment possible, ils vont pouvoir s'élever, voir en grand... Elle ne songe même pas qu'Aldo Bianchi restera un simple prof de tennis, qu'il pourrait se sentir atteint dans sa fierté. Elle ne songe même pas que Christophe Noir pourrait vouloir plus au point de l'exiger, que mêler la sexualité aux affaires est une confusion des genres, davantage qu'une faute professionnelle, un manque de goût et d'estime de soi. Elle ne pense pas aux hommes qui se transforment en obstacles, les hommes qui sont des obstacles pour les femmes quand les femmes réussissent ou veulent réussir.

Elle s'essuie le visage, jette les serviettes froissées dans la poubelle sous les lavabos, ne se remaquille pas, non, rien à foutre.

Elle récupère son sac contenant les boucles d'oreilles, la petite boîte à malice, le ruban doré, l'objet-témoin qui lui rappellera concrètement ce moment.

Celui de l'envol.

Non, elle n'a pas rêvé.

Elle sort.

L'améthyste a la vertu de purifier l'atmosphère des lieux où elle se trouve, elle apporte détente et sérénité.

Placée dans une chambre à coucher, elle protège des cauchemars.

Et rend nos rêves plus intuitifs.

Méfie-toi, Svetlana Novák.

Garde les pieds sur terre.

56

67 rue Servient, Lyon. Il pleut en continu. Une pluie lourde, épaissie par des flocons de neige, qui pèse sur vos épaules ou rebondit sur le nylon de votre parapluie dans un bruit de conga.

Robert Bazas, pâle et maigre, descend les marches du palais de Justice. Le personnage évoque un homme de 55 ans au bout du rouleau alors qu'il n'en a que 45. Quant au lieu, on y verrait un faux air du New York County Criminal Court. On a tous le souvenir d'un film quelconque avec ces colonnes faussement gréco-romaines au sommet d'un escalier monumental. La justice apparaîtrait là-haut comme un monolithe incorruptible dans les verdicts qu'elle prononce sur les hommes.

Robert Bazas arrive au bas des marches, la chute est toujours plus probable que l'élévation. Son imperméable est élimé. Ses mocassins, cousus par des ouvrières d'Anatolie, donnent l'illusion d'un cuir résistant à une promenade sous la pluie. Une baleine de son parapluie ouvre mal, se déploie de biais et laisse couler un filet d'eau sur l'avant-bras qui tient le manche.

Robert Bazas est un des nombreux avocats commis d'office officiant dans le département Rhône-Alpes. Sa femme l'a quitté il y a six mois. Il a perdu dix kilos, et pas mal de ses illusions sur le couple. Et quand vous perdez vos illusions sur le couple, que vous stagnez sur le banc des remplaçants de la justice et que vos mocassins à glands prennent l'eau, vous glissez lentement sur la pente de l'amertume et de la défaite.

Robert Bazas avance maintenant sur le trottoir giflé par les rafales de vent chargé de cette pluie grasse, le parapluie de biais protégeant plus ou moins son visage. Il n'est ni beau ni laid, même si l'ensemble de ses traits anonymes tend vers la mocheté à force de tirer la gueule. Son attaché-case pèse dans sa main et le traîne en enfer. Si on le regarde bien, il penche légèrement à gauche. Il y a comme des cailloux là-dedans, la paperasse de ces minables qui n'ont même pas envisagé de s'en sortir en cherchant un boulot honnête, ces minables dont les frais de défense seront payés par le contribuable, l'échec total d'une société où les affreux qui ont déchiré le contrat social se multiplient.

Robert Bazas se tourne et marque en temps d'arrêt lorsqu'une Porsche Carrera stoppe à sa hauteur et que la vitre côté passager glisse sans bruit dans la portière. Un homme se penche sur son volant, il s'adresse à lui en le nommant, se présente brièvement. Max Vermillon lui demande de monter, qu'il se dépêche. Derrière la Porsche, on klaxonne déjà.

Robert Bazas hésite. Une bourrasque manque de disloquer son parapluie.

Robert Bazas se décide et contourne le véhicule. La portière se referme, l'intérieur est tiède et confortable. Les perdants restent dehors.

On passe sur l'étonnement de Bazas, sur sa méfiance alors

que Max lui tend sa carte de visite, on garde de cet échange l'essentiel de ce qui est dit :

« Qu'est-ce qui me prouve que vous êtes bien l'avocat que vous prétendez être et non un malfrat ?

— Mon costume Hugo Boss et ma voiture.

— Vous croyez que c'est suffisant ? Ce genre d'attribut n'a jamais fait un honnête homme. »

Et le bar de l'hôtel Carlton où Max a emmené Robert.

Les deux hommes ont commandé un whisky. Vermillon lui offre une cigarette qu'il allume avec son Dupont en or. Maintenant, Bazas n'a plus de doute : ça sent le fric et l'entourloupe. Avocat *au service* des malfrats.

« Comment va Ibrahim Basri ? »

Bazas tressaille, souffle la fumée par le nez. En même temps, c'est une façon de relâcher la pression.

« Toujours à l'hôpital, répond Bazas. Manifestement, il restera sourd d'une oreille et aura des problèmes d'élocution. Encore un qui pointera aux allocations pour handicapés... Du coup, je ne vous demande pas comment vous êtes au courant qu'il s'est fait tabasser dans la cellule où on l'a transféré ?

— Ce n'est pas nécessaire, en effet.

— Le con refuse de dénoncer ses agresseurs.

— Il a de bonnes raisons, croyez-moi.

— Qu'est-ce que vous voulez ?

— Que vous organisiez une soirée.

— Je ne vois pas le lien avec ce pauvre gars sur son lit d'hôpital.

— Le lien, ce sont ses copains... »

Vermillon lui tend une enveloppe en papier kraft de format A4. À l'intérieur, les photos des cinq jeunes ayant braqué Aldo Bianchi.

« Vous les connaissez, affirme Max.

— Si avoir affaire juridiquement avec des zonards des cités, c'est les connaître, alors oui.

— Vous avez défendu trois d'entre eux ces dernières années. Deux ont été acquittés. Le procès d'Ibrahim est en cours. Vous avez fait appel.

— Comment voulez-vous que j'organise une soirée pour ces crétins ? Quel serait le motif ?

— Putain, Robert, vous êtes un avocat pénaliste ! Vous ne manquez tout de même pas d'arguments pour ce genre de connerie ?!

— Organiser une soirée...

— Tout est là. »

Et Vermillon lui donne une autre enveloppe, cachetée celle-ci, qu'il commente ainsi :

« Heures, lieux, transports, l'agence d'*escort*, le service traiteur... Assurez-vous que tous les cinq soient présents sur place à la date indiquée.

— Mais comment justifier... ?

— Vous justifiez, Robert, c'est tout. Vous dites que vous ouvrez votre cabinet, une sorte de fidélisation des clients. En échange, les Bougnoules vous envoient leurs copains... L'équivalent d'une convention de proctologues organisée par Sanofi.

— Très drôle. Et si je refuse ?

— Vous pouvez. Vous pouvez refuser vingt briques. Vous en avez le droit. »

Robert Bazas lève la tête. Trois cent mille francs français, soixante mille euros d'aujourd'hui. De quoi se payer un nouveau costume, une voiture ou changer d'appartement.

« Je précise aussi une chose : les soucis d'Ibrahim peuvent devenir vos soucis...

— Voilà le bâton, à présent. Qui est derrière tout ça ?

— On va dire que vous préférez ne pas savoir.

— Que leur arrivera-t-il ?

— À vos clients ? Vous vous en souciez tant que ça ? Il n'y aucune structure derrière ces guignols, vous ne risquez rien, ce sont juste des chiens fous qui ont pissé en dehors de leur plate-bande. Une fois l'affaire réglée, vous fermerez votre gueule et le cabinet d'un confrère vous engagera à Paris. Votre prochain costard sera coupé sur mesure. »

Robert Bazas écrase sa cigarette dans le cendrier, termine cul sec son single malt. La gorge le brûle. Il pense à Sandrine qui l'a quitté pour un dentiste adepte de la voile. Il pense que le dentiste profite de son corps, il pense qu'il en bave depuis trop longtemps, que le moment est venu de bomber le torse et de prendre sa part du gâteau.

« Vous savez quoi, monsieur Vermillon ? En fait, j'en donne l'air, comme ça, mais je n'en ai rien, mais absolument rien à foutre de ce qui arrivera aux guignols en question. »

57

Pour ce qui est du destin des femmes, de leur condition, on n'a pas fini d'en parler. Et pour certaines, rien n'a changé depuis des siècles. Il semblerait même que leur vie ait moins de valeur qu'un jean Levi's 501. Elles ne sont plus que de la chair, de la convoitise. De la simple marchandise. Il suffit de s'emparer de la chair, de la tordre, de la déchirer, de la menacer, de la terroriser, et la chair obéit, devient molle et docile, devient succube.

Devient esclave.

Maintenant, on peut changer notre point de vue, on peut voir ces mêmes filles belles et lisses, assises sur les canapés en velours d'un hôtel particulier londonien de Notting Hill. Elles sont vêtues avec élégance, des vêtements dont la coupe suggestive éveille la concupiscence tout en bannissant l'exhibition et la vulgarité, les robes de ces grands couturiers qui sont nos amis (les grands couturiers sont les amis de tout le monde sauf des racistes et des homophobes). Et déjà, vous êtes plus digne, plus éduquée, vos gestes déploient une certaine ampleur tout en étant mesurés, à l'aune de l'élégance.

L'habit fait l'*escort girl.*

La beauté n'a pas de soucis. La beauté sourit. La beauté ne souffre pas. C'est ce qu'il faut exporter : le rêve.

Leurs noms ? Je vous les dis, même s'ils ne vous apprendront rien sur elles, seul compte leur pouvoir évocateur : *Joy, Pleasure, Velvet, Deepa, Sunshine.*

Des pseudos, des noms de scène. Le grand marché du sexe est mondial, il est partout où il y a de la testostérone et de l'avidité. De l'avidité à soulager, de la frustration à combler. Le Moloch prend, consomme, consume et tue. La putain est le grand déversoir, ne riez pas, le jeu de mots est malheureux, l'éjaculation souvent triste.

Et si je dis : *Dorina, Tania, Erin, Lorena, Dea,* les filles deviennent-elles plus réelles ou restent-elles une abstraction ? Mais on s'approche, on s'approche de leur véritable identité. Qui est la Roumaine, l'Albanaise, la Bosniaque ou la Bulgare ? Laquelle a 18, 20 ou 23 ans ? Il est important de connaître leur origine, leur âge, leur malléabilité, on comprendra mieux ce dont elles seront capables ici :

Elles viennent d'un petit village anonyme, d'une pauvreté banale, savent à peine lire et écrire, mais déjà compter. En revanche, chaque pauvreté, chaque foyer de misère, possède sa télévision, les ondes hertziennes se propagent, surtout à la lisière des frontières. Le bloc soviétique est perméable aux flux des images. Car juste là, pas loin de là, à moins de 600 kilomètres parfois, il existe un autre monde, un monde riche, luxuriant, prometteur. Une vie facile, le rêve bon marché des publicités, des films, des vidéo-clips, des séries, de n'importe quoi qui vous montre un chat en train de manger sa pâtée décorée d'une feuille de persil dans une assiette en porcelaine.

Alors ?

Alors, si un chat se nourrit ainsi, le reste est à l'avenant, imaginez le confort, le degré de civilisation et de bien-être atteints par la France, la Suisse, l'Italie, l'Allemagne... Imaginez l'Europe de l'Ouest et sa qualité de vie, le potentiel pour une jeune fille déterminée qui veut travailler, une jeune fille prête à quitter sa famille parce que le travail rend libre, on s'en souvient.

La publicité, putain.

Kroutchev, Brejnev, les momies du parti communiste déployaient le parapluie antinucléaire alors que le danger était subreptice, l'anodine publicité *Lancôme*, *Banga* ou *Velouté de Danone*.

Ces filles, elles viennent d'un petit village anonyme, mais, telles qu'on les voit en ce moment, assises le dos droit, les jambes longues croisées sur des fauteuils rouges, ces filles sont des rescapées de l'enfer.

Il y a les filières, il y a les mafias. Elles relaient la fraude publicitaire, elles proposent de matérialiser le voyage pour le monde de *Woolite*, *Sheba*, *Pepsi* ou *Volkswagen*. L'aller simple pour Disneyland. Ces marques sont les gardiennes du temple qu'on peut amadouer moyennant les économies de toute une vie. On connaît la chanson depuis Victor Hugo, l'histoire tellement ressassée de l'aînée qu'on envoie tenter sa chance pour toute la famille. Et comme par hasard, on leur fait croire que cet Occident, cette Europe si proche de l'Amérique, a besoin de nounous, de femmes de ménage, de caissières, de secrétaires, d'aides-soignantes, d'infirmières... Autrefois, les hommes partaient, maintenant les hommes laissent partir leurs femmes. Un peu honteux, blessés dans leur amour-propre, impuissants face à l'abus de la violence, mais le siècle, pense-t-on, devient féminin et les hommes boivent leur eau-de-vie et ravalent leur orgueil. La force dans leur bras dont ils se délestent en se cognant dessus le samedi soir dans les bars éclairés au néon, la frustration évacuée, leurs phalanges saignent et leur dignité devient un paillasson sur lequel on essuie notre indifférence.

Comme par hasard, on propose aux plus jolies du rêve en solde, elles portent leur sac de sport en bandoulière, elles ont mis leur plus jolie chemise recouvrant leurs seins épanouis, leur taille fine, elles saluent de la main, les larmes aux yeux, elles promettent encore d'écrire vite, de donner des nouvelles dès leur arrivée...

On va d'abord emmener votre enfant dans une grande ville, où elle restera plusieurs jours enfermée avec d'autres congénères dans l'appartement pourri d'une banlieue crasseuse d'une capitale sordide. On leur impose l'attente, on crée la peur de la police, on commence par les sous-alimenter, on les empêche de se laver sous prétexte que la canalisation est défectueuse, et quand elles le peuvent, c'est avec un filet d'eau glacée, avoir ses règles devient une calamité ; elles doivent se cacher, ne pas attirer l'attention, les sorties sont bannies. Des femmes plus âgées s'occupent d'elle. Des dures, des matrones. Les filles commencent à perdre leurs repères, les stores de l'appartement sont baissés jour et nuit, on alterne la lumière artificielle selon des horaires qui ne correspondent plus avec les temps biologiques. Le corps subit ses premiers bouleversements.

Et puis, un jour qui est une nuit, le milieu de la nuit, on les réveille sans ménagement, on leur dit de prendre leurs affaires, c'est le moment, les passeurs sont arrivés. Les filles baillent, se frottent les yeux, se dépêchent dans la confusion, bourrent leurs sacs, oublient des choses, titubent, hagardes, l'excitation leur arrache malgré tout des sourires, l'adrénaline déferle dans leurs corps jeunes qui ont résisté à ces quinze jours d'attente abrutissante : c'est le départ.

Trois fourgonnettes de couleur sombre les emmènent. Il n'y a pas de fenêtres ni de sièges, les filles s'asseyent comme elles peuvent, s'allongent à même la tôle. Les nuits d'avril sont encore froides à l'est de Sofia, Tirana ou Bucarest, on les prive de couvertures, démerdez-vous, quelques-unes restent solidaires, se passent un pull à tour de rôle pendant le voyage, d'autres commencent à comprendre que c'est chacun pour soi, se coupent de toute empathie. Les plus fragiles s'effondrent, pleurent, refusent de monter. On les oblige, mais sans les frapper, pas encore. Elles doivent croire encore que le voyage les conduit à l'Ouest, sinon ça devient le foutoir, les hurlements, la mutinerie. La logique capitaliste a besoin de paix sur son territoire, dans son déroulement, il lui faut un cadre, une structure. Oui, les garder dociles, on leur donne quelques coussins, quelques biscuits et des thermos de thé chaud. Avec les cahots du voyage, le thé déborde des gobelets et brûle leurs doigts.

À leur insu, les plus dures s'affirment, déjà.

Les cahots sont plus violents, les virages les malmènent, les moteurs s'éteignent enfin. Ouverture des portes, des voix d'hommes chuchotent, mais ce sont des chuchotements durs, des ordres secs. Les filles descendent. Les lumières vives des lampes torches les aveuglent. Disons, le nord ouest de la Yougoslavie, à hauteur de l'actuelle Slovénie, parc national du Triglav, à la frontière avec l'Autriche et l'Italie. Il y a encore de la route à faire, marcher des heures sur des chemins de terre, monter à plus de 2 500 mètres, la température s'effondre, leurs pas glissent sur des restes de neige et de verglas, les vêtements des filles ne sont pas prévus pour.

Et c'est là, juste avant le départ de cette marche forcée, qu'un événement apparemment anodin scelle leur destin : on leur retire leur passeport. Qui leur sera rendu une fois arrivées à destination, leur promet-on. Certaines le font avec réticence, leurs doigts s'accrochent à ce document, ces pages de mauvais papier, cette photo en noir et blanc, sur laquelle on leur donne dix ans de plus. C'est con, n'est-ce pas ? Mais c'est leur identité qui disparaît à jamais. Dans la nuit yougoslave, une heure trente du matin, il y a des loups dans la région. De beaux loups qui sont libres, des louves protégeant leur progéniture, et à partir de ce moment précis, il vaudrait mieux être un animal qu'un être humain.

On les sépare en trois groupes. Elles ne se reverront plus. Ou alors dans quelques années, comme deux d'entre elles dans ce salon d'hôtel particulier à Londres. Chaque groupe emprunte un sentier différent. Elles ne s'en rendent pas compte, mais en réalité, elles tournent en rond et reviennent sur leur pas. D'autres fourgonnettes les attendent.

Et là, on passe à la vitesse supérieure.

Les filles ne comprennent pas. Elles sont désorientées, refusent de monter à nouveau dans les camionnettes. Les premiers coups arrivent : reins, bras, jambes, dos, ventre. Les hommes les frappent avec des nerfs de bœuf, la douleur est fulgurante, vive, pénètre sous la peau, creuse sa peine le long des tendons et des nerfs comme des vipères agacées. Quelque chose révèle son vrai visage, sa nature profonde. Le mal, la malveillance siffle dans l'air au son du fouet. On les frappe où ça porte le moins à conséquence, mais la lanière de cuir lacère parfois une joue ou un front. Les filles rampent dans la camionnette pour échapper aux coups. On referme les portes.

La suite, ce sera une « maison de dressage », propriété dans un coin reculé de l'Albanie ou d'ailleurs. Viols collectifs à répétition, privation de nourriture, de sommeil, coups, humiliations. On les habitue progressivement aux drogues dures, on renforce leur dépendance. Les plus récalcitrantes finissent dévorées par des pitbulls. Jusqu'au jour où on estime qu'elles sont prêtes à la prostitution. C'est-à-dire le jour où leur regard n'exprime plus rien, si ce n'est du vide.

On les emmène à l'Ouest pour de bon, soit illégalement, soit — ironie du sort — sous le statut « d'artiste » ou de n'importe quelle autre appellation se foutant de la gueule du monde. Suisse, Autriche, Royaume-Uni, Scandinavie, Allemagne... Si elles s'échappent, leur famille paie le prix de leur évasion. Leurs nouvelles citoyennetés, leurs nouveaux pays sont les trottoirs, les clubs de strip-tease, les studios de films pornos... La déchéance, les maladies sexuelles, l'overdose, la mort dans le caniveau. La fosse commune, rien d'autre qu'un nom de pute dont la disparition n'intéresse personne. Certaines se volatilisent d'une autre manière, partent littéralement en morceaux, celles qu'on dépèce pour la vente d'organes, reins, cœur, yeux, tout ce qui est récupérable... Et puis...

Et puis, comme une garde prétorienne, comme une unité d'élite, on repère les plus solides, les plus fortes, les survivantes des survivantes. Le sommet de la pyramide darwinienne. On les retire du trottoir, on leur apprend les règles du savoir-vivre, deux langues étrangères, on leur donne une instruction, des cours de toute sorte, elles apprennent des raffinements de geishas en matière de plaisirs. On retouche leur corps : seins, fesses, dents, visage...

Elles deviennent.

Elles deviennent le Graal féminin à plusieurs milliers d'euros la location. Multi-usages, multi-fonctions, elles peuvent accompagner un président directeur général à un dîner de charité comme prendre part à une soirée sadomasochiste.

Elles sont devenues l'idéal féminin du libéralisme.

Voilà.

Mireille Leone sait tout cela.

Ici, maintenant, à deux encablures de Portobello Road.

Mireille Leone connaît leur parcours.

Contrairement aux hommes qui les utilisent et les louent.

Elle sait.

Tandis qu'elle les passe en revue avec Madame Ivana, elle éprouve une sorte d'affection à leur égard. Plus que ça : de la compassion. Leur regard a retrouvé un peu d'humanité, mais ça aussi est un leurre, une construction. Elles sont devenues des soldats, les meilleures guerrières dans ce conflit mondial qu'est le cul. Et quand j'étais jeune garçon et que, sur le chemin de l'école dans le quartier des Pâquis, je voyais cette prostituée et son rimmel noir autour des yeux nous adresser un sourire malicieux, je croyais que la prostitution était joyeuse. J'ai su bien plus tard que Grisélidis Réal était l'une des seules à avoir choisi mais, comme pour le reste, combien sommes-nous à pouvoir choisir notre existence? Et Mimi Leone et moi, nous le savons, et maintenant, vous le savez aussi, et parfois être un homme est une responsabilité que l'on porte.

Madame Ivana leur donne un billet d'avion, leur réservation d'hôtel, à chacune un itinéraire particulier sur 48 heures. Seule la destination converge: Lyon, France. Elles reçoivent des instructions détaillées et rigoureuses, aussi bien pour le contenu de leurs valises que pour leur déplacement. Une organisation minutieuse est la clé de la réussite et de l'anonymat de leur mission.

Voilà. Tout est dit.

Mais Mimi Leone, née Pattucci, surprend, parfois.

Mimi leur distribue à chacune un petit cadeau qu'elles déballent. Et sous le papier coloré, on découvre un livre, *Aline*, de Charles Ferdinand Ramuz.

Alors, vous allez me demander ce que vient faire Ramuz dans cette histoire?

Mimi Leone exige qu'elles le lisent au cours de leur voyage, durant leur attente à l'aéroport, dans leur chambre d'hôtel ou ailleurs. Elle veut qu'elles lisent ce roman attentivement. Les cinq mille dollars qu'elles recevront incluent cette lecture, c'est une exigence de Mimi.

La maquerelle non plus ne comprend pas:

«À quoi ça leur sert, précisément?»

Toutes les filles ont levé la tête et fixent Mireille qui soutient leur regard et répond:

«À rien, sinon d'avoir lu un bon livre dans votre vie. Des mots dans un certain ordre qui disent de ne pas faire confiance aux hommes s'ils ne vous aiment pas.»

Tout ce qui ne sert à rien est précieux.

58

Comme toute ville occidentale, Genève est prise de frénésie durant les fêtes de fin d'année. Nuance : la frénésie contenue d'une agglomération de taille moyenne qui, pour certains, possède les inconvénients de la grande ville sans en avoir les avantages : embouteillages chroniques, pollution élevée, dealers, spéculation immobilière, cambriolages, méfiance sociale... Genève a beau être protestante, et même au-delà — calviniste —, il n'en reste pas moins que, comme partout ailleurs, la période se prête à l'achat des cadeaux, aux repas de famille, aux soirées d'entreprises. L'année s'achève, date butoir, il faut se dépêcher de se réunir, inviter les Grangier qu'on apprécie moyennement, mais qui, on ne sait plus pourquoi, font partie de nos « amis ». Les Fêtes, c'est généralement faire contre mauvaise fortune bon cœur, l'idéal chrétien de l'expiation souvent mis en œuvre par hypocrisie. Quoi qu'il en soit, l'achat des cadeaux et le cadre particulier favorisant la consommation mettent tout le monde au diapason. Alors, on dira *frénésie*.

C'est joli, aussi. Les décorations illuminées de la rue du Rhône, les vitrines apprêtées, le marché de Noël sur la place de la Fusterie, saucisses et vin chaud, la fête patriotique de l'Escalade célébrant l'assaut repoussé des Savoyards la nuit du 11 au 12 décembre 1602... On y verrait un air de carnaval, on se déguise, on mange une marmite en chocolat avec des légumes en massepain... Les enfants s'amusent, attendent, convergent vers le sapin, y trouvent une console Nintendo ou un walkman Sony.

Pour une femme plus âgée, ce sera des boucles d'oreilles en améthyste.

Les Fêtes sont l'occasion de rancœurs, de frustrations qu'on exhibe en famille, la phrase de trop déchirant le voile, les rabibochages hâtifs, les larmes d'impuissance pleurées en cachette dans la salle de bain. Il y a encore le collègue de boulot qui a trop bu et vous met la main au cul, la collègue qui vomit dans les toilettes ou celle qu'on ramène en voiture chez elle dans l'espoir de.

Après il sera trop tard.

Après, tout recommencera, comme avant.

Il reste l'espoir de la dernière nuit.

Il reste le désespoir de la dernière nuit.

Celle du Nouvel An.

Une nuit qu'il faudra franchir pour retomber de l'autre côté. Le compte à rebours du temps nous séparant de la désintégration. Il y a toujours, je constate, cette part d'effarement dans nos regards.

Dimanche 31 décembre 1989 du calendrier grégorien.

Dernières heures du dernier jour des fantastiques années 1980.

Allez dire ça aux mineurs britanniques ou à Bobby Sands.

À part, peut-être, madame Thatcher.

La lune est au stade du premier croissant, son âge est de 3,23 jours, sa visibilité de 11,38 %.

Il faudrait pouvoir bannir l'éternel retour, lui préférer l'éternel recommencement.

Même si le résultat est le même : on s'épuise. C'est pour ça qu'on meurt et c'est tant mieux.

Chacun la franchira à sa façon, cette nuit symbolique.

Compte à rebours, on y va :

a) *Matt Mauser.*

La petite pièce du laboratoire est rangée et nettoyée. Les produits ont été renouvelés, les bacs rincés, les tirages en cours séchés, massicotés, classés dans leurs pochettes à bulles, et remis en main propre aux deux clients du moment. D'ailleurs, Matt Mauser prendra dix jours de congé qu'il passera à la montagne dans un mayen de la vallée de Derborence. En solitaire, ce qui ne le changera pas, mais sans alcool ni cigarettes, ce qui le changera.

Mais ce soir, cette nuit longue et atone, il la traverse selon le rituel de l'Homme Seul. Un long apéritif *Chez Gaby*, dans le quartier des Pâquis. Sortir de là éméché et euphorique, retrouver cette prostituée habituelle, Grisélidis, qui l'attend comme chaque année, laquelle écrira plus tard, dans son *Carnet de bal d'une courtisane* : MATT – Gros homme gentil, très tendre, rencontré près de chez moi un soir de pluie après avoir dîné à *l'Aiglon* – d'origine française – revient chaque année au 31 décembre – suce, baise, 100 Frs. (Lui ai prêté *Pourriture de psychiatrie* et *La Redresse*.)

Lui, Matt, qui après une fornication douce, se rend à *l'Aiglon*, justement, où Manu, le cuistot, lui prépare un cordon bleu avec des pommes frites.

Matt Mauser boit une gorgée de Gamaret, un vin du pays, âpre et minéral. L'âpreté, faut croire qu'il en a fait sa religion. Derrière la baie vitrée, il regarde la rue Docteur-Alfred-Vincent — directeur du bureau de salubrité publique et professeur d'hygiène, parfois la vie prend sa revanche —, Matt regarde donc les putains tapinant dans la nuit d'hiver, leurs manèges pour convaincre les plus timides. Gagner quelques sous supplémentaires, elles aussi ont cru au Père Noël.

Le détective regarde sa montre. Pense à son ex-femme, à ce qu'ils furent, elle et lui, autrefois. Pense à sa fille, qu'il n'ose plus voir tellement ça lui fait mal, la douleur de ce handicap qui, au fond, est un miroir de lui-même.

Il regarde sa montre, il est 21 heures 37.

[Le temps]

b) *Odile, René et Diane Langlois, Guillaume Vasserot et d'autres convives.*

Chez les Langlois. Avec deux couples d'amis. Eux aussi,

pareils aux Langlois, avec leurs béances secrètes, leurs fissures socialement indétectables à l'œil nu. Leurs équilibres fondés sur une falsification massive de la réalité. On se retrouve donc à huit autour de la table ovale de la salle à manger, décorée de façon minimaliste par Odile — seul le jeu des couleurs du blanc, du rouge et du vert est en vague syntonie avec la période de Noël. Que veut-on, les contraintes formelles sont une belle saloperie. Il s'agit ici de sauver les apparences, la bienséance permet au moins une forme de quiétude à défaut d'émotion.

Contrairement à Matt qui est seul, et dont les dialogues sont réduits à l'os, ça cause autour de la table. Un échantillon *in media res* :

MURIEL – *blonde, 43 ans, os du sternum saillant du décolleté Ungaro* : Un des maraîchers des Halles de Rive s'est mis au biologique...

EDITH – *yeux marron, grande, 39 ans, enceinte de 4 mois* : Louis Grandjean ?

JACQUES – *époux de Muriel, 50 ans, calvitie, léger embonpoint, mais tonique* (*parle avec emphase*) : Ma femme ne jure que par ça, désormais ! Le budget des courses a triplé !

PATRICK – *époux d'Édith, 41 ans, silhouette mince, épaules voûtées qu'il s'efforce de redresser régulièrement* : J'ai entendu ça, les produits chimiques agricoles seraient la cause de...

MURIEL : Pas Louis, mais son fils, c'est lui qui a décidé de se mettre au bio.

ODILE : Lequel, Kevin ?

MURIEL : L'aîné, oui.

JACQUES (*posant sa main sur celle de sa femme*) : Depuis la fin des années 1940, en fait, les premiers médecins ont incriminé les produits chimiques agricoles dans le développement de cancers et de maladies mentales !

MURIEL : Tout à fait, chéri.

EDITH : Tu crois que pour le fœtus... ?

RENÉ – *les deux premiers verres de vin l'ont déjà grisé, il faut oublier, tout oublier*: En tout cas, ma Diane n'a pas eu besoin du bio pour devenir la belle femme qu'elle est, n'est-ce pas Guillaume?

GUILLAUME – *un sourire gêné*: ...

DIANE – *dans une robe blanche, il lui en faut peu pour paraître davantage que ce qu'elle est : splendide*: Mon père en fait toujours trop, c'est pour cela que je l'aime. N'est-ce pas, maman?

ODILE: C'est pour ça qu'on l'aime, oui. D'ailleurs, René a investi dans les OGM...

EDITH (*à son mari*): Mon cœur, pour notre bébé, qu'est-ce qui est le mieux, le biologique ou les OGM?

JACQUES – *ses épaules s'affaissent*: Heu... (*Il ne sait pas. Pour avoir épousé une femme idiote, faut-il être idiot soi-même?*)

PATRICK: Faites-vous plaisir, toujours! Voilà le secret!

MURIEL: Nous avons deux beaux enfants sans bio, nous aussi! Et de rire.

22h05. Entre les blinis et la langouste.

[Le temps]

c) *Aldo Bianchi.*

Hôtel du Mont-Blanc, Megève, France. Une solitude en ping-pong avec celle de Matt Mauser: dans une chambre de luxe lambrissée de pin et recouverte de moquette carmin, aussi rouge que les doigts vernis d'une femme qui serait fatale, d'une femme qui fait mal, blesse malgré elle, simplement parce qu'elle respire, simplement parce qu'elle existe. Elle t'aime, Aldo, n'aie aucun doute là-dessus, mais c'est l'essence même de cet amour qui te fait souffrir. Elle te manque, tu la voudrais tout le temps près de toi, c'est impossible à expliquer, la cause est l'effet, c'est tout.

Il faudrait pouvoir ne retenir que la connivence.

Il faudrait pouvoir ne retenir que l'essentiel.

Rien qu'elle, Aldo, et elle te suffirait. Et je suis d'accord avec toi là aussi, je le sais bien.

Alors, Aldo a débouché une bouteille de champagne avant minuit. Il a ouvert la porte-fenêtre de la terrasse ; il est maintenant assis face à la montagne. La lune tronquée éclaire mal les neiges éternelles, il relève le menton, il voit plus haut. Aldo boit et fume. Il est un sportif qui ne reconnaît plus sa vie d'avant, sur le point de la renier. Il a perdu le sens de l'orientation, il ne se suffit plus à lui-même, il est double, sa part d'ombre contient aussi sa lumière. Il ne sait plus grand-chose, sauf qu'il est là où il doit être, sans doute porté par un destin.

Quand elle déboule, la prise de conscience, c'est carrément dévastateur. Chez les êtres les plus profonds, on le sait, ça donne des poètes ou des martyrs. Chez l'individu plus superficiel, cela prend une couleur inédite. Ni poète ni martyr, peut-être dindon de la farce.

Aldo Bianchi allume une nouvelle cigarette, boit son champagne à deux cent balles à même le goulot, glacé.

22h58. Il cherche à s'oublier. Il attend.

[Le temps]

d) *Svetlana Novák, Horst et Julia Riedle, et d'autres convives.*
Megève encore. Un kilomètre de l'hôtel du Mont-Blanc à vol d'oiseau. Chalet des Riedle, peuplé d'une cinquantaine d'invités qui nous sont inconnus : 500 m^2 où le « tout confort » est une formule euphémique. Profusion de luxe proposée avec sobriété et élégance. Harmonie et sens des proportions, sans pour autant dégager la froideur d'une décoration d'apparat. On pense, merde, ils sont riches et, en plus, ils ont de la culture et du goût. Tout cela, on le doit à Julia Riedle, à son génie des intérieurs, à l'ironie dont elle est capable à l'égard de son statut social et de sa richesse. Cette façon qu'elle a de passer d'un convive à l'autre, d'une discussion à l'autre, avec un humour porté par une superficialité solennelle. Rendons grâce aussi à Horst Riedle qui a su, d'abord, se faire aimer par cette femme, et ce n'était pas gagné : plus riche que lui, aristocrate et, surtout,

dont la beauté accentue son physique ingrat, et qui ensuite a su déléguer ses lacunes en matière de goût, à plus talentueux que lui. Horst Riedle, on l'apprend, n'est pas un adepte du principe de Peter. Tout ça, donne Julia comme épouse et un chalet qui a suscité bon nombre de reportages dans les magazines de décoration du monde entier.

La soirée a pris une tournure chaleureuse et décontractée. Un brouhaha émaillé d'éclats de rire, de petits cris de surprise lors de retrouvailles, de gloussements un peu idiots... Un deejay, portant des lunettes de soleil Vuarnet, la tête penchée sur son écouteur de casque, mixe le son d'ambiance dans une tonalité pop-disco-soft. Un *catering* haut de gamme éparpille ses serveurs et serveuses dans les divers salons, living, salles de détente et terrasses du rez-de-chaussée, champagne et petits-fours en attendant le buffet.

La soirée s'annonce prometteuse, il n'empêche : Svetlana tourne en rond, et c'est nouveau. Il n'y a pas si longtemps, elle aurait plongé dans le bruit, y aurait nagé tout sourire comme une sirène dans la piscine du *mall* de Dubaï. On dirait que les choses ont changé. Une sorte de gravité responsable, une perte de l'insouciance. Non pas qu'elle soit seule dans un coin avec sa flûte de champagne, on la sollicite, elle répond sur le registre des conversations éphémères. D'une certaine façon, les discussions qui s'engagent dans ces petits groupes disséminés et interchangeables, ne sont pas très éloignées de celles qu'on a pu entendre chez les Langlois. À la différence qu'ici, une touche d'excitation est donnée par le jeu de séduction s'engageant entre le foie gras flambé et le homard dans son jus de citron vert. C'est le nombre qui veut ça, la diversité des convives également répartis entre hommes et femmes. La formule éprouvée du cocktail dînatoire et de son prolongement qui est la déambulation.

Mais pour Svetlana, la liberté de mouvement est devenue toute relative, si peu nécessaire, vaine. Elle répond aux sollicitations par un œil faussement pétillant, un sourire construit, une minauderie feinte. Au fond d'elle-même, ça s'écroule, ça se décompose, ça s'enfuit, courant nue dans une forêt poursuivie par un faune... Svetlana Novák fait un pas de côté, s'extirpe du langage corporel et pressant du chirurgien esthétique aux cheveux noirs (Brésilien? Panaméen?). Son regard tombe sur Horst Riedle qu'elle surprend en train de l'observer, elle touche nerveusement ses boucles d'oreilles. Il lève son verre à sa santé, reprend sa discussion avec deux hommes face à lui. Svetlana sent passer un vent de panique, elle essuie d'un geste rapide la sueur mélangée au champagne accumulée au-dessus de sa lèvre supérieure. Oh non, Svet, tu ne vas pas t'effondrer comme une conne justement ce soir, là, au milieu de la perfection qui doit demeurer perfection, tu ne vas pas incarner la pierre d'achoppement sur le chemin lisse de la joie de vivre, si?

À l'instant où elle se sent partir, une main énergique saisit fermement son bras, la soutient, Svetlana suit le mouvement, se laisse guider à bonne distance du chirurgien devenu insistant. Elle se reprend, Julia Riedle lui sourit. Non pas un rictus d'inquiétude ni quoi que ce soit, mais un vrai sourire sincère.

« J'ai toujours pensé qu'il faisait trop chaud dans cette maison. Mais il y a des frileuses, des emmerdeuses qui me font pousser le chauffage au-dessus des vingt-cinq degrés... Vous avez remarqué? Passé un certain âge, les femmes ont de plus en plus froid...

— Excusez-moi, Julia, ça va déjà mieux. Je... je crois qu'il faut que je mange quelque chose.

— Ne vous inquiétez pas. Personne n'a rien remarqué. »

Julia hèle un serveur, lâche le bras de Svetlana et ramasse deux amuse-bouches sur une serviette : « Tenez, dépêchez-vous de manger.

— Merci, Julia.

— Vous vous ennuyez, n'est-ce pas?

— Non, pas du tout, je...
— Vous avez la jeunesse, la beauté, une vie aisée, une petite fille adorable. Mais cela ne vous suffit pas. Quelque chose vous démange. Et vous savez quoi ? Je vous comprends, je suis de votre côté, Svetlana. Parce que je suis comme vous, exactement comme vous. »

Svetlana s'essuie la bouche, hésite, boit une gorgée de champagne.

« Qu'est-ce que je fais ici, Julia ? À part vous et quelques collaborateurs de Zürich, je ne connais personne. »

Julia ne la regarde pas dans les yeux, elle lui parle, mais regarde plus loin, au-delà de Svetlana.

« Il faudrait que vous puissiez répondre à cela, poursuit Julia. Oh, pas maintenant, mais un jour. Un jour pas trop lointain, si possible, ma chère. Sinon, vous allez gâcher le temps qu'il vous reste.

— Je ne comprends pas

— C'est encore trop vague. Ne pas comprendre, c'est ne pas savoir. (Julia se penche à son oreille, doucement.) Ce que vous voulez, vous l'aurez, Svetlana, pas de la manière que vous imaginez, peut-être. Mais d'abord, cherchez à savoir ce que vous souhaitez, ce que vous souhaitez *vraiment*, vous comprenez ? »

Julia se détache, on l'appelle plus loin. La musique a subitement gagné en décibels, il semblerait qu'on s'approche de minuit.

« Une dernière chose, Svetlana, écoutez-moi, vite : ne cédez jamais à la rancœur, à la jalousie ou à la haine. Ne séparez jamais le cœur du cerveau. Soyez orgueilleuse. Tenez bien haut l'étendard de votre orgueil. Croyez-moi, c'est une femme qui vous le dit. L'orgueil est votre atout... »

Julia creuse son sourire, ses fossettes s'affichent au plus profond de son visage buriné par le soleil. Sa bouche encore articule :

« Vous avez une fille, Svetlana. Moi, je n'en aurai jamais. La vie m'a dit non, et c'est terrible quand la vie vous dit non, il n'y pas de libre arbitre, vous comprenez? N'oubliez pas que les meilleures choses dans la vie sont gratuites. Les deuxièmes meilleures choses sont très, très chères. Ce n'est pas moi qui le dis, c'est une célèbre couturière. Et maintenant, si vous voulez partir, allez-y discrètement, je me chargerai d'avertir mon mari, il comprendra... Celui qui vous attend est plus important que toute cette mascarade... Allez-y, maintenant, filez!»

Elle se demande, Svetlana, s'il n'y a pas une sorte de grand architecte qui s'est emparé de sa vie, si elle ne suit pas un arc narratif, comme dans un scénario.

Julia s'efface.
C'est le cas, Svetlana.
Quoi donc, Incardona?
Le grand architecte, c'est moi.
Oui?
Oui. Et je t'aime.
23 heures 17. Svetlana récupère son manteau au vestiaire.

[Le temps]

e) *Christophe Noir, Max Vermillon et quatre prostituées ukrainiennes.*

Griffin's Club, Genève. Quatre filles, sinon à quoi cela sert-il d'être le plus jeune directeur de banque privée de la place? Quatre, parce que l'univers et le capitalisme sont en expansion. Quatre, parce qu'on finit par s'emmerder. Et puis, ce sera six, puis huit, et puis quoi? Jusqu'à quand? Où constatera-t-on la limite? Parce que, forcément, limite il y aura. C'est peut-être ça, au fond, le jeu de l'argent et du pouvoir, sa motivation secrète et profonde: chercher à savoir jusqu'où on peut se pencher, jusqu'où peut aller l'impunité. Déjà tout posséder à 34 ans, Christophe Noir, ça lui fait comme un grand vide à l'intérieur. Il vit sur sa propre peau ce paradoxe de l'abondance où ce qui est devenu facile d'accès finit par lasser.

Max Vermillon, lui, on n'en tient pas compte, il est un soldat, ou plutôt, un officier, mais tout de même un subalterne, un suiveur. Un veule. Et un veule cherche à se goinfrer, à se remplir. Crever avec un taux de cholestérol à faire exploser le cœur. Un de ceux que les Christophe Noir entraînent dans leur sillage, les éléments de la machine générant du profit au-delà de tout entendement. Les Christophe Noir, au fond, on ne peut pas les blâmer, on leur doit une forme de respect : ils font ce qu'ils doivent faire, ils sont créateurs de leur propre richesse qui est devenue leur vie, avec les états d'âme qui sont les leurs, avec les valeurs qui sont les leurs. D'une certaine manière, ils font ce qu'ils deviennent. J'ai plus de problèmes avec les Max Vermillon, là où l'intelligence est moindre, là où la responsabilité est déléguée, là où l'inconséquence devient une facilité. Là où le respect est difficile à donner.

Ils boivent, les deux hommes carburent au gin-tonic tandis que les filles trempent doucement leurs lèvres dans des coupes d'éternel champagne. Max par vice, par inertie, par habitude, par compensation. Comme il vit tout le reste, l'argent qu'il amasse ou le nœud profond de son homosexualité qu'il réprime, sauf lorsqu'il s'ébat avec le troisième sexe, des transsexuels actifs-passifs, mais le vivre au grand jour reste difficile. D'ailleurs, elle est peut-être là, sa sincérité, sa seule et vraie et pure sincérité : lorsqu'il se fait prendre par un homme à forte poitrine et à la peau de fée. Christophe, lui, boit par désespoir, par lampées de vide, l'oxygène qui lui manque. Les rails de coke dans les toilettes augmentent la chaleur alors qu'il aurait besoin d'un long bain glacé. Le moteur tourne, sature. La seule qui lui résiste est Svetlana. Il sait mieux que quiconque ce que représente le concept de valeur, car il a beau l'avoir possédée, elle ne se donne pas. Ça le rend fou, et c'est bien connu, cette histoire de la seule porte qu'on ne peut pas ouvrir. L'offre, lui qui peut tout offrir, et la demande qui ne peut être exaucée, lui qui quémande l'éclat dans ses yeux à elle, le don de l'autre que l'on nomme amour.

Christophe Noir glisse une main entre les cuisses de la fille à ses côtés, la fille se soustrait, c'est un geste moche que personne n'a vu sous les stroboscopes, sauf nous, un geste vulgaire, même s'ils baignent dans la vulgarité jusqu'au cou, la musique à chier, le kitsch du décor, la patine gominée et luisante des serveurs sous les spots colorés, l'obséquiosité humide du gérant. Christophe Noir insiste, la fille se refuse. Christophe Noir se lève, la regarde, lui sourit, la gifle et quitte la table. Max reste assis comme un con. De surprise, il en oublie de rire. Bêtement.

23 heures 44. Rien à ajouter.

[Le temps]

f) *La bande de Vaulx-en-Velin, les filles de Madame Ivana, Robert Bazas, Emile Pattucci.*

Sablons, France. À une soixantaine de kilomètres au sud de Lyon, un village déserté par ses habitants, des maisons à vendre qui tombent en ruine. C'est le bras droit de Mimi qui a choisi, le Bosco, son homme à tout faire, celui de la logistique : nom d'emprunt, paiement cash aux propriétaires pour un hypothétique tournage de court-métrage. Je vous le dis, mais on peut aussi s'en foutre, de ces détails : il faut juste savoir que personne ne remontera jamais jusqu'au clan Pattucci ni à Berisha. De toute façon, il n'y aura même pas d'enquête, il n'y aura rien. Un claquement de doigts et on disparaît dans l'éther, c'est tout.

Robert Bazas, l'avocaillon commis d'office est venu chercher en limousine les cinq racailles à Lyon Part-Dieu, deux Mercedes noires pilotées par des hommes de main de Berisha. Les jeunes cons sont presque touchants avec le petit sac à dos où ils ont rangé leurs affaires en prévision de leur virée. Ils ignorent, bien sûr, que ce sera le plus long week-end de leur vie, le Week-end Éternel, en quelque sorte. J'ajoute qu'ils sont montés chacun par groupe de trois dans les voitures. Le petit Rachid, l'aide-cuisinier, a été invité par son cousin, ça fait donc six. C'est celui qu'on nommera un dommage collatéral. Les gars sont déjà bien allumés à la coke. Robert est monté à l'avant de la première limousine. Il leur a promis une virée *all you can fuck*. Mais d'abord, il leur faut rencontrer un Corse qui souhaite entrer en affaires avec eux. C'est tout ce qu'il a trouvé, Bazas, pour réussir à les convaincre. Le truc de la soirée et des nanas offertes sans compensation, comme ça, gratos, ça leur a paru louche, il l'a senti. Ces jeunes ne sont pas habitués aux cadeaux, c'est gravé dans leur ADN. Alors, il a inventé cette histoire de business avec un clan de l'Île de Beauté. Max avait tiqué, avant d'en référer au « Bridé », mais contre toute attente, à Milo, ça lui a plu l'idée de pouvoir regarder ces enfoirés encore vivants droit dans les yeux. Voir comment ils parlent, comment ils bougent, leurs mimiques... Rester en contact avec la jeunesse, ça vous maintient au diapason... Bon, puisque tout à l'heure ils étaient là, à caresser le cuir des Mercedes et à faire les cons, on va les nommer, les cinq guignols : Daoud, Momo, Kamel, Patrick et Djibril. Ça fait black-blanc-beur avant la Coupe du monde de 1998, déjà.

Encore une chose, avant de revenir à la chronologie qui est la nôtre : arrivés aux Sablons, on est surpris, parce que le lieu n'est pas du tout la maison bourgeoise attendue, mais une ancienne bâtisse de deux étages le long du Rhône. On y accède par un portail, on traverse un parc mal éclairé peuplé de marronniers séculaires, les arbres sont décharnés et recouverts de givre. On apprend que c'est la fondation Moly-Sabata du peintre Albert Gleizes (1881-1953), un des fondateurs du cubisme. Ancienne communauté d'artistes-artisans, le lieu est devenu aujourd'hui un espace dédié aux jeunes créateurs. En dehors des résidences d'artistes pendant l'été, l'endroit est quasiment inhabité. D'où la location pour un pseudo-tournage de trois jours, les ramifications du Bosco sont aussi mystérieuses que les voies divines, ledit Bosco qu'on ne connaît pas, mais dont on soupçonne la culture, l'entregent et, surtout, l'imaginaire fécond.

Bon, tout ça s'est passé il y a plus de trois heures, le voyage, le rendez-vous avec les caïds mis en scène par Milo Pattucci qui leur a proposé un marché bidon pour des *peanuts* de dope dans leur cité-dortoir à la con. On s'est serrés la main tout à la fin, les jeunes ont même obtenu des garanties au-delà de leurs espérances, ils y croient à *donf* à leur brillante carrière dans le grand banditisme. Ils avaient fait en sorte qu'on voit bien les flingues sous leurs T-shirts de basketteurs. Des flingues trop gros, des T-shirts trop amples pour leur âge et leur carrure. Il faudrait toujours porter seulement ce qu'on peut se permettre. C'est valable aussi pour les voyageurs dans les gares ou les aéroports traînant leurs valises trop lourdes. Une des règles d'or du « Bridé ».

Mais tout ça, c'était avant. Désormais, le temps a déroulé son tapis d'éternité, maintenant, dans ce décor suranné de tentures de velours pourpre qui sentent un peu le moisi, le feu de cheminée crépitant dans son foyer, les parquets grinçants soignés à la cire d'abeille sous les lustres tintinnabulants à chaque note de basse, sourde, crachée par des enceintes installées pour la circonstance — d'habitude, c'est plutôt des lieds de Schubert et un piano à queue —, les jeunes gars ont l'impression d'être effectivement Al Pacino dans *Scarface*. D'abord, aucun d'eux n'a jamais tenu une fille aussi belle dans ses bras. Ils sont tellement frustrés et impatients qu'ils n'arrêtent pas de passer de l'une à l'autre. Le petit Rachid, le pauvre, est un peu gêné, confronté à des femmes véritables et non pas à des minettes, lui qui est le plus adolescent de ces jeunes adultes. Mais les filles savent y faire, douces, calmes, touche-touche et jeux de langue, d'accord, mais elles repoussent avec tact et savoir-faire le moment de la copulation, les garçons n'en peuvent plus, sont prêts à exploser. Car, c'est ça, au fond, le but de tout, le fric et le pouvoir, celui de se payer des filles, les plus belles filles possibles, et puis de le raconter aux autres. Et on a beau dire, le meilleur cocktail d'éclate, celui qui vous fait voir trouble et perdre le sens de la raison, reste l'endorphine couplée à la testostérone. Nos filles sont comme Shéhérazade dans les *Mille et une Nuits*, elles savent faire patienter, retardent le moment ultime, dévient essentiellement sur le Verbe, la chair quand elle se fait Verbe, et quand le Verbe ne suffit plus, on s'incline sur le rail de coke, on penche vers le pétard ou la bouteille d'alcool — même si les jeunes y touchent peu, finalement —, la minauderie, la nourriture exposée sur la grande table à chandeliers, la danse, l'évocation suggestive des coïts à venir sur fond de musique hip-hop, Akhenaton, Kheops ou IAM, tout ça n'est pas encore très clair dans les hiérarchies et les classements du genre, on est quasiment avec les pères fondateurs, on cherche le son, on cherche le mot juste, on chante sans logiciel AutoTune — les bagnoles de luxe, les nanas, les biffetons qu'on jette dans le ciel californien et finissent par voleter dans la piscine, ce sera pour plus tard, quand la révolte, au fond, s'épuisera dans le vouloir de ce que d'autres possèdent déjà, on tirera la chasse, là où finissent les maigres utopies.

Ramène-moi des dollars quand tu reviendras des States, chante Jhonygo.

En attendant, Robert Bazas s'éclipse, il traverse le parc, une voiture l'attend à l'entrée, devant le portail, vitres fumées à l'arrière. Il referme la portière, la voiture démarre.

Il manque une minute à minuit.

Compte à rebours.

Tania, alias *Velvet*, donne le tempo. Les filles emmènent les garçons au centre de la pièce, s'agenouillent, déboutonnent leurs pantalons. Il n'y a que Rachid qui soit spectateur, mais Rachid n'est pas leur problème, il ne fait pas partie du contrat.

59 secondes, 58, 57, 56, 55...

Les filles les ont pris dans leurs bouches, à présent. Les jeunes rigolent, se regardent tandis qu'ils se laissent faire. Ils sont au centre du monde, ils sont des caïds, ils sont des mâles. La coke les fait durcir à fond.

Velvet s'occupe de Momo. *Joy* de Kamel. *Pleasure* de Daoud. *Deepa* de Patrick. *Sunshine* de Djibril.

On l'apostrophe, Rachid détourne le regard. C'est un jeune homme pudique, et puis il n'aime pas entendre ses amis traiter les filles de salopes suceuses de bite. Il a une petite amie qu'il voit en secret, c'est la fille des propriétaires du Sathonay, une Gauloise.

33, 32, 31, 30...

Les garçons tiennent chacun leur bouteille de champagne à la main. L'idée, vous l'avez compris, c'est d'éjaculer à minuit pile. Les filles déploient toute leur expérience pour gérer le tempo, ce sont de jeunes étalons qui piaffent, ils ont beau se vanter, ils ont connu à peine quelques nanas depuis l'adolescence, en réalité, ils sont verts, se contrôlent mal.

19, 18, 17...

Un bouchon saute dans l'hilarité générale, du champagne déborde et Daoud est déjà venu à moitié, on se fout de sa gueule. *Pleasure* s'essuie la joue. *Velvet* l'engueule en bulgare, Daoud la gifle, elle lui sourit, soumise, et reprend sa queue noire dans sa bouche.

11, 10, 9...

[Le temps]

...3, 2, 1.

Les râles de jouissances, les bouchons explosent tandis que la main des filles — l'extrémité de leurs doigts, la pulpe, là où la main ressent et transmets au corps, là où tout commence, là où le toucher devient perception —, la main restée libre, celle qui ne s'affaire pas sur le pénis, explore et trouve l'artère fémorale.

Un toucher léger, un battement d'ailes de papillon, l'artère pulse.

Les garçons croient le contraire, mais ce sont les filles qui sont en position sexuelle dominante.

Velvet donne le signal, les rasoirs de barbier jaillissent de leurs bottes de cuir. La lame découpe la peau en profondeur, tranche l'artère. Les filles se retirent aussitôt, le sang jaillit. De petits geysers d'incrédulité dans le regard des garçons. Comme ça, du plaisir à la souffrance. Une hallucination. Le réflexe est de se tenir la jambe, de hurler, d'insulter, de vouloir frapper. Rachid est pétrifié sur son sofa. Je sais, c'est dur, c'est sanglant, mais je vais devoir à nouveau solliciter ces pauvres créatures innocentes que sont les Bisounours, chez qui on n'est pas. Ainsi, dans un seul mouvement qui ressemblerait à une chorégraphie, les filles contournent leurs proies. Dea, Tania, Dorina, Erin et Lorena quittent la pièce. Parmi les multiples talents qu'elles ont développés, il y a celui de la mise à mort par arme blanche. La tâche accomplie, elles laissent tomber les rasoirs, quittent la pièce. Dans le vestibule, elle se déshabillent complètement, lavent les traces de sang dans une bassine d'eau chaude, passent un survêtement. Dans l'autre pièce, les jeunes hurlent et vocifèrent. Un des hommes de Berisha récupère les vêtements et les entasse dans un sac poubelle de 110 litres. C'est bien suffisant, vu le peu qu'elles portaient sur elle. Elles montent dans un van aux vitres teintées qui les emporte aussitôt. C'est Mimi Leone qui a choisi la manière d'éliminer les garçons, leur donner la possibilité de les faire payer pour les infâmes qui les ont distordues à jamais, une maigre catharsis pour ces créatures devenues machines de guerre et de sexe. Éros et Thanatos, encore, comme un vieux classique. Une petite équipe de « nettoyage » arrive sur les lieux et attend le signal pour tout faire disparaître, corps et biens, sang et fluides. Toute trace de vie. On a tout ce qu'il faut comme acides pour déliter un corps.

Toute trace de passé.

[Le temps]

1990.
Nouvelle année, nouveaux espoirs.

Milo Pattucci entre dans la pièce du carnage, arrache les fils de la sono, impose le silence et la mort. Sur son parcours, il lève son bras et tire une balle dans la gorge de Rachid prostré sur le divan. Il se promène parmi les corps agonisants des guignols. Son arme à la main munie d'un silencieux, il les achève un par un.

[Le temps]

Matt Mauser trinque à L'Aiglon, fait la bise aux prostituées et à sa Grisélidis. On danse, un gars en Perfecto, debout sur le comptoir et complètement bourré, imite Johnny.

[Le temps]

Odile Langlois s'excuse auprès des invités et monte un instant dans sa chambre. Assise au bord du lit, elle se décide à ouvrir l'enveloppe Kraft cachée dans le tiroir de la table de chevet : la première photo est une gifle en plein cœur, oui, on peut gifler un cœur. Aldo embrassant Svetlana sur les marches d'un immeuble. L'immeuble où vit Aldo.

[Le temps]

Aldo Bianchi ouvre la porte de sa chambre d'hôtel, accueille Svetlana Novák qui se jette dans ses bras. Il titube, il sent les larmes inonder son cou. Il la serre plus fort, ils tombent sur le lit, et maintenant qu'ils déshabillent mutuellement leurs corps, chacun d'eux retrouve son centre de gravité.

[Le temps]

Horst et Julia Riedle se portent un toast dans la cuisine. Ils ont fait sortir les serveurs, délaissent leurs convives et goûtent en tête-à-tête leur tartine de caviar. La vraie richesse, c'est faire ce que l'on veut.

[Le temps]

Sous les stroboscopes de la piste, les danseurs bougent comme des robots, Max Vermillon s'arrête. Il a ôté sa cravate qui dépasse de la poche de son pantalon. Son visage est un masque de sueur. Il tend son bras, touche le dos d'une des Ukrainiennes qui ne se retourne même pas. On le bouscule sans même s'en rendre compte, il se laisse faire. La vie est apparue sur Terre il y a 3,5 milliards d'années. Il en est l'expression la plus évoluée.

[Le temps]

Christophe Noir est rentré chez lui. Les lumières de sa propriété se reflètent dans les eaux sombres du lac. Il se déshabille sur le ponton de son port privé. L'air froid lui fait tourner la tête. Il n'est pas Narcisse, il connaît parfaitement son visage. Nu, il prend son souffle et plonge dans l'eau glacée. Il pourrait mourir, mais ne le fait pas.

[Le temps]

Mimi Leone, chez elle dans son salon et sur son île, elle lit *La Grande peur dans la montagne* qu'elle a dû racheter. Un verre de lait est posé sur le guéridon, un plaid sur ses genoux. On dirait une vieille femme que seuls les bons romans tiennent en vie.

JANVIER 1990

Money Transfert

> *Ce n'est pas de votre faute si vous êtes né pauvre. Mais si vous mourez pauvre, vous en êtes responsable.*
> Bill Gates

59

Alors, on va imaginer un film. C'est à la fois l'avantage et l'inconvénient de notre époque où les mots font la plupart du temps référence à des images déjà vues. Une banque d'images où est stocké notre imaginaire. La marge de manœuvre du neuf, du totalement neuf pour le regard, est toujours plus restreinte. Alors, on va regarder ce film déjà vu, déjà entendu, qui fait référence à. Mais peu importe, parce que je vais tout de même dire quelque chose. Dire quelque chose avec les moyens du bord, ce territoire de l'âme que l'on nous prend, que l'on nous soustrait chaque jour. La part vierge de nous-mêmes.

Car ce qui est soustrait à l'imaginaire a son avantage, son gain secret : plus besoin de pages descriptives à n'en plus finir. On pose le décor rapidement. La pop culture, c'est ça, la référence en abyme. A-t-on perdu quelque chose ? A-t-on gagné quelque chose ? Il est loin, le temps des cerises.

Dans le métier du cinéma, on appelle cela un «traitement», c'est l'étape précédant le séquencier, puis le scénario. Elle devrait constituer le moment où le plaisir et l'éclosion de l'imaginaire prennent possession de l'histoire. C'est généralement la phase où l'on construit des films sans saveur et stéréotypés. On va tout de même essayer.

Voici, donc :

Environs de Sonoita (État du Sonora, Mexique), près de Lukeville (frontière avec l'Arizona, USA). L'aube se lève sur le désert. On dirait que le sable et la roche ont été trempés dans de la ouate rose. Tout est calme, rien ne bouge. Dans le ciel apparaissent quatre hélicoptères Bell 212 de la FAM (Fuerza Aérea Mexicana).

Les appareils survolent maintenant une série de hangars en tôle et aluminium avant de se fixer en vol stationnaire et d'atterrir. Une vingtaine de soldats des forces spéciales, vêtus de noir, harnachés et masqués, sautent des engins et courent en direction d'un hangar. En réalité, nous sommes dans une zone de « maquiladoras » : usines hirondelles destinées à l'exportation, exonérées de droits de douane, où les employées sont réduites à une forme d'esclavage moderne.

Les soldats, menés par leur CAPITAINE (45), font irruption dans l'usine. Le bruit est assourdissant, des centaines de femmes entre 14 et 40 ans sont arc-boutées sur leur machine à coudre. Même à 5 heures du matin, l'activité de l'usine bat son plein, les trois-huit sont de rigueur. Les employées les plus proches se tournent vers les soldats et interrompent leur tâche, les autres continuent leur travail, indifférentes et passives.

Un chef d'équipe se présente aux soldats, on lui ordonne de se mettre de côté et de continuer normalement son travail. Un petit groupe de soldats reste dans la salle et sécurise le périmètre.

Le reste de la troupe fait irruption dans une arrière-salle où trois hommes fument et boivent du café en regardant distraitement une télé installée en hauteur. Les soldats les obligent à mettre leurs mains sur la tête et à s'allonger face contre terre.

On leur demande où se trouve l'accès, ils disent ne rien savoir, le capitaine frappe violemment l'un des hommes, le frappe encore au visage avec la crosse de son pistolet automatique, lui brisant la mâchoire.

Terrorisé, son collègue parle: les soldats déplacent une lourde machine de confection textile apparemment fixée au sol, mais qui peut facilement être dégagée au moyen d'un système de roulettes.

Avant d'ouvrir la trappe apparaissant sous la machine à thermoformer les bonnets de soutien-gorge, le capitaine donne de rapides consignes. Les soldats se déconcentrent, ils rigolent en apercevant les tas de bustiers. Le capitaine les rappelle à l'ordre, ils redeviennent sérieux, enfilent leur masque à gaz. Un soldat ouvre le battant, un autre envoie aussitôt une grenade asphyxiante dans le trou tandis qu'un troisième tire plusieurs rafales de mitraillette. On entend des cris. Apparemment, des hommes sont blessés. On referme, on attend. On ouvre à nouveau, les premiers soldats s'engouffrent dans le boyau qu'ils éclairent au moyen de la lampe frontale fixée sur leur casque, dévalent l'échelle qui les mène dans une petite salle taillée à même la roche dans le sous-sol. On fait aussitôt descendre du matériel, des boucliers, un lance-roquette, un ventilateur.

Dans la fumée qui se dissipe, on découvre des pains de

cocaïne empilés sur une palette, un wagonnet de mine, ainsi que le cadavre d'un homme abattu.

Les militaires se regroupent à l'entrée d'un tunnel étroit, mais suffisamment haut pour se tenir debout. Des rails sont rivés au sol, un éclairage électrique illumine la galerie parfaitement creusée reliant le Mexique aux États-Unis.

Des coups de feu résonnent, les balles ricochent sur le bouclier des soldats. L'un d'eux, armé d'un lance-roquette, s'accroupit tandis que, au moyen d'un porte-voix, on somme les fuyards de se rendre.

Des voix (OFF) répondent de ne pas tirer. Les soldats avancent dans le tunnel, à la queue leu leu derrière leur collègue tenant le bouclier. Trois hommes sont allongés sur le sol, mains sur le crâne. Les soldats de tête leur marchent dessus et continuent leur progression tandis que les autres ramènent les prisonniers à l'air libre.

Dans l'arrière-salle, le capitaine fait sortir le reste de la troupe et demeure seul avec ses deux sous-officiers de confiance. Les trois prisonniers sont alignés contre le mur, main sur la tête. Le capitaine lève son arme et en abat un au hasard, emmenant les deux autres, terrorisés, avec lui. Un des soldats se charge de mettre une arme dans la main du mort, tandis que l'autre se dépêche de mettre une partie de la cocaïne saisie dans deux gros sacs militaires.

Le capitaine, déjà installé près du pilote, attend que ses deux hommes rejoignent l'hélicoptère, tandis que le reste de la troupe reste sur place. À d'autres les tâches administratives et la reconstitution des événements avec la police locale. Les deux prisonniers sont menottés à une barre d'acier, les sacs sont chargés dans la soute. L'hélicoptère décolle.

L'hélicoptère survole le désert de rocaille, mesquite, créosote et cactus. L'aube finit de se lever, l'appareil atterrit dans une sorte de cirque naturel, plat et désertique. Une dizaine de 4x4 attendent au sol, taches sombres et menaçantes.

Le capitaine descend du Bell 212, son visage est découvert à présent : yeux noirs, cheveux rasés, peau burinée. Il salue EL CHAPO (36), un homme petit et râblé, à la moustache abondante, vêtu d'un Levi's noir, d'un bombers léger de même couleur et de bottes en peau de serpent. Les deux échangent quelques banalités en fumant une cigarette pendant que les hommes d'El Chapo se dépêchent de transporter les sacs militaires dans un des véhicules. Une fois le chargement effectué, on fait descendre les prisonniers de l'hélicoptère. Un des hommes d'El Chapo remet à son tour un sac de sport Adidas au commandant.

Un des sbires d'El Chapo apporte alors une bouteille de tequila. Les deux hommes se passent la bouteille, boivent une longue gorgée. El Chapo sort un billet de 100 dollars américains de sa poche, le froisse dans sa main, embrasse son poing et le laisse filer dans le vent. Il arrose le sable avec un peu de tequila : « Pour les Dieux, dit-il, pour les Dieux et les affaires. »

Les deux hommes se saluent et les soldats quittent le lieu, laissant sur place les deux prisonniers. L'hélicoptère disparaît dans le ciel.

El Chapo questionne les deux hommes sur l'existence d'autres tunnels. Les prisonniers nient savoir quoi que ce soit. El Chapo leur demande s'ils savent qui il est ? Les deux hommes ont bien entendu reconnu la figure du chef du cartel de Sinaloa en personne, et quand El Chapo se déplace, il veut une réponse.

El Chapo fait signe à un de ses hommes qui tire une bâche et révèle une profonde fosse creusée dans le sable. On y pousse un des deux hommes qui tombe à l'intérieur, on l'asperge d'essence. Et on met le feu.

El Chapo, au prisonnier restant, terrorisé par les hurlements de son collègue se contorsionnant dans les flammes : « Tu te souviens où se trouve l'autre tunnel, maintenant ? »

Mexico City, jour. Habillé en civil, pantalon de toile et veste légère, le capitaine ayant donné il y a quelques jours l'assaut à la « maquiladora », gare une Chevrolet Caprice le long d'un trottoir. Il sort de la voiture, verrouille la portière et s'éloigne en traversant la rue.

La voix d'un speaker (OFF) à la radio nous apprend qu'une unité d'élite de l'armée fédérale a démantelé un réseau de distribution du Cartel de Guadalajara, tuant cinq hommes dans un passage souterrain creusé dans le désert menant aux États-Unis. Une demi-tonne de cocaïne ainsi qu'un petit arsenal de guerre ont été saisis. Les gouvernements mexicain et nord-américain se félicitent d'une telle opération dans leur lutte commune contre les narcotrafiquants.

Peu après, UN HOMME COIFFÉ D'UN PANAMA (50), vêtu d'un complet de lin beige froissé, se dirige vers la Chevrolet, ouvre le coffre et en retire le sac de sport Adidas qui a été remis par El Chapo au capitaine.

Dans une pièce d'un appartement vide, l'homme au panama ouvre le sac et renverse son contenu sur une table. Aussitôt, deux autres hommes se mettent à compter les billets qu'ils répartissent en différents tas. Dès qu'une liasse a atteint la somme voulue, elle est attachée au moyen d'un élastique. L'argent est réparti dans cinq sacoches différentes.

Autre jour, dans différents lieux de la ville · les sacoches sont amenées individuellement dans plusieurs *casa de cambio* (bureau de change) par des jeunes gens en scooter. Les pesos sont changés contre des dollars US.

Autre jour, autre lieu : une élégante mallette codée est remise à l'homme au panama. Celui-ci vérifie son contenu : les billets de 100 dollars sont parfaitement empilés en liasses de dix mille. Les billets, propres et comme neufs, contrastent avec les pesos mexicains usés et vieux remis par le cartel de Sinaloa.

Un taxi dépose l'homme au panama devant le très chic hôtel Habita, dans le riche district de Polanco. L'homme s'avance dans le hall de l'hôtel, précédé d'un groom qui le guide jusqu'au bureau de la réception.

Sur la terrasse de ce même hôtel, le maître d'hôtel interrompt avec déférence la conversation entre CARLOS KIRCHNER (65) et MEGAN VALENZUELA (32) et lui tend un message déposé sur une coupelle. Carlos Kirchner déplie le papier, lit et acquiesce en silence. Carlos relève la tête et, tout en posant une main sur le genou de l'ex-Miss Mexique, lui annonce que le colis est arrivé. Le couple, bronzé et vêtu avec élégance, trinque à la nouvelle d'un hochement de tête entendu. Autour d'eux, l'ambiance feutrée d'un piano-bar, fontaines à l'éclairage discret, plantes tropicales et mobilier design. Leur présence se fond dans le décor tamisé peuplé par les nombreux couples, illégitimes pour la plupart, d'hommes de pouvoir accompagnés de jeunes femmes.

Autre jour. Megan Valenzuela traverse la zone de sécurité de l'aéroport Benito Juàrez (Mexico City), escortée par deux policiers. Elle tient dans chaque main un attaché-case dont l'inscription *valija diplomàtica* (valise diplomatique) gravée dans le cuir l'exempt de tout contrôle. Son vol fera d'abord escale à Panama City avant de continuer pour Nassau (Bahamas), sa destination finale.

Plus tard. Taxi jusqu'à l'Atlantis Resort de Nassau. Megan se rend immédiatement au casino de l'hôtel où elle échange sa mallette contre des plaques de couleur. Elle joue distraitement à différentes tables, le temps que l'on termine de préparer sa chambre et que l'on exauce ses requêtes habituelles, champagne, grand bol de fruits et draps de soie noirs.

Megan Valenzuela pénètre dans sa suite faisant face à la mer turquoise des Caraïbes. Elle rejoint CHRISTOPHE NOIR (35) qui l'attend sur la terrasse, nu, une serviette enroulée autour des hanches, un drink à la main. Christophe lève son verre, il s'essaie à quelques mots en espagnol, la bouche déjà pâteuse d'alcool.

Dans une succession en « jump cut », on retrouve les valises diplomatiques qui sont emmenées par l'un des gérants du casino au *Banco de Occidente*. L'argent est compté par une machine et rangé dans un coffre. Il se dématérialise ensuite sur divers comptes bancaires dans différents pays. Le dernier étant celui de la Banque du Patrimoine, sise à Genève, Suisse.

Cut

60

Alfred Hitchcock nomme « McGuffin » ce qui, dans un film, est objet indéfini prétexte à l'action des protagonistes. Par exemple, dans *Les Enchaînés*, Ingrid Bergman et Cary Grant sont deux espions antagonistes dont la mission consiste à mettre la main sur des documents relatifs à un programme nucléaire. On ne sait rien de ce « programme », il serait notamment question d'une bombe, Hitchcock lui-même, lorsqu'il écrit le scénario, ignore tout du sujet et ne s'en inquiète guère — la première bombe à neutrons n'a d'ailleurs pas encore explosé sur Hiroshima lorsqu'il tourne le film en 1944 —, mais ce qui nous intéresse en tant que spectateurs, c'est que deux personnages sont mus par la nécessité de cette action. Tout découle du « McGuffin » : c'est le moteur de la dramaturgie, mais il n'est pas indispensable de posséder un doctorat en physique nucléaire pour comprendre l'histoire qui nous est racontée. En passant, il n'est pas nécessaire non plus de savoir comment fonctionnent la plupart des objets qui nous entourent pour savoir les utiliser.

Dans le même ordre d'idées, ce que font concrètement Horst Riedle, Svetlana Novák, René Langlois ou Christophe Noir, leur cahier des charges en quelque sorte, nous importe peu. Le système financier lui-même est une nébuleuse dont le fonctionnement, le plus souvent irrationnel, échappe même aux professionnels du secteur.

Ce que j'avance : l'argent.

L'argent est devenu le « McGuffin » de l'Humanité. On ne sait même plus s'il est cause ou conséquence d'un certain fonctionnement économique. Les années 1990 préfigurent un système sur le point de perdre tout contrôle, où l'informatique s'apprête à révolutionner la planète, où les algorithmes emballent la combinatoire des transactions boursières. Plus personne ne sait vraiment ce qu'est devenu l'argent, un moyen, un but, un prétexte, une dématérialisation de nos existences.

Demandez autour de vous, les réponses restent vagues.

Et même si l'argent a une odeur — celle des slips crasseux du *junkie*, des mains sales du *dealer*, des doigts maculés du mécanicien, de l'usure en filigrane où se nichent bactéries et virus, des mains de la boulangère prenant votre billet en échange du pain —, et même si l'argent se matérialise en numéraire déposé dans des millions de coffres, honnête ou malhonnête,

et même, et par conséquent,

l'argent est le «McGuffin» de notre histoire.

À force de le laisser se propager, il prend toute la place disponible. Il est comme l'air, il est partout.

De la place dans nos têtes.

Dans celles de nos protagonistes.

61

Dans l'aéroport de Genève-Cointrin (on aurait pu le nommer «Aéroport Jean-Jacques Rousseau», par exemple, mais non, on a préféré cette humilité déguisée en certitude, cette pugnacité protestante forte de sa modestie butée, cette supériorité exprimée dans la retenue, démonstration frugale qui, au fond, trahit une vanité intégriste), bref, dans cet aéroport dont le nom, dans ses sonorités parcimonieuses, évoque pour moi le cancan d'un canard, Christophe Noir débarque l'âme sombre et la Samsonite en laisse. À plusieurs reprises, il doit s'arrêter alors qu'il remonte les couloirs en direction de la sortie : sa valise, dont le poids est mal réparti, a tendance à sombrer de côté, les roulettes étant fixées sur la tranche et non sur la largeur du bagage. Christophe Noir aurait là matière à améliorer sensiblement l'invention de l'américain Bernard D. Sadow — la valise à roulettes — commercialisée chez Macy's dès 1972. Sauf que, on le sait, il a l'âme sombre et fouette d'autres chats. S'il était poète, il en ferait quelque chose de littéraire, mais puisqu'il est banquier, il ne fera rien d'autre que de subir son état.

Christophe Noir monte dans un taxi quand arrive son tour dans la file d'attente. Il donne l'adresse de sa garçonnière en Vieille-ville, là où le frigo est vide, un somnifère, et bonne nuit les petits. Pas question de rentrer chez lui et de se noyer dans la mélancolie crasse d'une bouteille de whisky ; d'ailleurs, il boit trop ces derniers temps, il a encore pris deux kilos, la nourriture frite et grasse des Bahamas permet d'ingurgiter des quantités effroyables d'alcool. Et puis, le métabolisme se transforme avec les années, éliminer le surplus pondéral devient une bataille insidieuse. Christophe Noir a le profil du solide qui deviendra gros.

Les rues défilent derrière les vitres de la Mercedes, cette banlieue de Genève, d'abord, l'automobile longeant la Cité des Avanchets aux façades multicolores et dissymétriques, utopie sociale des années 1970, petite ville nouvelle abritant plus de 5 000 habitants, avec église, temple, centre commercial, parkings, terrains de sport, école, parcs. Utopie de quoi ? Ça lui ferait mal à l'esthétique, à Christophe, de vivre dans ces logements en forme de boîte. Et il a raison, et s'il était cinéphile, il saurait qu'Alain Tanner y situe un de ses films traitant d'esclavage moderne et de servitude, citant par deux fois le fameux Jean-Jacques qui ne prêtera pas son nom à l'aéroport de Genève ; et, plus encore, s'il était aussi amateur de littérature, il saurait que le film a été coscénarisé par John Berger et que ledit John Berger a écrit un grand roman qui s'appelle

«G» (Booker Prize 1972, même année que la valise à roulettes), et qu'il vit près de Genève, dans le hameau haut-savoyard de Mieussy, dans une ferme où il écrit désormais très peu et élève du bétail et porte des bottes en plastique.

Les rues défilent, on traverse des quartiers ressemblant à des entassements d'époques révolues, la Cité-Vieussieux, la Servette, faubourg donnant le nom à l'équipe de football locale. L'architecture est disparate, le plus souvent incohérente. On pourrait parler d'inconséquence et de spéculation immobilière, ce serait plus juste et plus honnête, aussi. Cela donne une sorte de vacuité civilisée en attendant de gagner le centre et les beaux quartiers. Même si, même si là, on reste tout de même sur notre faim pour ce qui est des lignes et des harmonies. Ce qui me fait dire que, souvent, le bien-être des pays riches s'accommode mal d'une certaine poésie urbaine. Le ravalement de façade efface l'humanité des murs et des mœurs. Mon grand-père maternel ne reconnaîtrait plus rien aujourd'hui de la ville qui fut la sienne, les usines, les bistrots, et le prolétariat des machines remplacé par une société de «services», les bars à tapas, les sushis ayant écarté la *longeole*, qui est une saucisse locale. Ne pas oublier non plus : que nous sommes en janvier, que la journée est plombée par les stratus, ces nuages bas nous privant de soleil et d'azur, nuages formant un amalgame dense et compact à déchirer au cutter, un ciel à faire s'extasier un poète romantique et tuberculeux, à vous trancher les veines et qu'on n'en parle plus.

On profite encore de la présence du banquier dans son taxi pour en soutirer quelques informations : l'humeur sombre qui l'habite est due à deux soucis majeurs. D'abord, ce qui le tourmente comme une bille dans un flipper, on le sait : Svetlana. Il a eu beau prendre la mesure de son corps, elle refuse d'y revenir, elle lui échappe, elle lui échappe dans l'âme, cette chose que, fondamentalement, on ne peut ni acheter ni posséder si elle n'y consent pas. Et alors, Noir se demande à quoi ça sert d'être ce qu'il est, de posséder des richesses pour trois générations, s'il ne peut avoir la chose qu'il désire le plus. Et là, pour l'heure, il est désarmé et sans réponse.

L'autre inquiétude, ensuite, absolument triviale, est un problème à résoudre d'urgence avec Max Vermillon pour ne pas perdre l'afflux financier de ce Corse — respectable truand aux allures de plouc —, cet Émile Pattucci qu'il n'a jamais rencontré, Dieu merci. Les douaniers français de l'autre côté de la frontière genevoise ont renforcé leurs contrôles depuis qu'ils ont découvert un petit trafic d'évasion fiscale au niveau régional; pas celui d'Aldo, non — Aldo a d'autres soucis, on y reviendra sous peu —, mais celui de trois entrepreneurs d'Annecy, des imbéciles ayant bénéficié d'une attention particulière de la Brigade financière lyonnaise. L'incompétence des uns retombe sur le savoir-faire des autres, et ça vous fout dans le pétrin. L'argent manque toujours quand on gère des millions, l'apport d'argent physique, ce fameux *cash flow*. Quinze jours, trois semaines d'attente, le temps que ça se tasse, et pour la Banque du Patrimoine c'est déjà l'équivalent d'une perte sèche dans le circuit financier international.

J'ai écrit plus haut que la mélancolie sentimentale de Christophe Noir est aggravée par une inquiétude d'ordre pécuniaire. Qu'il n'en ferait rien d'autre que la subir.

Je me suis trompé.

Parfois, les banquiers sont aussi poètes.

À leur façon.

62

C'est Max Vermillon qui se charge de véhiculer la poétique.

Pour cela, il a rendez-vous au BistrOK, le bar improvisé du Rhino, le « squat » historique de Genève. Bientôt, un magazine connu intitulera un de ses reportages *Genève: la ville aux*

127 squats. Aujourd'hui, ça s'est réduit à zéro. Les squatteurs ont vieilli, ils ont des enfants, des boulots de graphistes ou d'architectes, roulent en vélo électrique ou *singlespeed*, portent un casque et consomment bio. Certains de ces immeubles sont devenus des coopératives, les bâtiments ont été remis à neuf, on y entre après présentation d'un dossier solide et avec un apport financier conséquent. On y fume encore le pétard, mais on se révèle tout de même un peu fatigué par et pour la lutte des classes. L'heure des privilèges a sonné, se prémunir de l'incertitude, défendre ses acquis, favoriser l'épanouissement de sa progéniture... On a déjà abordé le sujet de l'idéal de gauche, comment leur en vouloir? Au fond, virer à droite n'est qu'une question de temps.

Mais pour l'heure, il y a la jeunesse, l'impétuosité et la révolte — souvent à bon marché, mais c'est déjà ça. Max a rendez-vous avec Sarah, 24 ans, petite brune vive comme le soufre frotté d'une allumette, peut-être hyperactive et étudiante aux beaux-arts. Physique nerveux à l'image de son énergie mal contenue: petite poitrine, petit cul, cheveux courts. Si Max devait avoir une sorte d'idéal féminin, Sarah pourrait y correspondre. Sarah est la fille d'un courtier en grain chez Swiss Atlantique et d'une mère autrefois « artiste peintre » quand elle ne s'occupait pas de ses enfants — parents avec lesquels elle a décidé de couper les ponts, disons jusqu'à la trentaine. Après, eh bien, après, il y aura tout de même matière à reconsidérer la question, quand viendront les années annonçant la poussette McLaren et le break familial. Je sais, je ne vais pas me faire des amis (on n'écrit pas pour ça), mais sachons que bon nombre de squatteurs sont fils de bourgeois, peut-être même un peu plus — de grands bourgeois. Certains de ces géniteurs endossent carrément d'importantes fonctions publiques. Comme l'écrivait Pasolini dans les années 1970, les policiers, fils de prolétaires, mataient la révolte des étudiants, fils de la classe dominante. Il n'y a pas de raisons que ça change.

21 heures, Max a garé sa Porsche près du bâtiment de l'université, à une distance respectable des possibles jets de peinture fraîche sur la carrosserie allemande par des petits cons en jeans malodorants. Il traverse le parc des Bastions, jette un œil distrait sur le mur des Réformateurs où s'érigent les imposantes sculptures des quatre prédicateurs que sont Guillaume Farel, Jean Calvin, Théodore de Bèze et John Knox. Tous quatre sont vêtus de la « robe de Genève » et tiennent la petite bible du peuple à la main. Max Vermillon ne s'attarde pas sur leurs figures austères, ils n'en donnent pas envie. À l'époque de la Réforme, on l'aurait déjà condamné au bûcher, pensez-vous, lui, à voile et à vapeur! Théocrate radical, le chef de file Calvin fulmine : ses adversaires sont « pires que les Turcs et les Juifs [...] des chiens, des taureaux, des diables ». En République de Genève, de 1541 à 1564, ce seront plus de 2 500 condamnations au bûcher pour sorcellerie. Max presse le pas dans son blouson d'aviateur. Il a renoncé à son manteau en poil de chameau, porte un jean denim et des baskets à trois bandes. Sans doute que ce sera encore trop chic pour se mêler à la faune locale, mais difficile pour lui de faire plus négligé, il n'a jamais pensé à s'acheter une veste du surplus militaire allemand. Même au saut du lit, il porte un pyjama de soie à motifs de paramécies. On y est bien, dans la soie. Rien que d'y penser, Max frissonne. Il serait volontiers resté chez lui dans son pied-à-terre qu'il n'a pas fini de payer, cosy duplex dans le quartier résidentiel de Champel, au lieu de se les geler dans ce parc humide où une toxico lui demande au passage quelque chose qu'il entend mal, une proposition de le sucer derrière un buisson, ce qu'il comprend après coup et, au fond, Calvin ou pas, l'histoire des religions n'a jamais rien eu à voir intrinsèquement avec le sel de la vie. Qui ne sera jamais plus proche de Dieu : celui qui en fait l'apologie dans sa robe à collerette ou cette fille édentée qui regarde le néant?

Max franchit le portail en fer forgé du parc, ce soir il m'inspire une forme de tendresse, sa gêne devant la fille du désespoir, sa veulerie qui est une prison, son manque de courage pour affirmer ce qu'il est, une enfance sans élans, des études de droit en suivant la lignée familiale et, enfin, à pas loin de 50 ans, la définitive compromission.

Max commande une bière au comptoir du bistrot, s'installe à l'une des tables libres. L'endroit est assez tranquille après la bringue du week-end. La salle aménagée avec du mobilier récupéré et hétéroclite sent la bière éventée et la nicotine froide. Les vieux radiateurs sont réglés au maximum et cliquètent, bruit distinct dans le murmure docile d'un lundi soir, mais il constate que tout est assez propre, finalement, lui qui n'avait jamais mis les pieds dans ce lieu.

Max ouvre la fermeture Éclair de son blouson, goûte à sa bière, feuillette le numéro du jour de *La Suisse*. Une nécrologie du peintre Albert Chavaz récemment disparu, un entrefilet dans les pages «société» indiquant qu'après 27 ans de procédures juridiques un certain monsieur Henri-Louis Fentener pourra habiter la villa qu'il avait fait construire en 1960 à Saint-Sulpice (canton de Vaud) et qui dépassait de quarante centimètres la hauteur prévue (plainte déposée par un propriétaire voisin). Max sourit, tourne distraitement les pages du journal au papier fatigué. La partie terminée, une des filles jouant au baby-foot dans un coin de la salle prend la cannette de bière sur le rebord et quitte le jeu. Elle se dirige vers Max sans hésiter, déplace la chaise et s'assied face à lui. T-shirt à l'effigie de *Catwoman*, bras musculeux aux veines saillantes, on pourrait imaginer une amazone. Max lui offre une cigarette de son paquet, la fille décline. Ses gestes ont quelque chose de brusque, de masculin, c'est un terrain miné d'accord, vous m'en excuserez, mais Max ne peut s'empêcher de la cataloguer potentiellement lesbienne. Il prend tout de même la peine d'ajouter, à voix haute:

«Je suppose que vous êtes Sarah.

— Vous supposez bien. »

Le ton est sec, la voix légèrement gutturale. Max soutient son regard dur, puis laisse tomber. Il se demande comment on peut confier une telle mission à cette fille, mais ainsi en a décidé Christophe Noir, et il exécute. Distribuer de la richesse révèle manifestement toutes sortes de vocations.

« On est censés discuter d'un contrat, quelque chose de ce genre, ajoute Vermillon.

— Là encore, vous faites un sans-faute. Disons, pour les ménages du soir dans vos bureaux ? Je suis officieusement votre petite Conchita. La vérité reste entre nous. Pas question que je nettoie vos chiottes. Deux mille cinq cents net par mois, sur douze mois, déclarée, assurance-vieillesse et tout le bastringue.

— Vous êtes prévoyante.

— Vous êtes perspicace. Je vis dans ce squat en attendant mieux. Je ne suis ni gauchiste ni marginale.

— Vous aurez un joli bonus si tout se passe bien. Prenez-le comme un encouragement personnel à votre envol.

— Merci.

— Et bien élevée aussi. Merci à vous.

— On en a terminé avec les politesses ? »

Max lui tend sa carte de visite :

« À vous de jouer maintenant.

— La météo, c'est pas moi qui la fais.

— Je sais. Mais le plus rapidement possible quand même.

— Qui me livrera la marchandise ?

— Vous saurez ça en temps voulu. »

Sarah se lève, Max la retient par le bras, elle regarde la main que Max retire aussitôt, il dit : « Au cas où vous auriez le moindre problème, cette carte vaut pour une sortie de prison. Ne la perdez pas. »

Sarah prend la carte, la range dans sa poche arrière sans même la regarder.

« Vous savez quoi ? J'ai toujours pensé que le Monopoly est un jeu de cons. »

63

C'est une après-midi de fin janvier sur le Salève. Ce mont des Préalpes, constitué de calcaire, de marne et de grès, culmine à 1 379 mètres dans le département de la Haute-Savoie. On l'appelle aussi le « Balcon de Genève ». C'est sans doute pour cette raison que Mary Shelley dans son *Frankenstein* le confond avec les rives de l'Arve, rivière surplombée par des falaises qui s'élèvent tout au plus à une cinquantaine de mètres. Alors que Victor Frankenstein poursuit sa créature pendant une nuit d'orage, Mary Shelley écrit : *Je voulus poursuivre le démon, mais je ne pouvais espérer l'atteindre ; car à la lueur d'un nouvel éclair, je le vis gravir les rochers presque perpendiculaires du mont Salève, montagne qui borne Plainpalais au sud ; il parvint bientôt au sommet, et disparut.* C'est assez drôle quand on connaît la géographie du coin. Ça nous donne des indices sur cette vraisemblance dont on se fout éperdument quand on est pris par une histoire. « La suspension de l'incrédulité » chère au poète Coleridge — contemporain de Shelley — est sans doute une belle porte ouverte sur l'inconscient. Sur notre aptitude à l'émerveillement et, pourquoi pas, sur l'essentiel qui nous anime.

D'une certaine façon, ici aussi, Max Vermillon s'apprête à suspendre sa perception rationnelle du réel. Après avoir déposé anonymement un sac à dos dans la fourgonnette Peugeot de Sarah, au lieu de repartir immédiatement pour Lyon, Max a garé sa Porsche à quelques centaines de mètres de l'à-pic et épie maintenant la jeune femme.

Sarah s'approche à petits pas de l'encorbellement rocheux surplombant le vide. Depuis une demi-heure, une brèche s'est confirmée dans les stratus, laissant à nu le plateau de Genève. La dissipation se refermera dans deux ou trois heures. Pour les habitants de la région, cette ouverture sur le ciel sera l'équivalent de la promenade pour les prisonniers. Un aveuglement passager, une percée de lumière. Peut-être que là-haut, quelqu'un nous aime-t-il encore.

Sarah a attendu et, plus loin, Max a attendu également, assis derrière le pare-brise de sa voiture. Dans ses mains gantées, elle tient les montants en aluminium du trapèze. Elle a enfilé une cagoule sous son casque de moto ouvert, porte une veste et un pantalon de ski, des chaussures de montagne.

Et, fixé sur son dos, le sac que lui a confié l'avocat.

Mais Max n'est pas là pour le sac ni pour vérifier quoi que ce soit.

Il est intrigué, il observe.

Et voit :

Il voit Sarah jauger les dimensions du vide, s'approcher à pas minuscules. Il devine le profil grec sous la cagoule, les cheveux bouclés noirs, imagine un sourire. Elle ferme les yeux, non par besoin de concentration, mais pour mieux goûter ce qui va advenir, le précéder en quelque sorte, l'imaginer, le voir,

et puis le faire vraiment,

se jeter depuis la corniche dans le bleu pâle d'un ciel de janvier.

L'aile delta orange plonge dans le vide avant de reprendre de l'altitude, de virer à bâbord et de se confondre avec la ligne du soleil couchant. Max pense à Icare. Cet envol lui évoque la grâce, la bravoure, une affirmation d'indépendance. À cet instant, il tombe amoureux de Sarah, comme à l'adolescence je me suis amouraché de Diana Rigg après avoir vu *Chapeau melon et bottes de cuir*. Amoureux d'une image, d'un idéal de celluloïd, d'un monde possible, mais qui n'est pas le nôtre. Un amour dont on ne fera rien si ce n'est de le rêver quelque temps, et puis de l'oublier.

Un monde possible où l'on a suspendu son incrédulité.
(Suivi d'un retour au réel, plus mesquin.)
Max Vermillon sort de sa voiture, referme la portière et se dirige vers le restaurant du Téléphérique.
(Sonnerie de téléphone.)
Aldo Bianchi sursaute. Il a beau s'y attendre, assis au volant de son Alfa stationnée sur le terre-plein en bord de route, ça lui fait bizarre de recevoir un coup de fil en rase campagne.
Il se dépêche de rejoindre la cabine, sa veste n'est pas suffisamment chaude pour la saison, il a froid aux pieds, sa respiration crache des petits halos de vapeur. La porte grince, l'intérieur pue la cendre froide, Aldo décroche le combiné :
« Allô, Max ?
— Elle arrive. Un deltaplane orange.
— Un quoi ?!
— Une aile delta. Orange.
— Tu te fous de ma gueule, Max ?
— Tu l'attends à la sortie du club de vol libre, sur le parking.
— Putain, merde, vous allez jusque-là ?
— On est capables de ça et d'autres choses. Quelle couleur ?
— Orange, je suis pas con. "Elle", c'est une femme ? Elle ressemble à quoi ?
— Tu t'en fous, elle doit te remettre le fric.
— C'est comme ça que ça se passe maintenant ?
— Pose pas de questions. Tu déposes le sac au même endroit que d'habitude.
— ...
— Aldo ? Ce sont les consignes, y a pas à discuter. Ah, une dernière chose : tu l'emmèneras à l'arrêt de bus près de la douane. Elle doit récupérer sa fourgonnette au sommet du téléphérique.
— Je fais aussi taxi maintenant ?
— Elle ressemble à un ange, Aldo, alors tu fais ce que je te dis, bordel. »

L'ange transporte dans son sac à dos l'équivalent de 250 000 francs suisses en coupures de 500 francs français. Les billets proviennent du Cercle Wagram, à Paris, géré par Mimi. Nettoyés et lissés, ils sont répartis en liasses de cent mille. Bien emmailloté, un million de francs français entre aisément dans un sac à dos de capacité moyenne.

L'argent arrive par le ciel dans les coffres de l'UBS.

Avant de transiter par la Banque du Patrimoine.

Elle est là, la poésie du banquier.

64

Odile retrouve Aldo au *Cotton Pub*, dans le quartier de Rive. C'est anglais dans l'esprit et le style, transposition d'une culture dans une autre. Quand la vie est un décor de cirque et que les humains font office de clowns. La Guinness y a le même goût qu'en Grande-Bretagne, le *fish & chips* aussi dégoulinant de graisse dans son papier sulfurisé.

Aldo a eu le temps de boire une pinte, il complète le tableau avec un reproche à Odile dès qu'elle est à portée de voix :

« C'est pas ton genre d'être aussi en retard.

— Un *bonsoir*, un *bisou*... Non ?

— Tu es en retard.

— Les choses changent. Ou peuvent changer. Des choses arrivent, et nous perturbent. »

Aldo ne bouge pas, ne manifeste aucune intention d'embrasser cette femme, ses doigts cherchent une cigarette dans le paquet.

« Tu fumes trop, Aldo.

— Les choses changent ou peuvent chan...

— Je suis navrée, merde ! D'habitude, c'est toi qui es en retard ! Un accident sur les quais, la circulation était bloquée, ça te va comme ça ? »

Aldo hausse les épaules, regarde ailleurs. Ce ne sont pas les femmes qui manquent aux tables voisines, on ne sait d'ailleurs jamais trop qui de la secrétaire éméchée ou de la courtisane de haut vol fréquente ces lieux. Les hommes tombent la cravate et, au final, tout le monde y trouve son compte.

Odile fouille dans son sac à main, sur le point d'en sortir une enveloppe, elle renonce. Sa main ornée de bagues s'abandonne sur la banquette en velours, cherche celle d'Aldo qui se rétracte. Elle porte un *sweat* sous son manteau de laine, une paire de leggings, des chaussures de gymnastique.

« T'es encore allée à la salle de sport ? demande Aldo. N'exagère pas, tu sais, à ton âge... »

Il sourit, le con.

(C'est pour toi, Aldo. Pour te plaire. Pour que tu ne sois pas déçu par mon corps.)

Mais Odile ne répond rien, elle se concentre afin de retenir les larmes qui se bousculent soudain au bord des yeux.

Odile se tourne, demande au barman de lui apporter un double whisky. Aldo aspire une bouffée de sa cigarette, ajoute une nouvelle Guinness à la commande.

(Pourquoi es-tu si cruel, Aldo ?)

C'est pourtant simple, Odile. Tu as juste choisi le faux récipiendaire, jeté ton dévolu sur le mauvais gaillard. Tu croyais que par Aldo, la possibilité t'était offerte de t'approcher de toi-même, d'une certaine vérité par le don de soi. Et voilà que la nature est implacable, ce que tu ressens, Aldo l'éprouve pour une autre, la fille des photos, cette salope de Svetlana... C'est l'amour de la vie qui s'éloigne, le temps gâché, l'empreinte des sens comme un dernier appel de la forêt, une mise en exergue de ce qui reste, peut-être, de ce qui peut être encore sauvé... L'hippopotame, le gros détective, t'avait pourtant prévenue, mais tu as voulu te pencher sur l'abîme, connaître une vérité trop grande pour toi, trop dure, trop implacable, ce qui me fait dire que, peut-être, le principe de Peter est aussi valable pour les sentiments.

Tu as ces photos dans ton sac, mais tu n'oses pas les lui montrer.

Tu as cru avoir le courage, mais ta main refuse, à présent.

Parce qu'alors, tout finirait.

Et tu préfères le mensonge à l'adieu.

Le déni. Encore. Faire semblant. Encore.

Quand cela finira-t-il donc?

Quand cela finira-t-il donc pour de vrai?

Respire, Odile. Voilà. Bois ton whisky. Tu as un corps, même si tu ne possèdes plus vraiment ton esprit puisqu'il est en déroute, mais tu fais avec, tu es toujours là et, d'une certaine façon, Aldo est toujours là, lui aussi. Ta chance est sa lâcheté, ta chance est sa vanité, sa concupiscence. Il aime sa petite laisse, il n'est pas tout à fait prêt à faire pipi tout seul. Pas tout à fait.

D'ailleurs, écoute-le:

« Depuis que je ne vais plus chercher les valises à Lyon, on me paie moitié moins... »

Odile allume une MaryLong, fait claquer le clapet de son briquet. S'il était aussi facile d'éteindre sa flamme, si nous étions un simple objet sur lequel on referme un couvercle? Mais oui, Odile, nous sommes de simples corps sur lesquels on referme un couvercle. Elle cherche à apaiser la main d'Aldo qui pianote nerveusement sur la table de bois sombre:

« Mille cinq par semaine pour quelques heures de boulot, c'est quand même pas mal, non?

— Des clous, oui. Je me suis même transformé en chauffeur pour une pétasse d'étudiante! Vermillon t'a dit quelque chose? Quand est-ce que je reprends mes voyages?

— Vermillon joue au golf avec René, c'est son ami, pas le mien. Au-delà de t'obtenir ce... cette occupation, je ne sais rien...

— Tu voulais dire *ce boulot*? Un peu comme si je t'étais redevable? Toujours redevable?

— Arrête, Aldo. »

Aldo avale une longue gorgée de bière. Il a toujours l'impression d'avoir la gorge sèche ces derniers temps.

« Je t'en prie, calme-toi, reprend Odile. On va aller dîner, d'accord ? J'ai faim. Des huîtres chez Lipp, ça te dit ?

— Et puis après, je te baise ? »

Odile accuse le coup. Mais, au point où elle en est :

« Oui, Aldo. Longtemps, et de toute ton âme. »

Connecting People

> *Deux choses marchent dans la vie,*
> *la bouffe et le sexe.*
> *Je n'étais pas douée pour la cuisine.*
> Fernande Grudet,
> dite « Madame Claude »

65

Les chasseurs étaient six. C'étaient surtout des hommes de cinquante ans ou plus, et puis aussi deux jeunes à l'air goguenard. Ils portaient des chemises à carreaux, des gilets de mouton, des surtouts de toile imperméable kaki, des bottes plus ou moins hautes, des casquettes. (« Fatale », Jean-Patrick Manchette, Gallimard, 1977)

Pourquoi cette citation ?

Parce qu'on s'y croirait, même si ici, on a quitté la catégorie des petits bourgeois de province pour le haut de gamme millionnaire en dollars ou en francs suisses : domaine de chasse de Chambord (Loir-et-Cher). Le plus vaste château de la Loire, un parc de 50 km² entièrement clos par un mur de 32 km de long, réserve nationale où se déroulent notamment les chasses présidentielles.

Le genre d'endroit où l'on achète son ticket d'entrée. Cher.

Le genre d'endroit où les relations sont le levier. Complexe.

Le genre d'endroit où l'esprit carnassier s'émancipe. Gratification.

Le genre d'endroit où convergent l'économique et le politique. Terreau fertile de l'exercice du pouvoir.

Les trois Land Rover ont déposé les hommes dans l'aube froide clouée par le givre. Au préalable, copieux petit-déjeuner dont le café a été arrosé au vieux cognac pour affronter les 3 degrés matinaux et la marche en forêt. Les hommes frappent maintenant dans leurs mains gantées, ils crachent de petits nuages de vapeur comme d'anciennes locomotives lancées sur les rails. Les deux chasseurs professionnels qui les accompagnent distribuent à chacun un fusil : des Messner Magnum dont le grain et le poids des balles correspondent au calibre destiné au gros gibier, en l'occurrence le sanglier. Les chiens, six Grands Bleus de Gascogne, jappent et couinent jusqu'à l'agacement, tournent sur eux-mêmes, s'excitent mutuellement. Dans un anglais de base, on rappelle aux participants les consignes de sécurité, ils chasseront dans une approche semi-circulaire, en deux groupes de quatre, eux-mêmes divisés en binômes.

Binôme : mot magique.

À deux, on développe des liens plus personnels. Ceux qui feront plus tard la différence.

Mais d'abord : qui sont les six hommes présents ?

Trois oligarques russes proches du pouvoir en place. Un courtier français de réputation mondiale. Horst Riedle et Christophe Noir.

On se souvient de Nabaïev et du repas chez les Riedle. Dimitri Nabaïev est la courroie de transmission.

La battue s'organise et on se met en route. On laisse les chiens repérer les traces des ragots inscrits dans la fine couche de gel. La chasse au sanglier a l'avantage de s'accommoder d'un possible sentiment de culpabilité. Non pas que les hommes présents se posent des questions quant à la mise à mort d'un animal, mais s'ils devaient avoir une quelconque réticence, on apprend que le sanglier, dans un environnement protégé comme le domaine de Chambord (quiétude du territoire vital, nourriture abondante), se reproduit aisément. Dans ces conditions, on entend souvent les chasseurs dire « qu'il y en a trop », on lâche ainsi le dernier frein à l'hésitation. Enfin, le sanglier a l'avantage de ne pas être aussi majestueux que le chevreuil ou le cerf tout en étant un gros gibier donnant une satisfaction certaine au chasseur posant à côté de sa dépouille.

Il n'y aura pas six sangliers abattus. Deux, au maximum. On fera éventuellement une photo de groupe autour des carcasses ensanglantées. Mais dans le cas présent, les membres de la battue préfèrent garder l'anonymat. Ils sont arrivés hier soir, ont dîné d'un repas léger, bu leur whisky avant d'aller se coucher. Une prise de contact : échange d'informations, évaluation réciproque des personnalités. Estimation du degré de confiance mutuelle que l'on peut s'accorder, le tout dans une perspective où l'ensemble des parties trouve son compte ; stratégie *win-win*.

Riedle et Noir forment un duo. Façon de parler, ils marchent main dans la main, ils n'ont pas besoin de cette forêt aux allures de Brocéliande pour perpétuer le mythe des banquiers amis et collaborateurs. Non, ils sont venus en tandem pour s'assurer de la bonne marche de leurs affaires en lien avec les Russes et leur ami français.

Mais voilà que durant leur progression circonspecte — Christophe à l'affût précédant Horst de quelques mètres —, Christophe entend soudain la voix rauque de son ami gargouiller dans son dos. Il se retourne.

« J'ai pas compris, Horst, dit-il d'une voix neutre.

— Ça ne va pas...

— Putain! Tu vas pas nous faire un infarctus, quand même ?

— Non, je... je n'ai pas le moral.

— Pourquoi tu me dis ça maintenant ? »

Horst paraît démuni tout à coup. Il met son fusil en bandoulière au lieu de le garder dans les mains. Christophe pense d'abord que les yeux de Riedle sont humides à cause du froid.

« C'est juste un tas de soucis à gérer trois mois avant mon départ, continue Riedle. »

Une première larme coule sur sa joue.

« En mars, c'est ça ? Hé ! Bonhomme, c'est rien ! Depuis quand tu te fais du souci, hein ? Qu'est-ce qui t'arrive, merde ?! »

Christophe fouille dans ses poches à la recherche de son étui à cigarettes, lui en propose une.

« Laisse tomber. Je ne sais plus quoi faire, Christophe. Je ne finirai pas ma carrière aux Bahamas... »

On entend les chiens se rapprocher en aboyant.

« Mais de quoi tu parles ? Tu te mets dans ces états pour... pour quoi, au fait ? C'est à cause de Julia ?

— J'ai un cancer, Christophe. J'ai 64 ans et j'ai un cancer. »

Un coup de feu retentit dans les bois.

La mort rôde.

Horst Riedle s'effondre au pied d'un chêne, sa tête disproportionnée dans ses mains gantées. Il dit qu'il est foutu, il coule, pleure comme un gosse, renifle bruyamment. Noir s'approche, lui propose une cigarette, sa flasque de cognac. « Laisse tomber, fait Horst, c'est toute cette merde qui a dû me refiler le crabe... » Le banquier sort un mouchoir en tissu, s'essuie le nez. « Le corps chez moi a toujours été un fardeau...

— Qu'est-ce que je peux faire, alors ? » demande Noir.

Horst lève la tête, regarde son ami, l'expression de son visage s'est affaissée : « Tu connais Julia, elle est dépensière, elle a de gros besoins, je veux qu'elle continue sa vie dans le confort qui a toujours été le sien, sa passion pour l'art, ses tableaux...

— Je comprends, si tu veux, je peux voir à placer...

— Pas question, j'ai ma dignité, bordel ! Pardon, je... C'est moi qui dois y pourvoir, c'est pour ça qu'on est ici, Christophe, avec ces Russes, je vais flamber une dernière fois, un grand coup financier qui la mettra définitivement hors de tout besoin. Elle pourra continuer la grande vie. Et tu vas m'aider, mon ami, et tu auras aussi ta part du gâteau, une belle grosse part bien garnie, la moitié en fait... »

Christophe n'a pas de cancer, il pète la forme, alors il boit une gorgée à sa fiole, la range dans sa poche revolver et allume une nouvelle cigarette.

« Les contrats dont a causé hier, les OPA sur Gazprom, tout ça c'est du vent ?

— Non, bien sûr, on travaillera dessus, on ne va pas laisser passer l'occasion de l'effondrement communiste... Enfin, toi, tu pourras... Mais, la raison, la vraie raison pour laquelle on est ici est tout autre... »

Nouveau coup de feu, les deux hommes se tournent dans la même direction — troncs d'arbres nus comme les barreaux d'une prison, couche de neige, l'inquiétante sylve d'Hansel et Gretel —, ils guettent l'éventuelle apparition du gibier. Horst tend sa main, Christophe l'aide à se relever.

« Prends ton fusil, dit Horst.

— Dis, est-ce que t'as l'intention de m'en parler, oui ou merde ?!

— Là ! Il arrive ! »

Horst épaule son fusil, tire un premier coup, puis un second. Noir n'a pas encore réagi, peu de motivation, la chasse lui est autant étrangère que la pauvreté. Horst semble avoir repris des couleurs, on le jurerait en pleine forme. Il casse son fusil en deux, le charge avec deux nouvelles cartouches qu'il a puisées dans sa poche :

« Ce soir, mon ami, nous en parlerons ce soir. On va d'abord faire couler le sang. »

66

Des banquiers meurent dans le crash de leur avion privé ; chutent du mont Salève au volant de leur voiture ; d'autres sont assassinés en tenue de latex par leur maîtresse ; certains finissent asphyxiés dans l'incendie de leur appartement ; tirent sur leur épouse et puis se suicident ; font des *burn-out* et se défenestrent depuis leur bureau ; fraudent et se jettent sous un train ; d'autres encore sont trouvés sans vie au petit matin dans une chambre d'hôtel ; entretiennent des rapports sexuels avec des mineur(e)s ; séjournent à la prison des Baumettes ; se font éliminer par des tueurs à gages ; décèdent dans des « circonstances mystérieuses »...

Les banquiers sont des hommes et des femmes comme les autres. Ils ne meurent ni plus ni moins que les autres. Toutefois, il arrive souvent que leur mort soit en corrélation avec leur métier. Je parle principalement des banquiers qui nichent au sommet de la pyramide. Pour les employés des étages inférieurs, c'est forcément moins glamour : il s'agit de tenir et de s'accrocher au-delà des 50 ans, d'éviter le chômage et la dépression. C'est un métier qui fait appel aux forces vives de la jeunesse, se nourrissant de sa lymphe et de ses désirs à exaucer. Il existe des écoles pour ça, des universités mondialement réputées qui vous moulent et vous lancent dans l'arène. Il suffit d'adhérer. Vous êtes pris en charge. Le terrain de jeu est défini, ses règles établies dans les grandes lignes. Cadre. Structure. Mode opératoire. Le système vous accueille et vous fait une place. Le système se perpétue. Harvard, Yale, Oxford. Le système divise pour mieux régner. Crée la concurrence. Pour lui-même. Le système n'a plus de début ni de fin. Il est devenu comme Dieu.

Il est devenu immanent.

Parmi ses prosélytes, il arrive aussi que certains banquiers vivent heureux, s'en aillent paisiblement entourés de leurs proches, aimants et reconnaissants. Il faut tout de même quelques vainqueurs. C'est une loterie, un jeu de l'avion. La majorité d'entre nous est perdante, le système perdure grâce à elle.

Assis en *classe affaire* dans l'avion qui les ramène à Genève depuis Paris-Orly, Christophe Noir pense : « Qui vit par le glaive, périra par le glaive. »

Il ignore pourquoi cette phrase lui vient à l'esprit. Il songeait distraitement au cul de l'hôtesse de l'air, un début d'érection se manifestant avec agacement, par simple friction, par fatigue.

Jetant un regard un peu dégoûté sur Horst Riedle endormi sur le siège voisin — bouche ouverte, un fil de bave translucide reliant ses lèvres épaisses —, il constate également que certains banquiers meurent connement d'un cancer. D'ailleurs, il n'a même pas songé à lui demander où se situait la maladie, dans quel organe, si les métastases étaient à l'œuvre, s'il s'en sortirait, les deux autres chasseurs et leur guide les ayant rejoints, la traque ayant pris le dessus sur la confession, cet instant de gêne et d'égarement dont il se serait bien passé. C'est d'ailleurs Horst qui a abattu le premier animal. Au fond, il ne le connaît qu'à travers les affaires et depuis peu, ils ne sont pas réellement amis. Un tir précis près de l'oreille qui a séché la bête sur le coup. Ancien lieutenant chez les Grenadiers d'Isone, il possède d'excellents restes de ses tirs obligatoires.

Christophe regarde sa montre, 18 heures justifient amplement un premier gin-tonic. Le vrombissement sourd des moteurs de l'Airbus provoque une légère somnolence. Il ne sait pas quoi faire de cette information que lui a donnée son ami. D'autant plus que celui-ci lui a fait jurer de garder le secret, même sa femme n'est pas au courant. Surtout ne pas propager la nouvelle, il a encore deux trois négociations à mener à terme, il veut sortir par la grande porte. Et puis surtout ce *one shot* dont il a été question hier soir. Et là, il doit avouer que le gros Zurichois l'a épaté. Il n'a pas passé vingt-cinq années dans le département des devises étrangères pour rien, ses relations l'ont mené à ce coup magistral aux confins de la légalité, tout au bord, mais sans pour autant la transgresser, une combine qui leur rapportera beaucoup, beaucoup d'argent.

Parce que ça ne suffit jamais.

Alors, oui, évidemment, il ne faut pas que la maladie s'ébruite, ce serait catastrophique pour leur petit arrangement. Les gens écartent la maladie, l'éludent, ne veulent surtout rien avoir affaire avec elle. Elle inspire du dégoût, de la répulsion, on s'en éloigne. Christophe ne voudrait pas respirer le même air conditionné que son voisin de siège.

Quand on est malade, on est seul.

« Et reste-le », pense Christophe.

Son gin-tonic arrive, il allume une cigarette.

En 1990 c'est encore faisable.

Le problème, avec la vie qui avance, c'est qu'elle soustrait les possibles.

Justement.

Christophe Noir s'achemine vers un de ces dimanches soirs qui lui foutent un bourdon pas possible. Parce qu'on s'arrête. Les psychologues nomment ça *l'angoisse de la performance*. Le lundi et ses attentes. Mais il y a sans doute là-dessous une appréhension plus subtile, une inquiétude latente. Qu'on le veuille ou non, on se regarde tout de même un peu, on se constate et on se désole. Le dimanche soir est l'instant de fragilité. Celui où l'on aurait besoin par-dessus tout de bras aimants, d'une voix qui rassure, d'une *présence*.

Svetlana, nom de Dieu.

L'image de son visage se superpose à celui de l'hôtesse, puis son corps, l'envie de son corps qui lui fait comme une crispation au milieu du ventre... Ces pensées en roue libre pareilles à ces rêves où apparemment tout est décousu.

La confusion des sentiments.

Mais tout est lié, on le sait.

Relié.

L'inconscient est à l'œuvre.

Dimanche soir, oui.

Elle te manque, Christophe.

Elle te manque, putain.

Alors, bien sûr, n'y tenant plus, dès que tu auras quitté cette carlingue, tu l'appelleras chez elle depuis une cabine téléphonique de l'aéroport. Tu auras récupéré ton bagage, passé le rituel des contrôles douaniers, suivi la foule des passagers. Salué Horst, un peu expéditif et irrité, lui et son cancer à la con, lui et son désarroi dont tu ne sais que faire, mais bon, faut que tu le ménages, cet homme représente soudain beaucoup d'argent, déjà son numéro à elle, que tu connais par cœur, tourne en boucle dans ta tête. Le combiné que tu décroches, un peu poisseux dans la paume, les pièces de monnaie dans la fente de l'appareil, les doigts sur les touches grises en métal, la pratique bientôt complètement disparue de ces espaces clos où on s'isole pour parler. Ici, ce soir, ce sont des bulles de plexiglas contenant cinq hommes alignés, tous penchés sur leur appareil et parlant à voix basse. Pourquoi des hommes seulement? Quel hasard? Parce que les hommes voyagent principalement pour affaires? Une construction sociale? Parce que le dimanche soir est leur moment d'impuissance, celui où ils prêtent le flanc? Quand la présence d'une femme douce, patiente et compréhensive devient vitale et essentielle? Où le monde se transforme en un vaste œuf maternel, un cocon, un refuge pour le guerrier chassant dans un univers chauffé, douillet et terriblement cruel? Leurs cravates sont dénouées, leurs complets chiffonnés, l'attaché-case posé à leurs pieds. L'armure, quelle armure? Quel genre de guerrier? Des hommes d'affaires: divorcés, célibataires, veufs, des pères aussi, l'attaché-case à leurs pieds devenu un boulet qu'ils traînent, les contrats, les crédits, les pensions alimentaires, les dépenses inutiles, mais y a-t-il seulement des dépenses inutiles, tout n'est-il pas essentiel quand on est seul?

Quand on attend?

La sonnerie renvoie son écho à l'oreille de Christophe Noir.

Elle a déjà retenti trois fois dans le vide, carillon alterné au silence. Mais c'est le silence qui dit quelque chose. L'absence révèle.

Bientôt arrivera le *smartphone*, mais il n'y aura rien d'intelligent là-dedans. On observera à la fois une forme de soulagement et d'impudeur à ne plus devoir partager la ligne d'un téléphone public. Ce qui ne changera jamais, en revanche, c'est le silence entre deux sonneries.

De l'autre côté, reflet du miroir inversé — parce que les gestes et les actions ne se déploient pas dans un espace vide —, la même sonnerie est perçue comme une intrusion.

Une menace.

Luana interrompt son jeu — une ferme miniature et sa ménagerie, la figurine en bois représentant une vétérinaire qui vient en aide à une jument malade. Svetlana a quitté son magazine des yeux, fixe le téléphone de plastique blanc sur le guéridon près du divan.

« C'est qui maman ?
— Je n'en sais rien.
— Tu ne réponds pas ?
— J'ai pas envie.
— Mais ça n'arrête pas de sonner !
— Luana !
— Ça me fait mal aux oreilles, maman ! »

La mère souhaiterait préserver leur intimité. Ici, le dimanche soir n'est pas perçu comme un écueil dans une semaine frénétique, mais il est un refuge : le salon cosy, la lumière tamisée, le silence troublé seulement par les dialogues imaginaires d'une enfant de 8 ans, le sourire un peu distrait de sa maman, le froissement des pages d'un magazine de décoration... Derrière la baie vitrée, au-delà du balcon, les halos des résidences d'en face comme autant de lumignons rassurants : d'autres vies, différentes intimités juxtaposées, parce qu'au fond, peut-être, ce qui manque à ces hommes dans leur cabine téléphonique, ce qui fait défaut à Christophe Noir, c'est sans doute cela : l'intimité, la chaleur d'un foyer, d'une famille, aussi réduite soit-elle.

Donc Svetlana Novák glisse sur le canapé, étire son dos, tend son bras et décroche. Elle aurait pu jurer que c'était lui, elle connaît l'agenda de ses déplacements, il les lui répète suffisamment pour qu'elle s'en souvienne malgré elle. Ce qu'il faut, c'est lui rappeler l'existence de moments qui ne sont pas les siens :

« Ne téléphone pas ici, dit-elle.

— Voyons, ma chérie... (Un raclement de gorge, cette phrase chuchotée.)

— Je t'ai dit de ne pas appeler ici. » (Elle répète, il faut qu'il comprenne.)

Alors, il se tait.

Un temps. Un vide.

Il faudrait aussi lui dire que les *chéries* ne sont pas appropriées, ce n'est pas parce qu'on a baisé une fois que... Mais Luana a interrompu son jeu, elle est attentive aux paroles de sa mère, après ce serait des questions à n'en plus finir. Déjà, il y a cet Aldo qui entre gentiment dans sa jeune existence, cet homme grand que la gamine commence à apprécier, il sent bon, il est fort, il est drôle. Beau aussi, les enfants suivent leur instinct et cherchent l'apparence du meilleur, ils se font avoir eux aussi par l'appât des lignes claires, le chatoiement d'une fausse pierre précieuse, le goût d'un bonbon rose plein d'édulcorants et de conservateurs. C'est le premier pas, le leurre du beau associé au bon, car un des thèmes du roman est aussi celui de la superficialité au croisement de la tragédie. Si Luana connaissait Christophe Noir, elle dirait aussi qu'il sent bon, qu'il est drôle et fort et beau. Bien plus fort qu'Aldo, d'ailleurs. Une force sociale, un pouvoir illimité conféré par l'argent. C'est d'ailleurs pour cela que Svetlana n'est pas complètement claire avec elle-même, qu'elle tente de museler sa fille par des phrases laconiques.

« Qu'est-ce que je dois faire, alors, dis-moi ce que je dois faire ? (Il chuchote toujours, on dirait qu'il a honte qu'on puisse l'entendre.)

— Tu appelles depuis une cabine ? »

(La réponse adéquate serait : *J'appelle depuis le désespoir et le manque, j'appelle depuis ce point de fragilité extrême où la raison vacille.*)

Il se contente d'acquiescer par un « oui » timide et vaincu.

D'où tire-t-elle ce pouvoir ? Deux hommes amoureux d'elle, jusqu'où peut-elle aller ? Se donner à l'un, donner l'illusion à l'autre. Elle le sent, pourtant, Aldo a raison, cet homme est néfaste, mais elle ne peut pas lui fermer complètement la porte, la sphère professionnelle usurpe la sphère privée.

Qu'attend-elle pour dire clairement non à Christophe Noir ?

Dans une forme de prescience, elle attend l'accident, celui qui bouleversera son quotidien, et la rendra libre.

Oui, mais elle, *elle* ?

Serait-elle comme Aldo pas tout à fait prête à courir sans laisse ?

Que veut-elle vraiment ?

Luana, dans un geste d'enfant, un geste spontané, Luana se lève, s'approche, ôte le combiné des mains de sa maman et raccroche pour elle.

Doucement.

Et se blottit dans ses bras.

67

Elle me manque, Mimi Leone. Ma tueuse, mon organisatrice d'événements funestes. J'aime son physique sec, la peau près des organes, son malheur d'avoir perdu le seul amour de sa vie, son intégrité désuète, frugale et pathologique. Elle qui réunit les deux plus grands chagrins possibles : la perte de l'être cher, la naissance d'une enfant que le politiquement correct d'aujourd'hui nommerait *différente*. Je l'aime pour ça, parce qu'elle est une survivante, parce qu'elle résiste grâce

à de menus plaisirs qui la soutiennent comme autant de béquilles : la bonne nourriture, le bon vin, la marche dans la nature,
    et les bons livres.
    Quand elle peut, Mireille Leone évite de prendre l'avion. C'est donc un ferry de Bastia à Marseille, puis l'habituelle Fiat Uno de location jusqu'à Genève. De là, elle suit la Nationale 1 longeant le lac Léman jusqu'à Cully. Elle grimpe ensuite les lacets en direction de la route de la Corniche qui devient la route Cantonale menant à Vevey, où elle passera la nuit au Grand hôtel du Lac. La journée d'hiver est cristalline et idéale pour une telle balade : elle roule au milieu des vignobles nus du Lavaux alors que le soleil faiblit à main droite, les vignes en terrasses aboutissant, plus haut, sur le Mont de Gourze à près de mille mètres d'altitude, ouvrant sur le plateau suisse en direction de Fribourg et des lacs de plaine.
    Elle se gare sur un terre-plein, ne prend pas de photos des massifs alpins brumeux de l'autre côté du lac, là où c'est de nouveau son pays, la France, Mimi préfère regarder vers le sud et la Méditerranée. Même si, au fond, son pays à elle, serait plutôt la Nostalgie. Mimi descend de la voiture, inspire une goulée d'air froid. Les bateaux à vapeur sont absents, le lac est lisse et vide hormis quelques voiles blanches et téméraires. Mimi se dit qu'elle reviendra en été voir les grands bateaux blancs dont les roues à aubes lui font songer à ceux de la Louisiane. Elle remonte le col de sa veste, non, elle ne prend surtout pas de photos, il n'y a plus de photos, pas d'autres photos que celles que l'on garde dans sa mémoire.
    Mimi est ici parce qu'elle a lu un troisième roman de Charles Ferdinand Ramuz, celui qui ne fut publié qu'après sa mort, *Construction de la maison*, un titre bien anodin pour un livre qui l'a décidée à venir voir. Venir voir les lieux où se déroule la tragédie de la famille Têtu, vignerons fictifs installés dans le hameau de Treytorrens, juste sous ses yeux, au pied du lac. Elle

est venue voir où et comment peut naître un grand livre, qu'est-ce qui fait que là, justement, se déroule un mensonge si crédible qu'il devient une vérité plus grande que la vie. Elle est venue pour comprendre comment l'écriture peut s'inscrire dans la pierre, dans cette terre même qui a vu naître un homme capable de donner tant d'émotion bien après sa mort. Elle vient rendre visite à un fantôme. Sans doute. Les fantômes peuplent sa vie. Mimi ne lit que des écrivains morts. Parce que si elle rencontrait un auteur vivant écrivant d'une manière aussi essentielle ces phrases qu'elle est incapable d'exprimer, mais qui semblent sortir tout droit d'elle-même sans pouvoir se l'expliquer, comme s'il existait un autre être de chair capable d'être vous-même et de vous restituer en mots, alors, de deux choses l'une : soit elle le tuerait, soit elle en tomberait amoureuse. Deux choses auxquelles elle a renoncé. À son âge, elle délègue tout ce qui est en lien avec la vie ou la mort. Elle orchestre sans plus prendre part au festin. La lecture est un de ces plaisirs qui permettent de goûter à l'existence tout en restant en retrait de ses actes. Quand il n'y a plus que la catharsis pour atténuer ce qui est au-delà des joies et des peines.

Mimi Leone est venue pour vérifier les sources de la tragédie, un biotope possible. Ce soir, elle se promènera dans le village au bord de l'eau, boira au bistrot un Pinot gris qu'elle goûtera longtemps dans sa bouche.

Elle ne cherche plus à comprendre, elle veut juste savoir.

Témoin de la vie.

Oui, tu m'as manqué, Mimi.

68

Mimi sourit. Ce n'est pas souvent, alors on reste encore un peu avec elle le lendemain, ça me fait plaisir, vous le savez. Elle aussi partage cette idée que le transport d'argent en aile delta est foncièrement poétique. Son argent, de surcroît, celui du clan et de la famille. Même si Mimi reste sobre dans ses dépenses, assise sur ces millions qui ne signifient plus rien pour elle. C'est tout à fait le genre d'anecdote qu'on suppose inventée. Moi, je suis convaincu que toute fabulation, quelle qu'elle soit, la plus saugrenue, la plus invraisemblable, a déjà pris pied dans la réalité.

Le monde n'a plus de frein.

Il existe dans l'excès le plus total.

Et Mireille observe les actions des hommes. Elle voit Sarah, la jeune étudiante remettre le sac à Aldo, le professeur de tennis. Elle voit l'Alfa Romeo accompagner la fille jusqu'à l'arrêt de bus près de la douane. Elle voit Aldo se rendre au club des Eaux-Vives, déposer le sac de sport contenant lui-même le sac à dos aux billets repassés dans un casier de l'établissement. Elle voit Aldo ressortir.

Mais elle ne voit pas Aldo quitter le parking. Il reste dans sa voiture, allume une cigarette.

Elle voit arriver une BMW qui se gare près de l'Alfa. Elle voit Svetlana sortir de la BMW et s'engouffrer dans l'Alfa. Elle voit Svetlana et Aldo s'embrasser, prendre le temps d'un long baiser. On devine les corps se chercher, leurs mains impatientes floutées par les reflets des vitres. Elle voit la banquière sortir de la voiture, ajuster sa coiffure, lisser sa jupe et se diriger vers le club-restaurant tandis qu'Aldo met le contact et s'en va. Elle voit la femme ressortir avec le sac de sport qu'elle range dans son coffre. Elle suit la femme jusqu'au siège de l'UBS de la rue du Rhône. Elle voit la femme s'engouffrer dans le bâtiment.

Mimi Leone est une ombre, Mimi est de peau et d'os. Mimi est capable d'envolées lyriques comme d'un prosaïsme terre à terre. Désormais, sa raison d'être est sa fille. Quand elle ne sera plus là, quand plus personne ne sera là, Carlotta ne devra manquer de rien, absolument de rien.

Alors, Mimi se déplace, surveille, constate, calcule, raisonne. Mimi a compris que ces deux-là, eh bien... ces deux-là s'aiment.

Elle a détourné le regard au moment de leur étreinte, mal à l'aise, car il en est ainsi du bonheur : il se partage mal.

Mimi Leone, Mireille, est venue vérifier les sources d'une tragédie littéraire.

Mireille Leone, Mimi, comprend et devine à présent l'autre tragédie qui se joue.

De sang et de chair.

Celle à venir.

Just do it

> *Quand j'étais jeune, j'étais très con.*
> *Je suis resté jeune.*
> Jean-Claude Van Damme

69

Derrière l'hôpital universitaire de Genève, sur les hauteurs du plateau de Champel, le quartier est résidentiel. De grands immeubles des années 1970/80 se dressent épaule contre épaule avec des bâtiments début-de-siècle, étouffant les vestiges des vieilles demeures patriciennes construites selon les modèles du *Heimatstil*. Le lieu est connu pour ses arbres majestueux s'élevant en pleine ville, pins d'Autriche, séquoias géants, bouleaux de l'Himalaya... C'est d'ailleurs ce qui lui donne un soupçon de charme et d'agrément, car les barres d'immeubles, au fond, n'ont jamais rien eu de chic ni de raffiné.

Il est bientôt 20 heures, la nuit encore, l'hiver, on est en plein dedans, ce mois de janvier qui vous ferait croire que le soleil et la chaleur ne reviendront pas, qu'on nous a oubliés sur une planète devenue froide à force de solitude et d'introspection.

Pour autant, Aldo n'a pas renoncé à son denim molletonné au détriment d'un blouson plus approprié. Pas de gants ni de bonnet. Il a trouvé facilement à se garer dans ce quartier habité essentiellement par des seniors aisés se déplaçant en taxi. Il sort de l'Alfa, verrouille la portière. Il est en ébullition. Dans son cas, on peut dire qu'il a les boules. C'est tout à fait juste, c'est tout à fait ça. Depuis le mois d'octobre, quand on l'a vu la première fois sur un court de tennis en compagnie d'Odile, il a eu le temps de changer, de s'endurcir, de devenir intranquille. Il cherche à sortir de sa condition, alors forcément, aspirer à plus grand pour soi, entraîne une forme d'impatience. Il n'est plus le paisible gigolo d'autrefois. Ce qu'il aurait dû rester, son apogée. Son dernier palier de compétence. Est-ce à cause de Svetlana? Est-ce le contact physique de l'argent qu'il transporte, qui le métamorphose ainsi, de cet argent pour lequel il a failli crever sur une aire d'autoroute?

Aldo Bianchi remonte jusqu'au numéro 25 de la rue. Il lève les yeux, constate que la plupart des fenêtres sont illuminées. Il n'a pas le code d'accès, attend qu'une vieille dame descende promener ses deux teckels, s'engouffre en lui grimaçant un sourire dans le hall tapissé de marbre blanc et garni de plantes vertes. S'il continue, il finira comme ça, à promener les chiens-chiens des vieux jusqu'à ce qu'il finisse lui-même à l'hospice, une sonde reliée à sa vessie.

Il lit les noms sur les boîtes à lettres, repère celui qui l'intéresse. Il n'était jamais venu ici. Il n'a jamais eu besoin de venir ici.

L'ascenseur, vaste, pour huit personnes et annonçant une charge maximale de 630 kilogrammes, l'emmène au dixième étage. C'est à droite. Aldo entend du jazz en sourdine derrière la porte. Le jazz comme la musique classique l'indiffèrent, il enfonce longtemps son pouce sur la sonnette. Il veut que cette sonnerie bouscule la quiétude et l'ordre des choses.

Aldo devine une présence obscurcissant l'œilleton. On doit se demander ce qu'il fout là, à se pointer un soir de semaine. Bruit de serrures qu'on déverrouille : Max Vermillon apparaît, dans un pyjama et une robe de chambre aux vagues motifs de paramécie, le genre de protozoaire capable de se perpétuer tout seul par simple division. Rien à dire, l'avocat est impeccable même dans sa tenue d'intérieur.

Aldo franchit le seuil, Max referme la porte derrière lui, et lâche enfin :

« Qu'est-ce qui te prend de venir ici, putain ? C'est quoi ce bordel ?!

— C'est joli chez toi », fait Aldo en regardant autour de lui.

Un vrai loft, espace ouvert avec de grandes baies vitrées donnant sur la ville, les brasillements de la rade au bout du regard. Pas mal pour un simple pied-à-terre dans la cité de Calvin.

« Je suis sûr qu'il y a même un deuxième étage avec attique panoramique.

— Tu veux quoi, Bianchi ?

— Dans l'idéal, ce que tu possèdes.

— Faut avoir fait des études pour ça, bonhomme... Et puis posséder du flair, savoir s'entourer... Bon, on reprend depuis le début. Whisky ? »

Aldo acquiesce. Max passe derrière un comptoir aménagé en minibar. Deux tabourets en peau humaine, je plaisante, en simple cuir, où il invite Bianchi à s'asseoir tandis qu'il remplit un petit seau avec des glaçons et sert deux verres de Lagavulin.

« Je croyais qu'on ne mettait pas de glace dans du whisky écossais.

— Ton whisky, tu le bois comme tu veux, c'est ce que te diront les vrais connaisseurs. À partir d'un certain degré, il n'y a plus vraiment de règles.

— De quel degré tu parles ?

— De richesse, de pouvoir. Elle est là, la liberté. Santé. »

Un temps, une fine gorgée, une cigarette allumée pour chacun d'eux.

« Bon, tu veux quoi, Aldo ? C'est quoi le problème ?

— Je veux un travail, un vrai. Comme avant. Et même plus.

— Du fric, tu veux dire ?

— Exact et je veux le gagner. Là, je ramasse que des cacahuètes. »

Vermillon développe un raisonnement éclair dans son cerveau d'avocat d'affaires : le porte-valises devient gourmand, ça s'est vu et ça continue à se voir, semble-t-il. Ce n'est jamais bon, il peut se transformer en maillon faible dans l'organisation globale. Il arrive qu'une négociation complexe finisse par échouer à cause d'un intermédiaire qu'on avait négligé. D'autant plus que lui, Vermillon, a recruté le zigomar. Donc, d'abord lui rappeler les faits, un rafraîchissement de mémoire opportun :

« Depuis ton agression, un petit malin d'inspecteur de la judiciaire a évoqué l'hypothèse d'un lien entre toi et la disparition de cinq jeunes caïds de Vaulx-en-Velin ? Juste ou pas ? »

Aldo dit oui.

« Bien. La police française te convoque une seconde fois. Réponds, Aldo, oui ou non ? »

Aldo dit oui.

« Leur piste s'est révélée un cul-de-sac. Officiellement, on t'a agressé pour une Breitling et quelques centaines de francs. Tu as juré ne pas reconnaître les visages sur les photos qu'on te montrait. Tu as répondu, je cite de mémoire, "Ils sont tous pareils, comment savoir ?". Vrai ou pas ? »

Aldo dit oui.

« J'ai pas bien entendu, Bianchi...
— Oui, putain. Oui, oui !
— À partir de là, il me semble évident qu'il n'est plus question que tu te promènes avec une mallette bourrée de pognon sur l'A42, bordel !
— Tu oublies un détail. J'ai fermé ma gueule. Avec les flics. J'ai fermé ma gueule.
— Et tu voudrais quoi en échange ?
— Je te l'ai dit : un vrai boulot... »

Je précise qu'à cet instant, Vermillon pousse un long soupir. Au fond, cette marionnette de Bianchi est un grand naïf.

« Dis-moi, t'es con ou tu fais semblant ? Putain, Bianchi ! Mais tu ne sais rien de qui est derrière tout ça, à qui tu as réellement à faire ! Fermer ta gueule est le minimum, mec ! Le minimum !
— Et si tu m'en disais un peu plus ? »

Max soupire, prend la bouteille, remplit les verres déjà vides, ajoute deux glaçons dans le sien.

« Pas question. Tu restes à ta place. Odile t'a mis sur le coup, t'as fait ton beurre quelque temps, oublie le reste. Je t'assure que c'est beaucoup mieux pour toi. Les gaillards que je représente sont de vrais méchants, Aldo. Désormais, réceptionner le fric côté suisse est tout ce que j'ai à t'offrir. Tu ne touches pas rien, merde!

— Avant, c'était le double.

— Réduis ton train de vie, qu'est-ce que tu veux que je te dise, hein?

— Je croyais que tu devais me présenter des gens, me mettre sur le coup, que j'avais juste besoin de trouver une affaire à monter et que tu me couvrais les fesses... T'as changé d'avis?

— Il ne me semble pas que tu aies dégotté quoi que ce soit pour l'instant. Je t'ai présenté du monde et t'en as fait quoi? T'as une affaire à me proposer? Pas que je sache, alors...

— Mais si une opportunité se présente, tu me le dirais quand même, non?

— Tu veux un conseil? Limite-toi aux courts de tennis. C'est là où tu trouveras du fric facile, avec les à-côtés que tu connais.

— T'es une belle merde quand même.

— Ne me parle pas comme ça chez moi, Bianchi. Ni chez moi ni ailleurs. Ceci dit, je vais tâcher de t'obtenir un dédommagement. J'ai rien d'autre à t'offrir que ce que tu as. Et quand ce sera fini, ce sera fini. À prendre ou à laisser. Et maintenant, tu peux foutre le camp. »

Aldo Bianchi termine son verre cul sec.

Sans glaçons.

Et s'en va.

Mais ensuite, plus bas, dans la rue, il cherche et trouve une cabine téléphonique. Odile répond assez vite, comme d'habitude, avec son combiné sans fil qu'elle traîne partout dans sa villa.

Aldo va droit au but : « C'est fini, Odile. »
On lui a fait du mal, alors il fait du mal à son tour.

70

Aldo est retourné chez lui. Dans son trois-pièces à Gaillard. Il est tard, et pour lui, c'est toujours un soir de semaine dans la frustration d'une vie qui ne décolle pas. Aldo a cherché le contact, il a trouvé l'humiliation. Le genre de situation où, quoi qu'on dise, rien ne bouge, quoi qu'on fasse, on s'enlise.
Comme un chien mordant la chienne de vie.
Alors, il a tout cassé, et allez tous vous faire foutre !
Il sort sur le petit balcon, allume une cigarette. Ce n'est pas lui de fumer autant. Il a perdu de la masse musculaire, ne bronze plus au solarium. Sa barbe pousse depuis deux semaines. Il a chaud, il a toujours chaud malgré l'hiver. S'il devait se confesser à un psy, il lui dirait qu'il suffoque. Il baisse la tête, regarde la rue, l'espèce de place qui ressemble à du n'importe quoi, le bar-tabac-PMU encore ouvert, le parking, les autres commerces fermés derrière leurs arcades rappelant vaguement un mas provençal. Et la lueur jaune dégueulasse des réverbères isolés dans la purée de pois. Et l'humidité prégnante. Et le poste de douane qu'on devine à travers ses baies vitrées opaques éclairées aux néons.
Et rien.
Rien d'autre.
Quand est-ce que ça a commencé à dérailler, exactement ? Est-ce qu'on porte en soi cette défaite dès le début ? Est-ce que tout est destiné à l'oubli, quoi qu'on fasse et quoi qu'on dise ?
Il se retourne brusquement, on a sonné, la cigarette entre ses doigts, la main en suspens près de sa bouche.
L'inquiétude, celle d'avoir mis le doigt dans un engrenage

malfaisant. Qu'un élément de l'engrenage se tienne maintenant debout sur son paillasson. Qu'il vienne lui faire la peau.

Les gars que je représente sont de vrais méchants, Aldo.

Mais il y a l'espoir, aussi. L'espoir d'une autre vie, justement, d'un ailleurs. De mains chaudes et douces sur sa peau.

C'est résigné qu'Aldo Bianchi s'apprête à ouvrir sa porte. Pour le meilleur ou pour le pire. Un peu comme s'il avançait vers son destin.

Vers quoi ?

Son destin.

Ah, bon. Tu crois au destin, maintenant ?

J'ai toujours pensé que non, mais avec l'âge et le temps, je me dis qu'il y a peut-être une ligne, oui.

Une prédétermination ?

Non, une ligne. Oscillant entre nécessité et hasard. Qui se courbe, se brise, reprend plus loin ou ailleurs, zigzague, mais une ligne, oui. Peut-être que le destin se dessine après coup. Qu'il y a d'abord la ligne, le tracé et que l'intention viendra après. C'est peut-être ça le grand cadeau que nous offre la mort, l'instant exact précédant la mort. Où tout devient clair, mais on n'a plus le temps pour le dire. Une révélation rien que pour soi.

Alors Aldo déverrouille et ouvre sa porte à la volée. Sans même vérifier à travers le judas qui pourrait se trouver derrière, à quoi bon ? Il prendra ce qu'on veut bien lui donner.

La mort ou l'amour.

Voici l'amour.

On a gagné un peu de temps.

L'amour le pousse gentiment d'une main à l'intérieur de l'appartement, lui sourit. Voilà son sourire. Svetlana lui sourit. Son sourire efface tout. Sa vie médiocre, sa banalité, sa velléité fondamentale. L'autre main referme la porte dans son dos, la porte claque dans un souffle. Elle avance, le pousse encore, pousse son homme, celui qu'elle désire au fond de sa culotte.

Il ne savait pas qu'elle viendrait, elle répond que Luana dort, qu'elle ne fait que passer en coup de vent, comme le vent, un aller-retour d'un appartement à l'autre, border son enfant, lui lire une histoire et puis venir ici, un aller-retour, une lubie, d'un plaisir de mère à un plaisir de femme, parce qu'on est plein de choses à la fois, plein de personnalités différentes, d'instants qui nous font multiple tout en étant nous-mêmes, ces multiples qui nous constituent. Elle le pousse, il tombe sur le divan, elle s'agenouille, ouvre son pantalon et le prend dans sa bouche, son odeur d'homme, prendre Aldo dans sa bouche, prendre un homme dans la bouche.

D'un plaisir de mère à un plaisir de femme.

71

Lorsqu'elle rentre chez elle, Odile échange généralement quelques mots dans la cuisine avec sa femme de ménage qui lui presse un jus frais, fruits ou légumes. Une femme étroite et menue, à la peau sombre, venant des Philippines, silencieuse et tenace, ressemblant à une Indienne quechua. Il faut regarder du côté des premières migrations transcontinentales, quand le détroit de Béring n'était pas encore recouvert par les eaux de l'océan Arctique. Elle a l'obstination des marcheuses andines, la fidélité jusqu'à la mort des chiens battus, abandonnés et recueillis par une âme charitable, ici, sa patronne Odile. Parfois, celle-ci s'abandonne à quelques confidences, et Lani l'écoute avec attention. En principe, elle commente laconiquement : « Monsieur pas gentil, Monsieur égoïste » ou « Monsieur pas bien s'occuper de Madame, vous pas mériter ça ». Ces derniers temps, Odile a même hésité à se confier à propos d'Aldo, mais elle aurait choqué sa bonne dont les idées sur le mariage sont plutôt strictes. Odile sait pourtant que rien ne sortirait de sa bouche, qu'un secret gardé par Lani est un secret emporté dans la tombe. Mais elle préfère se cantonner à ce qui peut être dit, un peu de compassion bon marché qui soulage. Il faut savoir aussi qu'aucune tache, que ce soit sur la moquette ou sur une robe, ne résiste à Lani. Une telle femme capable de redonner la pureté originelle à un tissu, forcément, ça inspire une forme de confiance, ça vous apaise de vos péchés rien qu'en lui parlant.

Mais aujourd'hui, pas de Lani œuvrant dans la maison propre et silencieuse.

Et Odile ne sait pas quoi faire d'elle-même. Elle a retourné l'annonce d'Aldo dans tous les sens, une nuit d'insomnie où elle a cherché à le rappeler, mais il avait débranché son téléphone. Elle a donc pris sa voiture. Mais voilà qu'une sorte de pudeur inattendue s'est manifestée chez elle, un sursaut de dignité qui l'a retenue d'aller l'implorer chez lui, dans sa petite vie misérable de gigolo.

Alors Odile a erré dans les rues désertes au volant de sa Mercedes.

Elle a bu des whiskies dans des bars, histoire que la nuit se passe.

Et maintenant, elle s'emploie à déambuler dans le vide de sa maison.

Ironie du sort, une lame de soleil hivernal, joyeuse et oblique, transperce les vitres immaculées de la cuisine lorsqu'elle en franchit le seuil. En lieu et place du jus pressé, une large enveloppe posée contre l'habituel vase en porcelaine de Langenthal (sans fleurs) trônant sur la table Poggenpohl.

Avez-vous déjà remarqué que, quand vous marchez dans la nature, vous croisez un jogger, une propriétaire avec ses deux chiens et un cycliste en *Mountain bike* au moment exact où vous empruntez le petit pont traversant la rivière ?

Voilà, ici c'est pareil.

Sur l'enveloppe, blanche elle aussi (tout est blanc, bordel, on se croirait dans une clinique, mais qu'est-ce qui t'as pris avec tout ce blanc qui maintenant t'aveugle?), on peut lire *Étude Me Jacques Barillon*, suivie d'une adresse prestigieuse du centre-ville. Typographie élégante, us et coutumes raffinés, quand on vous la met profond, mais avec la manière — les mains tremblantes, le cœur battant, le nœud au ventre, toutes ces évocations somatico-littéraires —, Odile ouvre l'enveloppe qui n'est pas collée, c'est inutile, ce n'est pas le facteur qui l'a déposée là. D'instinct, Odile sait de quoi il s'agit avant même d'avoir lu les documents qu'elle contient. Elle est obligée de s'asseoir, tout de même. On a beau se moquer des manifestations corporelles en littérature, il n'empêche qu'elle a la bouche sèche, qu'elle se sert un verre d'eau dans le réfrigérateur, et fait rouler la bouteille d'Evian froide sur son front. Qui l'eût cru, hein? Lui qui faisait carpette, lui le soumis, et voilà que René Langlois a eu le cran de le faire, un choc, un sale coup pour l'orgueil...

Le droit au divorce et à la séparation est reconnu par la quasi-totalité des États de la planète, exceptés le Vatican et les Philippines.

«Monsieur pas le droit, non, pas le droit quitter sa Madame.»

On peut rire ou pleurer de tout, mais là, c'est le grand carrousel dans sa tête. Plus d'amour ni de passion alors c'est ni chaud ni froid. Que c'est triste Venise au temps des amours mortes, on voudrait pleurer, mais on ne le peut plus.

Ah.

Le voici dans ton dos qui s'arrête au seuil de.

Marque une hésitation, puis reprend son mouvement, passe à côté de toi, te frôle avec la manche de son peignoir tandis qu'il se sèche encore les cheveux avec une serviette qu'il laisse retomber autour du cou. Il ouvre le frigo, lui aussi. C'est aussi son frigo, tous ces objets que vous partagez depuis toutes ces années, ces objets qui nous survivront.

«Tu es déjà de retour?» constate-t-il en prenant une Heineken sur une des étagères vitrées.

Elle pourrait répondre qu'elle a bien essayé de partir, oui, mais où aurait-elle pu aller en fin de compte ?

Il prend le décapsuleur dans le tiroir, essuie le goulot, boit à même la bouteille, puis s'assied sur le haut tabouret d'en face. Elle ne dit rien. Lui non plus. Il n'y a même plus de gêne, seulement du silence, de la distance. Plus rien à dire, plus rien. Il tourne la petite bouteille dans ses mains, se demande soudain pourquoi cette bière sans saveur se trouve depuis des années dans son réfrigérateur, quelle habitude ? Comme sa vie. Comme sa femme. Il se rend compte qu'il a épousé Odile par un concours de circonstances, simplement parce qu'elle était là et que lui aussi. Ils se sont rencontrés, plus ou moins connus, jusqu'à ce qu'une somme de conséquences les pousse l'un vers l'autre. Sans choix réel, sans l'affirmation d'un choix conscient. Comme si la vie, le quotidien, avait décidé pour eux dans la totale ignorance de leurs sentiments réels. Après, on y ajoute les sédiments de l'économie, du social, des convenances, des codes, de la famille. Tout ça devient politique, on s'enlise, on dépérit, amers.

On ne comprend jamais rien dans la vie. Et puis, un soir on finit par en mourir. (*Alphaville*, Jean-Luc Godard.)

C'est René qui casse tout de même le silence. Parce qu'au fond, il n'est jamais trop tard pour apprendre à vivre, pour se laisser aller à vivre. Pour exister en pleine conscience.

« Rassure-toi. Vous ne manquerez de rien, ni toi ni Diane. Je te laisse la maison et une rente. C'est écrit noir sur blanc.

— Et toi, tu vas où ?

— Je m'en vais. Tu n'as pas à savoir où. Je m'en vais, c'est tout. »

Odile remarque qu'il a encore maigri, il retrouve peu à peu l'apparence qu'il avait quand elle l'a connu. Il a rasé ces dernières mèches de cheveux ridicules, laisse pousser sa barbe. Il paraît plus tonique, redevient presque désirable. Surtout maintenant qu'elle l'a perdu, lui aussi.

Deux hommes la quittent en moins de 24 heures. Qui dit mieux ?

La rivale arrive, entre à son tour dans la cuisine. (Mais peut-on parler de rivale quand l'amour s'est éteint ?) Une femme d'une quarantaine d'années, métisse, cheveux noirs et bouclés. Les deux femmes se jaugent, Odile met un point d'honneur à ne pas baisser les yeux. L'autre s'adresse à elle et lui dit quelque chose dans sa langue, qu'elle interprète comme un « bonjour, ça va ? », puis embrasse René et quitte la pièce. Elle n'a même pas cette sorte de beauté latine, elle est un peu grasse, limite gros seins gros cul...

On entend la porte du hall se refermer.

« Mais elle sait me fait rire, Odile.

— Cubaine, j'imagine.

— Brésilienne. Elle s'appelle Nora.

— C'est donc elle.

— C'est elle, oui. Je ne pensais pas que tu rentrerais si tôt, j'aurais voulu t'éviter ça. Mais bon, tu ne t'es pas gênée toi non plus, alors...

— Tu crois qu'elle t'aime, n'est-ce pas ?

— En tout cas, si elle fait semblant, elle le fait bien. Et si tu fais allusion au fait qu'elle est avec moi pour mon fric...

— Tu peux finir tes phrases, tu sais ? Je m'en fous. Moi, je n'étais pas là pour l'argent, au début, on vivait dans un appartement... Mais peut-être que tu as raison, je suis restée pour l'argent. On s'est fait avoir, René. On aurait dû être sincères, on aurait sauvé la face, gagné quelques années...

— J'ai l'intention de vendre G&T. Fitoussi et Vermillon attendent que je leur trouve un nouvel associé.

— Je parlais de nous.

— Et moi, je te parle d'argent, de concret. Ce qu'il reste de nous, justement. Tu as deux ans d'autonomie, ensuite, c'est à toi de gérer ton train de vie. Je te conseille de bien placer ton pactole. Plus vite tu signeras ces papiers, mieux cela vaudra pour tous les deux. Tu pourras même installer ton prof de tennis ici, lui jouer du Schubert.

— Lizst. Franz Lizst. On va peut-être s'arrêter là avant de s'engueuler ?

— On s'arrête, oui, tu as raison. Tu as raison, Odile. »

72

La requête est inusuelle ; habituellement, elle aurait consulté Horst Riedle, mais Mélanie lui a confirmé par interphone que son supérieur est en déplacement à Zürich pour la journée. Svetlana Novák interrompt donc son travail et descend à la réception, où Christophe Noir l'attend en discutant avec Daniel Campos. Le banquier serre la main de la fondée de pouvoir, le Chilien lui fait ses courbettes, prend un trousseau de clés dans un tiroir sous le comptoir, et accompagne le duo jusqu'à l'ascenseur sécurisé menant aux coffres. Au préalable, il a pris soin de signaler leur venue par ligne interne et par message codé. Un garde les accueille au moment où les portes s'ouvrent, c'est Jacques Belfond, un des employés de la société Securit chargée de la surveillance. Dans l'espace confiné de la cabine, l'odeur de sueur du gardien est tamisée par les émanations de parfum du réceptionniste qui toise son collègue. Teint cireux, cernes, cheveux blonds et filasses sous la casquette réglementaire. Le dernier bouton de la chemise n'est pas attaché, le nœud de cravate desserré. Campos se promet de parler à son supérieur de l'aspect négligé de Belfond. Merde, lui qui met tant de soin à promouvoir les standards esthétiques d'une banque mondialement réputée, voilà que ce gardien se fout de la gueule du monde. Et l'autre, là, elle qui ne lui dit rien, même pas une remarque, elle se contente de plisser ses narines et de fixer ses escarpins. Mais bon, Jacques Belfond passe sa vie à se morfondre dans un sous-sol, sans même voir la lumière du jour l'hiver, du matin au soir. Assis dans une salle à lire le journal et des revues, à scruter le vide des écrans de surveillance entre deux apparitions de clients : récupération de bijoux, argent liquide, documents... Une vie à garder des choses mortes. Des choses matérielles et sans vie pourtant jugées précieuses. Voilà où ça t'a mené de négliger l'école, mon bon Jacques, même pas l'once d'un poème, même pas un Prévert au fond de la poche.

Svetlana a vaguement compris que Noir souhaite accéder à la salle des coffres, et que, pour une raison qui lui échappe, sa présence est nécessaire. La salle des coffres du siège UBS de Genève, ce sont plusieurs niveaux en sous-sol avec des coursives et des garde-fous, des escaliers de métal, des ascenseurs, une sorte de bâtiment qui au lieu de s'ériger vers le ciel serait creusé dans la terre. Au total, si on y ajoute les établissements bancaires de la Place Bel-Air jouxtant la rue du Rhône, on comptabilise plusieurs kilomètres de souterrains dont les issues donnent parfois dans des immeubles voisins, ceci afin de préserver l'anonymat du client. L'anonymat est le point d'orgue.

Le secret comme clé du pouvoir. Bancaire. Entre autres. La révélation n'est pas l'amie de la richesse.

Le quatuor sort de l'ascenseur, on trouve deux autres gardes avachis derrière un bureau oblong surmonté d'une dizaine d'écrans projetant des images fixes en noir et blanc, couloirs et endroits stratégiques. Ils se redressent tout de même sur leurs chaises, adressent un salut servile à Madame Novák et à son accompagnant.

Il faut savoir aussi que ces coffres immenses gardés par des portes blindées en forme de hublot contiennent eux-mêmes des murs entiers de cassettes-tiroirs en métal que l'on peut extraire de leurs rails et déposer sur une table au centre de chaque pièce sécurisée. Ceci permet au client de pouvoir tranquillement, et de façon anonyme, vérifier leur contenu ou s'adonner à une certaine comptabilité. À l'intérieur, ni caméra de surveillance ni micro. On se retrouve sous la terre, protégés

par des matériaux inaltérables, dans un silence troublé seulement par le flux constant et chuinté de l'air conditionné.
Dans l'espace, personne ne vous entend crier. (*Alien*, Ridley Scott.)
D'ailleurs, une fois franchies les portes blindées ouvertes par les soins de Campos et de Belfond (double clé, double code, redondance du système de sécurité), et qu'on a atteint l'alcôve contenant les casiers numérotés, Christophe Noir demande aux deux hommes qui les accompagnent de se retirer. Jacques, en habitué, ne bronche pas. Campos, en revanche, soupçonne le banquier d'avoir une idée derrière la tête, un prétexte élaboré afin de rester seul avec Svetlana. Jalousie? Flair? Vice? Instinct? Il rechigne à quitter le dédale des salles qui se succèdent, mais puisqu'il n'a pas voix au chapitre, il obtempère lui aussi.

« Lorsque vous aurez terminé, vous appuyez sur la sonnette, dit le Chilien en désignant le dispositif.

— Je sais où se trouve la sonnette, monsieur Campos », répond Svetlana. Elle ne sait pas qui des deux hommes, en ce moment précis, l'agace le plus, les mâles se donnent parfois rendez-vous en même temps, dans le même espace. Elle a froid, soudain, se frotte les bras, sa tendance à la claustrophobie la souhaiterait loin d'ici, à l'air libre et dans une plus grande chaleur.

Le sas se referme. Ils sont seuls. Christophe Noir sort une petite clé de sa poche de pantalon, se dirige vers le casier 1113, l'ouvre et en extrait la cassette qu'il pose sur la table au centre de la pièce. Jusque-là, tout se déroule comme décrit plus haut, la vie, le plus souvent, est parfaitement banale.

« Tu sais que dans ces coffres, on a tourné des scènes de *Goldfinger* avec Sean Connery? »

Svetlana hausse les épaules. Elle se sent prise au piège, elle a raison.

« En 1964, reprend Noir. Ça n'a pas tellement changé, au fond.

— Je m'en fiche de James Bond.

— Ah, oui? Ce serait quoi ton genre d'homme idéal?

— Pas James Bond, en tout cas. Dis-moi, c'est pour parler cinéma qu'on est venu ici ?
— Nerveuse ?
— J'ai du travail.
— Tu as raison, je vais me dépêcher. » Christophe Noir sort une boîte carrée recouverte de velours blanc de la cassette. « Horst et moi, on se rend de petits services réciproques, tu vois ? Tes coffres sont mes coffres. Une façon de ne pas mettre tous ses œufs dans le même panier, de préserver certains objets à l'abri des regards, des choses que l'on garde pour soi comme un trésor, des choses dont je te parle, des choses que je te montre et dont personne n'est au courant... »

La boîte ne comporte aucune marque, aucun signe distinctif, on comprend d'autant plus qu'elle contient quelque chose de précieux, peut-être même d'unique. Svetlana est troublée, curieuse et troublée, comme chaque fois que l'on se tient au bord d'un secret révélé. Le facteur humain, bon sang. La faiblesse, la sublime faiblesse, fruit des tentations. Svetlana saisit la boîte que lui tend Christophe Noir, il se montre impatient, insiste pour qu'elle l'ouvre, sa voix dérape dans les aigus, Svetlana hésite tout en sachant qu'elle finira par le faire, ça y est, elle le fait, elle l'a fait.

La boîte est ouverte.

À l'intérieur, un collier.

Pas n'importe lequel.

Svetlana ressent comme une brûlure dans sa gorge, sa salive est devenue acide. Ses mains tremblent, elle repose doucement la boîte sur la table. D'instinct, elle comprend qu'il faut qu'elle s'en détache, qu'elle doit fuir ce bijou, s'en éloigner, que ce qui se passe là est une infamie. Qu'on achète les gens. Qu'on nous soumet à la tentation de se vendre. Et qu'on se vend, la plupart du temps, c'est ainsi.

« C'est le *Ribbon Rosette* de Tiffany. Créé en 1960, porté par Audrey Hepburn l'année suivante dans *Breakfast at Tiffany's*.

C'est la version sans le diamant jaune, que j'ai rachetée à la reine Noor de Jordanie. Même pour elle, même pour moi, avec le diamant jaune, il serait trop cher. »

Mais les autres, les plus fins, les diamants entremêlés d'or, scintillent sous le néon blanc. Svetlana Novák est un petit animal nocturne pris dans les phares d'une voiture. Elle devrait se précipiter sur la sonnette des gardiens, écouter le signal du danger bourdonnant à ses oreilles, mais elle est ce petit animal piégé au milieu de la route, prisonnier de forces contraires qui la paralysent. Christophe Noir saisit le collier, se place derrière elle, détache le fermoir et l'accroche doucement à son cou. Svetlana sent une vague de froid parcourir sa peau, Christophe remonte ses cheveux et l'embrasse, ses lèvres humides sur sa nuque, derrière l'oreille, il murmure :

« Si tu deviens ma femme, il est à toi, Svetlana, avec toi, pour toi... »

Comme si ce n'était pas le bon collier sur la bonne peau.

Elle se débat, il la retient.

« Je te veux, et je t'aurai, Svetlana. »

Elle sent sa force. Elle sent son sexe se dresser contre elle à travers le tissu de son pantalon. Sa main qu'il referme subitement sur la nuque et l'oblige à plier. De l'autre, il relève sa jupe, déchire son collant, écarte sa culotte.

« À quoi tu joues ? Tu veux puis tu veux plus, connasse ? C'est ça ?! »

Alors, crie Sveta, crie bon Dieu, détache-toi, fais-lui mal, mords ! Mais le cri ne sort pas, la main autrefois douce de l'homme, serre maintenant sa nuque à la broyer, l'oblige à se courber davantage, sa bouche heurte le bois lisse d'un arbre jadis vivant, un arbre qui bruissait sous le vent et poussait vers le soleil. Tu te souviens de l'enfance, Svetlana ? Tu te souviens quand, dans la forêt, tu embrassais les arbres, tes lèvres sur leur écorce ? Mais pas comme à présent, non, bien sûr, ce n'est pas le moment, les souvenirs n'ont pas leur place, il y a juste la douleur de son membre qui s'enfonce en toi, te blesse. Ce même membre qui a su te donner un peu de plaisir et qui maintenant te fait mal, va et vient, sans ménagement, ce plaisir ou cette douleur qui dépend de l'acceptation ou du refus, et ce refus ne peut rien pour aller contre, il continue de s'agiter en toi, il racle, fustige, humilie. Alors, dans un réflexe de survie, Svetlana fait semblant de consentir, s'active avec son bassin, cherche à abréger la douleur. Il y ajoute des « salope » et des « sale pute ». De toute façon, tu as perdu. Là dehors, derrière la porte blindée, il y a d'autres hommes qui pensent comme la plupart des hommes, ils réussiraient même à te faire honte, à te rendre responsable, et moi qui me disais qu'une femme n'avait qu'à refuser, qu'à dire non, mais les circonstances, le jeu complexe des apparences, de tout ce qu'on a à perdre, ce collier autour de ton cou, le fait que tu as déjà couché avec lui, la crainte du scandale sur ton lieu de travail, la peur de ne pas être promue au poste de Riedle, que son amitié avec Noir te fasse manquer le coche alors que tu touches au but ; tu comprends que tu t'es compromise, que le sordide se construit parfois socialement et avec des sourires, que tu chutes, que ce que tu subis en ce moment est un viol, que tu es une femme qui a subi un viol, qu'il n'y a pas d'autre mot que celui-là.

Et que tu ne pourras jamais le dénoncer.

Ton erreur est d'avoir mis le doigt dans l'engrenage, Svetlana, et l'engrenage a pris ton corps et piétiné ton orgueil.

Alors, il n'y pas d'autre façon d'attendre que ça se passe, que l'homme et la bête éjaculent, qu'ils en terminent avec les râles et la fureur.

Qu'il se détache d'elle, mais avant, il dit :

« Maintenant, c'est moi qui veux. »

Il dit :

« Si je ne peux avoir ton amour, j'aurai ton corps. »

Alors qu'elle se soumet, qu'elle le craint, il dit :

« Le collier est sous ton cul. Quand tu voudras m'épouser, il est à toi. »

Le sperme coule dans sa culotte.

Elle sait qu'elle ira vomir dans les toilettes.

Qu'elle rentrera chez elle, se lavera longtemps.

Qu'elle aura honte.

Qu'elle s'efforcera d'oublier.

Mais qu'elle n'oubliera pas.

Quand on ne peut pas avoir, on détruit. (*La beauté sur la terre*, C.-F. Ramuz.)

73

Et les femmes de banquiers, comment se portent-elles ?

Très bien en ce qui concerne Julia Riedle.

Ce jeudi matin, elle roule dans sa Volkswagen Golf gris métallisé, modèle discret et fiable. Si Jean Calvin avait pu posséder une voiture, ça aurait été celle-ci. Julia écoute une cassette des Earth, Wind & Fire, *best of*. Ses pieds agiles chaussés de baskets jouent sur les pédales. Elle a la conduite nerveuse et efficace, en rythme avec le funk symphonique du groupe de Chicago ; ce tempo fluide qu'elle épouse, elle et ses jeans délavés, son chemisier blanc et ses cheveux noués en chignon. Léger maquillage, bronzage aux ultraviolets, son péché mignon, ne supportant pas la pâleur qu'elle associe à une forme de morbidité.

Julia rejoint le quartier industriel de la Praille en contournant le centre-ville par l'est, une longue boucle qui lui fait traverser des quartiers résidentiels, des villages et des tapis de campagne nue en cette saison, aboutissant à Carouge par le tunnel du Val d'Arve, puis dans la commune de Lancy où se trouvent les Ports francs de Genève.

Elle montre ses papiers au garde dans sa guérite, franchit la barrière de sécurité menant au parking privé des visiteurs. Elle doit montrer encore patte blanche à deux reprises, ce qu'elle fait avec désinvolture. Un agent de sécurité l'accompagne jusqu'à l'un des bâtiments de stockage, lui tient la porte avant de prendre congé.

Rien à cacher, Julia. Tout est en règle. Tout à la lumière du jour. Une fois le hall franchi, on découvre l'aménagement fonctionnel éclairé par des néons blêmes, on s'engouffre dans les 75 000 m² de dépôt sous douane. Là où la lumière du jour n'a plus accès. Là, encore : des gardiens, des ascenseurs, des portes blindées, des codes de sécurité. Sauf qu'ici on entrepose essentiellement des œuvres d'art, des bijoux, des meubles de collection, des grands crus millésimés, des incunables, des objets archéologiques... Ce que l'argent transforme en choses tangibles, la jouissance sensible du pouvoir, sa concrétisation matérielle.

Julia Riedle est attendue dans un petit salon privé aménagé avec le confort d'une chambre d'hôtel, si ce n'est qu'à la place d'un lit *king size* se trouvent un divan et trois fauteuils, atoll de mobilier contemporain regroupé autour d'une table basse. Il ne faut pas croire que les Ports francs ne sont que des kilomètres de couloirs en béton brut destinés à stocker du matériel, il s'agit également de recevoir en vue de réaliser des affaires. Max Vermillon et ses hôtes se sont levés. Max se présente, ami de l'ami, joue les intermédiaires, il s'agit de rendre service, un peu entremetteur un peu maître d'hôtel — d'ailleurs une bouteille de champagne transpire dans un seau à glace. Il présente Julia Riedle à Mireille Leone. Les deux femmes se serrent la main, on pourrait les opposer dans une course de demi-fond tant leurs physionomies se ressemblent, la peau tendue sur les organes, la musculature sèche, l'ossature visible. Julia est plus grande de quelques centimètres, sa peau est dorée par les solariums, celle de Mireille brûlée par le grand air. Mais c'est Mimi qui a les plus beaux yeux : plus profonds plus intenses plus meurtris, alors Julia quitte son regard et demande à Max de lui servir une coupe de champagne. Le troisième larron que Julia salue est Albert Fitoussi, promoteur monégasque et investisseur frénétique. Le rondouillard jovial lui rappelle son bon gros Horst. C'est lui qui gère les 55 mètres carrés de dépôt aménagé en *showroom* qu'il loue en tant que prête-nom pour divers collectionneurs souhaitant rester anonymes. Julia Riedle est une amie de longue date de Fitoussi, ce dernier ayant été contacté par Vermillon à la demande de Mireille Leone. Julia Riedle parachèvera ainsi la transaction entre celui qui veut vendre et celui qui veut acquérir. Julia Riedle, en dehors de ses séances de solarium et de la course à pied qu'elle pratique jusqu'à l'obsession, est experte en art. Ses compétences reconnues, ses diplômes, son entregent, son carnet d'adresses, lui valent jusqu'à douze pour cent de commission sur une vente, quasiment un record dans le domaine où les meilleurs plafonnent à 8,5. Julia s'en amuse. Les Ports francs sont une zone de stockage et de transactions échappant à toute taxe ou impôt sur la fortune. C'est encore une stratégie gagnant-gagnant pour la joyeuse équipe ici présente. Julia s'en amuse. Elle est une des rares personnes que je connaisse à savoir être au bon endroit au bon moment. À être pleinement satisfaite de sa vie, de ce qu'elle fait, de ce qu'elle est. Jamais eu un accroc sévère au cours de son existence. Il y en a comme ça, que la tragédie épargne.

On échange au cours d'une discussion amène, prolégomènes où l'on affiche une expression badine et superficielle. À l'exception de Mimi, qui fait semblant d'écouter, le visage impassible.

À l'écart, un chevalet recouvert d'un drap blanc.

Il est là.

Elle imagine, elle ne l'a pas encore vu.

C'est un moment important pour elle. Et lorsque Max propose qu'on s'approche de l'œuvre en question, Mimi demande à ce que les hommes sortent. Fitoussi et Vermillon sont surpris. « On se verra tout à l'heure pour les questions légales », ajoute Mireille. Ils acquiescent, emportent leur verre, referment derrière eux.

« Pourquoi pas les hommes ? demande Julia.

— Ça me regarde. Ni les hommes ni l'argent en présence du Beau. Montrez-moi ce tableau, Julia. »

Julia s'avance, le drap glisse et tombe au sol comme si on avait déshabillé cette vue d'été du Grammont peinte par Ferdinand Hodler en 1905. Je ne vais pas vous décrire le tableau, vous chercherez sur la toile le titre de cette huile de 64,5 x 105,5 cm.

1905, c'est l'année de parution d'*Aline*. C'est l'année où se déroule le roman de *Construction de la maison*. C'est la vue exacte de cette montagne du Chablais valaisan depuis la zone de Treytorrens, au ras de l'eau, là où a vécu Charles Ferdinand Ramuz, là où se déroule *La beauté sur la terre*. Pour Ramuz, le lac a été le point de départ. Un homme qui se dépouille et recommence tout depuis le début, l'écriture, donc l'apprentissage de la vie. Cette étrangeté de se renouveler à partir d'une étendue mouvante, une mise à plat sur de l'instable, une remise en question totale après les égarements parisiens et les doutes générés par une ville trop faste pour qui est trop sincère. C'est là, dans ce hameau au bord de l'eau, qu'il a trouvé le levier pour se soulever lui-même et écrire enfin à sa façon. C'est là qu'il est devenu un homme pour devenir un écrivain. Ce même lac Léman qui, pour Hodler, est un « paysage monde », une matrice. L'insatiable retour du même afin de trouver son propre équilibre, ce lac peint et repeint depuis des dizaines de points de vue différents tout au long d'une vie.

Convergence de deux hommes. De deux destins. De deux artistes. Mimi passe une main sur sa bouche, froisse ses lèvres, longtemps lentement, car elle n'ose toucher la toile de peur de la blesser.

« Vous m'en certifiez l'authenticité ? demande Mireille.

— Absolument, répond Julia. Sinon je ne serais pas ici.
— Ma question est stupide, je sais, mais je n'ai pas l'habitude. Pardonnez-moi.
— Ne vous inquiétez pas pour ça.
— C'est qu'il y a toujours un socle, une base, il y a toujours une nécessité de vérité, vous comprenez ? Souhaiter que ce qu'on voit, que nos expériences aient un sens, que tout ne soit pas perdu, que la vacuité ne l'emporte pas sur la plénitude et le mystère. »

Mireille Leone n'a pas ôté sa veste en cuir, elle n'a pas de sac à main, juste un portefeuille moulé dans la poche arrière de son jean. « Je vais y aller, dit-elle. Max s'occupera des démarches administratives. Je vous remercie, Julia, je vous remercie infiniment. »

Mimi s'éloigne ; sur le pas de porte, elle se retourne. Julia n'a pas bougé. Elle est émue, non pas parce qu'elle a vendu un tableau hors de prix, mais parce qu'elle a vendu un tableau hors de prix à quelqu'un qui comprend ce qu'elle achète.

« Est-ce que Ferdinand Hodler a peint la mer ? demande encore Mireille.
— Jamais, répond Julia.
— C'est bien. C'est très bien comme ça. »

Le Port franc a une fonction de gestion de fortune et d'optimisation fiscale pour des marchandises de haute valeur.

Il arrive aussi que l'optimisation fiscale n'ait plus rien à voir avec la valeur réelle des choses.

74

Et les femmes d'hommes d'affaires, comment meurent-elles ?
D'abord, Odile Langlois ne pensait pas mourir aujourd'hui.
Mais voilà qu'elle se lève dans la maison silencieuse, la maison trop vaste. Que ce jeudi matin, aussi bien pour elle que pour

Julia Riedle, le ciel est d'un bleu électrique, le lac à l'horizon une flaque d'huile brumeuse, que des voiles blanches penchent sous le léger vent soufflant du sud-ouest. On entend les oiseaux piailler dans les arbres, la vie renaît, insupportable, et Odile se demande comment elle pourra tenir jusqu'au soir. Comment soulever son propre poids, comment ne pas imploser. Le problème, c'est qu'elle s'est mise à lire un livre particulier, elle qui ne lit que très peu et superficiellement. Et que, parfois, les livres vous consolent autant qu'ils peuvent affirmer votre désarroi. *Reste là et attends. Elle ne peut pas partir d'ici : elle est mariée. Quand on est mariée, il faut rester avec son mari et ses enfants, attendre là que le reste de soi-même se soit tout évaporé. Elle ne peut plus bouger : elle est une proie facile pour la mort.* L'alternative à Réjean Ducharme est *With or without you* de U2, je ne peux vivre avec ou sans toi.

Avec ou sans toi.

Je ne peux pas.

Vivre.

Alors, Odile pose le livre en échange d'une vodka-Schweppes. Ça descend tout seul à partir de 9 heures du matin. C'est dévastateur. L'amertume et le sucré appellent un autre verre, puis un autre, et l'ivresse tend la main au chagrin au lieu de l'éloigner, alors, ce désespoir amoureux, on se demande d'où il vient, il vient de si loin, étranger à nous-mêmes, tu ne trouves pas d'issue et je m'arrache la peau avec toi, Odile. Je me découpe le sternum et je perce ton cœur avec une aiguille, et je mords tes plaies pour qu'elles s'infectent. Et je me fais du mal au souvenir de ce qu'est le mal d'amour, je comprends soudain pourquoi on est si enclins à le renier une fois pour toutes, pour ne plus avoir encore à l'affronter, et en même temps, c'est tout ce qui peut valoir la peine, c'est tout ce qui aiguise l'esprit, vous fait toucher le centre de la cible.

Mais tu ne comprends pas, tu ne comprends pas, c'est flou, la mer c'est vague, ce ciel bleu te tourmente, une insulte à ton désespoir, tu ne sais même plus pourquoi tu souffres, alors je pense que le moment est venu,

non,

je ne pense même pas, je ne suis plus en mesure de penser, c'est l'alcool, c'est le corps, ses tendons, ses creux à remplir, ses gouffres, toutes ces larmes sèches, ces larmes d'amertume, de rage et d'impuissance, car si je meurs le monde meurt avec moi et j'espère que vous souffrirez, que vous vous sentirez les vraies merdes que vous êtes parce que vous êtes de petits êtres insignifiants et mesquins, que je vais pourrir avant vous oui, mais parce que vous êtes lâches Aldo mon Dieu Aldo je suis vieille je suis trop vieille trop fatiguée je me sens je sens que je vais partir je n'ai plus d'air je cherche dans le souvenir de la jeunesse dans les plis de cette robe de mariée entreposée dans le dressing du sous-sol près des combinaisons de ski et des chaussures de randonnée dis-moi René ces objets inutiles ceux qu'on garde parce que de les jeter équivaut à oublier hein René cette distance cette lente dérive cette

lente

dérive.

Odile se déshabille. Être Nue. Voilà. Elle ne peut pas être plus nue qu'elle même. Glisse dans sa robe qui lui va encore. Qui lui va même mieux qu'il y trente ans. Elle était plus pleine, alors : de vanité, de chair, de désirs, de projets, d'intentions. Elle ne remplit plus aussi bien le décolleté. Ses seins ont fondu après la grossesse. Avec un peu d'espoir, elle aurait songé à les refaire. Elle boit à même la bouteille de vodka puisqu'elle a terminé le Schweppes, qu'elle n'a plus le courage de remonter à la cuisine, d'ouvrir le frigo, de recommencer. Je suppose que monsieur Schweppes ne sera pas content d'être associé à cette débâcle, la mort ça ne vous donne pas des envies de consommation... Elle tâtonne, Odile, se souvient de la boîte en métal où René garde son pistolet d'ordonnance, celui de ses années d'officier dans l'armée suisse. Celui avec lequel elle a tiré tant de fois, par plaisir, le Pamir sur les oreilles et les lunettes transparentes devant les yeux. Le Sig-Sauer P220 est lourd dans sa main. Elle se demande si elle parviendra à en soulever le poids, le potentiel de mort dont il est porteur, les kilos de désespoir qu'il traîne à son insu. Elle fouille, d'abord dans sa mémoire, et puis dans la trappe derrière la tondeuse à gazon, où sont cachées les balles.

Elle en prend une. Une seule.

Pas de jardiniers aujourd'hui. Lani arrivera en début d'après-midi. Odile descend l'échelle de la piscine vide, elle met près de cinq mille ans pour toucher le fond, mais s'apprête à le toucher quand même, aucun doute, elle rit, flanche, manque le dernier échelon et s'affale dans l'humidité des résidus de feuilles mortes, elle est si soûle qu'elle tombe avec grâce, souple et candide. Elle est couchée sur le dos, le ciel est un rectangle assassin, une chambre obscure. Elle prend la balle, la suçote dans sa bouche comme un bonbon, avant de la pousser dans le chargeur. Bras tendus. Elle fait jouer la culasse, pose l'arme à sa droite, le long du corps. Odile relève sa robe, montre ce qui lui reste de nudité au ciel ingrat, aux oiseaux qui passent comme un éclat de chevrotines, aux lignes des réacteurs qui tranchent le rectangle azur au-dessus d'elle. Ses fesses glissent sur le sol laiteux, clapotent, sa peau si douce à cet endroit, en ce lieu. Ses doigts pénètrent sa fente, frottent en surface, index et majeur. Le plaisir est grand, elle imagine plein d'hommes autour de la piscine qui viendraient la voir se caresser, des milliers de mâles qui se masturberaient à leur tour, tous ces hommes qu'elle n'a pas connus, dont elle se fout, des milliers de testicules qui éjaculeraient sur elle depuis le bord, rempliraient la piscine de sperme. Au seuil de l'orgasme, tout au bord de la petite mort, Odile Langlois prend le pistolet et l'enfonce doucement à l'intérieur d'elle-même, fait aller et venir le canon froid qui glisse et surprend. Son pouce déverrouille la sécurité. Son pouce encore appuie sur la détente au moment de l'extase.

La balle traverse son corps de bas en haut, le contraire de la vie quand elle arrive, meurtrit les organes, avant de ressortir par le crâne et d'éclabousser la mosaïque de sang et de restes d'elle-même.

  La petite mort.
  La grande mort.
  Lani pourra toujours essayer de laver le sang sur la robe.
  « La Madame pas faire ça, maintenant elle aller en enfer. »

III

Fin de l'histoire

FÉVRIER 1990

Scripturale

Les gares et les aéroports ont vu plus de baisers sincères que les mariages.
Anonyme

75

La petite église de Collonges Bellerive : son parvis de gravillons clairs, ses roses de Noël dans les bacs, ses platanes alignés et dénudés, ses bancs de bois peints en vert. D'un point de vue strictement personnel et inavouable, le maire préfère qu'on y célèbre les mariages, cela convient mieux à l'image et au développement de la commune, classe aisée supérieure. On vient s'installer près des rives du lac pour le cadre privilégié, la tranquillité, la sécurité... Non, pas pour se tirer une balle dans le ventre. Le curé, lui, officie. Il prend tout, pourvu que cela mène au Dieu des chrétiens. On ferme un œil sur le suicide menant en enfer. René a su convaincre la police et les ambulanciers de ne pas ébruiter l'affaire. On a dû attendre le rapport d'autopsie confirmant la cause de la mort, que soit écartée toute présomption d'assassinat. Une fois prises les photos destinées au médecin légiste, les deux jardiniers péruviens ont nettoyé la piscine, quelques billets de cent francs supplémentaires confirmant leur légendaire mutisme.

Ne pas ébruiter. On privilégie la thèse de l'accident, la chute dans la piscine vide, le crâne heurtant le sol. Seuls Diane, Guillaume et Max sont au courant des faits tels qu'ils se sont déroulés. Ce qui signifie que bientôt un tas d'autres gens sauront ce qui s'est passé et comment. Parce qu'un tel « comment » est difficile à garder pour soi tant le mode opératoire surprend. Sont présents également à la cérémonie, outre René Langlois (qui a eu la délicatesse de ne pas amener sa Brésilienne), Christophe Noir et Albert Fitoussi. Les ami-e-s des soirées raclette, Spa ou Nouvel An (Édith, Jacques, Patrick, Muriel), un frère revenu d'ailleurs pour la circonstance, l'ancienne *coach*, l'amie décoratrice ainsi que quelques connaissances et voisins. Et puis, au fond de l'église, tout au fond, près de la porte et du bénitier, source et conséquence du drame, Aldo Bianchi.

D'ailleurs, il n'ira pas plus loin que l'église, Aldo. Il n'accompagnera pas le break vitré Mercedes jusqu'au cimetière pour les honneurs, il n'assistera pas non plus à la réunion *in memoriam* dans la salle attenante à la morgue, alcools et buffet froid comme le veut la coutume.

Il n'ira pas, Aldo. Le cercueil est emmené, quelques-un-e-s pleurent, même si ce n'est ni René ni Diane, mais plutôt Lani, l'esthéticienne, le coiffeur ou les copines des cocktails dînatoires, les âmes simples, au fond, les moins cyniques et les plus enclines à la manifestation physique du chagrin.

René et Diane sont incapables de larmes, pourtant il ne faudrait pas juger leur cœur de pierre. Face à l'ampleur du geste, l'absence de chagrin apparent masque la stupeur pour René (l'incompréhension) et la colère froide pour Diane (l'abandon).

Une épouse, une mère. Pas comme ça.

Le cortège s'éloigne, et celui qui reste avec Aldo, jusque-là en retrait, s'approche de lui et lui remet une enveloppe, est Matt Mauser.

Parce qu'on ignore ceci : Odile a téléphoné au détective peu avant de descendre dans la piscine pour son bain de sang. Elle lui a demandé cela comme une dernière volonté, accompagnée d'un chèque de dix mille francs plié sous la bouteille de vodka au bord du bassin vide et de son désarroi.

Matt a retenu Aldo par l'épaule, a empoigné son épaule sous la veste en jean. Aldo s'est dégagé, lui a demandé quel est son problème, le teint blême, les cheveux presque sales. Et tandis que son regard suit le cercueil emmené par le corbillard bleu marine, le détective le rappelle à lui, à sa présence massive :

« Quand j'ai compris ce qui se passait, j'ai foncé comme un malade, peut-être que j'aurais pu l'empêcher... », dit le détective.

Matt Mauser s'essuie la bouche avec sa main, il a un peu bavé, c'est l'émotion, une sorte de rage, l'envie de lui cracher à la gueule, à ce bellâtre à la con.

« Mais tout ça, c'est des conneries, parce qu'en réalité, tout était achevé. Parce qu'il fallait que je voie ça aussi, tout ce gâchis, toute cette merde sentimentale qui se termine par du cartilage et du sang... Voilà pour toi, connard, prends et regarde. Moi, j'en ai terminé, j'en ai ma dose de vos conneries. »

Et Matt Mauser de s'en aller, de sortir de notre histoire, témoin oculaire et complice malgré lui, rouage du tragique, neurotransmetteur du chagrin. Voilà où ça mène de fouiner, de vouloir connaître la vérité à tout prix, bordel Odile, tu vivais si bien dans le mensonge.

Le détective-hippopotame est parti. Le cortège funèbre est parti. Il n'y a plus qu'Aldo devant l'église et trois corneilles à ses pieds pour faire bonne figure. Aldo Bianchi et une enveloppe Kraft, format A5, qu'il décolle, déchire, les mains froides, ankylosées, dures comme de petits cailloux assassins. Et il voit : la série de tirages le montrant avec Svetlana, noir et blanc, mais leur amour est visible en technicolor, la fascination, l'attirance des corps surpris, clic-clac, à faire du lèche-vitrine. Leurs visages rayonnants. Il passe les photos en revue comme un jeu de cartes, Luana et le cirque, Svetlana et lui s'embrassant au pied de son immeuble, l'as de cœur, au final, étant le corps fracassé, explosé, meurtri d'Odile dans la piscine, son arme

encore entre les cuisses, métal métal métal, sa tête à moitié disparue et le reste éparpillé sur la glaçure bleue.
En couleur.
Matt Mauser prend sa retraite. Sa dernière photo est une œuvre d'art, celle de trop.
Aldo Bianchi, lui, va rester. Et où pourrait-il aller si ce n'est dans le mur ?
Il déchire comme il peut les photos de ses doigts raides et froids et ankylosés, il n'arrive pas à en faire des confettis, jette le tout dans la poubelle du parking de l'église.
Il se dépêche, remonte dans son Alfa. Se touche l'entrejambe, il bandouille, mais c'est nerveux, c'est la mort qui appelle au sursaut éjaculatoire. Remet ses couilles en place.
Ses doigts froids. Durs comme l'amour.

76

Convocation.
Julia Riedle est présente.
Svetlana Novák cache sa surprise, son intuition lui dit que ce n'est pas bon signe. Mais Svetlana a décidé de passer outre son intuition. Les corps sont doués de raison. Aujourd'hui, il n'est pas question de tenir compte de ces interférences, elle veut s'asseoir sur du tangible : Horst Riedle l'accueille dans son bureau, affable comme à son habitude. Les traits un peu tirés, il est vrai, mais son attitude allègre se veut rassurante, ses manières sucrées sont coutumières.
Par contre, en retrait et assise sur le canapé cuir, Julia Riedle lui adresse un sourire compassé. La mélancolie sur son visage bronzé est une fausse note évidente. Rares sont les âmes en accord avec le spleen. C'est une marque de fabrique que l'on porte en soi, un pouce enfoncé dans la pâte à modeler de l'enfance, une empreinte cyclothymique pour les exaltations

et les débâcles à venir. Cela demande une forme de sincérité. Et de la pâleur.

Svetlana s'assied sur le siège que lui propose son chef, elle regarde autour d'elle, jouit du panache mousseux offert par le Jet d'eau dans le lointain ; la Petite Rade où le Rhône étrangle ses eaux vertes et transparentes, reprend son cours en glissant sous les portillons ouverts du barrage du pont de la Machine, filant vers la mer. Elle jette un rapide coup d'œil autour d'elle, envisage un changement minime du mobilier lorsqu'elle en aura pris possession (merci, Julia, tout est impeccable), pense à Aldo lorsqu'il se laissera tomber souplement sur ce même cuir capitonné pour la regarder assise sur sa gloire personnelle. Elle croisera ses jambes sous le tailleur, lui donnera envie. Et tant pis si, pour cela, elle a dû subir l'assaut de Christophe Noir. Bientôt, elle y sera, elle reprendra le dessus sur ses faiblesses et ses zones obscures. Remettra de l'ordre, éloignera le maléfice. Parfois le jeu est ainsi fait : des hommes laids ou malveillants abusent de leur pouvoir en s'octroyant des femmes qui ne les regarderaient pas dans une réalité différente ; en échange, des femmes profitent de leur beauté et accèdent à des situations professionnelles qu'elles n'obtiendraient pas autrement. Qui est le vainqueur de l'histoire ? Quelle dignité perdue ? À quel prix ?

Horst et son café ; Horst et son aspartame ; Horst et ses petits chocolats. On a emporté le sapin de Noël, et Svetlana regarde Julia, et Svetlana se demande comment on peut désirer un tel homme, ouvrir ses cuisses pour un tel homme. Agencement des goûts, imbrication interchangeable des individus, ces identités remarquables, nombres entiers, rationnels, réels ou complexes, ces identités qui permutent et commutent, comme nous tous, comme des humains avides, des humains qui veulent jouir, si c'est pas toi c'est moi c'est l'autre, mais ce n'est jamais personne et c'est tout le monde, quelqu'un est toujours là pour prendre la place de celui qui ne veut pas, s'abstient ou refuse, quelqu'un est toujours prêt pour nous, à notre place,

paré à faire à dire à s'élancer à prendre à s'attribuer à consommer à consumer, et nous devenons pareils à des variables permutables, remplaçables, substituables, transposables :
$(a + b)^2 = a^2 + 2ab + b^2$
Voilà l'équation. Voilà à quoi servent les mathématiques. À modéliser l'intuition. L'intuition qui est le point de départ, le levier.
L'origine.
L'intuition, Svetlana.
Julia ne devrait pas être là ce matin, dans ce bureau où Horst Riedle te convoque pour t'annoncer la nouvelle que tu attends depuis des années, qui devra te faire oublier les sacrifices, les chutes et l'obstination, et l'humiliation d'un stupre auquel il a fallu consentir, le sperme de banquier dans ta culotte.
Alors voici que les préambules sont consommés, la jeune femme attend, elle ne peut pas anticiper ni bousculer. Horst y arrive, laisse-le venir, même si ce n'est pas encore ce que tu veux entendre. Et, d'une certaine manière, ça la rassure :
« On a un petit souci avec les travaux de rénovation du rez-de-chaussée, Svetlana. Dès la semaine prochaine, vous allez vous occuper de superviser la bonne marche de cette maintenance. La réfection va entraîner un bazar pas possible au niveau de notre gestion clientèle. Sans compter les soucis liés à la sécurité. Il va falloir nous prémunir, faites appel à une entreprise privée de gardiennage, si vous le jugez nécessaire, bref je vois là une source légitime d'inquiétude…
— Vous pensez vraiment que je… ?
— Il me faut une personne de confiance, continue-t-il. C'est délicat. Vu l'instabilité politique à l'Est, le siège de Zürich prévoit la possibilité d'un afflux massif de devises étrangères, et il n'est pas impossible que l'on doive agrandir la capacité de nos coffres également. C'est délicat parce que tout cela est un peu improvisé et qu'on me refile la patate chaude, que le niveau de sécurité n'est pas exactement conforme aux standards requis…

— Je comprends pour les travaux du rez-de-chaussée, mais en ce qui concerne les coffres, ne peuvent-ils pas entreposer à Zürich, justement ?

— Et cette personne, c'est vous, je ne vois personne d'autre.

— Je trouve aberrant que...

— C'est ainsi et ce n'est pas moi qui décide, nom de Dieu ! »

Svetlana esquisse un mouvement de recul. Julia se raidit sur le divan.

« Excusez-moi, je... Tout ça arrive à quelques semaines de mon départ, comme vous savez, je nage en pleine confusion, et je... je ne vais pas très bien... » Il passe l'index dans le col de sa chemise. « Et puis, autant ne pas tourner autour du pot, j'ai une mauvaise nouvelle à vous annoncer. »

La phrase tombe comme un couperet de guillotine sur une nuque tendre. Svetlana plie son cou. Que peut-elle faire d'autre que de s'offrir au châtiment du bourreau ?

« Le conseil d'administration a refusé votre nomination à ma succession. »

Voilà, c'est dit.

Mais on peut faire plus mal, touiller dans la chair :

« Christa Roskoff prendra ses fonctions début avril.

— Christa ? balbutie Svetlana. Elle n'a jamais eu de responsabilités à ce niveau ni l'occasion de...

— Ils souhaitent quelqu'un du siège alémanique, l'interrompt Riedle. Je suis navré, absolument navré.

— Mais vous m'aviez promis ce poste !

— Je vous *proposais* pour le poste, Svetlana. Je n'ai rien promis. Il me semblait que c'était une formalité. Visiblement, ils ne voient pas la situation du même œil.

— Et votre marge d'influence ? Vos contacts ?

— Je suis un peu diminué, Svetlana, je...

— Je suis à vos côtés depuis le début, personne ne connaît le job mieux que moi ! Êtes-vous sûrs d'avoir fait le maximum, Horst ?

« — J'ai un cancer, Svetlana...
— Je ne vois pas ce que le cancer a à voir là-dedans !
— Svetlana, ça suffit ! » intervient Julia en bondissant du canapé.

Son visage est déformé par la colère et l'outrage, il est un parchemin sur le point de prendre feu, révélant des rides insoupçonnées, un réseau de vieillesse inédit. Plus calme : « Je comprends votre colère, mais ça suffit. »

Svetlana sent la sueur couler le long de son échine, inonder ses aisselles. Une sueur âcre, quand la transpiration est jaune, quand c'est une motte de beurre parce que vous vous êtes liquéfiée. Elle pourra jeter son chemisier blanc à la poubelle.

« Un... un cancer, vous dites ? »

Svetlana a honte. C'est vache, parce qu'on lui a ôté le droit à une colère légitime, on lui a jeté à la figure l'argument ultime de la maladie, et la bienséance veut qu'on fasse passer tout le reste au second plan, ses ambitions, ses frustrations. Julia s'approche de Svetlana, l'aide à se lever. Horst est immobile au milieu de la pièce et se tait. Julia raccompagne Svetlana jusqu'à la porte, et on comprend maintenant la raison de sa présence.

« Ça va aller, jeune fille ?
— Je suis désolée, absolument désolée...
— Chacun va reprendre ses esprits, on reparlera de tout ça tranquillement. Acceptez cette nouvelle comme nous acceptons la nôtre. Rien n'est perdu. Il faut lutter, se battre. Tout ira bien, tout ira bien... »

Svetlana ignore à qui Julia adresse ces mots, sans doute à l'Humanité entière, paix sur la terre et aux femmes de bonne volonté. Elle constate seulement que la porte se referme derrière elle, qu'elle se retrouve dans le hall du dernier étage, qu'elle attend l'ascenseur, ses hauts talons s'enfonçant dans la moquette à motifs d'arabesques, que la lumière des appliques aux murs est tamisée.

Mais la moquette est du sable mouvant et la lumière un soleil noir.

Svetlana revient sur ses pas, ouvre la porte d'un coup, surprend Julia et Horst dans les bras l'un de l'autre.

« C'est lui, n'est-ce pas ? C'est à cause de Christophe Noir ?

— Je ne comprends pas, répond Horst en s'écartant de sa femme.

— Il vous a raconté qu'on a couché ensemble. Je suppose que vous pensez que je ne suis plus digne de confiance ? Je ne suis plus crédible à vos yeux ? »

Julia ne dit rien, elle semble embarrassée, Horst cligne plusieurs fois des paupières.

« Vous m'apprenez une chose Svetlana, mais votre vie privée ne m'intéresse absolument pas. Le siège central en a décidé ainsi, croyez-le ou non. Faites-moi plaisir, prenez une journée de congé et ressaisissez-vous, c'est un ordre. »

Svetlana referme la porte, la défaite est totale.

77

Elle est maintenant chez elle, à genoux face à la cuvette des toilettes. Les hoquets raclent son œsophage, elle a déjà tout rendu, mais il reste une sorte de bile tenace, une main s'accroche à la lunette, elle a honte, elle plie. Elle pense par à-coups, par vagues, comme sa nausée, les accalmies ne font qu'anticiper une nouvelle crise, de nouveaux spasmes.

Pas le poste
Tu n'auras pas le poste
Tu es une merde
Tu n'as pas su
Christophe Noir
Christa Roskoff
Christ sur la croix

Peau de vache
Christa Roskoff: salope
Christophe Noir: connard
À Zürich
Riedle à Zürich
Logique
Cancer
Crève
Solarium
Mélanome
Julia Riedle: connasse
Horst Riedle: crève
Odile
Piscine
Odile: Aldo
Arme à feu
Aldo à moi
Crève, Odile
T'es crevée
Suicide
Utérus
Christophe
Noir
Viol
Coffres
Viol
Devises
Billets de banque
Utérus
Viol
Explosé
Ventre ventre ventre... Ton ventre, Svet, quelque chose dans ton ventre, autre chose dans ton ventre que cette nausée du monde, cette trahison du monde, l'intuition, suivre ton intuition,

quelque chose d'autre bouge ailleurs, et cela n'a rien à voir avec ton désarroi, cela a tout à voir avec ton désarroi.

Accalmie, la pensée plus lucide demande : est-il possible qu'à l'échelle d'un territoire, des hommes et des femmes traversent un pic de souffrance commun ?

[Digression ouverte]

Le professeur Boltzmann énonce :

La nature ne peut s'empêcher de passer d'une basse entropie à une entropie élevée ; la bûche arrive tôt ou tard au feu. Le carbone et l'hydrogène ordonnés — combinaison particulière et stable — se décomposent et brûlent, processus irréversible, et le monde se consume.

Le professeur, encore : la seule marque visible du temps observé physiquement est le deuxième principe de la thermodynamique : la chaleur passe du chaud au froid et jamais le contraire. L'agitation thermique mélange et désordonne.

La seule marque visible du temps : $\Delta S \geq 0$: Delta S est toujours supérieur ou égal à zéro.

L'équation de la flèche du temps.

Des molécules se heurtent, se poussent et se mélangent. L'agitation se diffuse. Ce qui est froid se réchauffe au contact de ce qui est chaud.

La tendance naturelle de toute chose est le désordre.

Nous sommes une particularité dans ce désordre.

Ludwig Boltzmann. « Le doux trésor dodu », ainsi que l'appelait sa femme Henriette, se pend le 5 septembre 1906 dans sa chambre d'hôtel à Duino, près de Trieste, pendant que son épouse prend des bains de mer avec leur fille.

Ludwig Boltzmann se pend.

La tendance naturelle de toute chose est le désordre.

[Digression fermée]

Entends, Svetlana : on cherche à ouvrir la porte de la salle de

bain. L'espace intime si difficile à préserver. L'intrusion, celle dans ton corps d'un corps étranger. Tu n'arrives pas à t'en défaire, l'idée de cet homme qui t'a prise et t'a volée. Tu n'arrives pas à t'en défaire, une promesse rétractée, ce qu'on t'a donné et puis repris. Mais là, ici, le « on » est ta fille, la chair de ta chair. Qui insiste, supplie sa maman. (« Maman ? Maman ?! Maman ! ») Tu dois te lever, mais tu glisses, tes pieds nus patinent sur le carrelage souillé, partie de ces rejets que tu n'as pas su refouler correctement. Apprendre à vomir en silence et proprement. Tu n'as pas su, et tu as honte, tu n'as pas su, en général, et maintenant tu te retrouves en culotte dans ta salle de bain, malade et humiliée, ta fille ne comprend pas ce qui arrive à sa mère, ta fille panique. Tu tires la chasse, déroule le papier hygiénique, essuies comme tu peux autour de toi, titubes jusqu'à la porte, la clé, tourner la clé. Luana ouvre aussitôt, la porte cogne ton front, le choc n'est pas si fort, mais tu te sens partir, tu sens que tu quittes la conscience, et il n'y a rien, absolument rien à faire pour préserver ta fille, la protéger, la rassurer et la chérir malgré ton échec et ta douleur. Tu t'en vas, tu t'évanouis, tu n'y arrives plus.
Tu
n'y arrives
simplement
plus.

Aldo le superficiel. Aldo le Gigolo.
Il venait ce soir pour consoler son chagrin à lui, apaiser ses angoisses à lui. Et voilà qu'il rencontre un chagrin et une angoisse en miroir.
C'est lui qui la recueille, la soulève et la pose délicatement sur le lit. Rassure la petite avec des gestes, avec des mots de père. Prend une serviette qu'il passe sous l'eau chaude, c'est lui qui lave, apaise, cherche la conscience de cette femme qui ouvre les yeux. Elle se réveille dans ses mains. Il a de belles

mains, Aldo le Gigolo. Douces, grandes, fortes. La droite est un peu calleuse à force de tenir le manche de la raquette depuis toutes ces années, mais c'est sensuel, la sensation de frottement rêche qu'elle donne, quelque chose de fort, qui pourrait blesser, mais a décidé de demeurer délicat.

Elle appelle : « Aldo... ? » Il répond : « Je suis là. »

Luana s'est allongée près de sa mère. Elle ne pleure plus. Elle se blottit contre, pour, avec, sa mère qui l'accueille, l'englobe, devient poulpe.

Aldo se rend dans la cuisine, met de l'eau à chauffer, hésite devant le choix de tisanes, verveine menthe poivrée, c'est bien, revient dans la chambre à coucher, demande si ça va, exhorte Svetlana à boire, il revient, et repart, cherche et trouve la serpillère dans un placard, un seau, du produit détergent, une éponge. Il nettoie la salle de bain, recouvre l'odeur de vomissure par celle du savon noir, fait couler un bain chaud, vérifie plusieurs fois la température avec le dos de sa main.

Il chérit. Il prend soin. Il protège.

Lui, Aldo le Gigolo ; Aldo le superficiel ; Aldo l'égoïste.

C'est nouveau pour lui. Il se sent de faire, il se voit faire, et puis oublie. Il est transporté.

Maintenant, il borde Luana après l'avoir accompagnée dans son rituel du soir, même s'il est tardif et mouvementé : brossage des dents, verre de lait chaud, lecture d'une histoire. Cette éventualité de paternité se manifeste soudain, cette envie de poser sa main calleuse et forte sur la tête d'une enfant pour qu'elle s'endorme.

Maintenant, Svetlana est assise sur le divan du salon, les pieds repliés sous ses fesses, elle tient une nouvelle tasse de tisane dans ses mains, elle est sortie du bain, elle est en peignoir, ses cheveux sont encore humides. Elle est pâle, mais elle a retrouvé une esquisse de sourire. Elle prend ce qui lui reste de courage, lui dit pour sa promotion refusée, omet de parler de l'épisode Christophe Noir. Ce n'est pas clair encore, mais elle pressent qu'il y a mieux à faire que de provoquer une réaction violente et inutile chez Aldo.

Il y a bien mieux à faire.

En revanche, quand elle lui dit pour Christa Roskoff, Aldo est encore debout, une bière à la main, ses traits sont tirés, le voile persistant du corps fracassé d'Odile imprimé dans sa mémoire. Le sentiment de culpabilité tenace qu'il s'efforce d'effacer. Le déni aussi est une chose qui s'apprend. Quand elle lui dit pour sa promotion manquée, Aldo grimace, allume une cigarette, puis lui tourne le dos et contemple derrière la vitre les lumières des bâtiments voisins s'éteignant une à une.

« On est des petits, Svetlana. Même toi, même toi, bon sang...
— Je ne comprends pas, Aldo.
— Je veux dire, même toi qui as fait des études... Moi, encore, je veux bien... Je me suis arrêté à l'école obligatoire, un champion manqué devenu prof de tennis. Mais toi, putain, toi... Avec tes diplômes, tes langues, ton expérience, ton savoir-faire...
— Je ne suis pas sûre de comprendre.
— Parce que tu ne veux pas voir.
— Aldo, tourne-toi, s'il te plaît, regarde-moi.
— Tu veux la vérité en face, c'est ça? On est des petits, Svetlana, on vient de familles modestes, on manque de culture... T'es une communiste, une immigrée, je suis le Rital de service... On cumule les tares, on est des petits, voilà la vérité...
— Arrête, Aldo.
— À moi aussi, on m'a fait des promesses...
— Tu te trompes...
— Ah, oui? C'est drôle, à moi aussi on m'a dit, tu sais... On m'a dit... »

Aldo écrase sa cigarette dans le cendrier, s'approche d'elle :

« Tu ne la sens pas monter, cette rage, tu ne la sens pas dans tes tripes? » Elle voudrait répondre qu'elle vient de la vomir,

qu'elle en a encore en stock, des kilos de rage dans le placard à nourriture, l'écœurante nourriture de la frustration. Elle tire Aldo par la ceinture de son pantalon, il tombe à côté d'elle, bruit sourd du divan percutant la cloison. Il la regarde, surpris, elle ouvre son peignoir, ses yeux se voilent, ses seins se dressent, les tétons durs et fiers. Elle-même ne comprend pas cette subite envie qu'elle ne maîtrise pas. Ses cuisses qu'elle écarte, ce centre de gravité, retrouver l'homme qu'elle connaît, l'homme qu'elle veut, qui sait la remplir, cette adéquation entre son corps et son plaisir révélé. Effacer le reste, recomposer l'ensemble, d'abord le corps, recommencer par le corps, reconstruire par le corps, libérer sa queue, lui monter dessus, imprimer son rythme, sa cadence, la courbe exponentielle menant à l'orgasme,
   et ainsi,
tout s'éclaire, le projet se dessine, devient évidence,
elle se libère, humide, coule, elle en a honte parfois de mouiller autant avec lui, prend sa main de joueur de tennis, l'emporte comme un talisman dans sa chambre, il s'empêtre dans son jean, s'en libère, le slip vient avec, elle s'échappe, il arrive, elle le renverse, le baise avec rage, cette même rage, mais différente, une rage de cœur, d'instinct, de jouissance, mouille, gicle, gode, c'est un arc-en-ciel, juxtaposition de lumière et d'eau,
   leur prisme,
et puis, ils retombent, s'écrasent sur le matelas du réel, reviennent à eux comme on reviendrait d'une transe, d'un coma grandiose les ayant projetés dans les étoiles, une supernova de volupté.

Le silence.

Ils ont complètement oublié Luana.

Svetlana va guigner dans sa chambre. Elle dort. Paisible.

Les enfants n'ont pas ces tourments.

Svetlana revient dans leur chambre. Elle pense, elle sait qu'elle peut désormais se le permettre. Elle sait qu'elle pourrait mourir et que cet homme s'occuperait de sa fille. Svetlana se recouche près d'Aldo. Elle est en confiance. Là où on donne le meilleur de soi-même (charnières, ça grince, on ouvre la porte au secret) : « Et si ? » (On dirait du Constantin Stanislavski). Elle dit, dans la pénombre, elle dit, Svetlana : « Et si l'occasion se présentait, est-ce que tu... ?

— Oui, dis-moi, Svet... »

Non, il faut d'abord qu'elle sache, qu'elle en soit sûre. Ça ne sert à rien de vouloir vérifier jusqu'où il serait prêt à aller avec elle.

Retenir cette folie du bout de ses lèvres : non, pas maintenant.

D'abord, être sûre que ce soit possible. Ils n'ont plus de temps pour les espoirs déçus.

« Et si on partait en week-end la semaine prochaine ? »

Aldo acquiesce, elle sent son menton bouger. « Tout ce que tu veux, mon amour. Tout ce que tu veux... »

Svetlana se blottit. Il faut d'abord qu'elle soit sûre.

Sûre que ce soit possible. Que cela advienne.

78

Ça fait mal.

La dernière fois qu'on l'a frappé, c'était en 1974 dans les geôles d'Augusto Pinochet, à Valparaiso. Là où il a perdu toutes ses dents de devant. Maintenant, les coups lui arrivent dans les reins, un gros bâton, peut-être une batte de baseball.

De toute façon, quelque chose qui fait mal.

La mémoire du corps, la terreur qui le laisse sans voix alors qu'il tombe à genoux, le souffle coupé et l'incompréhension dans le regard.

On le pousse du plat du pied, entre les omoplates, son visage cogne le sol en béton du parking. Son nez craque, il songe à ses dents, encore, pourvu que ses dents tiennent le coup, les dentistes en Suisse sont hors de prix. Deux bras puissants le soulèvent par le col de son veston, le font se relever comme un pantin, un autre homme le plaque contre le capot d'une berline. Dans son dos, il sent la tôle plier sous le poids qu'on lui inflige. Des grumeaux de sang coulent sur ses lèvres, s'immiscent dans sa bouche, il n'a plus le temps de sentir la douleur, il entend des mots, des menaces.

On reconnaît le Kosovar aperçu au stade.

Qui dit : quinze mille francs.

Qui deviennent vingt mille, maintenant qu'il a joué au con.

La prochaine fois qu'ils reviendront, il ne marchera plus, promet-il. Un mois de retard. Une dette, un accord. Les Albanais ne plaisantent pas avec la parole donnée. Mieux vaut y réfléchir à deux fois avant de mettre son petit doigt dans l'engrenage du Kanun. On lui prend sa montre de prestige, celle pour laquelle il avait économisé. On lui envoie un dernier coup de poing dans le foie, comme ça, dans son abdomen tendre et offert. Il a si mal qu'il pense s'évanouir, mais la mémoire du corps, c'est aussi se souvenir qu'il a résisté à la torture, à l'époque, il a résisté en héros anonyme, faut lui laisser ça.

Les deux hommes disparaissent sous les néons du parking, les zones d'ombre comme des tranches de pain noir.

Il s'était pourtant battu pour un idéal, celui que pouvait représenter Salvador Allende avec ses lunettes à la Buddy Holly et son assassinat qu'il avait vécu comme la perte d'un père symbolique, il s'était senti orphelin à 28 ans, prêt à mourir pour ses idées.

À présent, Daniel Campos vomit dans un parking du centre-ville de Genève, se soutient aux carrosseries des voitures pour rejoindre son Audi 80. Par chance, il ne rencontre personne, il n'a pas à ajouter l'humiliation à la douleur. Son costard Hugo Boss est bon pour le teinturier, et encore, ce n'est pas sûr qu'on parvienne à le récupérer. Il réussit tout juste à se pencher pour saisir le manteau qu'il tenait sur son bras quand on l'a agressé.

Il ouvre sa voiture, s'effondre sur la banquette arrière.
On a un idéal.
Et puis, on perd toutes ses dents.
On a peur, soudain.
On échange l'idéal contre un dentier qui vous fait sentir déjà vieux à 44 ans.
La petite flamme meurt dans votre poitrine, et s'éteint. Il n'y a plus de mèche ni de combustible.
On joue aux courses hippiques.
On perd.
On joue au poker.
On perd.
On joue à espérer.
On perd.
Vingt mille francs.
Trouver vingt mille francs.
Le malheur des uns fait le destin des autres.

79

Soixante-trois roses jaunes.
Soixante-trois fois mes excuses, monsieur le directeur.
Soixante-trois ans, l'âge de votre proche décès monsieur le directeur ?
Judas portait une tunique jaune lorsqu'il a embrassé Jésus sur la bouche. Depuis, la félonie porte une couleur. On peut le voir sur les fresques de Giotto. Svetlana Novák ignore si Horst Riedle est sensible aux symboles. Si c'est le cas, il saura que son adjointe fait amende honorable sans pour autant oublier la trahison d'une promesse non tenue. Le problème n'est pas la trahison, le problème est qu'elle ne pourra plus le croire.
Profil bas, se remettre au travail. Faire comme si tu n'étais

pas affectée, ne pas laisser entendre que tu serais atteinte dans ton amour-propre au-delà du raisonnable.

S'occuper de ce chantier, entre autres, destiné à rénover le vaste hall du rez-de-chaussée selon le concept d'aménagement des frères Eberhard et Wolfgang Schnelle : destruction de cloisons, multiplication des sources de lumière naturelle, rénovation des guichets d'accueil, choix de peintures claires, installation de distributeurs d'argent automatiques ; le tout dans l'esprit de l'*open space* destiné à révolutionner, dans ce cas précis, le rapport à la clientèle. Une sorte d'effet boomerang, puisque le concept est né dans les années 1950 en Allemagne, a fait fureur aux États-Unis, avant de revenir en Europe, mais sans l'option plantes vertes, une croix définitivement faite sur l'aspect paysager à l'origine du concept. À l'instar de Frank Lloyd Wright, les cloisons et les espaces fermés évoquent une tendance fasciste et totalitaire.

Et une banque n'a rien de fasciste ni de totalitaire.

N'est-ce pas ?

Svetlana Novák multiplie les rendez-vous avec l'architecte en charge du projet afin que les travaux soient exécutés dans les meilleurs délais et des conditions de sécurité optimales.

Gestion, planning logistique avec les différents corps de métier. La semaine file, la mise en place des tâches accapare l'essentiel de son temps. On décide de concentrer les travaux sur vingt-cinq jours, du lundi 12 février au vendredi 16 mars inclus. On ne peut pas faire plus court, prétend l'architecte. On exige une discrétion absolue des employés des différentes entreprises, on leur fait signer une clause de confidentialité allant dans ce sens.

Rappel : Horst Riedle quitte ses fonctions le 31 mars.

Appel : sur la ligne interne de Svetlana, sans passer par Mélanie. Une sorte de téléphone rouge, alerte au sommet, convoquée par son patron.

Svetlana sort son miroir de poche, retouche son maquillage,

et monte au dernier étage. Elle se souvient du conseil de Julia Riedle : *Tenez bien haut l'étendard de votre orgueil.* Avec son gros con de mari, c'est la moindre de choses.

Elle frappe à la porte, il dit « entrez ! » d'une voix forte. Horst Riedle s'est déjà levé, son ventre proéminent, son visage couperosé et bouffi, ses bretelles, ses jambes courtes, sa carrure qu'on ne sait plus trop à quoi associer, peut-être à une sorte de sumo. Il contourne son bureau, se dépêche d'offrir une des deux chaises à son assistante. Le bouquet de roses jaunes trône au coin de la gigantesque table d'acajou. Horst Riedle trottine jusqu'à son fauteuil, il n'a pas l'air malade le moins du monde, peut-être s'est-elle trompée, peut-être qu'avec toute cette graisse accumulée, il ne mourra que l'année prochaine, le temps d'ajouter une dernière fleur à sa couronne.

On profite de ce que Horst se rassied et leur commande deux cafés tout en s'enquérant du moral de Svetlana, pour ouvrir une parenthèse :

Le préposé à la caisse centrale du service des monnaies étrangères est Bruno Duquesne, 29 ans, cheveux blonds impeccablement coiffés, moustache à l'avenant, une peau de bébé, l'aspect d'un incorruptible : c'est lui qui vérifie l'authenticité des billets de banque provenant des succursales de l'UBS dans le monde, ainsi que d'établissements financiers étrangers ou amis. Bruno D. sait exactement combien d'argent est entreposé chaque jour dans chacun des coffres. Svetlana entretient habituellement un rapport minimal et formel avec son subalterne. Du coup, on ne s'est jamais intéressé à lui nous non plus. Les circonstances liées au chambardement des travaux amènent un double rapprochement, à la fois d'ordre professionnel et dramaturgique.

Parenthèse refermée.

Donc, Svetlana attend. Les cafés arrivent. Le rituel des petits chocolats qu'elle refuse (cette nausée qui se manifeste de plus en plus souvent, c'est quoi, c'est la vie ou le nerf de la guerre ?), ceux que Horst enfourne sans les croquer dans sa bouche avide. Toute cette prévenance de la part de son supérieur annonce forcément une nouvelle. Une nouvelle qui sera une requête. La preuve : Riedle appuie sur l'interphone et demande à sa secrétaire qu'on ne les dérange sous aucun prétexte.

« Svetlana. Ma chère Svetlana. »

Ça commence un peu comme une lettre, ça se confirme quand il ajoute : « J'ai besoin de vous. » Puis, on oublie l'idée de l'échange épistolaire, il n'y a pas d'amitié, ici, seulement de l'aménité. Horst la fixe droit dans les yeux. Svetlana Novák ne dit rien, soutient le regard. Elle est une simple présence physique qui se doit d'écouter.

« Vous êtes là, Svetlana ?

— Oui, monsieur Riedle.

— *Monsieur* ? Arrêtez tout de suite.

— Êtes-vous bien sûr que c'est à moi qu'il faut vous adresser et non pas à Christa Roskoff ?

— Ne jouez pas à l'effrontée.

— Je me plie à la hiérarchie comme vous me l'avez suggéré. »

Horst Riedle frappe son bureau du plat de la main. « Bordel, Svetlana ! » Le directeur se met à tousser violemment, s'empourpre, elle ne sait pas quoi faire, alors elle ne fait rien, les soubresauts s'amenuisent, elle pense aux poumons, les poumons sont atteints, se dit-elle.

Il se ressaisit, crache dans son mouchoir en étoffe, le range, gêné. Elle n'a pas bougé, elle est dégoûtée. Il aurait pu crever, elle n'aurait pas bougé.

« Je sais, ce n'est pas ce à quoi vous vous attendiez, Svet...

— Svetlana.

— Mais, c'est tout ce que je peux faire...

— Ne m'embobinez pas : c'est vous qui demandez, pas moi. Dans un mois, vous n'êtes plus mon supérieur. Vous ne serez plus rien, d'ailleurs. »

Horst passe un doigt dans le col de sa chemise.

« Trois cent mille francs, dit-il.
— Quoi que ce soit, ce sera un demi-million.
— Vous êtes sans cœur.
— Je suis comme vous m'avez appris.
— Vous pensez que j'ai besoin de vous à ce point ?
— Même davantage. »

Horst décroche le dernier bouton de son col, desserre son nœud papillon. Hésite, puis : « D'accord, vous avez gagné. »

Svetlana décroise les jambes, il n'y a aucune provocation dans ce geste, aucune sensualité affichée, uniquement un rétablissement correct de la circulation sanguine dans ses membres inférieurs.

« Je veux que la somme soit déposée sur un compte numéroté au Bahamas. Un compte au nom de ma fille.
— Vous êtes sûre ? C'est une jolie somme.
— Vous n'avez pas d'enfant. Sur ce coup-là, vous n'avez pas voix au chapitre. »

Horst acquiesce. On lui a accordé cela, c'est un homme qui sait reconnaître ses limites.

« Bien, Svetlana, vous recevrez votre argent en deux temps, avant et après l'opération. Tout tiendra sur la parole, il faudra se faire mutuellement confiance comme nous avons su le faire par le passé lors de notre collaboration. C'est ce souvenir-là qui fait foi, pas l'échec de votre nomination. Cette confiance-là est indispensable. Peut-on partir sur cette base ?
— Absolument.
— On y va ?
— Je suis prête.
— Le dimanche 18 février, vous réceptionnerez trente-cinq millions de dollars en dehors des heures d'ouverture de la banque.
— Trente-cinq ?!
— Mademoiselle Novák, beaucoup de choses vont vous surprendre, alors ne vous étonnez plus, s'il vous plaît. Donc,

compte tenu des travaux et de la fermeture officielle de nos bureaux, vous réceptionnerez les sacs contenant les devises américaines par la porte de service du Passage des Lions. Cet argent vient d'Union soviétique, des fonds que des oligarques russes proches du gouvernement mettent en lieu sûr hors de leur pays. Contrairement à l'optimisme prôné par Gorbatchev et sa *Glasnost*, le régime est sur le point de tomber. Certains hommes d'affaires avisés prennent les devants. L'argent sera transporté par des véhicules de la Mission soviétique, il vous sera remis en mains propres par les agents de sécurité de Dimitri Nabaïev...

— Ah, c'était donc ça...

— Quoi donc ?

— Ce dîner chez vous et Julia ?

— Disons qu'il fallait gagner sa confiance, vous n'êtes pas retombée en naïveté, par hasard ?

— Vous disiez, à propos des agents ?

— Ce sont d'anciens militaires, ils sont tous armés, l'argent sera plus à l'abri avec eux qu'avec n'importe quel fourgon blindé. Aucun souci à vous faire de ce côté-là. Vous signerez le bon de dépôt et déposerez les sommes dans les coffres du rez-de-chaussée...

— Excusez-moi, mais ces coffres datent de Mathusalem, d'ailleurs il est prévu de les évacuer dès le début des travaux. On ne peut raisonnablement garder une telle somme dans...

— Laissez-moi continuer. C'est là que vous commencez à gagner votre demi-million : vous vous débrouillez pour faire enlever ces coffres après le 18, inventez un prétexte quelconque pour les utiliser jusqu'à cette date, peu importe. D'ailleurs, cet argent n'y restera qu'une heure, grand maximum, il ne fera que *transiter* chez nous, mais j'exige qu'il soit tout de même sécurisé pendant ce laps de temps. Aussitôt les Russes repartis, un fourgon viendra chercher l'argent qui sera emmené à la Banque du Patrimoine, chez Christophe Noir.

— Et le bon de dépôt? Officiellement, nous sommes dépositaires de cet argent.
— Noir vous signera à son tour une décharge.
— Christophe sera là en personne?
— Il y a quatre personnes au courant: vous, moi, Max et Noir. Le nombre limité d'intermédiaires est le garant de notre succès.
— Discrétion absolue, je vois.
— Attendez, ce n'est pas fini. Le vendredi suivant, toujours par la petite porte et toujours en dehors des heures d'ouverture, vous réceptionnerez une seconde fois les trente-cinq millions, et vous déchargez Christophe Noir de son dépôt. Cette fois, vous placez l'argent en sécurité dans les coffres du sous-sol et selon la procédure habituelle. Officiellement, cet argent n'aura jamais quitté notre établissement pendant les cent vingt heures où il aura été, disons, en vadrouille...
— Et les Russes ne sont pas au courant, évidemment.
— Ni les Russes ni le siège central de Zürich. Votre rôle consiste à couvrir ce flux d'argent liquide. Il va de soi que Bruno Duquesne reste en dehors de cette manœuvre.
— Difficile, c'est lui le responsable des dépôts.
— Il va falloir faire preuve d'imagination. C'est essentiellement là que vous gagnez votre demi-million.
— Et les gardiens?
— Comme pour le reste. Cela fait partie de votre nouveau cahier des charges. À vous de trouver les solutions, profitez du grand chambardement des travaux pour que cet argent puisse exister sans exister... C'est le but, profiter du chaos...»
Svetlana triture sa bague, la fait tourner sur son majeur, fixant un point abstrait sur l'épaule de Riedle.
«Je ne vous cache pas que vous passerez une semaine sur les charbons ardents. En même temps, vous ne risquez pas grand-chose.
— Sauf de perdre ma place et les conséquences administratives qui vont avec.

— D'un point de vue pénal, j'entends. En êtes-vous capable, Svetlana ?
— Je réfléchis.
— Prenez votre temps.
— Je n'ai pas besoin de temps, j'ai besoin de savoir. Pourquoi ne réceptionnez-vous pas l'argent vous-même ?
— Parce que dans une semaine, j'entame ma chimiothérapie.
— Un point pour vous. Pourquoi faites-vous cela ?
— L'argent. Mais la bonne question est une autre : pour qui je fais cela ?
— Votre femme.
— Exact. Je n'ai pas d'enfants.
— Deux points, Horst. Et qu'est-ce que vous faites de cet argent pendant cinq jours ? Que manigancez-vous avec Noir ?
— La réponse n'est pas comprise dans votre dédommagement. Vous pouvez seulement l'imaginer.
— Des transactions. Vous garantissez des fonds propres à la Banque du Patrimoine pour les investir sur les marchés boursiers, juste ou faux ?
— Vous réfléchissez encore ?
— Bien sûr.
— Alors ?
— C'est jouable.
— Mais encore ?
— Je prends, Horst.
— Un petit chocolat pour fêter ça ?
— Un demi-million, et je ne change pas mes habitudes. »

80

La vie s'accélère. Il faut aller vite. Coller au rythme du flux qui vous précipite. Ou couler avec lui. Penser, c'est aller au combat. Mais dans ce cas précis, il s'agit d'employer la ruse, de mettre en place une stratégie d'évitement.

Elle a d'abord pris rendez-vous avec une secrétaire, *Cultiver le mystère*, donneuse de leçons comme dans une publicité Aubade.

Les bureaux de la Banque du Patrimoine se trouvent sur l'avenue Miremont, quartier de Champel, à deux rues du pied-à-terre de Max Vermillon. On doute que ces rapprochements géographiques soient dus au simple hasard. La possession de ce genre d'appartement pour des individus comme Noir ou Vermillon sert à un tas de prétextes dont la logique utilitariste nécessite l'anonymat.

C'est que le temps passe pour Svetlana, qu'il faut se dépêcher, le mois de mars est à la porte : un demi-million à la clé.

Mais on peut vouloir plus. On peut tenter de tout vouloir. Ne répètent-ils pas à l'envi, ces hommes en cravate, que seul le ciel est la limite ?

La Banque du Patrimoine est située dans un complexe d'une quinzaine de bâtiments trapus de deux étages d'inspiration vaguement victorienne, à la sauce 1980. C'est-à-dire « inspirés de », sans charme, fonctionnels et discrets derrière leurs haies de thuyas et de plantes grasses. Également : de nombreux arbres le long de l'avenue, bourgeonnant de sève, des portails en fer forgé précédant des rectangles de minuscules jardins, lesquels donnent l'illusion que ces maisonnettes mal accouchées, mais aux prix exorbitants, sont habitées par des familles.

La façade. L'anonymat. On connaît la rengaine.

Christophe Noir n'a pas de famille à lui, c'est-à-dire une épouse et des enfants. La seule qui ne lui ait jamais donné cette velléité de foyer, pour ce que vaut à ses yeux ce terme abstrait, se tient maintenant devant lui : chemisier blanc, tailleur sombre, hauts talons et manteau d'astrakan. La salope a mis le paquet, pense Christophe en l'accueillant dans son bureau.

Il ignore qu'à l'intérieur d'elle-même un monde nouveau remplace l'ancien, et que Svetlana y a trouvé une fève, qu'elle devient reine, qu'elle toise et méprise.

Noir s'exprime le premier tandis qu'elle pénètre dans son bureau, il dit : « Putain, c'est quoi ces formalités avec ma secrétaire ? À quoi tu joues ? » Elle ne répond pas, constate la pauvreté symbolique du lieu de travail de son espèce d'amant, l'écran d'ordinateur, la paperasse sur la table, les deux chaises *design* de circonstance, la collection de cactus miniatures sur une console, la lithographie d'un voilier en proie aux éléments contre le mur, les rideaux écrus laissant filtrer une lumière crémeuse, la lampe halogène sur pied. Elle se dit que ce décor reflète un manque d'épaisseur humaine, c'est vrai qu'elle devient naïve, bon sang.

Svetlana pose ses fesses en équilibre sur la table d'appoint supportant une imprimante, remonte sa jupe, écarte ses jambes dont les bas s'arrêtent à mi-cuisses, *Di-di-di-dim Dim-up*. L'œil de Christophe se lubrifie, une larme de surprise, un éclat à l'instant de percevoir la ligne claire de la culotte moulant le pubis. Elle reproduit une scène déjà vécue, mais avec une pointe de haine, cette fois.

« Approche », fait Svetlana.

Christophe ne comprend pas, mais que peut-il faire ? C'est un con sincère dans son désir pour cette femme, dans l'absolu qu'elle lui inspire. Noir ne prend même pas la peine de verrouiller sa porte, baisse sa fermeture Éclair, il durcit instantanément, faut lui laisser ça, il mouille son gland avec de la salive et la pénètre par à-coups. « Bon Dieu, Sveta, bon Dieu… » Il murmure sans insulter, cette fois, invoquant la jouissance mystique, sa bouche contre son oreille, mêlée à ses cheveux, presque douce, son sexe cherchant la voie du plaisir. « C'est ce que tu veux, n'est-ce pas ? dit Svetlana. C'est mon cul ? Tu vois, je te le donne…

— Je veux plus, je veux tout, que tu sois ma femme, merde,

je viens, je viens, Sveta, bon Dieu...» Il invoque encore le Tout-Puissant, son sperme gicle, elle ne ressent aucune joie, aucune volupté.

Elle est une planète froide et déterminée.

Elle le laisse se démerder avec la boîte de Kleenex, *Les hommes vont enfin pouvoir pleurer*, la trace évidente comme de la colle blanche sur la braguette du pantalon à pinces sombre.

Elle remet sa culotte en place, lisse sa jupe, laisse couler sa semence, elle s'en fout, il ne sait plus quelle attitude adopter, lui demande si elle veut boire quelque chose, puis lui demande ce qu'elle veut de façon générale et rhétorique.

« Horst Riedle est-il au courant de notre relation ? Tu lui en as parlé ?

— Assieds-toi, bon sang! Ou alors, on sort boire un café.

— Oui ou non?

— Non.

— Je n'ai pas obtenu le poste.

— Comment ça?

— Tu n'es pas au courant?

— Non, Sveta, je te jure! Tu veux que j'en parle à Riedle?

— C'est trop tard. Maintenant, ce qui m'importe est autre chose...» Christophe voit où elle veut en venir, lui dit «moins fort» et Svetlana baisse la voix : «Tout ça, Christophe, va rester entre nous, comme le reste, comme ce viol que tu...

— Un viol?! Mais tu y prenais du plaisir!

— Ta gueule, j'ai rien pris du tout, un tas de choses m'ont empêché de crier, mais désormais je n'ai plus rien à perdre, et tu m'as humiliée.

— Arrête tes conneries, ça ne tiendra jamais à un procès.

— Mais ça te ferait une sacrée publicité, crois-moi. Alors tout ça reste entre nous, c'est-à-dire en dehors de Riedle. Moi, je fais ma part, mais faut pas me prendre pour une conne, je veux aussi jouer mes billes dans votre magouille.

— Ce n'est pas une *magouille*, on s'occupe simplement...

— De faire fructifier de l'argent qui ne vous appartient pas. Tu appelles ça comment ?
— Un emprunt à zéro pour cent.
— Trente-cinq millions de dollars ! »
Noir hésite, se demande ce qu'il doit faire, mais il est pris de court, les phéromones de cette femme continuent à se bousculer dans son réseau sensoriel, cette affaire l'inquiète tout de même un peu, mais il aime trop le risque pour renoncer, et puis la tache sur le devant de son pantalon est bien visible.
« Dimanche soir, 23 heures, ouverture du Marché des changes, reprend Svetlana. Fermeture le vendredi soir suivant à 22 heures. Vous faites travailler l'argent des Russes sur les marchés boursiers... Je veux savoir sur quels produits. »
Christophe cherche et trouve son étui à cigarettes au milieu des dossiers recouvrant son bureau, en offre une par réflexe à Svetlana qui décline, il s'excuse, allume son briquet. Souffle la fumée. Il ne s'en sort pas, de toute façon, autant aller jusqu'au bout, il y aura de quoi manger pour tout le monde.
« Bien plus que ça, Sveta. Riedle et moi-même injectons nos billes pour gonfler le tout à quarante-cinq millions. On utilise mes fiducies. On travaille à la fois sur le marché des devises et sur la bourse...
— Mais sur quoi, bon sang ?!
— Essentiellement sur *Genesis and Technologies*...
— G&T ? Les organismes génétiquement modifiés ?
— Mais aussi Gazprom, et d'autres sociétés minières russes.
— Vous gonflez les cotations en bourse dans la nuit du dimanche...
— Et on revend le tout vendredi soir. Mais on diversifie les achats d'actions avec différentes devises, on y va crescendo et sur plusieurs tableaux. On va foutre un magnifique bordel.
— Qui s'occupe du courtage ?

— Un senior français, le meilleur d'Europe. Logiquement, la plupart suivront ses indications comme de bons soldats...

— À combien estimez-vous vos gains ?

— Entre trente et cinquante pour cent... On mise sur une moyenne de quarante... Dix à vingt millions de bénéfice... Alors, comme ça, tu voudrais jouer toi aussi Svetlana ? Combien tu comptes mettre dans la cagnotte ? »

Christophe laisse échapper un sourire narquois, exactement ce qu'il ne fallait pas faire.

« À combien tu estimes le prix d'un viol, connard ?

— Ne joue pas à ça, Sveta. Tu veux que je te donne un prix ? Savoir ce que tu vaux ?

— Pourquoi, tu ne passes pas ta vie à ça ? Donner un prix aux êtres et aux choses ? Non, si tu me donnes un prix, je ne vaudrai plus rien. Moi, ce que je veux, c'est un cadeau. Je veux le collier, Christophe.

— Tu es folle !

— Il vaudra toujours moins que ce que tu vas gagner dans cette affaire.

— Impossible. C'est un investissement.

— Tu vas investir sur moi, Christophe. C'est ça ou rien.

— Tu... Tu serais prête à renoncer à ton demi-million ?

— Les nouvelles vont vite...

— Parce que tu deviens gourmande.

— *Gourmande* est un euphémisme. Je suis affamée, Christophe.

— Et j'obtiens quoi en échange ?

— Je ne sais pas encore. Tu prends le risque. C'est ton métier. Là, tu as de quoi jouer. Un bel os à ronger et l'os, c'est moi. »

Svetlana referme le manteau qu'elle n'a pas ôté. On dirait, comme ça, à les entendre, que leur entretien a duré longtemps. En réalité, pas plus de quinze minutes ont passé, accouplement compris. Elle récupère son sac à main resté sur la table de l'imprimante, puis :

« Je veux la clé de ton coffre sur mon bureau d'ici demain matin. »

Et elle quitte.

Sublime et farouche.

81

Aldo l'attend sur le parking à l'extérieur du club. Il ne prend même plus la peine de sortir de la voiture pour l'accueillir. Normalement, il l'aperçoit dans l'un des rétroviseurs, allume le moteur, la laisse charger le sac dans le coffre et monter à bord. En général, ils n'échangent pas plus de cinq phrases, le temps de la ramener au pied du téléphérique.

Normalement.

En général.

Sarah s'approche de la portière côté conducteur. Aldo baisse la vitre :

« Qu'est-ce que tu fous. Dépêche-toi, j'ai froid aux pieds.

— Inutile de m'attendre.

— Comment ça ?

— T'es pas au courant ? Max t'a rien dit ?

— De quoi tu parles ? Monte, bordel.

— C'est moi qui apporte le fric aux Eaux-Vives.

— C'est toi qui quoi ?!

— J'assure désormais le transport de A à Z, y compris le service après-vente. »

Aldo cherche à ouvrir la portière. Sarah s'y oppose avec le poids de son corps. « Calme-toi. On m'a confié cette tâche. Si t'as quelque chose à dire, faut voir ça avec Max. »

Sarah s'éloigne, monte dans une voiture qui n'est pas sa camionnette et disparaît dans le monde.

Il faudrait pouvoir écrire des romans qui seraient contenus dans une seule phrase. C'est un exemple possible.

Aldo la regarde s'éloigner. Il ne le voudrait pas, mais voilà qu'il pleure. Une phrase-monde, et le voici qui s'écroule. Une toute petite partie du monde, pas grand-chose,
pas grand-chose comme lui.

82

À propos de l'écriture de roman, Norman Mailer donnait ce conseil aux jeunes auteurs : écrivez selon votre intuition, vérifiez vos sources après coup. La plupart du temps vous aurez mis dans le mille sans avoir empiété sur votre élan créatif.
Svetlana n'a jamais lu Norman Mailer, elle ne sait pas que *Les Vrais durs ne dansent pas*. C'est juste qu'ici et maintenant, comme il arrive souvent d'ailleurs, la vie et la fiction ne font qu'un. Ce qu'elle a compris avant même que cela se confirme de manière aussi évidente. Et parce qu'elle est intelligente, elle sait qu'il faut trouver l'élément sur lequel faire levier pour que l'énormité du projet puisse prendre corps, c'est-à-dire que ce qui est dans l'imagination puisse advenir : en l'occurrence, repérer le maillon faible.
Et ce maillon faible arrive.
Remontant de la salle des coffres, Svetlana tombe nez à nez — pardon, celui de l'homme est encore visiblement boursouflé malgré le fond de teint — avec Daniel Campos qui a repris son service après trois jours d'arrêt de travail. Svetlana se fige devant les portes de l'ascenseur, Campos est gêné. Elle constate qu'il a troqué son costume de luxe contre un modeste modèle de confection couleur aubergine, qu'une simple Swatch en plastique remplace l'habituelle montre de luxe.
On décode tout de suite, n'est-ce pas ? Pas besoin d'un doctorat en psychologie pour comprendre la merde noire dans laquelle se trouve son subalterne.

Svetlana Novák fait un pas en avant, lui adresse son plus beau sourire, main tendue.

« Bonjour, monsieur Campos, vous allez mieux ?

— Heu, oui, je... Bien... »

Svetlana fixe ostensiblement sa montre au poignet.

« Vous avez dix minutes de retard, Daniel.

— J'ai eu quelques soucis à cause du trafic.

— Encore des soucis ? S'il y a quoi que ce soit, n'hésitez pas à m'en parler. Excusez-moi, on m'appelle... »

Le stagiaire occupant le poste de Campos désigne Svetlana Novák à un employé en veste DHL qui se dirige vers elle. Elle signe un reçu en échange d'une petite enveloppe à bulles.

Svetlana retourne à l'ascenseur. Elle attend que les portes se referment pour sourire. Il est possible,

il est tout à fait possible que les choses se déroulent exactement comme elle l'entend.

Si ce n'est le petit-déjeuner à base de céréales qu'elle a pris il y a moins d'une heure et qu'elle va rendre aux toilettes.

Les nerfs sans doute.

Mais les nerfs, ça se calme.

Ça se calme dans l'action.

D'ailleurs, à la sortie du travail, Daniel Campos bipe son badge, pousse la porte du personnel et emprunte la galerie marchande menant à la rue. Aldo Bianchi s'approche, Campos sursaute quand Aldo lui dit de le retrouver au café en face. Campos ne comprend pas, tout va trop vite pour lui, le destin l'a pris en main :

« Je suis celui qui va vous sortir de ce merdier », fait Aldo.

83

On recommence, cette fois c'est la bonne.

Nouvelle nuit des amants. Cette fois, c'est elle qui est chez lui, dans ce petit appartement avec vue sur la douane, comme une ironie, mais peut-être aussi comme un écart, un pas de côté permettant l'aveu, l'excroissance de l'indicible enfin avoué.

Ouvrir la boîte de Pandore.

Luana est avec la baby-sitter, quant à eux, ils ont abandonné leurs vêtements dans chacune des pièces, ils ont commencé à se déshabiller dans la cuisine, en passant par le salon et le vestibule — elle emboîtée en lui qui la soutient par les fesses —, et terminant dans la chambre à coucher, des vêtements comme des bouts d'eux-mêmes dont on se débarrasse, des lambeaux de peau, une mue révélant ce qu'on est, sans fards : nus et fragiles.

Ce n'est pas non plus un hasard, si Aldo s'abandonne à l'aveu en cet instant précis :

« C'est fini, une étudiante m'a remplacé. Je ne m'occupe plus des valises... » Pelotonnée contre lui, Svetlana sourit. « C'est pour ça, que tu m'as prise avec autant de vigueur ?

— Bien sûr que non, idiote. Seulement un petit peu, ricane Aldo. Blague à part, je vais retrouver du boulot comme prof de tennis...

— En attendant, c'est bien.

— En attendant quoi ?

— En attendant mieux.

— Je ne vois pas, non... »

Alors, voilà qu'on y arrive. Ce qui a germé dans l'inconscient émerge enfin, la tête posée au creux de son épaule, les poils de son torse chatouillant sa joue tandis que le bras d'Aldo continue de caresser son dos, il ne s'en lasse pas, ce dos musclé et fin, tendu, essentiel, il aime qu'elle aime ça, elle aime ça, elle ronronne, elle l'aime, elle l'aime tellement, tout à coup, qu'elle lâche l'énormité, comme la révélation d'un secret inavouable :

(On recommence, cette fois c'est la bonne) :

Et si... ?

(charnières, ça grince, on ouvre la porte au secret) :

Et si ?

(On dirait du Constantin Stanislavski.)

Elle dit, dans la pénombre, elle dit, Svetlana : « Trente-cinq millions de dollars. »

Le bras d'Aldo a cessé son mouvement.

L'oreille collée contre son torse, elle sent une légère arythmie dans le cœur de son homme.

« Est-ce que tu veux devenir grand avec moi, Aldo Bianchi ? »

Dans l'obscurité ponctuée par les reflets mouvants provenant de la rue, elle fait comme les aveugles, elle pose sa main sur son visage, elle cherche, pour savoir.

Oui, elle sait, maintenant.

Aldo sourit.

Leurs âmes connectées.

Puis elle roule sur lui, et ils refont l'amour.

Ne plus être des petits.

Devenir grands.

Virtuelle

> *On prend des décisions,
> et puis on vit avec.*
>
> Anonyme

84

Émile Pattucci est assis, dos appuyé contre sa cabane. Plus bas, Carlotta surveille les chèvres. Elle caresse son berger des Pyrénées, comme lui, elle regarde la mer.
Émile Pattucci est assis et il va bientôt s'éteindre. Le monde est une vision en grand-angle, le monde se déforme imperceptiblement. Il a devant lui tout ce qu'il aime : sa petite-fille, sa terre, ses bêtes.
Émile Pattucci n'est pas vieux, mais il est usé. Le cœur a agi avec force sous la surface, s'est accéléré souvent sous le calme apparent. Il a beaucoup tenu la colère à distance pour la laisser éclater au moment opportun.
Et maintenant, le monde plie et penche. Une légère nausée, une sorte de douleur toute neuve, une douleur qui pince, s'exprime dans son bras gauche et l'empêche soudain de respirer. Ce n'est pourtant pas l'oxygène et le bon air qui manquent autour de lui. La vision en grand-angle se rétrécit, le monde rapetisse et s'écrase, et Milo comprend qu'il meurt. Il penche simplement, bave légèrement et tombe sur le côté pour une sieste éternelle.
Une mort douce pour un truand. Parfois, les dieux sont cléments avec les assassins. Leurs verdicts ne se mesurent pas à l'aune des hommes, leurs jugements se fondent sur des

critères que nous jugeons secondaires, comme la cohérence, la loyauté ou la franchise envers soi-même. Il y a une prime pour ceux qui savent garder leur ligne.

Lorsque Mireille Leone revient de sa marche, elle trouve Carlotta berçant son grand-père dans ses bras. Le chien est à leurs pieds, silencieux, les oreilles basses. Carlotta pleure et répète à sa maman, «Papi est parti, Papi est parti...». Mimi pose le sac à dos à ses pieds, ne se précipite pas. Elle trouve tout ça beau, sa fille en larmes qui voit la mort et la berce au lieu de s'en dégoûter. Elle ne fait rien Mimi, si ce n'est de prendre la cigarette déjà roulée coincée sur l'oreille de Milo et de l'allumer avec le briquet qu'elle trouve dans sa poche de chemise. Elle tousse un peu, reste debout, pose une main sur la tête de sa fille, lui gratte doucement la tête pour l'apaiser, un petit animal, son petit animal. Elle inspire le tabac noir de son frère, elle ne pleure pas, elle a aimé son frère et en même temps, elle est soulagée de passer le flambeau, de sortir du jeu :

«Une dernière, et cette fois on s'arrête pour de bon, Milo.»

85

Il y a ce supermarché de demi-gros proche du grand bâtiment de Rolex, en légère périphérie de la ville. Et sur le toit du supermarché, un parking gratuit, sans barrière ni caméras de vidéosurveillance. De jour, le lieu est fréquenté par les classes populaires, familles nombreuses ou petits restaurateurs. À présent, la nuit est tombée et le parking est vide.

Outre l'anonymat garanti, on a l'avantage d'un lieu cinégénique propice au rendez-vous douteux. Le seul bémol serait la neige venant adoucir les angles et déposer une couche fragile de féérie sur l'âpreté du décor ou, plus prosaïquement, sur sa laideur fondamentale.

Aldo est arrivé une quinzaine de minutes en avance. Il s'est garé dans un coin du parking, de façon à ne pas être immédiatement visible depuis la rampe d'accès. Il est un peu emmerdé parce que sa voiture est faite pour le soleil et les routes sèches. Il a bien mis ses pneus d'hiver, mais la capote laisse transpirer l'humidité. Et puis, il n'a toujours pas fait réparer la fuite près du siège passager. Alors, bien sûr, ça le fait un peu chier de voir ces Kosovars s'amener dans leur Lancia Integrale noire, vitres polarisées, jantes en aluminium et aileron de beauf. Le moteur possède ce son de roulement de tambour qui te donne envie d'appuyer sur l'accélérateur.

La consolation ? Tout ça est sur le point de changer.

Aldo regarde sa montre, il hésite. À part un couple clandestin, il ne voit pas trop qui viendrait jusqu'ici une nuit de février. La voiture stoppe au milieu du parking et attend. Aldo signale sa présence par deux appels de phares. La Lancia avance au pas et stoppe nez à nez avec l'Alfa. C'est alors qu'apparaissent deux autres phares sur le parking. Aldo ne bouge pas. Il a le bref souvenir de son passage à tabac. En réalité, il éprouve une sorte de lassitude, pas de la peur, non, juste une lassitude vis-à-vis d'un milieu de truands dont il n'a que faire tout en devant en adopter les codes pour arriver à ses fins. Il a hâte que tout soit bientôt fini.

La Mercedes grise se place parallèlement à l'Alfa, et maintenant Aldo est coincé à l'angle du parking. Sa position de force est devenue une faiblesse. Il n'a aucune échappatoire, il doit se dégourdir, pense-t-il, devenir plus malin, il s'en fait la promesse.

La portière de la berline s'entrouvre. Face à lui, dans la Lancia, rien n'a bougé. Aldo sort de sa voiture, laisse les flocons se poser sur son crâne, le temps de lui donner dix ans de plus, et s'engouffre dans l'entêtante odeur de cuir de la Mercedes.

Assis sur la banquette arrière, un homme dans la soixantaine portant un manteau de laine et une casquette de cuir. Deux rides profondes creusent ses joues. Il fume, l'habitacle tout entier est un fumoir. Les deux hommes assis à l'avant ne s'en privent pas non plus, seule une vitre entrouverte laisse passer un fil d'air froid. Aldo Bianchi tousse, songe qu'il ne ferait pas le poids contre ces hommes dans une bagarre, mais qu'il les aurait à la course à pied, la fuite restant le meilleur mode de survie du règne animal.

Dans une langue qu'Aldo suppose être de l'albanais, l'homme semble se foutre de sa gueule, les deux à l'avant ricanent, Aldo ne peut que subir les sarcasmes. L'homme penche sa tête en avant, sourit et demande à Aldo s'il a quelque chose pour lui. En dépit de l'accent des Balkans, son français est parfaitement compréhensible. Aldo sort l'enveloppe de sous sa veste. L'homme la prend et l'ouvre dans un geste lent, comme si cet argent était de la broutille, comme si, au fond, il pouvait tout à fait s'en passer, alors que justement, ils sont là pour ça. Mais le protocole. Le protocole est partout. Les codes sont partout. L'homme compte les vingt billets de mille francs suisses, puis les range dans la poche intérieure de son manteau.

Vingt mille francs. L'investissement d'Aldo.

« Vous pouvez dire à votre ami Campos que sa dette est effacée, dit l'homme. Il peut revenir jouer.

— Je ne pense pas, non. Je viens de vous donner le prix de sa liberté.

— Passez-lui le message. Il sait où nous trouver. Les Daniel Campos reviennent toujours. Comme avec les putes. Ils sont notre fonds de commerce... Bien, nous avons fini. »

Aldo ouvre la portière, il suffoque, la fumée l'a mis mal à l'aise, comme tout ce théâtre. La Mercedes et la Lancia font marche arrière.

Aldo les regarde s'éloigner. Le parking est à nouveau tranquille. La neige tombe sans bruit. Il les laisse se démerder avec leur code d'honneur, leur Kanun. Qu'est-ce qui est mieux ? Un homme paralysé qui vous doit vingt mille francs ou le même homme à votre botte parce qu'il peut encore marcher sur ses deux jambes?

Aldo Bianchi ouvre la bouche, un flocon fond sur sa langue.

86

À chaque passage, Luana rit en agitant sa main, assise dans un wagon «belle époque» tracté par une locomotive Stuart, réplique à l'échelle ¼, sillonnant le *Swiss Vapeur Parc* du Bouveret. Luana se distingue grâce à son bonnet de laine rouge à pompon, ses moufles en laine de même couleur. Les trois wagons restants sont occupés par d'autres enfants et des parents rigolards. Neuf mille mètres carrés d'un parcours reproduisant une Suisse compactée, traversée par une série de trains miniatures. Luana disparaît dans un tunnel duquel s'échappe un plumet de fumée blanche se dissipant dans le ciel bleu. Le Bouveret est une ville du Valais située à l'extrémité orientale du lac Léman, à l'embouchure du Rhône. Quasiment au pied du Grammont peint par Hodler. (Il semblerait qu'il existe aussi une réalité propre au roman au-delà de l'écrivain lui-même, sa géographie intime en quelque sorte). Mais dans le monde physique: depuis Genève, compter une heure trente de route nationale en passant par la France (Thonon-Évian). Le Bouveret est le lieu idéal pour un départ de randonnée en montagne ou (en été) une escapade en pédalo sur le lac. S'y développent toutes sortes d'activités de Sport & Loisirs. Bientôt, on y construira un Aquaparc et on agrandira le Swiss Vapeur à dix-neuf mille mètres carrés. Si l'idée, ou la simple perspective d'une sortie en famille vous rebute, c'est également le lieu idéal pour vous tirer une balle dans la tête.

Mais c'est l'endroit qu'a choisi Luana Novák pour ce dimanche. Svetlana lui a promis plusieurs choses pour se racheter de cette nuit où elle a mis genou à terre face à la cuvette des waters. Et Aldo, en compagnon amoureux, en homme prêt à soutenir la femme qu'il aime, a consenti.

Mais Svetlana et Aldo ne se sentent pas vraiment comme une famille. Tout du moins, pas comme une famille ordinaire. Ils sont ici en spectateurs d'une enfant qui s'amuse. L'important est que la fillette sache et apprenne que sa mère a sa fierté, qu'elle possède des ressources pour aller de l'avant, qu'un moment de crise peut et doit être surmonté. Luana en est à son deuxième parcours — celui de la Suisse centrale avec la reproduction du lac des Quatre Cantons —, mange du pop corn, ayant bien l'intention d'essayer tous les itinéraires proposés par les conducteurs de locomotives débonnaires en casquette et foulard rouge.

Au fond, comme dans toute histoire d'espionnage stéréotypée, l'échange d'informations cruciales se fait dans un lieu anodin. Sauf qu'en général, les agents doubles sont coiffés de feutres et portent des imperméables, et on se demande, tout de même, ce que foutent ces bonshommes dans un parc d'attraction. Et c'est là qu'ils se font repérer par une âme innocente qui le paiera de sa vie (une balle tirée par un fusil muni de silencieux, une piqûre causée par une canne empoisonnée au cyanure, l'embardée d'une voiture anonyme sur le trottoir), la scène sera le *turning point* d'un film qui m'ennuiera sûrement.

Sauf qu'il y a l'exception : un homme et une femme qu'on suppose mariés accompagnent leur enfant se divertir dans un parc d'attractions, Luana allant même jusqu'à ressembler à Aldo par certains traits. Alors ? Rien. Tout ça peut paraître un peu ridicule, mais non. Aldo n'a même pas besoin de mettre sa main devant la bouche pour qu'on ne puisse pas capter les mouvements de ses lèvres au moyen d'un téléobjectif de 800 mm, ce comportement absurde qu'on observe chez les politiciens ou les sportifs d'aujourd'hui, cette façon de faire qui renforce l'impression de complot généralisé, parce que l'image est partout et qu'on devient totalement idiots.

Mais à l'aube des années 1990, le possible est plus vaste, la marge de manœuvre plus grande : on peut encore apprendre à dévaliser une banque sans diplôme.

Aldo inspire une bouffée de sa cigarette, il réduira sa consommation de tabac lorsque tout sera terminé. Il ne sait pas exactement ce que ce « tout » englobe, disons cette période qu'il traverse à cheval entre l'exaltation et l'abattement. Euphorie d'un amour, accablement de ce qui lui est périphérique. Il compte sur le fait que l'exaltation l'emporte avec l'arrivée du printemps.

Et la possibilité de devenir très, très riche.

Car il y a un dessein, la direction que prend sa vie au contact de cette femme. Il est comme un surfeur voyant se former la vague qu'il attend depuis des années. Aldo a passé un bras sur les épaules de sa compagne, ils sont assis sur un banc jouxtant une reproduction du mont Cervin leur arrivant à hauteur des yeux ; à leurs pieds, des vaches en plastique paissent sur des pâturages nains recouverts d'un gazon vert et artificiel.

Aldo demande à Svetlana comment elle se sent. « Inquiète et nerveuse, répond-elle.

— Tu crois vraiment que c'est une bonne idée, Svet ? Et... Et si on demandait aux Kosovars ?

— Inquiète, nerveuse, mais déterminée, Aldo. Ce sera facile, je te le promets. Il faut me faire confiance. L'opportunité ne se représentera plus jamais. Et il n'y a que nous. Personne d'autre ne peut le faire à notre place. »

Leurs respirations dessinent des nuages de vapeur devant leur bouche ; les machines, les corps, dissipation des énergies sous le soleil encore trop timide pour accélérer la combustion des corps. Un soleil qui promet des jours plus longs, des soirées où la vie s'éternise, où l'on soupire en buvant un alcool et en observant rougeoyer le crépuscule.

Svetlana se penche en avant, ce bras lui paraît soudain incongru sur son épaule, elle demande, inquiète :

«C'est le dernier moment, Aldo. Tu dois me dire si tu t'en sens capable. Il n'y a plus de place pour le doute, tu comprends?
— On a déjà payé pour jouer, Svet. J'ai donné les vingt mille francs aux Kosovars.
— Tu as...?
— Hier soir. J'ai fait comme tu m'as dit. À quoi bon attendre? J'ai simplement pensé que ces types pourraient le faire pour nous, mais non, tu as raison. Je suis prêt, je peux le faire. Je le ferai.»

Svetlana se blottit contre Aldo, le tissu rêche du denim, elle lui demande en riant s'il n'a jamais froid, il dit qu'il supporte, qu'il brûle ses calories, puis lui demande:

«Tu es sûre que Campos ne peut pas te relier à moi?
— Impossible.
— Qui est potentiellement au courant de notre relation? Horst, Vermillon?
— Personne. Personne, Aldo.
— Il va falloir que tu laisses fuiter autour de toi pour ce transfert d'argent. La police suspectera forcément ceux qui seront dans le secret.
— Je ferai en sorte que ça s'ébruite, juste ce qu'il faut avec Mélanie et Belfond...
— Tu n'as jamais été suivie?
— Suivie? Tu veux dire, comme toi avec ce détective? Non, pas que je sache.
— Et l'autre, son ami, là, le banquier, monsieur Marron?»

Svetlana sourit (amère, mais elle sourit quand même).

«Christophe Noir? Certaine.
— Tu le... Enfin, tu l'as jamais revu, dis?
— C'est fini, Aldo, je te l'ai dit. C'est comme toi avec... cette femme, Odile... Ce n'est pas aussi tragique, mais tout aussi définitif, là aussi, tu dois me faire confiance.»

Le convoi arrive, le train siffle. Svetlana se lève et salue sa fille. Luana leur sourit à nouveau, leur fait signe et leur crie de l'attendre à la prochaine gare, celle de Lucerne et son fameux pont en bois du *Kapellbrücke*.

87

On a déjà vu Jacques Belfond et sa cravate tachée de ketchup, ainsi que ses acolytes avachis sur leurs chaises du sous-sol. Il y en a encore deux autres qu'on ne connaît pas, ils sont cinq en tout. Ils feront des heures supplémentaires doublement payées pendant les week-ends que dureront les travaux. Ils continueront à ne pas porter d'arme. La politique de la banque est claire : ils ne sont ni policiers ni militaires, rien ne sert de les faire jouer aux héros. Leur simple tâche : sonner l'alarme. C'est tout ce qu'on leur demande en cas de problème. Dans le centre-ville, le temps d'arrivée des groupes d'intervention est estimé entre quatre et sept minutes. Et de toute façon, des problèmes de ce genre, il n'y en a jamais eu pour aucun d'entre eux.

Non, pour Svetlana, le souci est autre : il s'agit d'avoir sous la main deux gardiens sachant rester discrets quant à l'arrivée de 35 millions de dollars qui ne feront que transiter par les anciens coffres ce fameux dimanche soir.

Jacques Belfond se lève de sa chaise, Svetlana Novák le raccompagne à la porte de son bureau. Elle a su lui expliquer la mission délicate qui l'attend — délicate dans l'absolue discrétion qu'elle exige. De son côté, le gardien a parfaitement compris le message d'un bonus sous forme de quatorzième mois et la nécessité de trouver, parmi ses collègues, celui dont le profil convient à cette tâche ; les autres employés seront répartis ailleurs dans le bâtiment à l'heure H.

Bien.

Le suivant est Bruno Duquesne, le comptable. Le comptable qui ne doit pas compter. Horst Riedle est catégorique : aucune trace de ce premier transfert ne doit remonter au siège de

Zürich. Et on l'a vu, Duquesne est du genre Eliott Ness, c'est-à-dire incorruptible.

Alors, Svetlana y va avec la manière douce ; café-chocolats façon Horst Riedle, puis :

« J'ai fait le compte de vos heures supplémentaires, monsieur Duquesne, et je constate que le moment est venu de prendre des vacances ! (Notez le ton enjoué que le point d'exclamation est censé exprimer.) Je vous propose un congé de deux semaines en février, qu'en pensez-vous ? »

Duquesne est surpris, il l'exprime :

« D'habitude, je gère cela avec le service des ressources humaines, madame Novák...

— Je sais bien. Mais Mélanie m'a remis le listing des emplois du temps et je suis en train d'organiser les présences durant la période de travaux. Il n'est pas prévu d'afflux particulier de devises au cours de cette période, (ment-elle). Je devrai être présente de toute façon, je pourrai m'en occuper.

— C'est beaucoup de travail, madame Novák.

— Ne vous inquiétez pas pour ça. Je serai déchargée d'autres tâches et... Écoutez, monsieur Duquesne, jusqu'à preuve du contraire, je n'ai pas à vous justifier mon emploi du temps, si ?

(Elle commet là une erreur, l'employé se cabre, elle ignore que son travail constitue l'essentiel de sa vie sociale.)

— Et moi, je n'ai pas à accepter des vacances dans une période qui ne me convient pas. J'ai prévu de prendre mes jours en été. Mes heures supplémentaires me seront payées comme d'habitude, c'est tout.

(Merde.)

— Vous êtes sûr, monsieur Duquesne ?

— Absolument.

— Très bien, dans ce cas, je crois que nous en avons terminé. »

(Re-merde.)

Il est peut-être là, le péché d'orgueil helvétique : cette tendance à croire que rien de fâcheux ne peut arriver, la conviction d'une forme de supériorité intrinsèque. Même lorsqu'on prête le flanc, on joue sur sa réputation afin d'asseoir le label *swiss made*. En réalité, le Suisse n'est pas fondamentalement plus honnête qu'un autre. Donnez-lui un peu de mou, une marge de manœuvre où l'impunité s'élargit, et il y a pas mal de chances que certains fassent comme partout ailleurs. C'est le système qui tient l'ensemble, l'organisation, le contrôle. Lorsque tout ça se relâche au nom du gain, on sait parfaitement fermer les yeux.

Sauf Bruno Duquesne. Un pur produit d'honnêteté helvétique.

Cela nous agace fortement. Vous aussi vous auriez envie de le frapper ?

Une fois seule, Svetlana se précipite sur la corbeille à papier, tombe à genoux et vomit.

88

Il pensait devenir un homme divorcé, et voilà qu'il est un homme veuf. Il suffirait de changer la première lettre pour un renouveau, une renaissance : un homme neuf. À présent il arpente la maison vide et définitivement trop grande. Cette maison est un vestige, elle représente le monde d'hier. Tout ce qui n'est plus valable aujourd'hui. Tout ce qu'il veut quitter. L'attachement porté à l'espoir ; la vanité légitime de faire et de conquérir. Il n'est jamais trop tard pour constater le désastre.

Quelle est la couleur de son deuil ? Où est son chagrin ? Il se situe dans un gris dilué de blanc. Il est dans l'aigreur. L'édulcoration du gâchis. Du gâchis.

René Langlois se promène partout où il n'allait plus. Du garage au grenier en passant par le vestibule. Il s'assied sur les sièges très peu utilisés — chaises, fauteuils, divans — si ce n'est par les autres, les invités. Les autres qui sont peu nombreux, au final. À téléphoner, à écrire, à venir sonner à la porte. Il y avait une épouse. Il y avait Odile. Elle est morte. Elle n'a rien laissé pour lui. Ni lettre ni message. Elle est partie avec violence, elle s'est déchirée. Il restera sans réponse à ce geste. René n'est pas retourné sur sa tombe. De son vivant, déjà, il lui a offert très peu de fleurs. Il pressent qu'Odile a décrété sa fin pour quelque chose de plus grand que lui. Il peut supposer tout ce qu'il veut. Mourir d'amour, par amour. Mourir pour soi-même à qui on ne suffit plus.

Depuis, Diane s'est effondrée et joue profil bas, elle veut anticiper son mariage. Demande des enfants. Elle s'est révélée prête à une vie sans aspérité. Maintenant, elle veut gommer par le déni, remplacer la perte par du mouvement et de la méiose. Et, dans le fond, cette idée des gamètes contenant seulement la moitié du code génétique déterminerait l'essence de notre incomplétude. Des spermatozoïdes et des ovules qui, tous seuls, ne veulent rien dire. La nécessité de l'autre prenant corps dans l'ADN lui-même.

René Langlois et son deuil. Qui ne sait qu'en faire. Au fond, il attend une visite, une annonciation. La manifestation du sens.

Cette visite viendra. Elle sonnera son départ. Les années qui lui restent, et qu'il vivra d'abord comme une chute.

L'homme neuf,

la première chose que doit faire l'homme neuf, c'est de tomber.

89

Je voudrais pouvoir retarder encore un peu les événements, refouler l'inéluctable qui se met en place. Je voudrais pouvoir leur dire, à Svetlana et Aldo, que nous avons très peu de temps à disposition pour chercher à comprendre mais, qu'au bout du compte, on n'en saura pas beaucoup plus. Leur dire qu'ils possèdent sans doute l'essentiel ; que le reste, la richesse — le pouvoir de la richesse, l'agrément de la richesse —, eh bien, oui, c'est ce qu'on croit, on croit que c'est important, peut-être essentiel, et je veux bien le croire moi aussi comme la plupart d'entre nous, mais non, en fait,

non.

On a vu des gens qu'on extermine, des gens dénués de tout, au précipice de leurs âmes, tomber amoureux et espérer, et attendre la fin d'une journée de calvaire pour se sourire et se regarder. On a vu des milliardaires se précipiter du haut d'un building parce que leur femme était partie. Sans doute faut-il du désespoir pour aimer. Un désespoir tranchant qui vous assassine et vous ressuscite, vous apporte ce supplément d'âme, lorsque la vie, justement la vie, est augmentée par la simple, l'évidente présence de l'autre.

Il faut désespérer pour devenir grand.

Le problème d'Aldo et de Svetlana, le problème intrinsèque et structurel en quelque sorte, c'est qu'ils ont l'âme bourgeoise. Et c'est peut-être ça qu'a compris Mimi Leone quand elle les a vus s'embrasser sur ce parking, c'est le lien qu'elle a fait avec ses lectures de Ramuz : car le bourgeois relève du drame. Son environnement est composé d'obligations sociales et mondaines, de besoins d'argent, de la quête d'une place à occuper ou à prendre, du besoin d'estime, d'assouvissement de l'orgueil.

L'homme dans le monde bourgeois est en proie à l'homme.

Alors, peut-être qu'ici, dans la trame qui se tisse, leur chance, leur seule chance de grandeur, est d'élever leur drame au statut de tragédie.

Maintenant, ils ont la tête dans le guidon, un franchissement les attend ; il s'agit de commencer à pédaler fort.

Les voilà attablés au bar-lounge du *New Sporting* de Genthod Bellevue, là où Odile lui avait payé un abonnement à la salle de sport, là où la théorie du petit monde lui fournit la possibilité d'un nouveau travail. Aldo reprend du service en tant que professeur de tennis. Une fuite, ça se construit en amont, un filet d'eau, un ruisseau qui finira dans la mer. Le jus d'orange pressée est de retour, les Marlboro au vestiaire. Les cours se déroulent sous les nouvelles tentes-bulles récemment inaugurées. On note un biotope plutôt « nouveau riche », le genre clinquant et nettement moins racé que celui des Eaux-Vives. Ici, une surabondance d'offre masque les réelles nécessités du corps : salles de squash, de musculation, de physiothérapie, de massages, saunas, hammams, jacuzzi... Le lieu est fréquenté par les membres des organisations internationales, les employés des consulats, des missions attachées aux ambassades, des chambres économiques et des entreprises de prestige comme Ares-Serono, dans la continuité d'une rive droite saturée par les habitations et les transports. Il y a donc là une faune en rapport, une émulsion entre l'économique, le financier et le politique. Et si Aldo Bianchi n'avait pas en tête ce hold-up qui prend corps, il aurait de quoi arrondir ses fins de mois avec des combines discrètes, des magouilles au prorata du risque encouru.

Aldo s'est douché, changé. Jean, bottines en crocodile, rasé de près, gourmette et Tag Heuer au poignet, solitaire sur le lobe de son oreille. C'est l'Aldo des débuts, Aldo le Conquérant. Le sac de sport traîne à ses pieds, les manches des raquettes dépassent négligemment de la fermeture Éclair entrouverte. Ça fait du bien de redevenir soi-même, n'est-ce pas ? Mais en plus lourd, davantage chargé de passé. Quant à Svetlana, elle est vêtue d'un tailleur pantalon, et paraît toujours aussi légère qu'auparavant. Sur elle, le poids du temps agit à une autre échelle, plus viscérale et intime. Plus cruelle et déterminée aussi, elle a le profil type de la survivante.

Leurs sourires sont crispés. Je pense que de se voir en public les confronte soudain à l'ampleur de la tâche, à ce qui les attend en termes de renoncement. Le verre de jus de fruits frais devant eux est un leurre. La promesse de vitamines et de longévité. Ils sont dans le présent, le futur est une éventualité. C'est que le temps s'écoule, que l'occasion arrive et qu'elle ne se présentera plus, en effet :

SVETLANA – Duquesne... Duquesne ne veut pas.

ALDO – Il ne veut pas quoi ?

SVETLANA – Prendre des vacances. Il est catégorique. Si ce connard est présent, tout tombe à l'eau.

ALDO – Aucune autre possibilité ?

SVETLANA – Aucune. Je suppose qu'il est tellement droit dans ses bottes qu'il n'arrive plus à les enlever...

Aldo sourit, regarde passer deux femmes dans la cinquantaine, leurs tenues en élasthanne rose fluo. Il ne sourit plus, c'était dans une autre vie. Forcément, il s'est endurci, alors :

ALDO – Je m'en occupe.

SVETLANA – Qu'est-ce que tu vas faire ?

ALDO – On va jusqu'au bout, Svet. Laisse-moi faire. Et Belfond ?

SVETLANA – Belfond est ok.

ALDO – Alors, tout va bien. Tout va très bien.

On échange encore quelques mots au sujet de Daniel Campos. La question que Svetlana se pose, c'est comment peut-on passer du statut de révolutionnaire au Chili à celui d'employé dans une banque suisse ? On a déjà répondu à cette question : la fatigue s'accumulant dans les corps, le cours du temps qui nous rend obsolète, la compromission au nom des enfants.

Un temps, qui est aussi du silence, puis elle relance :

« Je vais prendre quelques jours, Aldo. Ne cherche pas à me voir, d'accord ?

— Par précaution, tu veux dire ?

— Non. Il ne s'agit pas de ça, pas exactement.

— Quoi alors ?

— C'est moi qui pose la question Aldo, une seule. Tu peux l'entendre ? »

Aldo acquiesce. Il attend la question. Le genre de question à laquelle on répond par oui ou non. Au fond, on devrait toujours pouvoir répondre ainsi,
oui ou non.
« Un jour, tu voudras un enfant de nous ? »
Parfois, l'hésitation rapproche d'une réponse négative. Mais il n'y a pas d'hésitation : oui.
« Oui, Svetlana, oui.
— Alors, c'est bien. Et c'est toi qui as raison, mon amour. Tout va bien. »
Tout
va
très
bien.

90

Je pense qu'on le sait tous, toi aussi tu le sais : il y a ce lieu au milieu des ventres, le milieu des ventres qui est ici le centre de chaque bête, les bêtes que sont aussi les hommes. Ce serait un coffre secret qu'on ouvrirait rarement, la plupart d'entre nous en a même perdu la clé. Ou le code, puisque les temps sont post-modernes. Ce lieu contient notre essence, l'intimité sans fards, le lieu spectral de nos résurgences. C'est un lieu oublié de nous-mêmes, que nous croyons porter comme une excroissance, un fardeau inutile ; c'est un lieu qui est une voix qu'on n'écoute peu ou pas ou plus ou jamais. Elle demande qu'on descende en soi avec humilité, douceur et attention. Avec courage. Et si on est attentif, et si on l'écoute, elle nous dit et nous révèle qui nous sommes.

Si on prend la peine de descendre à ces profondeurs, alors on sait.

C'est un lieu de sensation et de perception.

C'est le lieu de l'intuition.

Notre forme suprême d'intelligence.

Ce qu'elle nous apprend est parfois douloureux. La révélation nous confronte à nous-mêmes, à notre insuffisance ou à notre grandeur. Mais après. Mais ensuite. Il y a le souffle libérateur, une augmentation de l'être.

Ce qui vient ensuite est un pas vers la conscience.

Là où descend Svetlana Novák.

Elle attend la fermeture au public de la banque, le mince privilège de pouvoir se rendre aux coffres après les heures d'ouverture. Ascenseur, gardiens, paliers de sécurité. L'habituel tracé menant à une richesse enfouie.

Elle demande à être seule, on l'exauce, elle s'enferme; c'est ici que ça s'est passé. L'intrusion portant à conséquence, la vie apparaissant de manière inconséquente, l'instant de la jonction établie sans consentement.

Svetlana ouvre le casier 1113, en sort le coffret qu'il contient. Le collier est là, il est sa récompense, le prix qu'elle donne à sa honte. Ce que Noir a acheté, ce qu'elle a vendu. Elle pourrait le prendre dans ses mains, le contempler avec émerveillement, l'attacher autour de son cou, sentir la sensualité des diamants peser sur sa peau.

Rien de tout cela.

En réalité, elle est inestimable, elle ne se vend pas, tout ça est une ruse.

Il y a la vie qui arrive. Elle n'a rien de miraculeux, elle n'a rien de transcendant. Elle est juste une conséquence. Un regret, parfois, aussi.

Svetlana Novák est descendue dans les coffres comme elle descendrait en elle-même. Elle n'a pas les ressources pour une introspection profonde, alors elle matérialise la géographie, mêle celle de l'intime avec le ventre d'une ville.

Son ventre.

Svetlana Novák pose, à côté du collier, sur le velours rouge, son test de grossesse positif.

Ne me demandez pas ce qu'elle voit dans cette juxtaposition. Elle, le sait, et pour moi c'est suffisant. Ses paraboles lui appartiennent.

Elle referme la boîte, la caissette dans le casier, le casier dans le coffre, le coffre dans la banque, dans la ville, le pays, le continent, le monde. Et après ?

Après, ça s'arrête.

91

Bruno Duquesne. Bruno Duquesne sublimant sa frustration dans une rectitude confinant à la névrose (son réfrigérateur contient les cinq assiettes froides pour les soirs de la semaine, déjà préparées et disposées sous cellophane). Il se dit, Bruno, car il a conscience de ses limites, il se dit que, puisqu'il restera un petit et un médiocre, eh bien, il sera la probité qu'on redoute. Vous y ajoutez une difficulté manifeste à communiquer avec les femmes, deux seuls amis célibataires avec lesquels il joue au bowling le samedi soir, un corps mou qui lui est étranger et vous obtenez là une vraie bombe à faire chier son prochain. Et l'occasion se présente tous les jours. Elle s'est présentée avec Mme Novák, notamment. On fait de soi ce qu'on peut. Sauf que, chez lui, la fonction est devenue raison d'être. Sa revanche sur son incapacité à vivre.

L'avantage d'un sujet comme Duquesne, c'est qu'on repère facilement ses habitudes, comme celle de rentrer à pied chez lui après le travail. Il fait suffisamment d'heures supplémentaires pour que ce soit de nuit, le mois de février sonne encore à l'heure d'hiver. Sur le trajet, il traverse un parc en diagonale. Entre deux réverbères, le lieu offre des recoins idéaux où l'obscurité happe le promeneur solitaire. Et là, on pense, même si le bonhomme nous insupporte, on pense : merde, il aurait dû prendre les vacances que lui proposait Mme Novák.

Les Kosovars s'y mettent à trois, cette fois — ceux de la Lancia Integrale. Ils ont de la méthode, rapides et efficaces. Frapper là où ça fait mal, là où ça tord et ça se brise. Ils travaillent en silence : l'un bâillonne avec une écharpe et immobilise ; les deux autres frappent à tour de rôle, haut et bas du corps. Vous n'avez qu'à demander, ils fourniront l'arrêt de travail au jour près ; en l'occurrence, pour le comptable des devises étrangères, on part sur du lourd : trois semaines, dont quatre jours d'hôpital. Au passage, on prend la montre, le portefeuille et la gourmette avec « Bruno » gravé dessus.

92

Je m'étais mis nu, dépouillé de mon treillis militaire, mon fusil d'assaut posé quelque part, absence totale d'esprit patriotique, quel pays, quelle patrie ? On ne savait plus quoi faire de moi, excellent soldat, mais dénué de toute conscience collective, alors on m'avait attribué ce poste de guet, au détour d'un chemin, au cas où des randonneurs pénétreraient par inadvertance dans cette zone de tir. Un piquet planté dans la terre, au sommet duquel un petit drapeau rouge flottait au vent, signalait ma présence et le périmètre dangereux. Je me souviens parfaitement de cette journée de novembre, où l'été était subitement revenu, le soleil si chaud pour la saison, à en devenir inquiétant. J'avais commencé par la veste, et puis le reste avait glissé, une sorte de mue et de dépossession. Je m'étais couché entre deux rochers, je bronzais sous un soleil de montagne, je gisais comme le Dormeur du Val, sans trous rouges au côté, vivant, bon sang, vivant, mais pas pour cette connerie d'armée suisse.

Mais les lieux. Les lieux résistent au temps mieux que nous. Parce que les lieux sont indifférents. Ils ne meurent pas de chagrin, ils sont juste le théâtre de la tragédie. Les gens passent, simplement, ils passent et traversent. On aurait pu se croiser, à quelques mois près, j'aurais pu les voir arriver, Campos et Bianchi, sauf qu'en février, il n'y a pas de tirs militaires, on attend le printemps.

Lieu-dit du Lac Noir, canton de Fribourg. Des étendues de roches et de sapins entremêlés, avec des élévations austères tout autour, un cirque abandonné. Même l'été, l'eau du lac reste froide, on peut se forcer au pique-nique familial, à la bière entre amis avec chips Zweifel, mais on se sent crispés, on sourit avec inquiétude et la langue brûle à cause du paprika.

Aldo et Daniel arpentent ces chemins, ces vallons, trébuchent parfois sur une pierre, achoppent en solitaires dans une journée claire et limpide et froide. Ils sont seuls, astronautes sur une terre qui n'est même pas hostile, mais pire, bien pire, une terre insensible.

Finalement, loin de tout, ils trouvent leur endroit, sorte de léger plateau encaissé dans la roche granitique. Campos sort les deux pistolets que lui a procurés Aldo, aidé par les Kosovars. Aldo l'ignore, le modèle est le même que celui du semi-automatique d'ordonnance avec lequel s'est tuée Odile. La raison de cette coïncidence est très simple : on vole volontiers les armes de service que les hommes doivent garder chez eux, l'armée suisse étant obligatoire jusqu'à 40 ans, à raison d'un « cours de répétition » de trois semaines par année. À la fin de leur service, les anciens soldats ont la possibilité d'acheter leur arme.

La Suisse est le pays le plus armé du monde après les États-Unis et le Yémen. Trente pour cent des suicides sont pratiqués de cette façon, essentiellement par les hommes. Odile s'est tuée pour un homme, comme un homme.

Mais on n'est pas là pour ça. Campos est habile dans le maniement des armes : regarde, tu fais comme ci, et puis comme ça. Les balles dans le chargeur, le chargeur dans la crosse, manœuvre de la culasse, l'index toujours posé sur le pontet pour éviter que le doigt s'excite sur la détente, déverrouillage du levier de sécurité... Les deux se regardent et tombent d'accord, se rassurent : pas de connerie, jamais, pas de tir, aucune balle dans la chambre, rien que de l'intimidation. « Faut que je puisse compter sur toi, dit le Chilien. Moi, j'ai une certaine expérience. Parce qu'il y a ce truc avec une arme, ce truc terrible, quand tu la tiens dans ta main, tu n'as qu'une envie, c'est de faire feu. »

Alors, ils se défoulent, Campos sait. Ils visent, et parfois touchent les cannettes de bière apportées dans un sac à dos. Chacun vide un chargeur, les détonations résonnent dans la nature, s'amplifient, créent une onde de choc, avant de disparaître, fluides épais, vibrations évacuées, le silence revient. Ils n'ont pas mis de casque antibruit sur les oreilles, les acouphènes rendent doucement hébété. Aldo entend, comme imbibé de ouate : « L'important est que face à toi, les gardiens comprennent que tu sais manier ce flingue. De toute façon, ils ne sont pas censés jouer les héros, l'intimidation suffira, mais l'intimidation musclée... »

Aldo acquiesce.

Daniel semble retrouver un certain allant dans cette préparation sommaire. Un éclat de jeunesse, une exaltation. Une noblesse. Il n'est plus cette caricature onctueuse de lui-même. Comme les anciens braqueurs reconvertis et qui maintenant paient leurs impôts, il vous dira, lui aussi, qu'il se ne passe pas un jour où il ne regrette pas d'être devenu docile.

Daniel Campos : la conviction d'être encore pleinement vivant.

Daniel Campos : touchera un million de ces dollars russes. L'argent annule l'oxymore d'une guerre froide nous ayant, dans le meilleur des cas, pris pour des cons. Alors, pour ce qui est des scrupules...

Un million de dollars, ça fait cher la leçon. Mais quand on aime, on ne compte pas.

Aimer Svetlana.

93

UNE CLINIQUE PRIVÉE
QUI NE RESSEMBLE À AUCUNE AUTRE

Un établissement unique, autant par son cadre que par les compétences de ses praticiens, le dévouement de ses collaborateurs et ses équipements de pointe.
À Genève, la Nouvelle clinique Bois-Joli a choisi la voie de l'excellence et vous offre une qualité de soins sans concessions dans ses spécialités ainsi qu'une prise en charge hôtelière incomparable.

Svetlana Novák vient avorter.
Les portes coulissantes se referment derrière elle.
On l'accueille avec un sourire.
On vous accueille toujours avec un sourire.
On vous accueille toujours avec un sourire quand vous payez le prix fort.

Numéraire

Le malheur ne sert à rien.
Anonyme

94

Ça va se passer comme ça :
Dimanche 18 février (la Sainte-Bernadette), à 21 heures, Svetlana Novák réceptionnera par la porte de service de la banque, Passage des Lions, 35 millions de dollars en provenance de la mission soviétique auprès des Nations Unies. Elle est épaulée par Jacques Belfond et un autre gardien, nommons-le Didier. Le van Mercedes-Benz noir entre directement dans la galerie marchande afin de sécuriser et d'accélérer au maximum la livraison. Les sacs, déchargés par des membres du corps consulaire russe, sont provisoirement déposés dans trois coffres du rez-de-chaussée. Bruno Duquesne étant absent, Svetlana signe le bon de dépôt ; Jacques et Didier doivent simplement attendre près des vieux coffres et la fermer. Un job facile, un extra qui paiera leurs prochaines vacances. De son côté, Dimitri Nabaïev s'en va après avoir échangé une poignée de main chaleureuse avec madame Novák. L'argent, évadé fiscalement, est en lieu sûr : l'Union des Républiques Socialistes Soviétiques peut s'effondrer.
Une heure plus tard : arrivée d'une fourgonnette blindée de la Banque du Patrimoine. Même procédure, entrée dans le passage couvert proche de la rue du Rhône. Peu de monde à cette heure tardive un dimanche soir d'hiver. Jacques et Didier achèvent de gagner leur salaire supplémentaire en faisant

travailler leurs biceps. L'argent pèse lourd, mais aucun d'eux n'a de problèmes de lombaires. Les deux convoyeurs de la Brink's font le guet autour du fourgon. Le chargement effectué, Svetlana monte à l'avant, direction la Banque du Patrimoine.

Arrivé à sa destination, le fourgon descend au parking du sous-sol. Cette fois, ce sont les convoyeurs qui transfèrent les dollars dans les coffres. Christophe Noir signe le bon de transfert, propose à Svetlana de se retrouver chez lui. Elle décline la proposition, un taxi vient la chercher à l'avenue de Miremont pour la ramener chez elle.

À 22 heures 30, l'argent est investi sur le marché des changes, ainsi que sur différents marchés boursiers. 35 millions de dollars américains en liquide que Noir peut garantir dans les coffres de sa banque. On ne s'assied pas à la table des joueurs les mains vides.

La semaine passe. On verra comment.

Vendredi 24 février (la Saint-Modeste) : les 35 millions parcourent le chemin inverse. En attendant, ils auront fait des petits. Enfin, devraient faire le chemin inverse : Aldo et Campos s'introduisent dans le sous-sol, braquent les convoyeurs, les neutralisent et ressortent avec le fourgon. Ils disparaissent dans la nature, au sens propre. On verra ça aussi.

Svetlana Novák gagne sur tous les tableaux : les 35 millions, sa part d'argent investi et le collier de Tiffany. Officiellement : Christophe Noir est responsable de l'argent. Il pourra, éventuellement, envisager de fermer boutique. Svetlana sera renvoyée pour faute professionnelle : un moindre mal. Elle pourra impliquer Horst, se dénoncer comme sa complice, ce qu'elle fera avec plaisir. Des oligarques russes proches du gouvernement Gorbatchev qui détournent des fonds nationaux, des banquiers jouant avec de l'argent qui ne leur appartient pas... Tout cela est si gros, n'est-ce pas, qu'on saura étouffer l'affaire en haut lieu. Une grosse épine à ôter du pied.

Voilà. Propre. Facile. Le temps de l'écrire.

Après, dans la vraie vie, à l'échelle des femmes et des hommes, les choses se compliquent souvent.

95

Dimanche, fin de matinée. Svetlana prend sa voiture et se rend chez René Langlois qu'elle a connu chez Horst et Julia Riedle. Elle pense qu'elle a une dette envers cet homme. Elle pourrait se dire qu'elle n'a rien à voir avec la mort d'Odile. Et même si c'est le cas, même si elle est innocente dans le vaste projet des hommes qui s'élèvent et qui tombent, et se relèvent, parfois, elle a été l'élément crucial : une femme qui en a fait chuter une autre.

Luana est assise sur son rehausseur et lit un livre où il y a encore des images. À quoi sert un livre où il n'y a pas d'images ? demande Alice au pays des merveilles. Luana lève la tête au moment où sa maman ralentit et s'arrête devant le portail d'une villa construite sur les hauteurs du lac. Svetlana descend de la BMW, surprend un homme en train de jardiner, accroupi dans le gazon malmené par l'hiver. René Langlois l'aperçoit, se lève et se dirige vers elle. Il a beaucoup maigri, ses gestes semblent lui demander un effort particulier. « Attendez, je vais vous ouvrir, dit-il.

— Ce n'est pas la peine, répond Svetlana. » Il ôte ses gants de jardinage, les passe d'une main à l'autre, demande où ils se sont déjà vus. « Svetlana Novák, dit-elle en lui tendant la main. Chez les Riedle, affirme-t-elle.

— Effectivement. Maintenant, je me souviens.

— Vous avez changé. Physiquement, je veux dire. Je ne vous ai pas reconnu tout de suite.

— J'ai perdu ma femme, c'est un changement, en effet.

— Je suis au courant. Mes condoléances.

— Je plante des rosiers. Pour ma fille, Diane. Elle viendra s'installer ici avec son mari.

— Je suppose que c'est bien, non ?

— Je ne sais pas et je m'en fous. Elle a tout eu, le genre pourrie gâtée, vous voyez ? Je vais quitter la Suisse, de toute façon... Passez par le petit portail, je vais vous ouvrir. C'est votre enfant dans la voiture ? Elle ne veut pas entrer boire un sirop ?

— Ne vous dérangez pas. Ce que j'ai à vous dire est très simple. Mais il faut me promettre deux choses : que cela restera entre nous et que vous ne poserez aucune question. Vous pouvez faire cela ?

— Je n'ai plus grand-chose à perdre, mademoiselle, allez-y.

— Vos actions G&T vont monter en flèche dès ce soir. Mercredi midi, vous vendez tout. Votre fille et sa progéniture seront tranquilles le restant de leurs jours. Et vous aussi. »

René quitte Svetlana des yeux. Autour de lui, le croassement des corbeaux, un dimanche calme et humide sous le ciel opaque.

« Cela m'a tout l'air de ressembler à un délit d'initié.

— Avec la tempête qui s'annonce, vous serez bien le dernier à être inquiété. Vous attendez mercredi et vous vendez avant midi, c'est tout.

— Pourquoi me dites-vous cela ?

— D'une certaine façon, nous sommes liés. Je crois que vous avez déjà payé le prix fort. »

Langlois semble réfléchir, puis, simplement :

« Merci Svetlana.

— Bien, je crois que c'est tout, monsieur Langlois. »

Svetlana rejoint sa voiture, la poignée de main est superflue. La BMW démarre.

Au final, il ne reste qu'une vague odeur d'essence.

96

Maintenant : faire voyager l'argent.
C'est-à-dire le faire fructifier.
Voici comment : trois IBM PC, installés sur la grande table du living dans l'appartement de Max Vermillon. Cinq téléphones, des câbles comme autant de nerfs de la guerre, des fauteuils pivotants en cuir, litres de coca dans le frigo, café qu'on enchaîne aux cigarettes, pizzas et chinois livrés matin et soir, nuits blanches pour trois courtiers juniors aux ordres d'un courtier français de renommée mondiale — celui aperçu au château de Chambord.
On garde la chemise blanche et la cravate desserrée au col, on sniffe de la coke, on tient le rythme, on exécute, on trouve une sorte d'extase dans l'épuisement nerveux et la tension accumulée. Ces jeunes gens vivent l'exténuation comme le tribut des hommes exceptionnels. On s'emballe et on se perd dans le travail qui n'est plus une source de dignité, mais une course virtuelle au gain n'ayant plus rien à voir avec les muscles épuisés par le travail physique. Ils sont un débordement factice d'adrénaline, rouages de chair et de sang du Nasdaq, du New York Stock Exchange ou du Forex. Nébuleuses pour les non-initiés, ignorants crasses que nous sommes.
Noir et Vermillon, les autres hommes présents, à la conscience de soi limitée — que voulez-vous, c'est déjà si difficile de se lever le matin —, l'haleine chargée du curry de la veille avalé face à un écran d'ordinateur, la chemise à l'odeur âcre sous les aisselles. Max ne reconnaît plus son appartement cosy, celui-là même où il se laissait aller aux hommes, à leur pilosité, dans le secret de ses goûts sexuels. Son appartement est devenu un centre possible du monde, là où l'on fait de l'argent rien qu'en y pensant ; où on a quitté l'économie réelle pour un jeu de

l'avion ; où le pilote c'est tout le monde ; où c'est une fiction d'une écriture différente, mais une écriture quand même, avec ses impacts, ses conséquences, sa réalité procurée, donnée, extravertie... Et ce sont trois points de suspension, trois points en suspension sur le réel, qui comprend tout, aussi bien la verticalité des hommes que l'horizon crépusculaire de nos rêves les plus tenaces... En suspension, des hommes en suspension, voilà ce qu'ils sont, ces jeunes gens en cravate et leur courtier senior. Eux-mêmes relayés par des traders de même génération en gilet de couleur dans les locaux des bourses du monde entier, à peine sortis de l'adolescence dans une réalité qui s'organise en mode binaire 0 et 1, en algorithmes combinés, en occurrences, et vous me direz que je délire, mais comment faire autrement, ces chiffres jaunes défilant sur l'écran vert des IBM, les statistiques, les affolements auxquels je ne comprends rien, plus rien, j'ai seulement vingt-six lettres à disposition pour dire des mondes possibles, ceux que je vois et que j'imagine,

d'ailleurs, Christophe Noir vient d'arriver, demande comment ça se passe, « très très bien répond le courtier français, on est en train de la leur mettre bien profond. »

Christophe sourit, commande des *Super Supreme*, format famille à Pizza Hut.

Et des bières.

Voilà.

97

Le siège de la Banque du Patrimoine n'est pas destiné au dépôt d'argent. Disons que ce n'est pas sa fonction première qui est, ici, dans ses bureaux, celle de le faire fructifier. Il y a bien quelques coffres, mais les grosses sommes d'argent sont généralement placées ailleurs, en sous-traitance, dans des lieux hautement sécurisés. En dehors des intéressés, personne n'est censé savoir qu'une fourgonnette de la Brink's, chargée de 35 millions de dollars, s'apprête à quitter le parking du bâtiment. Les occupants des hôtels particuliers voisins ont également accès à ce sous-sol, où ils garent leurs voitures. Ce qui permet à Aldo Bianchi et Daniel Campos de pénétrer aisément les lieux et de s'agenouiller derrière une Maserati, arme au poing. Ils portent chacun une veste en cuir noir, une cagoule, des gants de chirurgien. À travers la vitre de la lunette arrière, ils épient le chauffeur en train de fumer une cigarette tout en regardant ses collègues s'occuper du chargement. L'un d'eux lui fait remarquer qu'il pourrait donner un coup de main, le chauffeur répond que ce n'est pas dans son cahier des charges (rire gras de fumeur).

C'est lui que Campos saisit au cou par une clé de bras tout en pointant son arme sur sa tête. La cigarette tombe de la bouche du chauffeur, roule sur le sol de ciment dans un éclat silencieux de particules incandescentes. Aldo surprend les deux autres alors qu'ils ont les mains occupées par les sacs. Il aperçoit Max, l'*extra-ball* dans le flipper, comprend que Noir l'a chargé de superviser le transport. Il le frappe avec la crosse de son arme, quelle meilleure occasion pour se défouler ? Max tombe à genoux, une entaille profonde sur le crâne, le sang coule. Le geste est inutile, Max avait déjà levé les mains, mais ça le soulage Aldo, et ça lui donne une crédibilité supplémentaire de méchant aux yeux des convoyeurs. Aldo leur demande d'ôter leur ceinturon et de le jeter sous une voiture en stationnement. C'est Aldo qui parle, seulement lui, sa voix étouffée par le lainage de la cagoule. Campos serait trahi par son accent espagnol. Il est tellement nerveux qu'au début, il en bafouille. Les consignes sont les suivantes : au chauffeur, se faire donner les clés du fourgon, ôter son ceinturon comme ses collègues et s'asseoir face au mur ; aux convoyeurs, charger les derniers sacs et puis s'asseoir à leur tour. Tous s'exécutent. La surprise est totale. La peur, aussi. Max rampe, terrorisé, il veut vivre, il veut jouir encore. Tout à coup, l'argent a moins d'importance. Pour chacun d'eux, c'est la première fois, braqueurs et braqués ; ça donne des gestes tendus au possible, des gestes d'automate de part et d'autre, la bavure étant plus probable qu'un acte d'héroïsme. Aldo et Daniel ont avalé une pastille d'amphétamines pour se donner du courage. Ils sont agités, donnent l'impression de pouvoir dérailler à tout moment. Ah, j'oubliais un détail qui vous fera peut-être sourire : Svetlana a demandé à Aldo de faire renoncer Campos à son parfum de séducteur, un truc à vous envoyer directement à la case prison. Campos tient maintenant en joue le chauffeur tout en guettant autour de lui. Ils ont pris soin de bloquer l'ascenseur et les portes de secours, mais on ne sait jamais, quelqu'un peut arriver par le garage. Il regarde sa montre, quatre minutes, le fourgon est chargé, on emmène les prisonniers dans le sas du sous-sol de la banque. Mains et pieds attachés par des lanières de plastique, scotch de chantier sur la bouche.

Avant de quitter les lieux, Aldo prend le paquet de cigarettes et le briquet Dupont dans la poche de Max, on dirait que ses yeux le reconnaissent, mais non, impossible. La blessure à la tête fait une petite flaque près de son visage. Ce même sang que des analyses dépisteront sous peu comme séropositif : Max ne verra pas le XXIe siècle, adieu Max.

Les deux hommes sautent dans le fourgon. Campos prend le volant, démarre. Le véhicule est si lourd, un gros cul supporté par des essieux qui grincent... Une fois dans la rue, ils enlèvent leur cagoule, coiffent la casquette prise aux convoyeurs, les vitres sont teintées, mais un reflet pourrait les trahir... Ils empruntent à gauche l'avenue Louis-Aubert, continuent par la route de Malagnou, une crispation dans les testicules lorsqu'ils croisent une voiture de police en sens inverse, le rétroviseur est clément, on ne les prend pas en chasse... Avenue de Thônex, route de Jussy... Au fur et à mesure qu'ils s'éloignent du centre et rejoignent la campagne, leur itinéraire relève à la fois du soulagement et de l'incongruité : il y aurait bien quelques bureaux de poste justifiant leur trajet, mais un vendredi soir, vraiment ? Le fourgon longe la frontière française, emprunte la route de Monniaz sillonnant la forêt, c'est ici, bientôt là, un chemin de traverse et, deux cents mètres plus loin, une barrière qu'Aldo, ayant sauté du camion, se dépêche de soulever et de remettre en place derrière eux. Le fourgon oscille dans les ornières, la lumière des phares surprend un renard disparaissant aussitôt dans l'obscurité, la nuit est si dense, on a l'impression de rouler dans un tunnel, ou vers une fin du monde, et si le soleil ne revenait pas ? Aldo transpire sous le blouson, Campos a les mains moites sous ses gants, ils sont des hommes, ils sont perdus, ils ont peur, ils sont sur le point de réussir… Leur camionnette de location est là, qui les attend docile, masse noire qui se fond dans la nuit.

Campos arrête le camion, éteint le moteur. Dans l'air saturé d'humidité, la trace horizontale des phares révèle une nappe de brouillard qui les enveloppe comme un gaz maléfique. Aldo descend, Campos pousse sa portière, elle est lourde et grince. Il allume une des cigarettes prises au chauffeur, saute à terre et se soulage contre un arbre tandis qu'Aldo ouvre la camionnette et prend une lampe de camping qu'il accroche à la rigole du toit. Il ouvre les portes arrière, déplie la couverture dégageant une vague odeur d'essence, lorsque des faisceaux de lumière les aveuglent, et cette fois, ce sont eux les renards surpris dans la nuit. Avant même de se retourner et de pouvoir comprendre, Aldo entend Campos s'écrier : « Putain, Bianchi, c'est quoi ce bordel ?! »

98

Svetlana Novák attend dans son bureau, Jacques doit monter à l'étage et l'avertir dès l'arrivée du fourgon. Bien entendu, elle sait qu'il n'arrivera jamais à destination ; elle regarde sa montre, attend qu'une heure complète se soit écoulée avant de contacter Christophe Noir pour lui demander ce qui se passe, la cause du retard, la bouche en cœur.

La pièce est silencieuse. Le bourdonnement des radiateurs, l'écho tamisé d'une ville engourdie par le froid au seuil du week-end. Plus bas, dans la rue, c'est l'heure creuse entre le retour à la maison et la sortie en boîte. Elle ouvre le frigo-bar de son bureau, prend une bouteille de Perrier. Boit une gorgée à la bouteille, réprime discrètement un rot. Elle se sent un peu patraque, conséquence de l'anesthésie d'il y a moins de 24 heures. On aurait pu la garder une nuit, elle a refusé. Elle a l'impression d'avoir été souillée une seconde fois, mais au moins l'embryon n'existe plus dans son ventre.

Encore dix minutes, elle s'allume une cigarette, tire une bouffée, sensation de vertige, elle l'éteint.

Quelque chose.

Quelque chose ne va pas.

Elle ôte puis remet plusieurs fois de suite la bague qu'elle porte au majeur de la main gauche. Elle fait l'aller-retour, et puis la diagonale de son bureau, talons silencieux sur la moquette à poil ras. Elle n'a pas le temps d'identifier la cause de son inquiétude, car

le téléphone sonne.

Sur son bureau, le téléphone sonne.

Elle en est tellement surprise qu'elle ne répond pas tout de suite. C'est une sonnerie à trois tons plutôt douce, choisie par Mélanie. Une attention pour soulager l'irruption répétée du téléphone et rendre le travail au quotidien plus agréable. Un détail, on pense, mais pas tant que ça. La vie n'est toujours pas plus douce pour autant. Elle soulève le combiné. Le seul qui pourrait l'appeler est Christophe, alors elle y va d'une voix franche, balaie son appréhension d'un « Allô ! » énergique.

[Non.
Dans sa garçonnière,
fonctionnelle et minimaliste,
Christophe Noir est dans l'incapacité de passer un quelconque coup de téléphone. Il est assis sur un divan confortable, slip et pantalon sur les chevilles, tête basse, les bras le long du corps.
Sur l'écran de télévision allumé, un dessin animé de Tom & Jerry, *The cat concerto*.
Son menton repose sur le haut de son sternum.
La chemise blanche ouverte au troisième bouton et imbibée de sang.
Noir a péri par le glaive. La carotide tranchée.]

Mais voilà que tout s'écroule, parce que, précisément, voilà le début de la fin :
« Allô !
— Svet, c'est moi...
— Bon sang, Aldo !? Je vais raccrocher, on a prévu de ne pas...
— Svet, écoute-moi, écoute-moi bien...
— Tu ne dois pas...
— Svet ! Nom de Dieu ! Écoute-moi ! Je suis dans une cabine, j'ai... Il faut que tu m'écoutes, d'accord ? Tu es là ? Dis-moi si tu es là ?
— ...
— Svetlana ? Les... les choses ont mal tourné...
— Aldo, tu me fais peur...
— Tu te souviens de cette croix au carrefour des deux routes ? Tu t'en souviens, n'est-ce pas ?
— La croix du voyageur ?
— On se retrouve là-bas.
— Tout va bien, Aldo ? Tu es blessé ? Et l'argent ?
— ...
— Aldo, tu m'entends ?!
— Il n'y a plus d'argent, Svetlana. »

99

Aldo sort de la cabine, son pantalon, sa veste, ses chaussures sont maculés de terre. Il regarde à droite et à gauche, traverse la route et se jette au pas de course dans le champ, en direction du lac. Par chance, la nuit est froide, le sol dur. Par chance, les nappes de brouillard viennent masquer sa fuite. Il court à un rythme régulier, pense à ce qu'il a appris durant toutes ces années de tennis, la gestion de l'effort, les mantras qu'on se répète comme autant de béquilles à la détermination. Son visage est couvert d'estafilades, de gouttelettes de sang s'épaississant avec le gel et l'humidité. Le plus difficile est de gérer cette coulée d'air glacé irritant sa trachée et ses bronches. Il met régulièrement sa main devant la bouche, respire sa propre peur, non, bien davantage, sa propre terreur.

Car c'est la première fois qu'il court pour sauver sa vie.

Tout à l'heure, ça s'est passé comme ça :

« Putain, Bianchi, c'est quoi ce bordel ?! » crie Campos.

Aldo lève les yeux, est ébloui par les croisements de faisceaux de lumière. Il pense d'abord aux flics, non, il distingue deux jeunes femmes qui s'approchent de Campos et lui enfoncent à tour de rôle un couteau dans les reins. La bouche du Chilien s'ouvre en silence, la surprise serait plus forte que la douleur, il reçoit encore une lame dans le ventre et tombe à genoux, puis s'effondre sur lui-même. Aldo comprend, saisit la vieille couverture de déménagement et se retourne, la fille a les cheveux courts, un visage triangulaire aux traits fins, la lame de son couteau est déviée et déchire le tissu. Bianchi lance la pointe de sa basket dans son bas-ventre. La fille plie, il lui shoote encore dans le beau visage comme on tirerait un penalty. Une autre arrive sur sa gauche, il referme la portière, son nez éclate contre la tôle, Aldo Bianchi saute par-dessus un tas de branches mortes et s'enfonce dans les bois. La lumière des lampes torches cherche à le repérer, on tire plusieurs coups de feu, Aldo trébuche, se relève et reprend sa course. Son avantage est de connaître les lieux, la fuite s'affirme pas après pas, il creuse un écart qui le met hors de danger immédiat. Il ne comprend pas, comprend tout. Des femmes, des couteaux. À quelques kilomètres de là, il y a des habitants, des villages, on est socialisé. Il suffit d'une forêt, de femmes impitoyables et de couteaux aiguisés, et tout revient comme avant, comme quand on portait des peaux de bêtes sur nos épaules.

Mais tu sais où aller et avec qui.

L'amour et la compassion sont la preuve de notre évolution. Mais il n'est pas certain que ceux qui en font l'expérience survivront dans les temps à venir.

Joy, Pleasure, Velvet, Deepa, Sunshine.

Les filles de Berisha.

Il ignore qu'elles ont un compte à régler avec tous les hommes de la terre.

Elles sont le bras armé de la barbarie.

Cours, Aldo, cours...

100

[Champ]
Rester calme. Ces rues, cette ville. Et toi, Svetlana ? Pourquoi n'as-tu pas vécu où tu es née ? Quel est le sens du voyage ? À présent, tu remontes à contre-courant de la peur, tu pensais pouvoir choisir et la vie choisit pour toi. Nous sommes tellement loin de nous-mêmes, n'est-ce pas ? Et pourtant, tu es bien cette femme qui s'élance depuis cet endroit précis, ni ailleurs ni autrement.

Reste calme. Reste douce.

Et la douceur viendra.

C'est un vœu. Et mon vœu caresse tes genoux sous le pantalon, se faufile comme une main amie dans ta culotte. Là où est la douceur. Justement. Tout ce qu'on peut faire pour la douceur, en tout cas moi, je le ferais.

Sur la rampe menant à Vésenaz, Svetlana Novák est flashée par un radar à 140 sur une route limitée à moitié moins. C'est une photo-souvenir, sur l'image, la police devinera les cheveux remontés sur la nuque, les épaules délicates et droites, le port souple en toutes circonstances. Dix ans de danse classique sous la bannière communiste, quelque chose se grave en vous, même si vous ne deviendrez jamais danseuse étoile. On s'en fout. Pas des étoiles, non, ça on les garde comme un talisman ; l'infini rassure quand on est tout petit.

Elle freine, embraye sur la troisième, dépasse sans clignotant, ce serait ne pas prendre les choses au sérieux. On klaxonne, on est surpris, elle n'a pas le temps pour un doigt d'honneur, de toute façon, ce n'est pas son genre. *Il n'y a plus d'argent.* Concentrée sur sa conduite, ça ne l'empêche pas de se demander ce qui a pu se passer, comment leur plan si bien conçu a pu échouer ainsi. Campos ? Les convoyeurs ? *Il n'y a plus d'argent.* La route est noire. Le trafic se raréfie, la campagne dépouillée et sa terre gelée, les nappes de brouillard, le froid et l'hiver, on a vu tout ça. Le plateau fait une bosse au-dessus du lac. Les vignes sont alignées en pente douce, s'offrent au regard comme une ondulation, un corps nu allongé sur une serviette de bain, et puis, après les pieds, il y a l'eau, les profondeurs et tout ce qui nous fait peur. *Il n'y a plus d'argent.* La croix, atteindre la croix. L'obscurité la cache, elle est sombre, de bois sombre miné par les intempéries. Une croix bien trop grande et bien trop lourde pour un quelconque Christ.

[Contre-champ]

Son corps recroquevillé dans le fossé. En sueur, alors que la température est descendue sous le zéro. Aldo s'efforce de ne pas tousser, tousse quand même. Il voudrait ne pas faire de bruit, disparaître et ramper, s'éloigner de la malédiction et de l'anathème. Se lever et marcher. Mais il a peur. Ou alors, ne plus bouger, jamais. Par deux fois, une voiture est passée à quelques mètres de son corps, lente et circonspecte. On le cherche, il est traqué. Et là, le silence. L'air figé et lourd et dense. Les battements de son cœur s'emballent, qu'il ne parvient plus à apaiser.

Il n'y a plus d'argent.

Puis, un moteur à nouveau, plus tendu et crispé, des phares balaient la nuit au-dessus de sa tête, se perdent sur l'étendue bosselée du paysage. Le moteur débraye, tourne au ralenti, il hésite — le moteur et l'homme, le moteur ou l'homme —, piège ou délivrance, ce risque à prendre, cette décision, les circonstances nous y poussent, on ne voudrait pas, la plupart du temps, mais le hasard, le hasard et l'action nécessaire.

Aldo se lève, debout et fragile. Offert. Il n'a plus la force d'être prudent. Parfois, on préfère en finir. La portière s'ouvre.

[Champ]

Svetlana descend, un pied puis l'autre, talons incongrus dans cette situation, alors elle a conduit pieds nus et maintenant, elle a froid et s'en fout. Il n'y a plus d'argent, mais il y a eux. Elle le voit venir à elle, son amour d'occasion, celui qui porte une gourmette et un diamant à son oreille. Cela leur suffira à traverser la mort, ils sont des pirates, ils sont bien assez riches comme ça. Alors, bien sûr, elle dit: «Aldo!». Et Aldo arrive, la serre contre lui, même si on ne sait plus trop lequel des deux soutient l'autre. Le champ et le contrechamp deviennent vision unique du monde. La seule chose, maintenant, est qu'il faut faire vite:

«Dépêche-toi, Svet! Vite!»

Déjà, d'autres phares convergent, tapis au loin comme des signes néfastes, des mâchoires pleines de dents. Aldo ouvre la portière arrière, il n'y a même plus de temps pour contourner le véhicule, il n'y a plus. Aldo se débarrasse du rehausseur qui rebondit sur l'asphalte. Svetlana démarre, elle a appris à conduire il y a longtemps, elle sait faire, elle sait bien faire. Marche arrière, retour sur soi, démarrage vers l'oubli.

« Qu'est-ce qui se passe, Aldo ?! Où est Campos ?
— Campos est mort.
— Quoi ?!
— On nous a tendu un piège dans les bois...
— Un piège ? Qu'est-ce que tu racontes !
— On nous a suivis, depuis le début, avant même qu'on planque la fourgonnette dans les bois...
— Mais comment... ?
— Quelqu'un est au courant, Svet, tu comprends ?! Depuis le début, au courant de tout, putain ! »

L'Avenir, la Californie... C'est là qu'ils vont, quartiers de communes riches, terreaux fertiles des évadés fiscaux et des fortunes honnêtes, dans la mesure du possible, Villas & Jardins, ça sonne bien, je ne pouvais tout de même pas faire l'impasse sur la poésie des noms, ils sont rares, je l'ai dit. Svetlana a les idées claires dans la confusion, elle voit tour à tour les reflets des phares dans les trois rétroviseurs, l'occasion d'une introspection rapide et rationnelle. Un nom lui vient à l'esprit, le seul possible, celui qui a tout orchestré. C'est comme ça quand on est petits et qu'on ne deviendra jamais grands, c'est ainsi qu'on est manipulés, pantins ridicules et désarticulés. Malgré la vitesse, Svetlana profite d'un bout de route rectiligne pour regarder Aldo sur le siège arrière, là où est habituellement assise Luana :

« Pardon, Aldo, je n'aurais pas dû, pardon... »

Il ne sait pas de quoi elle parle, il voit juste la voiture derrière eux se rapprocher. Svetlana fait ce qu'elle peut, mais ce n'est pas suffisant. C'est bien souvent comme ça, d'ailleurs, dans la vie et dans l'amour, et dans tout ce qu'on veut. La voiture à l'arrière les percute, le choc les propulse en avant, le visage d'Aldo rebondit sur l'appuie-tête, la douleur vrille dans son nez, il renifle, du sang dans sa main. Svetlana tient la route comme elle peut, mais sur la gauche, sur la gauche, côté cœur, là où on est le plus fragile, un véhicule plus lourd et massif emboutit le flanc de la BMW qui fait un tour sur elle-même à 180 degrés avant de s'immobiliser sur le bas côté, huile fuyant du carter, une pâte sombre et gluante s'étale sans bruit.

Ils n'iront pas en Californie.

Ils n'iront plus à L'Avenir.

Voici le terminus.

Il porte un nom :

Hameau de la Repentance.

Svetlana est sonnée, elle s'est mordue la lèvre, du sang coule sur son cou, une entaille sur le front, on se demande d'où elle vient, Aldo se demande, c'est alors qu'il se souvient de l'arme dans sa poche, après tout ce temps à fuir comme un con, il sort son pistolet et fait feu sur la première fille qui se présente, la touche au milieu de la poitrine. Il s'avance sur la banquette, tire encore, touche encore, une autre fille s'écroule, on ne sait pas qui, quel nom de scène, réalité et fiction. Aldo donne un coup de pied dans la portière qui grince, saisit Svetlana par les épaules et la sort de l'habitacle, elle réagit, lentement, mais elle réagit. Il la dépose à l'abri de la voiture, tire encore, jusque-là, on n'a pas bougé, face à eux on attend, ils sont le gibier, momentanément à l'abri :

« Svet, ça va ?

— Pardon, Aldo, pardon...

— De quoi tu parles ?! On va se tirer d'ici, d'accord ? Tu vois la forêt ? Cinquante mètres, pas plus, tu vas y arriver, bon sang !

— On avait tellement et on n'a pas su...

— On n'est pas foutus, nom de Dieu ! Quand je te dis, tu fonces, tu m'entends ? Svet, tu m'entends ?! »

Elle fait oui de la tête. Aldo se soulève, tire à plusieurs reprises les bras posés sur le coffre. On ne réagit pas, on n'entend rien. Il tire encore, lui dit « maintenant ! ».

Svetlana Novák relève sa jupe, se met à courir, elle court. Aldo Bianchi continue de tirer, le silence dans les voitures en face, les ombres contenues dans leur propre relief. Il tire jusqu'à vider le chargeur, l'éjecte, prend le second qu'il enfonce dans la crosse, et s'élance à son tour.

Aldo Bianchi se met à courir, il court. Tête baissée, comme si ça pouvait servir à quelque chose.

Détonation.

Svetlana tombe, il ne manquait plus grand-chose, quelques mètres seulement, à l'abri dans la forêt, quand on était gosses et qu'on y jouait, tu te souviens ? Cet espace double, inquiétant et rassurant, dans lequel on se cachait, nos cabanes dans les arbres, chasseurs et gibiers, gendarmes et voleurs. Elle est tombée, il la rejoint. Il voit le sang sur le ventre, la blessure qui se boursoufle et ressemble à une vilaine bouche, elle respire faiblement, son visage est tourné vers lui.

Détonation.

Aldo tombe. Tout était là, pourtant, à portée de main, à l'abri dans la forêt, mais il n'y a plus de temps pour le souvenir. La brûlure traverse sa poitrine, il tombe, s'écroule, leurs visages se font face, leurs yeux se regardent.

Ils s'éteignent, ils résistent.

Tous les deux à l'horizontale.

Ils font un dernier effort pour se regarder. C'est dur de se regarder, de vraiment se regarder, de se voir complètement, dans une vie, la seule vie.

Bruits de pas dans la terre qui craque.

Les jambes. Fines, dans des bottes de cuir.

Achever l'homme. Achever la femme.

Sans douleur. Avec décence. Avec douceur.

Je vous dois ça, la douceur.

Mimi Leone vise Aldo.

Derrière elle, il voit les étoiles, enfin.

Détonation.

Mimi Leone vise Svetlana.
Derrière elle, elle voit les étoiles, enfin.
Détonation.
Cette femme. Cet homme. Cet homme. Cette femme
Et Mimi dit : « Pardon. Maintenant, j'ai fini. »

Épilogue

Elle est au soleil. Parce que la couleur. Parce que le soleil. Elle est enveloppée d'une chaleur même pas exotique, étendue sur la chaise longue de son jardin, le joli mois de mai, le printemps en expansion, vers les jours plus longs, prélude à quelque chose de doux et de chaud, et de rassurant ;
elle attend.
Il est dans la pénombre, raccroche le combiné du téléphone. Parce que l'ombre lui convient, c'est à l'intérieur qu'il se trouve le mieux, l'air frais, les pieds nus sur les dalles de terre cuite de la cuisine où il va chercher la citronnade dans le frigo. Il prend un plateau, y pose deux verres ainsi que la cruche transpirant de fraîcheur. Les glaçons n'ont pas encore complètement fondu. Il emporte le tout, précautionneusement. Il n'ose pas se montrer torse nu, il n'aime pas son corps, le corps d'un autre dans lequel il faut pourtant bien vivre. Il porte une chemise blanche ample, le maillot de bain frotte entre ses cuisses. Il n'a pas maigri : sous le gras, il est en pleine forme.

En passant par le salon, il s'arrête un instant devant *La Moisson italienne* de Nicolas de Staël. Il ne comprend pas, il essaie de ressentir ce qu'elle lui explique parfois avec des mots. En général, elle lui décrit les tableaux par le corps, son corps à elle sur le sien, tâche de lui fait saisir les nuances, les paradoxes, la complexité de ce qu'on nomme l'âme, la chance d'avoir les témoignages des âmes quand elles nous laissent une œuvre, une trace, quelle qu'elle soit. Elle le fait par le corps, lui demande de fermer les yeux, elle essaie de reproduire ce qu'elle ressent, de lui donner ce qu'elle ressent par des impulsions, à travers ses mains. Aller chercher derrière les apparences, tout ce qui n'est pas dit, tout ce qui est montré, de l'ombre à la lumière, parfois de la mort elle-même. La souffrance à la source de ce qui se créé.

Il sourit, s'éloigne du tableau, elle devra bientôt le livrer à son nouveau propriétaire. Les œuvres passent, ils n'en posséderont jamais aucune ; elle préfère les soustraire à d'autres regards pendant quelques semaines, parfois quelques jours seulement.

Il sort sur la terrasse et s'arrête, fasciné que la petite soit là, incrédule que sa femme et lui soient une famille, à présent. Luana ne regarde pas de son côté, elle a dû prononcer une dizaine de phrases depuis qu'elle est ici. Elle se dit que sa mère reviendra et elle se protège par le silence. Et moi, je n'ose pas lui dire la vérité, il y a toutes sortes de vérité lorsqu'on est vivants, une seule avec la mort. Elle lit et relit son livre d'images, me sourit parfois, elle seule me voit car elle est une enfant, son imaginaire est intact et préservé. Mais je dois partir, à présent, moi aussi je dois la quitter. Alors, Luana hausse les épaules et replonge dans sa lecture, et Horst cesse de la regarder, se remet en mouvement, descend les trois marches menant au jardin.

Elle est allongée sur sa chaise longue, le dos offert à la brûlure du milieu d'après-midi. Il se demande s'il n'a pas épousé un lézard, mais son sang est bien chaud et rouge et épais. Il pose le plateau sur la table basse près de son visage. Elle entend les glaçons tinter dans la cruche, sourit, les yeux clos.

« C'était qui au téléphone, Nounours ?

— De bonnes nouvelles, d'excellentes nouvelles... »

(L'enquête de police vient de boucler une partie de ce fâcheux épisode ayant impliqué sa subalterne, son amant et Christophe Noir. Bien sûr, on continue d'enquêter afin de retrouver l'argent. On pourrait entrer dans le détail : la Banque du Patrimoine a remboursé les Russes, UBS en a profité pour racheter l'établissement (somme toute, des comptes sains et un excellent carnet d'adresses), l'implication de Christophe

Noir et de Svetlana dans la fraude est évidente, Horst Riedle a reçu les félicitations du conseil d'administration pour la gestion de l'affaire, sa demande de retraite anticipée a été approuvée avec indemnités de départ.)

« Combien ? » demande Julia.

Horst réfléchit et, après déduction de la part destinée à Mimi Leone, écrit avec son index sur le dos de Julia un 20 suivi de plusieurs 0 ; le nombre est parfaitement visible sur la peau imbibée de crème solaire.

Combien de zéros faut-il pour que ça fasse des millions ?

Prologue	9
I. Derrière l'histoire	11
OCTOBRE 1989	
Lignes de fond	13
Carré de service	37
Diagonales	51
NOVEMBRE 1989	
Aérobie	77
Anaérobie	105
Récupération	123
II. L'histoire	157
DÉCEMBRE 1989	
Annonciation	159
Gestation	179
Nativité	199
JANVIER 1990	
Money Transfert	237
Connecting People	261
Just do it	277
III. Fin de l'histoire	305
FÉVRIER 1990	
Scripturale	307
Virtuelle	343
Numéraire	365
Épilogue	385

DU MÊME AUTEUR (*suite*)
—

THÉÂTRE

[guRmâdiz]. Éditions du Pull-off, 1999.
37m². Éditions Bernard Campiche, 2009.
Les Hommes. BSN Press, 2018.

BANDE DESSINÉE & ROMANS GRAPHIQUES

Fausse route, dessins de Vincent Gravé. Les enfants rouges, 2008. Nouvelle édition en 2014.
Dans les cordes, dessins de Marc Moreno, Soluto, Julien Mariolle. Les enfants rouges, 2008.
Petites coupures, dessins de Vincent Gravé. Les enfants rouges, 2009. (Prix «One Shot», Cognac 2009)
Lonely Betty, dessins de Christophe Merlin. Sarbacane, 2014.
220 Volts, dessins de Sylvain Escallon. Sarbacane, 2015.

CE LIVRE BRILLANT
A ÉTÉ ACHEVÉ D'IMPRIMER
EN JUILLET DEUX MILLE VINGT
PAR L'IMPRIMERIE FLOCH À MAYENNE